广东外语外贸大学外国文学文化研究中心

全国外国文论与比较诗学研究会

国家社科基金重大项目"丝路审美文化中外互通问题研究",
项目编号：17ZDA272

国家社科基金重大项目"现代斯拉夫文论经典汉译与大家名说研究",
项目编号：17ZDA282

张进 周启超 许栋梁 主编

外国文论核心集群理论旅行问题研究
——第2届现代斯拉夫文论与比较诗学国际学术研讨会论文集

中国社会科学出版社

图书在版编目(CIP)数据

外国文论核心集群理论旅行问题研究:第 2 届现代斯拉夫文论与比较诗学国际学术研讨会论文集/张进,周启超,许栋梁主编. —北京:中国社会科学出版社,2018.8
ISBN 978-7-5203-1795-5

Ⅰ.①外… Ⅱ.①张…②周…③许… Ⅲ.①—外国文学—文学理论—研究 Ⅳ.①I0

中国版本图书馆 CIP 数据核字(2017)第 323693 号

出 版 人	赵剑英
责任编辑	张 浩
责任校对	刘 同
责任印制	李寡寡

出　　版	中国社会科学出版社
社　　址	北京鼓楼西大街甲 158 号
邮　　编	100720
网　　址	http://www.csspw.cn
发 行 部	010-84083685
门 市 部	010-84029450
经　　销	新华书店及其他书店
印刷装订	北京明恒达印务有限公司
版　　次	2018 年 8 月第 1 版
印　　次	2018 年 8 月第 1 次印刷
开　　本	710×1000　1/16
印　　张	22
插　　页	2
字　　数	340 千字
定　　价	89.00 元

凡购买中国社会科学出版社图书,如有质量问题请与本社营销中心联系调换
电话:010-84083683
版权所有　侵权必究

目　　录

编者序 ……………………………………………………………（1）

第二次世界大战时期的布拉格
　　语言学小组 ………………………［捷克］昂德瑞·斯拉迪卡（1）
安德烈·别雷:形式主义之前的形式主义者……［俄罗斯］奥·克林格（11）
究竟站在哪一方?
　　——罗曼·雅各布森在两次世界大战期间的
　　布拉格 ……………………………………［美］彼得·斯坦纳（22）
从文化学的角度看雅各布森诗学方法 ……………………陈开举（31）
印第安神话《波波尔·乌》的形态学解读 ………………陈　宁（42）
雅各布森与"文学性"概念 …………………………………胡　涛（53）
文学意义的生成:重审雅各布森与里法泰尔、卡勒之争 ……江　飞（67）
论鲍里斯·艾亨鲍姆的文学系统观 ………………………李冬梅（86）
雅各布森诗学在中国的译介现状及研究潜势 …………刘　丹（100）
诗学理论:从形式论学派到
　　后结构主义 ………………［爱沙尼亚］米哈伊尔·洛特曼（111）
布拉格学派与亚音位实体之确立
　　——多语文本中的早期区别特征概念 ………………曲长亮（116）
20世纪俄罗斯文艺学学派:
　　比较研究 …………………………［波兰］日尔科·博古斯拉夫（125）

"列宁的语言":疆界的保卫、划定和拓展

　　——俄罗斯形式论学派面临选择 …… [意大利]斯蒂芬妮娅·希尼(129)

形式论学派的"相对性诗学"

　　——蒂尼亚诺夫理论思想特征初探 ………………… 孙　烨(140)

民族自决、其前提和影响:论知识和

　　观念的传播 …………………………… [瑞士]托马斯·格兰茨(155)

巴赫金论小说的勃兴与西方主体性的衰落

　　——从吉哈诺夫关于巴赫金研究的一篇文章谈起 …… 汪洪章(158)

洛特曼与当代文论新视角 …………………………………… 王　坤(177)

学术批评抑或政治斗争

　　——马克思主义与形式主义之间的论争及其反思 …… 杨建刚(184)

罗曼·雅各布森的隐喻理论和审美现代性话语 ………… 杨建国(201)

走向艺术实践论的布拉格结构主义

　　——布拉格学派与马克思主义的对话 ………………… 杨　磊(215)

舍斯托夫论梅列日科夫斯基的"新宗教意识" ……………… 杨婷婷(228)

科学诗学建构中的审美遮蔽

　　——巴赫金对早期俄国形式主义的批判 ……………… 杨向荣(236)

列宁的语言是怎样形成的:俄罗斯形式论学派论历史材料与

　　意识形态手法 ……………………… [俄罗斯]伊利亚·加里宁(248)

形式主义文学理论与索绪尔语言学的联系 ……… 张　弛　方丽平(255)

理论"他化"与雅各布森诗学的范式意义 ………………… 张　进(267)

《搜神记》志怪故事中的叙事模型及主体间的对话关系 …… 张　璐(279)

文化互动中文本的对话机制

　　——洛特曼文化符号学视角观察 ……………………… 郑文东(291)

在跨学科中发育在跨文化中旅行的现代斯拉夫文论 ……… 周启超(300)

俄罗斯形式论学派文论的中国之旅

　　——以"陌生化学说"为中心 …………………………… 周启超(314)

艺术的意向性与非意向性

　　——扬·穆卡洛夫斯基文艺符号学思想初探 ………… 朱　涛(330)

编 者 序

2016年正值鲍里斯·艾亨鲍姆诞辰130周年、罗曼·雅各布森诞辰120周年、"诗语研究会"成立100周年、"布拉格语言学小组"建立90周年。为汇聚和展示现代斯拉夫文论的最新研究成果,推进现代斯拉夫文论与比较诗学研究的跨越发展,由广东外语外贸大学联合全国"外国文论与比较诗学研究会"主办、广东外语外贸大学外国文学文化研究中心联合西方语言文化学院承办的"第2届现代斯拉夫文论与比较诗学国际研讨会"于6月25—26日在广东外语外贸大学举行。

此次会议共有来自8个国家的100多位专家学者参与,其中8位外籍专家分别来自俄罗斯、美国、瑞士、波兰、爱沙尼亚、捷克、意大利等7个国家的知名高校和科研机构。国内专家则分别来自北京大学、复旦大学等30余所高校,中国社会科学院等多家科研机构,以及多家知名期刊和多个重要学会。在开幕式上,广东外语外贸大学校长仲伟合教授发表了热情洋溢的欢迎词,广东外语外贸大学外国文学文化研究中心主任张进教授介绍了会议的情况及参会嘉宾。之后,上海外国语大学谢天振教授代表中国比较文学学会、华中师范大学聂珍钊教授代表中国外国文学学会、东北师范大学刘建军教授代表中国高校外国文学教学研究会暨中国高等教育学会外国文学委员会、中国人民大学张永青教授代表全国马列文艺论著研究会、华东师范大学陈建华教授和莫斯科大学奥列格·克林格(Oleg Kling)教授代表国内外专家分别致辞,充分肯定了此次会议召开的历史契机、现实价值和重要意义。

此次研讨会以"跨语言·跨文化·跨学科的理论旅行"为主题,共进行了3个主旨报告和3场大会发言,30多位专家分享了他们关于现代斯拉夫文论名家名说与学派集群研究的最新成果,与会学者围绕报告和发言进行了热烈而深入的研讨,会议取得了全方位的丰硕成果。

一 现代斯拉夫文论发生发展及其影响的宏观研究

不管从现代文论史重大思潮、流脉、学派的发育谱系来看,还是从现代文论的变革动力、发展取向、基本范式的生成路径来看,现代斯拉夫文论都是跨语言、跨文化、跨学科的典型,这也是此次研讨会的主题内涵。对此,中国社会科学院周启超教授的主旨报告以雅各布森的跨国别、跨语言学术活动和跨学科、跨领域理论传播,以及"陌生化"概念学说在不同文化语境中的流转、译介和变异两个经典案例,进行了生动的阐述和系统的论证。

现代斯拉夫文论作为集群规模宏大、理论特色鲜明的现代文论体系,有其深远的文化渊源和丰富的历史语境。在此次研讨会上,东北师范大学刘建军教授从宗教的角度切入,认为现代斯拉夫文论以文学意义为中心和本源,以意义、语言和形式三位一体为诗学深层逻辑,特色鲜明的个性化话语等特点,都有其内在的东正教渊源。波兰格但斯克大学的日尔科·博古斯拉夫(Zylko Boguslaw)教授追溯了20世纪俄罗斯文艺学主要流派的历史渊源,系统考察了这些流派在发生发展过程中与历史语境的关联,并通过一种类型学的比较研究,详尽论述了几个主要学派的行动脉络及相互之间的学术共鸣与争鸣。

作为跨文化旅行的典范,现代斯拉夫文论对中国文论和美学产生了深远的影响,这其中既有源于理论的内涵特质,也有复杂的历史动因和现实机制。此次研讨会上,周启超教授从中苏、中俄文化交流的历史出发,提出了当代中国对俄罗斯形式论学派接受的三个阶段划分,并概括梳理了各个阶段的主要特点。南京大学汪正龙教授则站在历史影响的角度,从思维方式和体系建构、重要范畴、研究方法论三个方面来考察苏联美学对中国当代美学和文论建构的重大影响,并以具有代表性的美学家及其理论实践进行了详细的历史梳理和比较印证。

二 史料的再发掘与理论的新视野——雅各布森研究的创新性突破

雅各布森作为现代斯拉夫文论跨学科发育、跨文化旅行的典型案例，是此次研讨会的主要聚焦点和重要创新点，国内外专家从不同维度展示了关于雅各布森研究的最新成果，并在整体上呈现出历史视野与理论视域相交融的特点。

20世纪很多理论家都在复杂的政治社会环境中展开学术活动，作为具有重大国际影响力的学者，雅各布森的个人身份、政治立场和民族意识问题是雅各布森研究的关键问题。此次研讨会上，美国宾夕法尼亚大学彼得·斯坦纳（Peter Steiner）教授的主旨报告就雅各布森在两次世界大战期间所谓的间谍身份和政治立场问题进行了细致的考察，报告通过大量翔实的文献档案资料展示和细致的历史线索分析指出，雅各布森在布拉格期间与捷克、苏联之间的关系错综复杂并且往往自相矛盾，其中存在着复杂的政治纠葛。瑞士苏黎世大学托马斯·格兰茨（Tomáš Glanc）教授的主旨报告则通过对《论民族自决》和《欧洲民族自决的兴起》这两个关键文本的发掘探讨了雅各布森的民族意识问题，报告深入解读雅各布森关于民族自决的观点及其历史文化环境，进而从一种"知识和概念的转移"的视角，指出雅各布森作为传播斯拉夫文化并致力于沟通俄欧、俄美的"中间人"，有其民族文化"野心"。

雅各布森的诗学理论对现代斯拉夫文论的纵向传承和横向拓展具有枢纽式的作用，历来为学界所重，也是现代斯拉夫文论研究创新所需突破的主要难点之一。此次研讨会上，与会专家或从新视野、新视角观照切入，或进行概念的新解读与新发现，或挖掘其学说的新价值和新意义，创新成果丰硕。

广东外语外贸大学张进教授从范式论的宏观视野出发，考察雅各布森诗学核心观念的"他域化""他人化""他国化""他语化"和"他科化"典型特征，以一种"观衢路"的路径来探讨雅各布森诗学"他化"的重大理论和历史意义。广东外语外贸大学陈开举教授从方法论批判的视角切入，认为雅各布森将文学置于语言学的视野下进行科学化研究，实现方法论突破的同时也凸显了这种方法本身的局限性。五邑大学杨建国副教授从"审美现代性"的视角观照雅各布森的隐喻理论，认为隐喻理论对"启蒙现代性"和"审美现代性"进行了类型划分和历史分期，自身也成为"审美现代性"话语的一部分。安庆师范大学江飞副教授从"结构主义"和"后结构主义"的关系视角考察雅各布森关于文学意义的思考，反思雅各布森与结构主义阵营之间关于读者阐释与语言阐释的批评与反批评。黄冈师范学院胡涛副教授从理论接受的视野出发，质疑当下流行的"文学性"概念的接受程度，指出在汉语中的广泛使用与新时期引入西方文论时的选择性误读有关。

国内关于雅各布森诗学理论的研究取得了丰硕的成果，但整体看来并未形成系统性的研究，其中的关键因素之一是雅各布森著作的翻译。对此，北京语言大学刘丹教授详细考察了雅各布森诗学著述在中国的翻译情况，并以译介学为理论参照，对雅各布森诗学译介不成系统的原因进行了细致探析并提出了潜在的研究领域。

三 对话的历史——现代斯拉夫文论与马克思主义关系的多维度考察

现代斯拉夫文论与马克思主义之间的理论对话和历史纠葛，除了理论价值取向和运思路径的分歧，背后还有复杂的意识形态和政治环境因素。此次研讨会有两位国外专家都从"列宁语言"与形式主义的关系入手来考察这一问题的复杂性。意大利东皮埃蒙特大学斯蒂芬尼亚·希尼（Stefania Irene Sini）教授聚焦1924年形式主义者关于"列宁语言"研究的系列文章，认为这些文章反映了形式主义者理论的演变，也是其研究疆域的拓展，揭开了他们进行文学形式之外的日常生活研究的序幕，实际上是形式主义者的一种自我保护。俄罗斯圣彼得堡大学伊利亚·卡列宁（Ilya Kalinin）副教授则聚焦形式主义学者对历史材料与意识形态手法的研究，认为形式主义学者从发掘诗学语言规律的角度来描写列宁语言，这为其将文学演化理论向整个社会历史领域推广提供了可能性，与此同时，形式主义学者也开始着手对资产阶级意识形态进行批判性分析。

除此之外，四川大学傅其林教授通过对代表性文论与美学著述的分析，考察了西方马克思主义文论家卢卡奇对形式主义符号学的批判与吸收。山东大学杨建刚副教授考察了20世纪20年代苏联马克思主义和俄国形式主义之间具有政治斗争色彩的学术论争。昆明理工大学杨磊副教授则考察了布拉格学派与马克思主义的理论对话，认为在对话的过程中布拉格学派的社会关怀被进一步激发而走向了一种艺术实践论。四川大学高树博副教授则考察了穆卡洛夫斯基与马克思主义的理论共鸣，认为穆卡洛夫斯基可视为"后马克思主义"，深入挖掘其思想对建构具有中国特色的马克思主义文论很有启发意义。

四　渊源·演化·影响——俄苏形式主义理论史的系统性观照

俄苏形式主义作为现代文论的主要开端之一，其开创性的历史贡献毋庸置疑，但其产生并非一蹴而就或完全自主的。对于形式主义发生时期的界定，俄罗斯莫斯科大学奥列格·克林格（Oleg Kling）教授在此次研讨会上提出了新颖的观点，提出安德烈·别雷是"形式主义前的形式主义者"，应该以其在1902年发表的《艺术形式》一文作为俄苏形式主义的起点标志。关于形式主义的语言学渊源，广东外语外贸大学张弛教授则全面考察了其与索绪尔语言学之间的关系，并从肯定价值与反思批判的双重维度进行了客观的评析。

形式主义文论的贡献，还可以在整个现代文论历史演化的轨迹中得到系统性的定位。在此次研讨会上，爱沙尼亚塔尔图/塔林大学教授、著名符号学家尤里·洛特曼之子米哈伊尔·洛特曼（Mihhail Lotman）以诗文本理论为核心线索，梳理了从形式主义到后结构主义之间的传承与发展，并指出诗学理论在俄国形式主义范式中的自相矛盾之处，进而分析结构主义对形式主义传统的继承和修正，以及后结构主义的超越性意义。

什克洛夫斯基作为形式主义的代表人物，其理论的被接受程度实际上代表着形式主义文论的历史影响力。在此次研讨会上，哈尔滨师范大学赵晓彬论证了什克洛夫斯基是文学团体"谢拉皮翁兄弟"的灵魂人物，并进一步阐述其理论对该团体的影响以及他们之间的共同诉求。哈尔滨师范大学杨燕副教授则指出了什克洛夫斯基诗学的被误读之处，认为什克洛夫斯基诗学的语言学基础并非索绪尔语言学，而是库尔德内的语言学理论，什克洛夫斯基的诗学总体的人文主义倾向往往被学界所忽视。

五　从概念、学说到流派历史的考察——布拉格学派研究的多层次推进

此次研讨会关于布拉格学派的研究，除了聚焦雅各布森之外，还在多个层次上得到推进。大连外国语大学曲长亮副教授从语言学的角度切入，综合考察雅各布森提出的聚合性的"区别特征"概念和布拉格学派对这一概念的整体贡献及其历史意义。华南师范大学朱涛副教授从艺术的意向性与非意向性角度切入穆卡洛夫斯基的文艺符号学思想，详细阐述了两者之间的互动机制及其对于艺术作品的决定性作用。

北京大学钱军教授探讨了布拉格语言学小组历史分期、成员构成以及与欧美语言学者的关系等三个方面的历史问题，认为布拉格学派不是莫斯科语言学小组或者俄国形式主义的捷克翻版，也非地理或民族的概念，同时也不是封闭的团体。关于布拉格学派的在第二次世界大战期间的历史处境问题，捷克科学院昂德瑞·斯拉迪卡（Ondrej Sládek）教授进行了系统而深入的考察，认为其间布拉格学派的活动并没有受到显著影响，布拉格学派在第二次世界大战期间依然是捷克学术界的中心之一，这对于捷克结构主义研究传统乃至捷克语言学、文学批评、美学和戏剧研究的持存和发展产生重要而深远的影响。

六　比较视域与当代视野中的现代斯拉夫文论名家名说研究

此次研讨会除了聚焦雅各布森、什克洛夫斯基、穆卡洛夫斯基之外，还从比较视域与当代视野等角度出发，对巴赫金等现代斯拉夫文论名家及其学说进行了深入的探讨。

巴赫金研究也是此次研究的热点之一，并凸显出从多科学、跨领域对其思想进行综合考察的总体特点。复旦大学汪洪章教授认为，思想成熟时期的巴赫金已实现由美学研究向文化哲学研究的转变，其最大的贡献在于创立了一种消解主体性的人文主义。北京师范大学张冰教授则将巴赫金的话语诗学溯源至沃洛希诺夫的"社会学诗学"，认为其话语诗学将日常生活话语纳入研究对象具有重要的转变意义。浙江传媒学院杨向荣教授阐述了巴赫金从美学角度对俄国形式主义的批判和反思，指出巴赫金认为"科学"的诉求使文学研究简单化和绝对化，也导致了审美的

遮蔽。

关于洛特曼的研究，中山大学王坤教授从同一性的弊端出发来论述洛特曼对立美学的当代意义，认为其对形式与内容二分法的化解具有重大的价值；武汉大学郑文东以洛特曼的文化符号学视角来观察来观照翻译学。此外，黑龙江大学孙超教授对俄罗斯当代文学批评家叶兴的《分析文学作品的原则和方法》进行了全面的解读，认为该书为认识作品的"文学性"开辟了一个明确的思路。苏州大学李冬梅副教授对艾亨鲍姆的文学系统观进行了细致阐述并指出其理论意义和历史意义。南京师范大学康澄教授对普希金诗学中作为"情节基因"的象征进行了研究，分析其象征的基础性作用。广东外语外贸大学萧净宇教授则考察了俄国语言哲学代表人物施佩特的斯拉夫思想印记及其对于俄国诠释学现象学的贡献。中国社会科学院研究生院孙烨从蒂尼亚诺夫的"二律背反"思想来考察形式论学派的理论贡献。另外，作为一种跨文化的比较阐发研究，广东外语外贸大学陈宁副教授运用普洛普的理论来质疑对印第安神话《波波尔·乌》由印第安人族群自主创作的观点；广东外语外贸大学张璐副教授则综合普洛普、格雷马斯、巴赫金等人的理论模式来探索《搜神记》的叙事模型和主体间的对话关系。

此次研讨会具有鲜明的国际性和广泛的代表性，会议议题合理，内容全面，囊括了现代斯拉夫文论主要的理论家和学派集群。与会专家研究视角全面，既有宏观审视，也有微观聚焦；会议创新成果丰硕，既有历史的探新发掘，也有理论的重评再估；会议研讨充分，既有研究热点的聚焦，也有研究难点的突破。会议现场气氛热烈，国内外专家对话交锋，中英俄三种工作语言交会贯通。在闭幕式上，全国"外国文论与比较诗学研究会"会长周启超教授和广东外语外贸大学外国文学文化研究中心主任张进教授分别作了会议总结发言，会议于6月26日中午结束。

此次会议共征得高水平学术论文三十余篇，经大会学术委员会审定，征得论文作者同意并授权，现将会议论文结集出版，以飨学界。同时，在编辑过程中难免存在疏漏与不足，还请论文作者及学界同人海涵指正。

第二次世界大战时期的布拉格语言学小组

［捷克］昂德瑞·斯拉迪卡（Ondřej Sládek）著　许栋梁译
（捷克科学院捷克文学研究所
广东外语外贸大学外国文学文化研究中心）

本文将聚焦于第二次世界大战时期布拉格语言学小组（PLC）的艰难处境。尽管出版发表的可能性降低，战争前期审查机制加强，但是小组的活动大体不变：会议和演讲活动持续举行；《语言与文学》（*Word and Verbal Art*）一直发行至1943年。但是在1944年小组的活动明显衰落。大体上来看，第二次世界大战期间布拉格语言学小组是捷克学术界为数不多的学术活动中心之一，多亏于此，V. 马泰修斯、扬·穆卡洛夫斯基、博胡斯拉夫·哈弗拉奈克、尤里·维尔特鲁斯基、弗拉基米尔·斯卡利其卡等人的一些重要个人著作，以及《马哈作品节选和探秘》（*The Fragment and Mystery of Mácha's Work*）、《语言和文学读本》（*Reading on Language and Literature*）等集体著述得以出版。这些著作对于捷克结构主义重要传统的持存起了意义重大的作用，并且对捷克语言学、文学批评、美学和戏剧研究的进一步发展产生了重要而深远的影响。本文还聚焦于穆卡洛夫斯基在第二次世界大战期间的活动及其当时发表的著述之梳理。

一　布拉格语言学小组的新处境

英语语言学家约瑟夫·瓦海克（Josef Vachek）在他的回忆录里写道："通常认为，由于1938年6月特鲁别茨柯依的逝世和1939年春雅各布森被迫移民，布拉格语言学小组的活动在第二次世界大战期间业已瘫痪。

但事实上并非如此：小组的演讲活动一直持续不断，在德国占领的捷克斯洛伐克，小组成员只要条件允许，就抓住有限的可能性持续发表著述。"（1994：80）。这份由约瑟夫·瓦海克在他的《一个捷克英语语言学家的回忆录》（Memoirs of a Czech Anglicist, 1994）所提供的证言可以从多方面进行证实。我们可以考察布拉格语言学小组在第二次世界大战期间的演讲列表，或者我们可以查阅一些小组集体或由成员个人撰写并在那个时期成功出版的著作（cf. Čermák-Poeta-Čermák, 2012; Sládek, 2015）。

瓦海克在引文中提到，一些专家认为尼古拉·特鲁别茨柯依的逝世和罗曼·雅各布森离开捷克斯洛伐克对此后布拉格语言学小组的活动产生重大影响，或者可以说，使小组活动陷入停滞。瓦海克明确意识到，这种观点是源于对布拉格学派的浮浅认识，由此，同样会认为特鲁别茨柯依和雅各布森是布拉格结构主义最重要的代表人物。同时还有一种广泛流行迄今的观点，那就是认为雅各布森的离开事实上意味着小组的终结。对此我们可以援引英国批评家、理论家特里·伊格尔顿在《文学理论导引》（1983, 2nd ed. 1996）中的论述来阐明不一样的情况："布拉格语言学小组建立于 1926 年，持续存在至第二次世界大战爆发。"（2003：85）

当我们在一个更为普遍的层面来看待瓦海克的上述评论，很明显直接谈论的是成员变迁与小组活动之间的关联。瓦海克指出，很多学者认为特鲁别茨柯依的离世和雅各布森离开之后，布拉格语言学小组在一定程度上便解体了。他们在第二次世界大战前夕的"离开"具有象征意义，预示着小组已经无法一如从前了。事实上，小组成员的变迁更早就开始了——现代捷克文学批评的领军人物弗兰蒂谢克·萨尔达（František X. Šalda）已于 1937 年逝世；同样地位显赫的捷克文学批评家奥托卡·费舍尔（Otokar Fischer），于 1938 年初在得知纳粹德国吞并了奥地利之后就去世了。

随着第二次世界大战的爆发，在整个期间小组发生了更为致命的成员变迁。在 1939 年 3 月德国占领波西米亚和摩拉维亚并将其变成受保护领地之前，布拉格语言学小组共有 60 名成员（Čermák-Poeta-Čermák, 2012：372）。犹太裔德国语言学家利奥波德·希伯斯坦（Leopold Siberstein），在1938年初离开了小组，不久之后伟大的纳粹主义反对者弗里德里希·施洛蒂（Friedrich Slotty）也离开了。不同的情况是德国音乐学家古斯塔夫·贝京（Gustav Becking）因追随德意志民族社会主义工人党（NSDAP，纳粹党的全称）而离开小组，他于第二次世界大战结束前夕在布拉格街头被秘密处决。同样，德国斯拉夫语学家尤根·瑞普尔（Eugen Ripple）也在第二次世界大战结束的时候选择了和他妻子一起自杀。德国美学家埃米尔·乌蒂茨（Emil Utitz）和德国法学家兼哲学家奥斯卡·克劳斯（Oskar Kraus）第二次世界大战期间被羁押在集中营。俄国文学史家和理论家阿尔弗莱德·贝姆（Alfred Bem）于1945年5月被苏联军事情报局逮捕，此后杳无音讯。

这个并不全面的关于成员变化的简短考察表明，布拉格语言学小组受到各种外部力量的严重影响。尽管如此，小组剩余的成员继续开展研究工作。捷克境内的大学于1939年11月17日关闭之后，他们有更多的时间从事研究。很多论述都认为，小组自然地应对了当时的政治和社会问题。扬·穆卡洛夫斯基（Jan Mukařovsky）在他的回忆录中提到："每当时局越艰难，我们的会议就更有生命力"（Mukařovsky, Vzpomínky Ⅱ/Memoirs Ⅱ/）。

小组在失去一些成员的同时也在吸纳新的成员。约瑟夫·鲁茨卡（Jozef Růžička）、雅罗斯拉夫·普实克（Jaroslav Průšek）、尤里乌斯·海登瑞希（Julius Heidenreich）、约瑟夫·瓦西卡（Josef Vašica）、亨德里奇·霍恩泽尔（Jindřich Honzl）、菲利克斯·沃迪奇卡（Felix Vodička）、尤里·维尔图斯基（Jiří Veltrusky）、朱莉叶·诺瓦科娃（Julie Nováková）、伊万·珀尔道夫（Ivan Poldauf）等都在第二次世界大战期间加入了布拉格语言学小组，小组成员的数量有了显著的变化。如果说小规模的变动是小组正常"运转"的结果，那么大规模的变动则是不幸的，是无法避免的社会政治环境所致。比如，1940年政府的第136号指令，就是针对文化机构里的犹太成员的。根据该指令第1部分，小组的每个成员都必须在一份自己不是犹太人的声明上签字。一份成员的名单对比显示"33个成员没有签署这一声明"（Čermák-Poeta-Čermák, 2012：373）。从这个角度来看，纳粹占领的开始，可以视为小组一个重要时代——在某些人看来是最重要的时代——的结束（cf. Toman, 1995：243）。

二 支持民族意识的集体著作

　　1938年意义独特，这一年是隆重庆祝和纪念捷克斯洛伐克独立20周年的重要年份。然而，1938年3月德国吞并奥地利之后欧洲的政治形势愈发严峻，随后的独立庆典变成民族意识和保卫国家艰难赢得自由的决心的象征性展示。虽然布拉格语言学小组并未发表任何正式的公开声明，但是很多小组成员参加了各种旨在保卫处于威胁中的国家的活动和运动。扬·穆卡洛夫斯基（Jan Mukařovsky）、博胡斯拉夫·哈弗拉奈克（Bohuslav Havránek）、V. 马泰休斯（Vilém Matheisus）和罗曼·雅各布森（Roman Jakobson）在一份题为《坚持我们的信念！》（Faithful We Shall Remain!）的宣言上签字，这份宣言广泛刊登在1938年5月15日捷克的报纸上。这份宣言坚持捷克斯洛伐克首任总统托马斯·G. 马萨瑞克（Tomáš G. Masaryk）的遗产，呼吁民族自卫。进而，PEN社团世界大会于1938年在布拉格举行，扬·穆卡洛夫斯基在会上发言。

　　穆卡洛夫斯基编辑的名为《马哈作品节选及探秘》（The Fragment and Mystery of Mácha's Work）的辑刊也变成一个意料之外的宣言。布拉格语言学小组于1936年开始运作这本书，这一年是捷克重要的浪漫主义诗人、现代捷克诗歌奠基人卡雷尔·希内克·马哈（Karel Hynek Mácha，1810—1836）逝世100周年。然而这辑刊物并未能及时出版，当它最终在1938年12月出版的时候，捷克斯洛伐克的政治和社会局势对比辑刊上的作品刚发布之时，已经截然不同。这本书在公众倾心于诗人伟大人格的时候出版，在捷克国家危亡的时候，公众在这些诗人的作品中寻求。穆卡洛夫斯基作为辑刊的编辑者，回应了时下的境况，但他仅间接地以注释的形式就当时诗歌和艺术的角色进行评论。他将对生命具有真正影响的诗歌置于同有宣传倾向性的诗歌相对立的位置，穆卡洛夫斯基写道："这是很严肃的，因为诗歌在今天是必需的，它能够让人在变化的世界中完成寻找自己方向这一非常严肃的任务，因此诗歌不能将其真实本质屈服于一种完全表达倾向性的利益诉求，因为这种时代所设定的任务之完成可能很容易，但也有可能是极其困难"（穆卡洛夫斯基，1938：9）。对穆卡洛夫斯基来说，完成这一任务是个实践问题，但理论也能够指点某些可能性。

《我们的国家给予了欧洲和全人类什么》(What our Countries Gave to Europe and Mankind, vols Ⅰ and Ⅱ) 一书与《马哈作品节选及探秘》有相似的命运。它是由小组的领袖、英语语言学家 V. 马泰修斯筹划的，这本书的精神来源于文学史家、戏剧批评家瓦克拉夫·泰勒 (Václav Tille)，但是大纲是由马泰修斯写就的，并且他在泰勒逝世后完成了该书，马泰修斯召集了来自各研究领域和不同代际的众多作者。当时，计划不断耽搁，欧洲的政治和社会形势也在发生变化。书籍的公开出版也因其规模、筹划的方式和审查制度而遭受不断的阻碍。

虽然这本书不是由小组筹划的，但很多小组成员都是贡献者。比如，博胡斯拉夫·哈弗拉奈克、弗兰克·沃尔曼，以及以欧拉夫·简森 (Olaf Jansen) 为笔名发表著述的罗曼·雅各布森。就像辑刊《马哈作品节选及探秘》一样，这本书在文化和编辑上都保持了高水准。马泰修斯毫不隐藏地表达了他对此书的理解，他将此书视为对捷克民族的长远文化和学术工作的支持同时也是挑战。他在封面上写道："《我们的国家给予了欧洲和全人类什么》是一本蕴含伟大的民族信念的书，是一部关于民族意识的书，是一个保障和指引我们如何持续进行当前和未来工作的象征 (A safe signal of a direction to take and how to keep on working in the present and the future)" (1939)。

马泰修斯在 1944 年独立出版了一本书，书名很好——《可能性的等待：关于创造性生活的书信》(Possibilities Awaiting: Epistles about a Creative Life)。在这本书中，他继续表达了自己有关创造性行动主义 (a creative activism) 的早期观点，这是他生命哲学的内核。他将创造性的行动主义理解为既是个人的也是社会的系统工程。大致来说，可以认为马泰修斯将此书设想为对创造性的辩护和对活动力的吁求 (an apology of creativity and a call for activity)。然而他仍以研究的全面系统性和价值的升华，超越了他最初的目标。

另外一本支持民族意识和为文化和民族主权而战的书，是罗曼·雅各布森在 1943 年出版的《古代捷克人的智慧：民族抵抗的古老基础》(Wisdom of the Old Czechs: Age-old foundations of national resistance)。它是经由捷克斯洛伐克文化界在纽约出版的。雅各布森在该书中论述了斯拉夫文化与德意志文化持续不停斗争的观点，这在捷克斯洛伐克流亡者中间引发了广泛的讨论，有些讨论直到1945年之后才最终结束。

三　布拉格语言学小组的出版活动

1939年初，雅各布森结束了其作为布拉格语言学小组第二负责人的工作，让位给语言学家博胡斯拉夫·哈弗拉奈克（Bohuslav Havránek）。他宣布打算尽早辞去布拉格语言学小组的管理工作，但他仅在1939年2月24日的一封信中确认了此事（Havránková, 2008: 185）。当雅各布森卸下职务、自由地离开捷克的时候，以马泰修斯为主要负责人、以哈弗拉奈克为第二负责人，小组进入了一个愈发难以直接开展系统性研究活动的时代。当1939年德国占领捷克并宣称其为被保护区之后，小组的研究活动就变得更艰难了。

尽管在很多杂志被关闭或被强迫停刊之后，再加上严格的审查制度的施行，出版发表困难重重，但是小组的活动并没有显著地改变——至少在第二次世界大战初期是如此。演讲活动仍然频繁举办，《语言与文学》（*Word and Verbal Art*）杂志作为展示小组成果的主要平台，一直印刷至1943年底。小组的活动只有在1944年受阻。尽管困难重重，但是经过集体和个人的努力筹划，20世纪40年代初小组的著述持续完成。

1939年，小组成员设法出版了《布拉格语言学小组论文集》（*Travaux du Cercle linguistique de Prague*）第7卷，包括尼古拉·特鲁别茨柯依未完成的开创性著作《音系学基础》（*The Basics of Phonology*）。之后的第8卷仍然是特鲁别茨柯依的著作，这一卷是为了纪念他而出的。该书收集了31篇著述，很好地概述了当时的音系学研究。第10卷也在第二次世界大战期间规划，它本应是特鲁别茨柯依关于古斯拉夫语法研究的内容，但最后并未出版。特鲁别茨柯依的著述是用德语写的，因此1945年在捷克境内根本无法出版。虽然这本书被翻译成法语并在20世纪40年代准备出版，但是由于操作原因——纸张缺乏而始终搁浅（cf. Čermák-Poeta-Čermák, 2012: 746）。

两位青年捷克学者约瑟夫·拉巴克（Josef Hrabák）和弗拉基米尔·

斯卡利其卡（Vladimír Skalička）的著作在 1941 年作为"布拉格语言学小组研究成果"（Studies of the Prague Linguistic Circle）的一部分由小组面向国内读者出版。两位作者都曾于 20 世纪 30 年代在小组做过演讲。拉巴克于 1941 年出版了《Smil Flaška z Pardubic 文学流派：文学结构分析》（*The Literary School of Smil Flaška z Pardubic：An Analysis of the Literary Structure*）；斯卡利其卡于 1941 年出版了《捷克语词尾变化的发展：类型学研究》（*The Development of Czech Declension：A Typological Study*）。

这份有关布拉格语言学小组在第二次世界大战时期公开出版发表的清单远非完整。博胡斯拉夫·哈弗拉奈克和扬·穆卡洛夫斯基最大的出版成就，是 1942 年他们策划出版一本名为《语言和文学读本》（*Reading on Language and Literature*）的书。一开始，该书计划按照预定的内容和名称出版，其目的是向捷克读者展示关于语言和文学的结构主义研究的最新成果，但是最后这一版只有第 1 卷得以出版，尽管原初计划设想了一系列的主题和长远的研究，计划由卡雷尔·泰格（Karel Teige）、尤德瑞奇·霍恩泽尔（Jindrich Honzl）、扬·德尔达（Jan Drda）等人阐述关于文学发展、文学批评及其功能、文学与视觉艺术之间的关系等方面的问题。

这一出版计划失败的主要原因在于时局不利，这在仅出版的第 1 卷之准备期的审查形式中就已经决定了。《语言和文学读本》一书包括五个方面的研究：语言学方面是弗兰蒂谢克·特拉夫尼什克（František Trávníček）关于语言正确性的研究和约瑟夫·瓦海克（Josef Vachek）关于书写语言和正字法的研究，文学批评是菲利克斯·沃迪奇卡（Felix Vodička）关于文学史及其问题和任务的研究，以及尤里·维尔特鲁斯基（Jiří Veltrusky）关于戏剧作为文学作品的文章。维尔特鲁斯基的《作为文学的戏剧》（*Drama as Literature*）一书最终屈从于夸张的审查介入，审查员删掉了一条来自埃德蒙德·胡塞尔书中的引文，维尔特鲁斯基以这条引文来说明胡塞尔现象学关于时间对象的语义成分的概念与穆卡洛夫斯基关于语义语境的构成之间的关系。对这些研究成果的批判性接受意义重大，这多亏于"文学—历史"社团（the Literary-historical Society），该社团在 1944 年春组织了几晚关于这本书的讨论。

除了小组内的集体性工程，小组成员还参加了几个其他的编辑和出版任务。其中最重要的是协作编辑《奥托新时代百科全书》（*Otto's Encyclopaedia of the New Era*）和1940年出版的内容广泛的纪念性刊物《永恒的马哈》（*The Eternal Mácha*），穆卡洛夫斯基就是编委会的成员之一。此外，斯芬克斯出版社在20世纪40年代开始着手《文学百科全书》的工作。尽管后来未朗得列克出版社接手了这项工作，但是百科全书最终并没有完成和出版。

四　穆卡洛夫斯基的研究活动及著述

关于小组成员个人在第二次世界大战时期的研究活动，这里主要以穆卡洛夫斯基为例。1939年至1945年是他一生的开创性探索完成、回顾和继续新主题的时期。

首先，需要指出的是，穆卡洛夫斯基是这一时期布拉格语言学小组最活跃的演说家之一，从1939年5月到1945年4月，他前后进行了11场演讲活动。由此可见他的勤奋，也证明他需要不断地就他当时的研究进行讨论交流。当我们考察这些主题的时候，我们可以看到他的兴趣和思想的清晰转变，从卡佩克和万丘拉小说的语义成分分析，到语言、对话和独白的美学主题研究，以及文学与视觉艺术的关系。他还研究美学功能与其他功能的区分，诗歌的角色和功能，艺术发展中的个体和个性问题，以及艺术的意向性和非意向性问题等。

我们还可以探索他在小组的演讲同他在1941年之前出版的研究著述之间相对密切的关联。这显示了他早期的演讲是基于他当时的研究工作的，或者他想修订他的演讲，并在他推出它们之后迅速作为研究内容出版。他在1941年因病情严重中断了这些工作，此后他没有继续这一工作状态。从1942年4月到1945年4月，他在小组所做的演讲都被记录下来（总共涉及功能问题、个体与文学发展、艺术的意向性与非意向性等五个相关问题），但都到很久之后才出版，其中的三个方面变成他的美学论文集《美学研究》（*Studies in Aesthetics*）的一部分，该书由弗托斯拉夫·哈瓦蒂克（Květoslav Chvatík）整理出版（Mukařovsky, 1966）。

除了为小组做的演讲，穆卡洛夫斯基在1941年还为电台准备了演讲，主要包括关于访谈艺术、声音文化、演讲、手势和面部表情等，同时还关注这样的问题：今天的美学为何而斗争（What is the struggle of aesthetics today）？作为公众人物，他总共做了五场演讲。此外，1940年和1941年穆卡洛夫斯基还在一个由教育研究院组织的诗学概论课上做了演讲。

前面提到的穆卡洛夫斯基的病情让他卧床将近半年，他的大腿上形成了重度静脉血栓。在这一段时间多位朋友拜访了他，主要有博胡斯拉夫·哈弗拉奈克、弗拉迪斯拉夫·范库拉（Vladislav Vančura）、尤德瑞奇·霍恩泽尔、卡雷尔·泰格、维特兹斯拉夫·内兹瓦尔（Vítězslav Nezval）等。尽管身体有恙，穆卡洛夫斯基仍试图继续工作。

穆卡洛夫斯基的有几个发表时间跨度比较长的著述（彼此之间相关）需要提及，特别是在1940年就已经全部发表的关于形式的传统，语言、对话和独白的美学等研究。在这些著述中，穆卡洛夫斯基以一种综合性的形式展示了他关于诗歌语言及其可能性的研究，这些是他在20世纪20年代早期就着手的研究。所有这四个研究，在杂志上发表后不久就都被收录于《捷克诗学篇章》（Chapters in Czech Poetics）一书，被视为穆卡洛夫斯基有关艺术研究概念的导引。《捷克诗学篇章》由两部分构成，是穆卡洛夫斯基在1925年至1940年间写就的。第1卷包括他关于诗歌的一般问题的论述；第2卷是由关于捷克诗歌和散文发展的个案研究组成的。这些论文在主题和分析的深度上都有所不同，但是它们共同阐述了清晰的焦点，形成了统一的理论和方法论基础。虽然《捷克诗学篇章》是选集，穆卡洛夫斯基尽可能地让它看起来是个整体，并且具有内在的脉络（cf. Sládek，2015a：253-257）。因此，这本书在捷克结构主义思想中产生重要影响，实属必然。

这本书对穆卡洛夫斯基来说，堪称他走向结构主义道路的里程碑，此后他走向了另外一条不同的道路，这是因为他的观念和著述越来越受辩证法和辩证唯物主义的影响（cf. Mukařovsky，1948；Steiner，1978；Veltrusky，1980/1981；Sládek，2015a，2015b）。

五　结　语

通常认为，1939年11月前捷克斯洛伐克被占领、捷克境内的大学被关闭之后，布拉格语言学小组的研究活动和大学工作就停止了，但事实并非如此。布拉格日尔曼大学（The Prague German University）直到第二次世界大战结束仍在运作，就像布拉格和布尔诺的几所日耳曼工程大学（German engineering universities）一样，教师仍然时不时地授课。布拉格语言学小组的情况并不例外，布拉格语言学小组是一个注册协会，这意味着它的活动并不受特殊的纲领性要求的严格限制。布拉格语言学小组扮演着整个第二次世界大战时期捷克学术研究持续进行的中心角色。同时它还提供了正常时期大学所能提供的成果，它保护了学生和初级研究人员，将他们引向学术领地（cf. Vachek, 1994）。这对于捷克结构主义重要研究传统的持存起了非常重要的作用，并且对捷克语言学、文学批评、美学和戏剧研究的发展产生了深远的影响。

安德烈·别雷:形式主义之前的形式主义者

[俄罗斯]奥·克林格(Олег Алексеевич Клинг)著　胡荃译

(国立莫斯科大学　广东外语外贸大学西方语言文化学院)

套用陀思妥耶夫斯基评价果戈理的话来说,整个俄罗斯的形式主义和先锋主义很大程度上萌发于安德烈·别雷。安德烈·别雷可以被称为形式主义之前的形式主义者,先锋主义之前的先锋主义者。

如果把文学理解为不仅是文本,而且是文本外的一切"文学"概念所包含的因素之总和,那么,文学的本质特征之一就是语境,包括文学的、新闻的(对于安德烈·别雷的时代而言具有现实意义,并非对于我们的时代而言)、出版的、批评的、传记的和非传记的语境,文学作品的创作史、文本诗学或者文本总和(不同的作家、流派、时代等)、互文性的语境,还有其他很多不胜枚举的因素,比如时间变化等。19世纪末到20世纪初的文学景观在一百年多年间发生了显著的变化。

俄罗斯先锋主义不是始于1914年而是更早地始于1894年这一新说,不久前才获得确认。这里所说的"先锋主义"是广义的。与此同时,从具体的意义上看,先锋主义是指19世纪末20世纪初一种文学史现象。现今这种观点已经确立。

值得一提的是,这就发生在离我们很近的20世纪末至21世纪。这个时代,随着时间的流逝,可以称得上是文学史上的"白金时代"。在这个时期我们很多关于文学的看法都改变了。这是文学史的根本转折点之一。

欧洲的象征主义和俄罗斯的象征主义相互碰撞,形成两种象征主义思潮:"前先锋主义"和"新古典主义"。先锋主义的先驱甚至其开端即是象征主义[①]。同时，俄罗斯的象征主义是形式主义在文学上和先锋主义在实践上的先驱。理论和实践相联系是区别形式论学派和左翼文艺阵线的标志，这个标志的源头是象征主义。这一点在安德烈·别雷的创作中得到了鲜明体现。

最近一段时间里，有关20世纪初的文学分析发生了变化，更加全面、更加客观的20世纪初文学发展图景建立起来了。因此，我们尝试从共时的角度分析安德烈·别雷在形式主义之前的形式主义和安德烈·别雷在先锋主义之前的先锋主义。当然，从历时的角度进行分析是非常困难的，或许也没有必要。但应该指出，"共时"不仅是指索绪尔意义上的"共时"，也指心理学层面上的，包括荣格理论中精神层面上的"共时"。这里所说的是多个外部事件和内心状态、感受之非正常吻合。

加斯帕洛夫从另外一个完全不同的角度进行了有关别雷和先锋主义的主题研究。他分析了未来主义者对后象征主义者的影响。这在别雷的著作《果戈理的艺术匠心》（1934）中有明显体现。

荣格的共时理论可以用来划分别雷那种先锋主义之前的先锋主义，分析他创作的演变。我们选取安德烈·别雷1901年至1904年的创作为素材进行共时研究。值得特别一提的是1903年，这一年在俄罗斯象征主义史上具有特殊的地位，在安德烈·别雷的创作生涯中尤其如此。在俄罗斯象征主义处于"风暴和压力"的时期，对安德烈·别雷创作进行共时研究具有重要意义。安德烈·别雷和他为数不多的作品，是勃留索夫在文学战线中为象征主义争取到一席生存之地的关键因素。1903年在给勃留索夫的一封信中，别雷写道："这个秋天就像是一场大战。滑铁卢或奥斯特里茨？[②]"细数1903年天蝎出版社计划出版的八部诗集（梅列日科夫斯基、吉皮乌斯、索洛古勃、勃留索夫、科涅夫斯基、巴尔特鲁沙基斯、巴尔蒙特），勃留索夫把别雷的名字纳入现代先锋派。可以说，这是后来所发生的那一切的序幕：在那个时候并没有多少人知道别雷的名字，1903年他在文学界尚未出名。

[①] 参见奥·阿·克林格《象征主义对俄国十九世纪头十年的后象征主义诗歌的影响（诗学问题）》，莫斯科出版社2010年版，第12—15页。
[②] ЛН. Т. 85. p. 360.

别雷的文学作品相当少。1903年之前，他以本名"鲍里斯·布加耶夫"在《艺术世界》杂志发表的文章有《女歌手》（1902，№11）和《艺术形式》（1902，№12）、《公开信》《颓废派给革新派和保守派的话》（《1903，№7》）。1903年，《北方花》丛刊（莫斯科，天蝎出版社）发表了别雷的系列诗《呼唤》和戏剧片段《到来人》。《"神兽"出版社丛刊》（莫斯科出版社1903年版）发表了别雷的系列诗和《第四交响曲片段》。《新路》第一期发表了别雷写给梅列日科夫斯基一封信的片段，以《关于梅列日科夫斯基的〈托尔斯泰和陀思妥耶夫斯基〉》为标题，署名为"自然科学大学生"。

决定性的事件当然是在1901年11月中旬作家安德烈·别雷的名字诞生了。在别雷年谱中我们看到"索洛维约夫和勃留索夫决定由天蝎出版社推出《第二交响曲》，采用笔名"安德烈·别雷"（由索洛维约夫想出）[1]。1902年4月他用笔名"安德烈·别雷"发表了《第二交响曲》（天蝎出版社）。

1903年，鲍里斯·布加耶夫受勃留索夫约稿，在对克努特·汉姆生《生活戏剧》（天蝎出版社1902年版，波利亚科夫斯基译）的评论（《新路》二月号）中使用笔名"安德烈·别雷"。随后很快《北方交响曲》（第一章，英雄）（天蝎出版社1904年版）问世。

当然别雷也有一些未发表或者未完成的作品。首先是在1903年夏天创作的《蓝天澄金》[2]，还有等待出版的《论通神术》《作为世界观的象征主义》《批判主义和象征主义》[3]，这些文章对于理解别雷的世界观尤为重要。这里应该指出的是，1904年别雷发表的最重要作品有诗文集《蓝天澄金》，《"神兽"出版社丛刊》（莫斯科出版社1904年版）上发表的系列诗歌，小说《光的童话》，以及在天秤出版社发表的文章和评论等。

重要的一点是：当勃留索夫1903年在《滑铁卢或奥斯特里茨》中描写白热化的文学斗争时，《蓝天澄金》在天蝎出版社还处于手稿状态。但

---

[1] http：//www.rvb.ru/belyi/bio/kanva.htm.
[2] Ibid..
[3] Ibid..

他把别雷看作可以冲破反对者——现实主义作家——之围墙的攻城槌。天蝎出版社和天秤出版社的意图也正是在此。整个天秤出版社的历史，特别是它创立的头两年——当时只出版文章和评论——是冲破19世纪俄国文学意识的关键时期之一。几乎没有什么可以与此相提并论。

勃留索夫看到别雷在先锋主义方面的巨大潜力，这种潜力为他自己的文学道路扫清了障碍。《蓝天澄金》的出版遇到暴风式的攻击并不意外，这种攻击直到19世纪80年代初《俄国象征主义者》出版后才渐渐消退，而这是俄国未来主义者受到攻击的前兆。

荣格曾说：内心世界与外部世界活动之间的联系并非只是巧合。别雷的情况和1903年至1904年间先锋派潮流的兴起正是如此。

俄国的未来主义是在1894年至1904年这20年间两次前先锋主义浪潮中产生的。两次浪潮的代表人物分别是勃留索夫和别雷。

正如所有新事物的发起人一样，别雷的理论和实践并行。他不仅是形式主义之前的形式主义者，也是先锋主义之前的先锋主义者。

对理论层面，别雷在1902年所写的《艺术形式》中有所涉及。别雷所用的"形式"（форма）一词有多种含义，它是"艺术类型"（виды искусства）的近义词。这种思想在文中占主导地位。然而，别雷有意识或无意识地使用"形式"一词，而不是"类型"（вид）。这里"形式"的意义二重性并非偶然——形式确实是艺术类型，但这种分类是根据不同艺术类型的作品形式的特点划分的。在别雷笔下，两个术语的意义合二为一。他并没有把文章标题定为《艺术中的形式》，虽然意思也是说得通的，而是定为《艺术形式》。别雷是在勃留索夫之后第一个把"形式"置于美学问题中心的人。我们知道，俄罗斯形式主义者称自己是形态学学派，但他们在世界学术史上被称作形式主义者。类似的情况有勃留索夫之后的"希列亚派"（гилейцы），该派也被称为俄国的未来派。俄罗斯形式主义起点的标志是1902年别雷《艺术形式》一文的发表，这篇文章在1910年被收入他的《象征主义》一书。1925年，艾亨鲍姆在《形式方法理论》中甚至将《象征主义》称为19世纪头十年一代人的案头必备书，他承认形式主义者从此书中获益匪浅。

在对勃洛克1903年6月来信的回信中（勃洛克在来信中分析了《艺

术形式》一文),别雷把艺术分析分为三个层次:"你来信的中心问题是指出我缺少划分艺术和超艺术即通神术的明晰界限。但我文中的重点是形式……从我们所分析的艺术的进化角度来看:1)形式的(音乐精神);2)理想的(寻找光明伴侣);3)神秘的(最终一曲)①。"但别雷认为"文章的愿景没有得到实现。文中有隐约暗示形式主义异己领域的主要问题"②。

虽然别雷将"形式主义领域"称为异己领域,但形式主义方法是连接形式主义领域和其他问题的桥梁。至少他提倡艺术分析的三个层面。上面提到过,俄罗斯形式主义者坚决否认了神秘主义。

别雷将给大学生语文社团授课的报告形成文章在《艺术世界》发表,标题为《关于艺术形式》,文中更加鲜明地提出了形式的双重意义(此文是非议的导火索)。"形式"的意义不是作为一种艺术类型,而是更多地侧重艺术外部的、形式的方面。别雷在1902年《象征主义》中评论此篇文章也写道:"存在两个审视艺术的主要角度;艺术的分类应该从内容和形式的角度进行。"③

之后别雷用"食品艺术""加工艺术"④领域的概念来说明"材料"这一形式主义术语。"材料"一词出现在他《艺术形式》一文第二章(第95页)。实际上,别雷的"形式与颜色""光与影的关系""色彩、形式质量,也就是所谓的形式物质"(第90页)——这些都是形式主义者所谓的"材料"。别雷赋予"形式物质""物质"这些概念特别的意义。他认为"形式物质"是一种新的艺术形式:"形式色彩是连接形式艺术和绘画的链条;形式物质使我们有确定另外一种艺术即物质艺术存在

---

① 安德烈·别雷、亚历山大·勃洛克:《1903年—1919年通信·拉夫罗夫文章及评论》,莫斯科出版社2011年版,第24页。
② 同上。
③ 安德烈·别雷:《艺术形式》,《文集·象征主义·汇编》,引论,注解,苏加伊,莫斯科出版社2010年版,第421页。
④ "艺术由现实支撑。现实再现或者是艺术的目的,或者是艺术的出发点。现实对于艺术来说就像是食物,没有它就不存在艺术。所有的食物都是为了维持生命。这就需要接受食物。从现实到艺术语言同样伴随着加工。这种加工是把内部思想的综合体转化为对外部现实的分析。"(安德烈·别雷:《艺术形式》,《文集·作为世界观的象征主义》汇编,引论,注解,苏加伊,莫斯科出版社1994年版,第90页。凡引自此书,只在括号中标注页码。)

的可能。物质的质量和特性可以成为艺术对象"(第90页)。由上述别雷所用的术语及其所提出的"物质质量"可见,他在《艺术形式》中所讲的不仅是艺术类型,而且是作为作品组成部分的"形式"。

但是即使在思考关于两种类型的形式——空间形式和时间形式〔"艺术并不传递完整的现实,即并不是时间上的呈现和变化。艺术把现实分解,或是通过空间形式,或是通过时间形式表达现实。因此,艺术是呈现或者呈现的转变:在第一种情况下形成艺术的空间形式,在第二种情况下形成艺术的时间形式"(第90页)〕时,别雷不仅仅或者说并不将其理解为艺术类型,而是强调形式的多样性和个性(形式主义者所热衷的艺术特色)。

别雷认为艺术形式是三维的,涉及"……绘画、雕塑、建筑"(第91页)。在《艺术的时间形式》中别雷提到运动的意义:"韵律的作用像是音乐、纯粹运动的艺术中的时间顺序"(第91页)。

别雷把诗歌置于特殊的位置:"如果音乐是无缘无故的、无条件的运动的艺术,那么诗中的运动是有条件的、有限的、有因果关系的。确切地说,诗歌是一座从空间到时间的桥梁,在这里完成从空间到时间的过渡"(第91页)。

别雷和叔本华的交流不是偶然的:"因此,诗歌是连接时间与空间的结合形式。根据叔本华的说法,时间与空间的结合才是物质的实质。叔本华把这种实质定义为行为的动因。由此,诗歌中作为'理据规律'的因果性和动机具有必要性。因果性可以有不同的表现:明晰可辨的、附有形象的和具有诗歌形象内部充分理据的。形象地说,逻辑顺序就像我们意识平面上因果性的投影,也就是我们所知的被叔本华定义为合理认知的概念"(第91页)。

提请特别注意叔本华的中心观点(这点对于别雷也很重要):"认知意味着在自己的精神世界里可以任意运用一些观点,这些观点具有自身之外的充分认知理据"(第91页)。

别雷强调,"创造领导意识,而不是意识领导创造"。后来他又创造了与歌德有关的名言:"Kunst"(艺术)一词出自"können"(会做)(第92页)。这里体现了俄罗斯形式主义者所持有的艺术是"创作事物"

的观点。

别雷进一步说明，他理解的形式是："我们把艺术形式理解为由外在形式的统一联系在一起的表达优雅的手段"（第95页）。

别雷解释道：对于不同类型的诗歌而言，这种统一是词，就像色彩对于绘画、声音对于音乐、物质对于雕塑和建筑。可以探讨形式所必需的材料的质量和数量。

重要的是，用越少的形式材料表述内容的方法越好。文学内容传递的丰满性不仅取决于材料的数量，而且取决于它的质量。简洁是艺术的一个重要特质："不详述比复述要好。形式和内容彼此处于反比关系"（第95页）。

因此形式相对于内容具有首要地位。这就是先锋主义的"创作"原则，也就是别雷在1902年所说的"形式物质""物质艺术"，这体现在他早年的先锋主义之前的先锋主义创作中。在别雷的早期创作中已经可以看到先锋主义理论和实践的结合。

"形式物质""物质艺术"原则，按先锋主义者的话说，其目的是用新的、颠覆常规的手段描述现实，这个原则在别雷的《第二交响曲》中有鲜明体现：

闷热的煎熬。马路令人目眩地闪烁着。

马车夫喋喋不休，把磨旧的蓝色后背转向火热的太阳。

扫院子的人洋洋灰尘，不在意路人的神情，褐色沾满灰尘的脸咯咯地笑着。

在人行道上奔跑着因炎热而疲惫不堪的各阶层人们和小市民们。

所有人面色苍白，头上笼罩着或蓝色的，或灰蓝的，或灰色的，或黑色的，音乐般的烦闷和永恒的无聊，夹杂着太阳和空气。

由此流淌出金属的炽热。

每一个人逃离去哪里，为什么逃离，害怕地看着真理的眼睛。[1]

---

[1] 安德烈·别雷：《老阿尔巴特街：小说》，莫斯科出版社1989年版，第97—98页。

别雷在《艺术形式》中提出"诗歌是一座从空间到时间的桥梁"（第91页）。将散文和诗歌相结合的交响曲可以创造出具有现实的艺术再现之重塑机制的作品。这里体现了韵律的作用。关于这一点别雷在《艺术形式》中有提及，在别雷后来的散文作品中也有所体现，包括在《彼得堡》中。

除了早先的帕斯捷尔纳克（特别是《柳威尔斯的童年》）、赫列勃尼科夫的《园囿》、里夫希茨等，俄国先锋派的散文首先是同别雷的名字联系在一起的。他不仅是先锋派散文的创始人，也是它的顶峰之一。

可以说明别雷的先锋主义之前的先锋主义的作品有《秋》（1903年8月），出自《蓝天澄金》。这是由两首诗组成的组诗。别雷有三个作品名为《秋》。最有名的（有根据的）是1906年创作的《秋》："我的手指从你的手中掉落。/你走了，皱着眉头。//看，桦树叶如何飘落/血红的树叶如雨。"由此引发了叶赛宁的爱情抒情诗。关于这一点网上有很多材料。《秋》（巨大的镜子/镶着祖母绿的边框……）并不太为人熟知，然而正是它反映了别雷的先锋主义追求。

第一，阶梯诗。加斯帕洛夫在《俄国乐趣》中也曾提到，阶梯形式不应该称之为马雅可夫斯基阶梯，而应该称之为别雷阶梯。但这是没有办法改写的。马雅可夫斯基阶梯诗已经成为先锋派教科书一样的例子。

第二，天的语义。未来主义之天与象征主义之天在语义上有原则性的区别，别雷之天的语义有自己的特点。在别雷看来往往存在另一个天——在象征主义者的精神中，是一种和谐的体现。这被认为是一个象征主义模式，并且以此区别于先锋主义。但在别雷笔下，天在我们所分析的这首《秋》中是有灾难性的："巨大的镜子/镶着祖母绿的边框/被风的力量打碎——神奇的力量……"还有："从空中而降的/铁锤击碎镜子……"从天而降的甚至不是"菠萝"，有关这个意象很多评论家都有写过，阿巴施夫高超地分析过安德烈·别雷《在山上》[①]中的意象，但这里使用的是"铁锤"。同时，谁是动作的发出者"从空中而降的/铁锤

---

① 阿巴施夫：《俄罗斯土壤上的菠萝：评析安德烈·别雷的诗〈在山上〉》，《俄罗斯文学》2002年，第121—143页。

击碎镜子……锤子用力地敲击"——并不明晰。也许是抒情主人公,也许是和《在山上》中"白发苍苍的驼背人"一样的主人公。

这组诗的主题是镜子,这确立了镜子作为组诗的中心语义。

别雷 1903 年 8 月 19 日写给勃洛克的那封信的一部分可以被认为是《秋》组诗的作者自评。其中指出了信和组诗的创作日期(1903 年 8 月),还有创作这两首诗的地点——银井。这种时空的吻合并非偶然。除了秋以外,还有一个对比的关键点就是祖母绿动机。阅读组诗中的第一首诗时可以有一些时间思考,似乎诗中讲的是可察觉的世界——镜子——"镶着祖母绿边框的镜子"。但是别雷在给勃洛克的信中表明它的来源是自然的。别雷的先锋主义精神把现实重塑得无法辨认,他在信中写道:"秋说,是的,我可以,我可以把夏天的祖母绿转换成黄金和深红……从那时开始枯萎了。在祖母绿背景下有一点金色,泛着紫红的金色,进而枯萎,下降,飞过……我坐在阳台上给你写信。沙沙的树木。大片的黄色树叶掉落下来。飞,像时间一样飞走。永恒稍纵即逝,温柔的、甜蜜的、亲密的,像珍珠撒落,打着玻璃窗而下落——这是秋天的眼泪……"

组诗《秋》的潜台词:"不知谁那变凉的脸庞只是笑了笑,用纤细的手指合上眼睛。窃窃私语,窃窃私语:在黑暗中……在一个遥远的家园……我们经过世界飞走……——我们经过世界,飞走!……我想大声喊:可爱的,未知的,亲爱的,一起飞走吧。在空中舞动着空气般透明的金色法衣,空气般透明的金色法衣……"[1]

摆在我们面前的是一个鲜明的先锋主义解构现实的例子。有很多先锋主义的代表人物都是沿袭了这条道路。

秋

1

巨大的镜子,

镶着祖母绿的边框,

---

[1] 安德烈·别雷、亚历山大·布洛克:《1903 年—1919 年通信·拉夫罗夫文章及评论》,莫斯科出版社 2011 年版,第 94 页。

被风的力量打碎——神奇的力量。
巨大的镜子，
镶着祖母绿的边框。

忧愁的朋友，眼泪够了——住嘴！
像是恐惧中闪光凝固，
秋天月亮的紫红袍。

白嘴鸦把葬礼的头纱，
带来——遮住我们的脸颊。

远处拖着长音的尖叫声，
环绕着周围。
白柳枝惊恐地向我们挥手。

而红色的月亮圆盘，
在破碎的镜子中，红宝石划过，跳着舞。

2
从空中而降的，
铁锤击碎镜子……
锤子用力地敲击。
我感觉——天的拱顶敲开了。

而我站着，
像自由的雄鹰。
漫不经心地哈哈大笑，
在散落的镜片中。

某种恐惧突然向我，

袭来。
我懂了——把自己锁起来，
而心脏跳动，跳动，跳动。

从墓穴传来风的叹息：
杀人犯，
杀死了自己，——
杀人犯！
杀死了自己。

捉我的人们来了。而我站着，
被子弹击中的雄鹰——
沉默
在散落的镜片中。

1903 年 8 月
于银井

由于篇幅限制我们没有参考更多别雷的其他作品。文中简略提到别雷在《新路》(1903，№ 2) 中对汉姆生的评论，别雷对于波利亚科夫的翻译评价道："翻译得好到不能再好。"[①] 作为作家刚起步时别雷曾有自我保护意识。别雷在 1904 年的先锋主义的理论和实践——天秤出版社推出的很多文章和评论——都值得专门的研究。

通过对别雷创作的共时分析可以得出结论：安德烈·别雷是形式主义之前的形式主义者，先锋主义之前的先锋主义者。

[①]《新路》，1903。

究竟站在哪一方？
——罗曼·雅各布森在两次世界大战期间的布拉格

[美]彼得·斯坦纳（Peter Steiner）著　雷碧乐译
（宾夕法尼亚大学　广东外语外贸大学外国文学文化研究中心）

两人在下围棋，你对比赛过程很感兴趣，但并不在乎结果。你带着好奇观战，为败者惋惜，为胜者的睿智和运筹欢呼。你甚至可以短暂地坐在桌子旁，帮助双方下会棋。罗曼·雅各布森在1920年11月写给格里高利·维诺克的信中说，这就是今天我对待政治的态度。

毫无疑问，罗曼·雅各布森是现代斯拉夫哲学最重要的人物之一。他不但是一个令人钦佩的学者，也是一个积极参与20世纪重要事件的人物。随着时间的流逝，雅各布森的学生愈发不满意用抽象的理论来理解他的思想，把他的理论看成是一个自动的，非历史的系统。相反，他们试图重建理论反映的多维度的社会状况，如雅各布森思想的意识形态来源，他在俄罗斯流亡者群体中的状况，还有他在保守的捷克斯洛伐克学术界内的斗争等。我的研究集中在一些历史文献，说明雅各布森和三个政治机构之间的复杂又充满冲突的关系。两次世界大战期间，在捷克斯洛伐克的雅各布森究竟站在哪一方？一、内政部；二、外交部（捷克语为扎米尼），它位于巴洛克宫殿内也可以称为塞尔南宫；三、苏联红十字会（1921年转变成商业代表团，1922年升级为实际上的政治代表团体）。

苏联红十字会乘坐的柏林火车刚越过边界，捷克就派出了一个便衣警察监视他们的行动。从这个警察的报告中，后人准确地了解到所罗门·吉乐森博士带领的这个团体，其中雅各布森是翻译，还有其他的六位团员，在 1920 年 7 月 10 日下午 4：30 准时到达了布拉格的乌德威尔逊火车站。由于捷克斯洛伐克政府没有官方承认苏维埃政权，代表团的职责当时被认为是纯粹的人道主义援助——帮助困在前哈布斯堡帝国的俄罗斯政治犯回国。当时的政治情形是，俄罗斯同波兰交战，受到苏维埃革命启发的共产主义者在德国和匈牙利起义，到处弥漫着不信任的气氛，凡是私人物品都要经过审查，七位旅行者从柏林带来的箱子毫无疑问被扣押下来进一步审查。

这七人在市中心的帝国酒店暂时安顿下来，把一间套房当成办公室，一批秘密侦探就开始了对他们的监视活动。然而，两个星期后，当地的红十字会在布拉格的韦斯哈罗德区耐克拉努瓦街的同一栋大楼里为他们的俄罗斯同事提供了额外的三间房。从内政部 7 月 27 日的绝密报告中我们得知，这不单纯是一个慈善举动。很明显的动机是捷克斯洛伐克的红十字会怀疑苏维埃委员会不单单是从事人道主义活动或者社会活动，而是从事政治活动和商业活动。而且，在苏联代表团到达的前两天，内政部就接见过全国红十字会副主席普洛查兹克博士，他承诺要和警方分担官方之外的监视活动。

委员会居住地和办公地不在一处，使得对他们的监视活动变得越发困难。皇家酒店和耐克拉努瓦 34 号街道之间 3 公里的距离需要两倍的监控人员。布拉格警方在 7 月 30 日写给内政部长斯拉科塔的信中说道，如此一来，从离开住所到回来，布尔什维克所有的危害性的行为都将被详细地记录在案。然而，可惜的是，这些报告产生了很多让人不想阅读的内容。报告不但没有记录到不轨的举动，却充斥着大量交通细节，如访问地点名称和那些试图和代表团联系的人物的身份信息。因为所有要发出的电报都要经过特殊的审查，我们得到了委员会在当地邮局投递的所有收信人的名字。雅各布森发给俄罗斯电报局局长米哈伊尔·列维多夫的信中谈到了中欧的政治局势，这迫使警局 7 月 21 日通知塞尔南宫，俄罗斯委员会似乎不仅仅提供友好的社会援助，而是还有其他的企图。

1922 年 1 月 24 日上午 11：30，警局和雅各布森之间的猫和老鼠的游戏发生了突变。当时，雅各布森故意把一个秘密警察弗兰提塞克·博黑姆锁在帝国酒店的 64 号房。这个房间以往是外交信使住宿的地方。警方立即对这个突发事件立案，雅各布森签名并描述了事件的情形。冲突的起因是，莫斯科语言学小组的一个成员彼得·鲍加兑廖夫没有在酒店办理正当的入住手续，雅各布森将其留在房间过夜（很明显当时有委员会的速记打字员塔玛娜·丽乌娜·朗奇陪同）。当时，博黑姆当班，获悉此事后，警惕的博黑姆决定把陌生人找出来，并且闯入房间要求鲍加兑廖夫出示身份证（鲍加兑廖夫 1 月 10 日加入商业代表团）。由于警方毫不理会他的反对意见，雅各布森就以越境搜查为名表示反抗，他锁门后离去。雅各布森在警方的起诉书中说，因为博黑姆的行动违反了代表团自我监察的前提，他打电话给外交部，让他们记录违反外交协议的举动。警方不相信雅各布森所说，最后，一位警察医生介入，宣布雅各布森生病了（他当时体温 100.4 华氏度），才使他免于被捕。两天以后，内政部将一份附有犯罪证据的档案交给公正委员会要求以损害博黑姆人身自由起诉雅各布森，但这个企图并没得逞。1 月 1 日下午，公证处诺瓦克博士和外交部部长博尼斯博士通电话，同时捷克斯洛伐克的首相也与他们进行了通话。据记录，诺瓦克记下了谈话内容，尽管他反对说，无论是雅各布森还是鲍加兑廖夫都不享有外交豁免权，博尼斯还是确认了雅各布森任务所在区域不在捷克国境内。同时，首相又说他也很担心捷克斯洛伐克代表在莫斯科的安全，苏联警方有可能对他们施行同样的惩罚。最后，他说起诉要暂时压下不谈，否则，"我们所犯的冒失有可能昭示全世界"。毫无疑问，首相的指示被遵循，雅各布森毫无罪责。

不但内政部对雅各布森的活动高度关注，在莫斯科，警告的信息也不断从捷克斯洛伐克的委员会传出。1922 年 6 月，第一份警报反映了雅各布森生活状况的变化。1920 年秋，他退出苏维埃代表团，以访问学生身份注册进入查理大学。他是否不再为外交部全国粮食供应部门工作完全不得而知。但事实是，12 月 25 日，他搬出了帝国酒店，自己租房。但是，1921 年 2 月 26 日，警方的报告显示，几乎每天下午到晚上，他还和委员会的成员见面，同时还访问所罗多乌尼克娃夫人的寓所（她被怀疑是苏联间谍）。然而，事情的变化很短暂。哲学系的教授通过了雅各布森的申请，但是俄罗斯的流亡教授们阻止了他的申请，迫使他只能在专业人员的同意之下才能旁听一些课程。雅各布森不满这样的结果，1921年离开学术界，成为以帕维尔·莫斯托温科为首的苏联商业代表团的大使随从。

莫斯科似乎对整个事件并不知情。1922年6月1日，委员会的首长约塞夫·格萨在一份秘密文件里向布拉格发出警告，"据我们接到的消息，雅各布森是苏联在布拉格的密探"。格萨在警告文件的空白处做了清晰的指令："告知委员会，雅各布森是莫斯脱温科委员会的成员。"但这个命令似乎并没有被执行。1923年1月18日，格萨以"莫斯科持续流传着雅各布森是间谍和奸细的谣言"为由，向布拉格发送了第二份绝密通知，质疑雅各布森的官方身份。在对此信息回复的草稿中，外交部告诉了莫斯科警方雅各布森的现状，要求格萨对不断流传的谣言做出详细说明，但是，格萨的回复并不及时。2月15日，格萨对外交部说，他的根据来自在布拉格的一些俄罗斯学生的父母。这些父母请求他通过外交途径使他们的子女远离雅各布森的不正当行为。格萨曾公开拒绝，但是请求的人很多，而且都是值得信任的人，他相信毫无疑问，雅各布森是GPU的员工，在捷克斯洛伐克共和国，肩负向俄罗斯流亡者发布情报的工作。雅各布森的一个熟人，也是外交部第三情报处的一个非常值得信任的员工杰罗斯拉乌·帕普塞克，写了两页的辩护书反对任何对雅各布森不利的控诉。这封信以事实为根据，没有提及任何与雅各布森有关的工作关系。然而，立场不是很明确。3月5日，帕普赛克发表意见说："我对雅各布森行为的总体印象是他非常谨慎，不但避免卷入任何有可能让他妥协的政治活动，而且他逐步为在捷克和德国定居做准备，在保持自由出入俄罗斯的同时，全身心地投入学术和文学研究工作。"

1924年，关于雅各布森的第一份秘密信息被泄露给捷克。那年，俄罗斯科学院正筹备建院一百年的院庆活动，苏联军方最高军事部门负责人准备邀请国外著名人士参加。6月9日，布拉格委员会的新首脑，弗拉基米尔·安托诺夫·欧西恩克向莫斯科提示，雅各布森建议，著名哲学家托马斯·G. 马萨瑞科，同时也是捷克斯洛伐克的现任总统，可以作为一个候选人。莫斯科还在斟酌此事的时候，雅各布森很显然把这个提名透露给了外交部第三情报处的员工约塞夫·斯罗姆，他又把消息传给了马萨瑞克本人。雅各布森此举是否为了讨好总统不得而知,但是苏维埃得知这个不慎举动却感到非常不安。他们发出官方文件追查是谁走漏了风声。但是即使在结果揭晓之前,外交部粮食委员会的乔治·齐科文在他对布尔什维克的报告中把矛头对准雅各布森,称他是一个"虽然不可靠但是又不可缺少的人"(6月9日)。奥维西科解释此事原因的报告三天后送出:"雅各布森对我们非常有用,他对我们的好处超过了可能的危害。目前为止,没有任何证据显示他有欺骗行为。我们一半的消息都来源于他。"奥维西科有力地为雅各布森进行了辩护,认为雅各布森透露的消息不仅是可靠的,而且可以用来驳斥虚假的消息。我对此要解释一下。捷克斯洛伐克同苏联关系中一个长期不安的因素是布拉格没有从法律上承认莫斯科政府。1926年下半年,除非升级为大使馆威胁要关闭捷克斯洛伐克的卡考乌委员会,克里姆林宫也要求在布拉迪斯拉瓦的苏维埃委员会也享有同等的地位。从10月25日开始,雅各布森的秘密报告毫无疑问成为这个行动的一部分。它试图揭露,数周后,捷克斯洛伐克如果不承认苏维埃政权,苏联政府要采取的报复行动。从内部来说,雅各布森威胁捷克官方,他提供了一份捷克斯洛伐克政党违背诺言的总结来改变现状。他总结说:"由于对苏维埃政权的否认,莫斯科将召回苏联政党代表,取消所有的商业命令,悬置两国关系直到苏维埃共和国被承认。"

然而,在莫斯科的捷克委员会也接受了同样的报道,他们对雅各布森的报道并不以为然。这个警告不能当真,五天以后,一个匿名的记者谴责了提供信息者,因为有很多更重要的原因说明苏维埃共和国不能拒绝布拉格(主要列举了三项)。而且,他也质疑了作者的意图。"之前,我已经给外交部发出通知,谈到了雅各布森对待我们和苏联的态度。附件的内容再次让我相信苏联利用他向外交部非官方地传达消息,这是苏联政府所期望的。毫无疑问,'雅各布森先生的信息'不是来自他本人的好意,而是执行上级部门的命令……我很清楚苏联政府通过雅各布森给外交部施加压力,而且,不排除里面的欺诈行为。"

但是如果能够达到目的,捷克斯洛伐克政治领导人更加热衷于依赖苏联虚构的事实。我想起瑞多拉·加达将军的令人匪夷所思的政治事件,在 1926 年到 1928 年，雅各布森发挥了重要的周旋作用。马萨瑞克总统对这位在苏联内战期间的捷克斯洛伐克军团的英雄充满了怀疑，因为他有很明显的法西斯主义倾向。他担心，加达可能滥用他执行官的职权，上演约塞夫·佩尔萨德斯基 1926 年 5 月在邻国波兰的政变，成为一个强大的地方势力。出于自身的利益，苏联乐意与加达共谋，因为加达不仅是车里雅宾斯克事件的发起者之一（军团拒绝把武器交给布尔什维克，以便他们通过西伯利亚到达符拉迪沃斯托克港口），而且也是高尔察克部队的将军（在苏联内战中跟红军对战的白军首领之一）。阴谋在酝酿，加达被控为苏联的间谍。奥维西科发誓为此提供证据，控告加达在 20 世纪 20 年代早期在法国军团学习期间把敏感的军事手册传送给苏联。现存的文件表明，在这个事件中，苏维埃委员会用两种方式利用了雅各布森。一方面，捷克虽然并不完全肯定对加达的指控会僵持在法庭上，但苏联通过雅各布森对捷克施加压力，让其采取快速的行动。据说，雅各布森为外交部信息部门的主任哈杰克提供建议并且在接待会上再次跟总理强调。7 月 4 日，加达得知他被指控，他联系那些能够为他做证的人，希望能获得他们的支持。雅各布森警告说，法国已经知道此事，危险的是法国准备把此事公之于众，因此，最好能够加快调查和解决问题。另一方面，雅各布森也试图给当地的怀疑者解释，为什么委员会最初反对加达的证据没有兑现。大概在 6 月 28 日，他向《布拉格日报》（一家在布拉格的半官方报纸，马萨瑞克也是读者之一）的主编阿尼罗文表明苏联军方和外交部相当紧张的关系……他认为奥维西科很难从苏联政府得到允许发布这些文件，因为如果外交部暴露了军方的间谍，军方将不会把文件交给他们。奥维西科承诺的证据从来没有出现，因此，1928 年，绝望中的马萨瑞克派约塞夫·斯洛姆向齐科文询问："他是否可以亲自复印与加达相关的材料。"据斯洛姆后来报道，"齐科文饶有兴致地聆听，答应晚点回复"。但是，他再也没回复。

1928 年，雅各布森的外交事业结束。在大规模重整重要的苏联新闻官员时，尽管奥维西科力挺雅各布森，他还是作为非共产主义成员被解雇了。但这绝对不是坏事，因为尽管雅各布森决意留在捷克，他仍然保留了苏联公民身份，代表委员会定时给他发新的苏联护照（最后一次是在 1934 年）。据布拉格 1933 年 1 月 1 日的报道（随后我会再回到这个文件），即使雅各布森结束了他的官方身份，他还经常访问苏联代表团和商业委员会。而且，毫不奇怪的是，尽管"雅各布森拒绝遵守返回苏联的命令，他并不反对苏联政府；而且苏联也没有为此谴责他"。同时，捷克外交部发给他再次入境的签证以便他访问德国。后来，他经常持临时的捷克护照去海外旅行，国籍一项填写的是未定。他被允许在布拉格一直待到 1932 年 10 月 10 日。

尽管身份发生了巨大的变化，雅各布森并没有从捷克安全部门的注意力中消失。但是，在外交部的干预下，把雅各布森当成安全隐患的负面评价被取消了。例如，1929 年 2 月，内政部告知所有相关部门，在苏联，缩写 AG 的报纸上出现了一篇批评鲁塞尼亚政治局势的文章，很可能是雅各布森写的。但在外交部强烈的反对下，布拉格警方董事会——也是消息的发布者——撤回了这个批评。6 月 10 日，雅各布森声明他目前正全力以赴准备博士考试，而且负责由弗兰茨·斯比纳主编的学术杂志。值得一提的是，弗兰茨·斯比纳不但是雅各布森的导师，也是卫生和教育部部长。内政和外交部关于雅各布森的拉锯战在 20 世纪 30 年代变得更加激烈。当时，雅各布森完成了查理大学的博士学位，在布尔诺的马萨瑞克大学新成立的哲学系邀请他去当教授。主管聘任委员会的波胡斯拉夫·哈弗拉奈克教授是布拉格语言学小组的成员，也是雅各布森的强力支持者。但是，内政部和外交部两个部门在审查程序上意见不一致。内政部在 10 月 18 日给教育部的备忘录中虽然不是公开地反对，但是对此持保留意见。"鉴于本地没有能够胜任的候选人，我们不反对聘任罗曼·奥西波维奇·雅各布森为俄罗斯哲学教授。"

外交部的意见可想而知。但是应该注意的是 20 世纪 30 年代以前，外交部关于雅各布森的信件虽然持支持态度，但是态度冷淡，但在这之后，他们的态度变得热情起来，他们把雅各布森作为外交部的盟友和有价值的资产。简·哈杰克在回答询问外交部在对待雅各布森的聘任时采取的立场时，否认他的部门在 1920 年破坏雅各布森向查理大学递交申请的事情。相反，他宣称"如果马萨瑞克大学提议的话，我们随时准备支持雅各布森"。哈弗拉奈克写了封信给他的同事帕布塞克，帕布塞克在给哈弗拉奈克回信的附件中做了注释:"贝尼斯部长已知悉此事,并期望做出积极肯定的回答。"

外交部第二号人物,历史学家卡米尔·卡洛夫塔起草了一份积极支持雅各布森的信件给教育部并代表部长签字。他虽然没有直说,外交部没有任何关于雅各布森对于我们国家不忠或者错误的事情;但是,事实是,雅各布森很显然想帮助我们国家,而且确实帮助我们了。因此,"外交部毫不怀疑雅各布森博士将来能够为我们国家提供很好的服务,因此,我们不反对他被聘为布尔诺大学教授,而且,为了外交部的利益,我们也推荐他"。

卡洛夫塔的建议被采纳,雅各布森在布尔诺任职。但是为了稳定他的职位,他仍然还得通过例行的审查。1932年和1933年,两个部门又发生了冲突。1月1日,布拉格警方为内政部准备了四页的备忘录,列举了雅各布森所有可能的颠覆性的和背叛性的犯罪活动,甚至最终发动政变的可能性,"鉴于所陈述的事实,警方认为雅各布森政治上根本不可靠,他被怀疑在捷克共和国时肩负着第三国际委任的政治使命。很大的可能性是,他试图通过在大学里获得斯拉夫语教授的职位最大限度地推行共产主义政策和满足苏联的利益"。幸运的是,这份文件因为它的喜剧性而未被追究:附带的第五页有内政部的官员费什的一份指控。费什也参与了布尔诺的马塞瑞克大学聘任雅各布森教授的工作。他指出两点:1)雅各布森的弟弟是柏林的一位教授,雅各布森经常去他那里。2)雅各布森入不敷出,经常出入酒吧,最近在酒吧还打人,出尽洋相!

但是,外交部没有让内政部在这个冲突上有最终决定权。2月21日,捷克的外交官约塞夫·斯洛姆,从维也纳发给哈弗拉奈克的个人声明中免除了雅各布森与共产主义的任何联系。斯洛姆在他的信中强调说,他不但认识雅各布森十多年,而且也认识住在莫斯科的雅各布森的妻子和亲戚。因此,他强调:"我可以郑重宣布,尊敬的雅各布森教授一直感激捷克为他们提供的慷慨照顾,他从来不是共产党员,没有为共产主义提供任何特殊服务。雅各布森教授对捷克共和国的了解和同情,将成为我们任何大学的骄傲。"

20世纪30年代中期,紧邻德国,希特勒崛起,中欧的政治局势发生了很大的变化。纳粹扩张的威胁代替了共产主义颠覆的危险，1935年，捷克斯洛伐克完全承认了苏联政府。在新的形势下，外交部信息部门认为雅各布森的学术成就在对付德国情报机构方面非常有价值。外交部资助他参加国外的学术会议和国际旅行，在针对俄罗斯的事务上征求雅各布森的建议，例如1935年苏联记者代表团访问捷克一事。为了在布尔诺大学获得终身教授的职位，雅各布森在1937年取得捷克斯洛伐克公民身份，但是即使这样，以往对雅各布森的怀疑还是持续了几个月。6月12日，他被迫写信给外交部的一位高级官员简吉纳博士，说他的工作仍然受到威胁，请求警告现在的外交部部长卡洛夫塔，并且，请他在必要的时候出面帮忙。为了证明消息来源可靠，雅各布森把捷克著名的新闻记者胡博特·瑞普卡列出来。

1939年3月15日，德国占领捷克斯洛伐克迫使雅各布森开始了第二次在斯堪的纳维亚的流亡。之前，如果他对捷克斯洛伐克共和国的忠诚一直受到怀疑，流亡结束后，他无条件地承认捷克斯洛伐克。1939年4月27日，瑞普卡正在巴黎全权处理捷克全国委员会的组织工作，他从雅各布森写给丹麦夏洛腾朗德的信中得知此事。12月16日，雅各布森到挪威以后，他在奥斯陆的捷克斯洛伐克大使馆签了如下宣言："通过我的签名，我确认，一旦发生战争，我自愿加入在法国的捷克斯洛伐克军队，如果有资格服兵役，我会随时听从命令。"

从文化学的角度看雅各布森诗学方法[*]

陈开举

(广东外语外贸大学外国文学文化研究中心)

> 青山遮不住,毕竟东流去。
> ——辛弃疾《菩萨蛮·书江西造口壁》

受哲学的语言学转向、文化研究转向的影响,20世纪文学批评经历了相应的转向。改革开放以来这些西方文学理论相继被引介过来,这些流派或批评方法"分为大致三类:强调形式价值的形式主义批评,含俄国形式主义、英美新批评和结构主义;注重分析在具体的社会关系和环境中文化是如何表现自身和受制于社会与政治制度的文化批评,强调从文化的角度研究文学,如文化与权力、文化与意识形态霸权等之间的关系;从政治和社会角度研究文学,如女性主义批评、生态批评、新历史主义批评、后殖民主义批评等。"(聂珍钊,2010:13) 其中第一大类是语言学转向的结果,后两类实际上都属于当代西方文化研究影响的结果[①]。

文化研究转向是20世纪60年代以来西方人文社科领域中的总体转向,反映了社会文明从现代性向后现代性的转型;21世纪以来,随着中

---

[*] 本文为2016年6月24—26日"第2届现代斯拉夫文论与比较诗学国际研讨会会议"发言提纲,后写成"雅各布森诗学的文化与伦理批判";编入本文集时保留了除伦理批判的部分并做了相应的修订。本文受到了广东省哲学社会科学规划项目"文化转型期的主要问题与对策"(项目编号 GD14XX02)的资助。

[①] 当代西方文化研究主要包括后殖民研究、女性主义研究、弱势群体研究、生态批评等。

国学术界的文化自觉、理论自觉，依据中华文明显著的传统特征，我国文学批评界明确提出了文学伦理学批评伦理学复归。本文对形式主义的代表性奠基者之一的雅各布森（1896—1982）的语言学诗学理论进行回顾与批评，廓清其主要贡献与缺陷，以及其中埋下的向文化研究和伦理学转向的必然因素。

一　雅各布森与俄苏形式主义

"1914 年至 1915 年间，雅各布森发起成立莫斯科语言学小组……致力于从语言学角度研究文学。这就是 1914 年到 1930 年盛行于俄罗斯的一种文学批评流派，即俄国形式主义。"（纪建道，2013：148）1920 年，雅各布森移居布拉格，创立了布拉格学派，提出了"文学性"概念，在 20 世纪 30 年代在语音学研究中又提出了结构主义原则。第二次世界大战爆发后，雅氏流亡美国，并先后任职于多所高校和研究院。雅氏作为奠基者之一创建的形式主义经过其本人和众多学者的共同努力，鲜明的学术观点和丰硕的成果对后来的文学理论，特别是英美新批评和法国结构主义产生了深刻的影响。

雅各布森首倡文学性（literariness），强调文学研究的对象不是文学，而是文学性，即文学之所以为文学的特性。因此，使文本成为艺术品的技巧或构造原则才是文学研究的真正对象（张进，2014：99）。雅氏批评传统意义上的文学研究路数，反对将文学视作社会生活的摹写和教育读者的语言工具，因为无论是对作者生平还是作品中思想观念的挖掘都是文本以外的东西；他认为真正的文学研究应该集中在文学性的研究上，包括语言、结构、手法、技巧、程序、文体等方面。雅氏借用现代语言学理论对文学尤其是诗歌的语言进行了深入细致的研究。关于诗歌性/诗学性，雅各布森说（1995：530—531）："诗歌性表现在哪里呢？表现在词使人感觉到是词，而不只是所指对象的表示者或者情绪的发作。表现在词和词序、词义及其外部和内部形式不只是无区别的现实引据，而获得了自身的分量和意义。"借用 19 世纪末语音学、音位学的学术成就，应用到文学尤其是诗学的研究中，并从语音扩展到词形、句型、篇章结构、风格等相关方面，取得了系统性的突破性成就。雅各布森等开创的形式主义这些基本的研究方法和路数，由于着重研究文本本身，即其所谓的专注于文学性、诗歌性的研究。

为了突出文学研究中文学性的中心地位，雅各布森详细对比了日常语言和文学语言的不同特征，他认为：从功能上，日常语言是交流工具，而文学语言本身即为目的；从构成上，日常语言只是依照习惯进行构词、语法、修辞选择，而文学语言必须打破常规，"对日常语言施以'暴力'，使之扭曲、变形，从而达到特定的美学目的"（张进，2014：99）。这就是后来由什克洛夫斯基提出的"陌生化"的概念。认为基于日常习惯化的生活使人们的感觉变得麻木，而艺术可以"使人们唤回对生活的感觉；艺术的存在是为了使人感觉到事物，使石头成其为石头。艺术的目的就是要给予事物如其所见、而非如其所知的感觉。艺术的手法就是使事物'陌生'，使形式难懂，增进认知的难度和长度，因为感知的过程本身是以审美为目的的，因此必须延长。艺术是体验事物的艺术性的一种方式；事物本身并不重要。"[①]

陌生化的阐发，进一步说明了文学语言在形式上需要"讲究"的理据，旨在说明文学语言主要在于语言形式的选用。与此相关，1958年，雅各布森提出了其著名的语言交际模式[②]：

语境（指涉功能）

信息（诗性功能）

发话者（表情功能）……………………受话者（意动功能）

接触（交际功能）

代码（元语言功能/解释功能）

图 1　雅各布森语言交际模式图

图 1 关于传播/交际的过程描述得清楚明了，具有清晰化、形式化的

[①] ［英］塞尔登：《文学批评理论——从柏拉图到现在》，刘象愚、陈永国等译，北京大学出版社 2003 年版，第 274 页。

[②] 转引自江久文《雅各布森传播思想探微》，《当代传播》2009 年第 6 期。

特征。也从语言交际的过程性揭示了语言形式的重要性。

上述几个主要方面基本勾勒清了雅氏语言学诗学理论的突破性建树。理论建构为后继研究提供了滋养，同时，其中的弱项也成为被克服和超越的新课题。

文学性的提出和确立为文学研究确立了主要领域，具有为学科奠基性的重要意义。雅各布森对文学性的提出与探讨触及了文学的灵魂，"实现了对文学的彻底祛魅化"[①]。形式是文学性的一个重要方面，但同时，思想性、教诲功能也是文学性题中应有之义。为了研究焦点的选择，可以如同科学实验中将观察项以外的要素控制起来，但必须清楚这种控制是假设的、人为的、暂时的；暂时悬置文学性的思想性和教诲功能，单独研究形式符合研究的规律，但像雅氏那样直接否认这两项就显得片面了，其理论一开始就预埋了先天性的缺陷。因此，雅氏的文学形式研究在为文学研究设定焦点课题以促成学科域化的同时，也无意中为学科的发展构成了局限，使学科的下一步跨越式发展必须打破这种局限。换言之，"域化"有待于"解域"。

陌生化将文学尤其是诗歌创作和鉴赏中的各种技巧的理据揭示出来，为文学研究设立了一系列重要课题。但是，与他们宣称的要"使石头成其为石头"相反，语言不过是符号，语词本身并不是实物本身，"石头"也好，"stone"也罢，只是对事物的类表征，不能等同于具体的、具有千差万别的石头，更不能等同于人们附加在石头之上的情感；表达思想则永远难以等同于思想本身，这就是人们常说的"词不达意"的含义。实际上，"石头""stone"等不同的符号所表征的实物和意义乃是人的类生活中约定俗成的结果，而语词中被赋予的作为意义的思想感受则源自人与自然和社会的交往。形式主义以形式对内容或意义的遮蔽有待于文化研究转向中的解域。

语言交际模式将交际的过程描述得十分清楚，如同输油管道那样精致，然而，形式上的解释固然重要，而且是艺术的重要表述方法，然而，如同离开输油功能研究输油管道只能是空谈，离开意义或思想和功能谈

---

① 详见马汉广《"文学性"概念的多重蕴含与当下意义》，《文艺研究》2014年第7期。

文学形式的研究是不完备的。如英国的巨石阵,无论从结构上如何清晰地描述这个奇观,设若不能挖掘出该建筑群遗骸背后的功能、意义,只能成为一个谜团。纯粹符号化的语言堆砌出来的文学作品更是这样,最美的辞藻堆砌不出好的文学作品,绕口令不能成为名诗,道理就在于此。文学作品之语言形式背后的功能不能被忽视,有待文学伦理学的解蔽和复归。

二 文化研究、文化哲学对意义研究的贡献

形式主义只重形式、抛却意义的理路弊端在其自身的发展中逐渐显现,在批评中修正、发展,"俄国形式主义以文本形式为绝对中心,排斥一切形式之外的因素;新批评较之采取相对折中的态度,虽提出文本中心论,但并不完全摒弃历史的范式,承认作为语境的历史文化知识对于文学批评的必要性;结构主义批评由于直接受到了现代结构主义语言学的影响,研究焦点由文本扩展到潜藏在文本之后的宏观文学传统及读者的'文学能力',研究视角大大拓宽,研究立场也比新批评更加包容"(王欣,2008:89)。然而,作为语言学文学理论的形式主义理论囿于其根本性的框架,不可能将研究重心转移到内容、功能等方面来。新批评、结构主义只是将社会、历史、人的因素以"语境"的概念加以补充,本质上还是以静态的目光对待它,故该语境也是不变项,如同科学实验中的可控项。

跨越性、质变的突破是由 20 世纪 60 年代以来兴起的当代文化研究实现的。运用福柯的社会—权力—话语理论,结合后现代主义思潮,将社会生活中最活跃的作用因素"权力"揭示出来,同时也揭示了社会、历史、知识、意识形态等一切意义来源的形成性:原来这个"语境包"是动态的、形成性的、变动不居的,充满了种族、族群、性别、阶层等多维交织的各种社会纷争、磋商、妥协、宰制、忍耐;它是发展性的,可以通过人的启蒙、自觉、主动的批判性参与而改善的。这一崭新的视角犹如启开了潘多拉盒子,多样的可能性和鲜活生动的活态性使社会、历史、思想观念这个"语境包"的动态性凸显的同时,也使之重归研究与批评的焦点。——当然,必须是应用当代文化研究的批评和解构理论作

为新式"批判的武器"。

当代文化研究的主要内容大致分为：文化、文学史、性别研究、种族、意识形态、大众文化、文化多样性、殖民主义、后殖民主义、帝国主义、民族主义、阶级等；研究方法很多，有从哲学、心理学角度研究的，如福柯、法农、德里达、斯皮瓦克等；有从历史文献着手的，如赛义德、罗伯特·扬等；有从文学作品特别是大众文化作品入手的，如菲斯克、毛思慧等；有从现实生活文化现象入手的，如贝尔·胡克斯等。虽然当代西方文化研究呈现出百花齐放的复杂场面，我们还是可以将这些研究大致归结为以下几大领域：后殖民研究、性别/女性研究、弱势阶层研究。（陈开举，2012：9—10）

此外，随着当代社会的后现代性发展和文化研究自身的演进，研究领域一改传统的聚焦经典文学作品的路数转向对大众文化的研究。研究方法从欣赏型的分析转向对文化现象深层的权利关系的解构。经过学者们的不懈努力，该学科呈现了门类众多、成果新颖丰硕等特点，在人文社科领域产生了广泛的影响（Turner，1996：1）。"文化研究对文学研究渗透的结果就是文学研究的范围急遽扩张并向跨学科方向发展。文学研究的对象已经不再局限于文学文本。其他非艺术的文本形式，如档案材料、政府文件、日常生活、历史轶事，总之过去为形式主义批评所排斥的'外部研究'对象又以新的方式进入文学研究的视野。"（周小仪，2001：74）

后现代社会知识、信息大爆炸的时代，符号表达无处不在，以至于整个社会生活的各个方面都不同程度地被符号表征，成就了符号帝国或曰文化帝国。文化哲学家卡西尔对人的生活的符号化、文化化阐释得十分清楚：

> 人不可能逃避它自己的成就，而只能接受他自己的生活状况。人不再生活在一个单纯的物理宇宙之中，而是生活在一个符号宇宙之中。语言、神话、艺术和宗教则是这个符号宇宙的各部分，它们是织成符号之网的不同丝线，是人类经验的交织之网……在某种意义上说，人是在不断地与自身打交道而不是在应付事物本身。他是如此使自

已被包围在语言的形式、艺术的想象、神话的符号以及宗教的仪式之中,以致除非凭借这些人为媒介物的中介,他就不可能看见或认识任何东西。人在理论领域中的这种状况同样也表现在实践领域中。即使在实践领域,人也不可能生活在一个铁板事实的世界之中,并不是根据他的直接需要和意愿而生活,而是生活在想象的激情之中,生活在希望与恐惧、幻觉与醒悟、空想与梦境之中……符号化的思维和符号化的行为是人类生活中最富于代表性的特征,并且人类文化的全部发展都依赖于这些条件,这一点是无可争辩的。①

从符号—文化的层面对生活的强势阐释,突破了时空界限,打破了一切可以打破的边界,将一切与人的生活有关的因素都纳入到自己的视野之中,使得意义的来源空前扩大了,而且是时时更新、生生不息的,彻底的动态因素,理所当然地重回研究的焦点,这就是文学研究的文化研究转向的内驱力所在。

当代文化研究的重要研究课题总是贴近社会生活的急所,对社会实践的推进起到了极大的推动作用。在第二次世界大战后被殖民地民族纷纷独立及之后不久的时期内,殖民批评和后殖民研究最为活跃,支持着如火如荼的原殖民地独立和在社会文化等方面与宗主国之间的依附关系;在社会组织及家庭生活方面,性别研究(gender studies)极好地支持了女权主义运动;在社会分层方面,弱势性研究为处于从属地位的人群争取平等的权利;在人与自然之间的关系方面,生态批评有力地支持着环境保护运动。从社会实践看,黑人当上西方超级大国总统(奥巴马)、女性当上西方经济强国总理(默克尔)、媒体审判(弱势者苦难一经曝光往往获得过度维权的效果,如邓玉娇案等)。

社会—权力—话语和结构主义批评方法强大的批判力和解释力在彻底破除经典文学与大众文化、中心与边缘之间的藩篱,使日常生活、宏观与微观社会生活整个进入研究和批评的视野,从而实现了形式与意义

---

① 关于人活在符号帝国即文化世界中的有关论述,详见〔德〕恩斯特·卡西尔《人论》,甘阳译,上海译文出版社 1985 年版,第 33—35 页。

的连通；理论与现实的连通；历史、现实与未来的连通。人与自然、人与人、人的社会关系通过话语—权力批评完全向我们敞开，彻底打破了形式主义对意义的封闭式的狭隘自闭，最大限度丰富了意义的源泉。

然而，强大的解构和批判力也带来了种种迷茫：宗教、意识形态、真理、科学主义等传统的信仰、信念系统经历了解构和批判的同时也带来了种种信仰真空的彷徨。尤其是随着后现代社会文明的演进，大众文化日益盛行，社会文化生活出现了过度娱乐，仿佛传统社会中约束人的真理、信仰、道德等都变成了虚妄，人们只要抓住当下、及时行乐即可。人们不禁要追问，究竟还需不需要建构？简言之，需不需要有所坚守？有没有值得坚持的价值、理念？人类社会现状是否一切已经完美？批判的目的究竟何在？

当然，出现这种迷茫的现象，引起一些对于当代文化研究、后现代思潮本身的批判和诟病实际上存在着一定程度的误读。细观当代文化研究的路数，从整体上看，"解构"（deconstruct）并非是与"建构"（construct）完全对立的；相反，它是积极的、建设性的，旨在涤除建构过程中因为权力配置的不均，从而形成霸权，继而导致权力的滥用。传统社会中由于权力配置的不均导致种种苦难，反映在文学中形成苦难、伤感、悲剧文学，那么，解构的目的不在于破除权力本身，而在于矫正种种不公，避免苦难的重演。

当然，新的问题需要相应的方法和视野上的革新，真正对上述担心的纠偏有赖于学界冷静的思考。其实，在文学文化史上，相关的解决办法早就存在，需要在新的社会语境下加以创新，用来解决新时期的问题。如文学的伦理教诲功能曾经就是一剂良方，适用到新的社会语境中，能不能起到矫枉纠偏之功效呢？

三 雅各布森方法综合评述

回望 20 世纪文论的发展格局，可谓波澜壮阔，异彩纷呈，产生的各种流派从广度和深度上都远远超过了此前文论史的总和。其中，形式主义既是 20 世纪文论诸流派的发端，又经历了最充分的发展，形成了最多的分支流派，影响时间最长，成为其后文学理论发展不可绕避的基础。

雅各布森将语言学理论运用到文学特别是诗学的研究之中,创立了结构主义音位学和结构主义诗学,构成了结构主义文论早期坚实的基础;坚持"将数学中描述结构的手段应用于语言学……这使得他得以创建生成语法——后来由乔姆斯基加以详细建构的生成语法"[1]。他提出了文学性的关键概念,影响并发展了陌生化学说,提出了至今在语言学之语用学、社会语言学、话语交际等方向颇具影响的语言交际模式。简言之,雅各布森以其形式主义诗学为代表的一系列陈陈相因的理论成果,为文学研究的语言学转向做出了卓越的贡献,同时也将关于形式与意义、审美与功能等文学核心问题的论争推到新的高度。

关于形式与意义的争论自古以来就是文学、艺术课题中的核心课题,并吸引了哲学、社会学、美学、文艺研究等几乎所有人文社会科学学科的研究兴趣。雅各布森将形式作为文学研究最重要乃至唯一的核心课题全面、系统、明确地提出,是对此前也类似讨论科学化、具体化、形式化的升华,是对本来可能显得神秘莫测的文学艺术的祛魅。可以说,雅氏及其团队的成就正式确立了形式主义文论,并使文学研究成为一门独立的学科。但同时,对意义的漠视成了形式主义的硬伤。"形式主义对文学中的社会历史因素倾向于形而上的接纳,接近于索绪尔的看法……即我们思考时或使用语言时所说的概念和现实中的实际事物并不一样,我们用的只是实物所对应的观念。"[2] 在此,问题的关键是这个"观念"是流动的、变化的、建构的,是人们交流、改变、试图影响的中心所在,是人文社科的核心,而不是想当然的稳定的、可置之不理的。将言语交际的内容即意义悬置起来,如果说从"科学"的视角看可以接受的话,那么从文学等交际相关学科来说是剔出了本应该研究的核心内容。实际上所有的交际过程中,意义(包括雅氏交际模式中的表述者和接收者)总是动态的、调整的、发展的、商榷的、相对的,即思想、知识、意义是变动的,是变量,最大的变量。对形式的批判,只完成了文学批评的表层部分,并以此将文学批评域化,则形成了亟待打破的樊笼。

---

[1] 周启超:《当代外国文论:在跨学科中发育,在跨文化中旅行——以罗曼·雅各布森文论思想为中心》,《学习与探索》2012 年第 3 期。

[2] 郑海婷:《俄国形式主义理论视域内的"形式"概念》,《学术评论》2014 年第 2 期。

文学批评理论经历的从唯形式论到后来的文化研究的发展过程，实际上就是从形式到意义到目的的研究重心转移过程，旨在打破形式主义的封闭系统，更纵深、全面、开放地探讨意义。后现代思潮、当代文化研究运用权力关系概念，将社会、知识、话语看成动态的、发展的、权力交织的，这就为文本信息的来源、表征、影响以及信息本身传递的意识形态背景打开了广阔的研究空间，方法上的更新将文艺研究中原来被遮蔽的核心内容走到研究的前台，成为文艺研究领域的新焦点。实际上，语言的形式研究发展到极致是乔姆斯基的形式语言学，应用在语法范围内尚可，扩展到哪怕是形式语义学即捉襟见肘，解释力有限。有趣的是，形式语言学代表人物乔姆斯基本人在其语言学研究的巅峰时期也突然转向了文化批评（社会文化时评）的行列。文化研究、后现代主义思潮尤其是解构主义的广泛应用，将社会、历史彻底敞开，成为意义空前广阔的来源。使文学切实与历史、现实连通起来，实现了文学关注生活、慰藉人生的重要功能。

雅氏理论将形式立为文学批评的核心，理据是以文学之美为研究旨趣，宣称与功利性、目的性无涉。"在形式主义看来，艺术是由语言构成的独立世界……试图在社会历史之外建立一个独立自主的审美乌托邦……"[1] 这就将"文以载道""化成天下"等文学传统的伦理教诲功能放逐了。文学于是成为少数人无所事事、把玩于形式层面的消遣物，其中的谬误是显见的。"他们（形式主义论者）离开了其内心的故乡，他们背叛了现实的苦难，历史与现实的缺席在表意形式的背后留下空白，然而这种形式主义的策略难以穿透历史的实质。难以触及人类精神和现实的痛处，其意义只能是有限的。"[2]

其实，文艺意义与审美的多元性、复杂性，关涉到的情感、体悟、价值观、想象力、同情、移情都是难以用结构的方法分析清楚的。如"东边日出西边雨，道是无晴却有晴"，假如只是结构性的艺术的话，那么它的美感顿时与绕口令别无二致，令人兴趣索然。文学理论的文化研

---

[1] 郑海婷：《俄国形式主义理论视域内的"形式"概念》，《学术评论》2014年第2期。
[2] 黄斐：《历史与苦难的缺席——对形式主义文论纯技术主义倾向的反思》，《南京工业大学学报》2005年第2期。

究转向，就打破了形式主义的狭域，将社会生活彻底敞开为意义的源泉，使文学回归到为人类的共善服务的根本上来，从而完成了文学批评理论的解域化疆。

综观以雅各布森为代表开创的形式主义文学理论及其后续发展，到后来文学研究的文化研究转向，也正影射了过去一个多世纪滚滚前行的人类社会历史，虽有曲折往复，但总体前行的方向和进程不以人的意志为转移。正应了那句名诗："青山遮不住，毕竟东流去。"

印第安神话《波波尔·乌》的形态学解读

陈 宁

（广东外语外贸大学西方语言文化学院）

一 《波波尔·乌》（Popol Vuh）的版本和翻译[①]

《波波尔·乌》是生活在中美洲高原地区（大致与今天的危地马拉共和国吻合）的基切族印第安人关于创世和氏族历史的神话，曾被比喻为"玛雅圣经"，同时被认为是传世的最重要的前殖民时代的印第安文化文本。《波波尔·乌》对拉丁美洲当代文学产生了重要的影响。1967年获得诺贝尔文学奖的危地马拉作家阿斯图里亚斯（Miguel ángel Asturias）的小说《玉米人》（Hombres de maíz），其标题指涉的正是《波波尔·乌》中神用玉米造人的创世传说，而小说的主题也是通过继承和复兴神话记载的印第安文明来对抗现代西方工业文明的侵蚀。拉丁美洲民族身份建构的需要使得这个《波波尔·乌》成为本土印第安文化的象征，并于1972年被宣布为危地马拉民族之书。[②]

[①] 主要现代版本：西班牙语，Adrián Recinos，*Popol Vuh*，México，Fondo de Cultura Económica，1946；英语，Dennis Tedlock，*Popol Vuh*：*The Definitive Edition of the Mayan Book of the Dawn of Life and the Glories of Gods and Kings*，New York，Simon & Schuster，1985；中文译本参见《波波尔·乌》，梅哲译，漓江出版社1996年版。

[②] René Acuña，"Nuevos Problemas del *Popol Vuh*"，*Anales de Antropología*，vol. 19，N. 2，1982，p. 242。一说是1971年，参见 Nestor Quiroa，"The *Popol Vuh* and the Dominican Extirpation in Highland of Guatemala：Prologues and Annotations of Fr. Francisco Ximénez"，*The Americas*，April，2011，p. 467。

作为稀有的几个以文本形式传世的关于印第安原住民的神话,《波波尔·乌》无论在历史、文学或人类学等领域都具有重大的研究价值。然而,关于文本却依然有很多未解之处。首先,现有研究尚无法确定它的原始文献形式。推测最早的文本可能以象形文字记录,在 16 世纪初西班牙征服和殖民时期被毁。在皈依天主教后,某个或者某些基切贵族出于对氏族历史和文化的热爱,用拉丁字母将保留在记忆中的传说以基切语的形式记录。① 18 世纪初,西班牙传教士希梅内斯神父以同一页面上双栏目、基切语和西班牙语相互对照的形式记录了手稿。据传其间也曾有其他两到三个手抄的副本流传。目前存世只有一个手抄本,保存在芝加哥纽百瑞图书馆(The Newberry Library of Chicago),据称是希梅内斯神父的手抄本。②

　　19 世纪中期,奥地利的西班牙语语言文化研究者施泽尔(Karl Ritter von Scherzer)和同一领域的法国学者鲍格(Charles Etienne Brasseur de Bourbourg)在危地马拉研究时发现了希梅内斯神父的双语版本手稿,并以此为基础各自对文本进行翻译。③ 译文在欧洲出版后迎合了当时欧洲以及美国普遍存在的对异域文化的好奇与热爱,④ 于是《波波尔·乌》作为印第安文明的珍贵遗产,在希梅内斯神父的手稿保存 150 年之后,被从遗忘中拯救出来,成为研究中美洲印第安人历史、文化和社会不可或缺的材料。

---

　　① Adrián Recinos: Introducción a *Popol Vuh*, México, Fundo de Cultura Económica, 1947, p. 22. 参见 Jack Himelblau: "The *Popol Vuh* of the Quiche Maya of Guatemala: Text, Copist and Time Frame of Transcription", *Hispania*, Vol. 12, N. 1 (March, 1989), pp. 97 – 98。

　　② Jack Himelblau, "The *Popol Vuh* of Quiche Maya of Guatemala: Text, Copist and Time Frame of Transcription", Ibid., p. 114. 关于希梅内斯神父双语手稿的依据来源说法不一,比较流行的是他得到基切人世代保留的手稿并抄录下来,但也有学者指出希梅内斯自己说其来源为多个口头版本,并无书面手稿。参见 Nestor Quiroa, "The *Popol Vuh* and the Dominican Extirpation in Highland of Guatemala: Prologues and Annotations of Fr. Francisco Ximénez", Ibid., p. 470。

　　③ Charles Etienne Brasseur de Bourbourg (ed.), *Popol Vuh, le livre sacré et les mythes de l'antiquité américaine*, Paris, Bertrand, 1861, 2012 年重印。Francisco Ximénez y Karl Ritter von Scherzer, *Las historias del orígen de los indios de esta provincia de Guatemala*, Viena, Casa de Carlos Gerold e Hijos, 1857。

　　④ Acuña, Rene, "Problemas de Popol Vuh", *Mester*, 5 (2), 1975, p. 123, Jack Himelblau, "The Popol Vuh of Quiche Maya of Guatemala: Text, Copist and Time Frame of Transcription", Ibid., p. 97。

《波波尔·乌》所有其他语言的版本都是以希梅内斯神父的双语手稿为基础进行比对和翻译的。希梅内斯神父在危地马拉的多明我派修道院里主要的职责是教导神职人员如何归化印第安人。在他的手稿中，双语记录的神话稿最初和其他的章节编排在一起，包括一部基切语词汇表、关于基切语等三种印第安语言的语法书、一部关于如何归化印第安人的论著和其他一些著作。① 手稿中神话部分的开篇也并没有这个现今流行的标题"波波尔·乌"，而更像是一段解释说明："此乃危地马拉省印第安人起源的历史，由圣托马斯·楚拉教区的传教士希梅内斯神父从基切语翻译成卡斯蒂利亚语（即西班牙语），为福音书的使者们提供便利。"②

　　此外，希梅内斯的手稿包括了前言和文末注释，说明记录的目的在于揭露印第安人的神话为异端邪说，并且整个叙述没有区分章节。施泽尔以《危地马拉省印第安人起源之历史》为标题，将神话和前言以及文末注释完整翻译成西班牙语并且在1857年出版。四年后，鲍格在比照双语手稿并将其翻译成法语时，将文本划分为四个部分，并且以《波波尔·乌，古代美洲的圣典和神话》为标题出版。鲍格作为重要的美洲文化研究者，其译本的影响远远大于施泽尔的译本，并且鲍格本人收藏希梅内斯神父手稿直至去世。所以，"波波尔·乌"这一标题其实是鲍格根据手稿的内容用基切语取的名字，意思是"部落之书"。而四部划分的结构也被其他研究者如危地马拉学者雷西诺斯（Adrián Recinos）所采用，尽管雷西诺斯直接从希梅内斯神父的基切语版本翻译西班牙语，并且修正了一些希梅内斯神父翻译不准确的地方。雷西诺斯的翻译是目前最权威的西班牙语版，也是本文所使用的文本。

---

① Jack Himelblau, "The Popol Vuh of Quiche Maya of Guatemala: Text, Copist and Time Frame of Transcription", Ibid., p. 97.

② "Empienzan las historias del origen de los indios de esta provincia de Guatemala traducido de la lengua quiche en la castellana para mas commodidad de los ministros de el St. Evangelio por el R. P. F. Franzisco Ximenez CV Ra doctrinero por el real patronato del pueblo de St. Thomas Chuila（sic）", 手稿影印本参见 The Newberry Library, https://www.newberry.org/popol-vuh, 以及 Library of Ohio State University, https://library.osu.edu/projects/popolwuj/folios_esp/PWfolio_i_r_es.php。

二 《波波尔·乌》神话

依据雷西诺斯的西班牙语版本，神话具有以下结构：
序言

序言部分宣布要开始讲述基切族人的起源和历史，分别介绍基切宗教信仰中的神祇。①

第一部分

神造人失败，用洪水毁灭了人。孪生兄弟乌那布和依兹巴兰克（Hunahpú, Ixbalanqué）依靠智慧战胜了骄傲的乌库·加其（Vucub Caquix）。

第二部分

神话叙事在此处采用倒叙手法，回溯讲述孪生兄弟的父亲们的故事，他们分别叫作乌·乌那布和乌库·乌那布（Hum Hunahpú, Vucub Hunahpú，据情节是乌·乌那布的口水孕育了他们，但神话总是一起提及乌·乌那布和他的兄弟，两个人同时出生，所以推测也是孪生）。这对父辈孪生兄弟整天进行橡胶球的竞技比赛，拍球的噪声惊扰了地下被称作"席瓦洼"（Xibalbá）的世界里的神。这些神引诱父辈孪生兄弟来到地下和他们一起进行橡胶球竞技比赛，并且设置了一系列的死亡陷阱作为考验。父辈孪生兄弟没能通过这些考验，最终被神祇们处死，他们的头颅被挂在一棵加拉巴木树上。

接下来，神话叙事回到前文提到的孪生兄弟乌那布和依兹巴兰克，讲述他们的神奇出生：他们的母亲是个处女，是席瓦洼战乱之神的女儿，因为乌·乌那布的骷髅吐在她手掌上的口水而受孕。

孪生兄弟出生并长大。一只老鼠向他们披露了父亲们的死，并指引他们找到被收藏起来的橡胶球。孪生兄弟开始玩球，噪声惊扰了席瓦洼的诸神。诸神邀请他们一起打球并设置了同样的死亡陷阱。但这对孪生兄弟依靠智慧逃脱了全部的死亡陷阱，因此战胜了地下的神。孪生兄弟让神杀死自己，然后以人鱼的形式复活并获得了魔力，最终战胜了席瓦洼的诸神，为自己的父亲们报仇。最后，孪生兄弟分别变成太阳和月亮

---

① Adrián Recinos, *Popol Vuh*, México, Fundo de Cultura Económica, 1947, pp. 81 – 82.

升上了天空。

第三部分和第四部分

主要讲述基切族的族谱和历史。

三 形态学理论的文本解读

按目前的四部分结构，在内容上第一部分和第二部分对应的是神话叙事，而第三部分和第四部分侧重于历史记录，尽管不乏传奇色彩。本文的分析重点在于前两个部分，其情节可以总结如下：

1. 介绍基切宗教的诸神
2. 神创造世界
3. 神三次造人失败
4. 孪生兄弟与骄傲的乌库·加其（Vucub Caquix）斗争并赢了他
5. 孪生兄弟与乌乌·加其的两个儿子斗争并赢了他们
6. 父辈兄弟在"席瓦洼"的冒险、失败和死亡
7. 孪生兄弟的神奇出生
8. 孪生兄弟重复了父亲们的冒险并成功
9. 孪生兄弟被杀死后又复活并得到了魔力
10. 孪生兄弟替父报仇战胜了席瓦洼的神
11. 孪生兄弟变成了太阳和月亮

从叙事结构上看，各个故事之间并不总是相互关联；也缺乏叙事时间的连贯性。所以，它们更类似于若干个故事的组合。如果依照普罗普在《形态故事学》中提出的研究方法，上述情节中的每一个几乎都可以用角色功能项进行分析。此处先以孪生兄弟的神奇出生为例，这个情节讲述的是少女伊琦（Ixquic）如何通过口水受孕并历经磨难生下了主人公。

伊琦是"席瓦洼"诸神中的战乱之神库楚马奇（Cuchumaquic）的女儿。当她听说了那对被处死的孪生兄弟的事情后，深感好奇，于是前往挂着头颅的加拉巴木树下察看。她以为树上结满了果实，很想摘取。乌·乌那布的头颅警告她树上挂的是骷髅而并非果实。尽管如此，伊琦仍然想得到果实，于是骷髅让她伸出手掌并向掌心吐口水，伊琦因此怀

孕。六个月后，父亲发现伊琦怀孕，他深感耻辱，将此事提交诸神讨论，诸神最后决定派四个猫头鹰使者杀死伊琦，并要求带回伊琦的心作为处死她的凭证。伊琦向猫头鹰求情，说明自己是被骷髅的口水受孕，并无不贞的行为，猫头鹰放过了她。伊琦将龙血树的汁液放在猫头鹰使者携带的加拉巴木果壳碗中，汁液凝结后像一颗心脏，由猫头鹰使者带回去冒充她被处死的凭证。伊琦则跑去父辈孪生兄弟的母亲，也就是自己的婆婆家里寻求庇护。起初，她的婆婆拒绝承认伊琦是自己的儿媳妇，除非她能够去玉米地里摘来足够全家人吃的玉米。伊琦来到玉米地，看到只有一棵玉米植株，绝望之中她呼唤掌管食物之神的帮助。神帮助伊琦收获了许多玉米，通过了婆婆的考验并最终获得了她的庇护，生下了神话的主人公孪生兄弟。

依照普罗普的角色功能理论，这个故事情节可以做如下拆分：

表1　　　　　　　　　　孪生兄弟的神奇出生

角色功能	对应情节	分析
初始情景（I）[1]	列举家庭成员，引入主人公：这是库楚马奇的女儿伊琦的故事	
一、外出（e）：一位家庭成员（长辈或者晚辈）离家外出（第24页）		此处没有明确提到库楚马奇外出，但故事强调伊琦是"一个人"出发寻找加拉巴木，长辈缺席以隐含的方式表达，本质功能与"外出"相一致
二、禁止（δ）：对主人公下一道禁令（第24页）	乌·乌那布的骷髅警告伊琦：树上挂的不是果实，而是骷髅，难道你也要吗？	
三、打破禁令（b）（第25页）	伊琦坚持要摘取果实，骷髅让她伸出右手，并对着手掌吐口水，伊琦因此怀孕	
五、获悉（w）：对头获知受害者的信息（第26页）	六个月后库楚马奇发现女儿怀孕	父亲充当的是对头的角色，以被动的方式，通过女儿怀孕六个月的身体获知受害者信息
八、加害（A）：对头给一个家庭成员带来危害或损失（第27页）	伊琦的父亲和席瓦注其他的神决定处死她	具体对应 A^{13}：对头下令杀人并通常要求出示被杀者的心或肝（第29页）

---

[1] 普罗普：《故事形态学》，贾放译，中华书局2006年版，第24页。以下页码在文中附注。

角色功能	对应情节	分析
九、调停（B）（第33页）	父亲和神命令四个猫头鹰使者把伊琦带到遥远的地方处死，并交回她的心作为凭证。但是猫头鹰听了伊琦的解释后，决定放走她，并以龙血树的汁液冒充她的心脏回去交差	伊琦对应的是落难的被逐的主人公，故事围绕她展开。具体对应B^6：该当送命的主人公被秘密放走（第35页）
十一、出发（↑）（第35页）	伊琦前往婆婆家寻求帮助	第十一项引入了新人物"赠予者"，伊琦的婆婆
根据普罗普，ABC↑要素为故事的开场。在这个小故事中，到此已经具备了AB↑要素。由于落难主人公不具备功能项十"最初的反抗（C）"，自然导致C项的缺失（第36页）		
十二、赠予者的第一项功能（Д）（第36页）	婆婆拒绝承认伊琦怀的是自己的孙子，除非她能在唯一的一棵玉米植株上摘取够全家人食用的玉米	具体对应$Д^1$：赠予者考验主人公（而且是欧洲民间故事中非常典型的情节，即年长者要求女性人物承担看上去不可能完成的家务活）
十三、主人公的反应（r）（第38页）	伊琦请求食物之神的帮助并完成了任务	具体对应r^1：主人公经受住了考验
十四、宝物的提供、获得（Z）（第39页）	婆婆看到伊琦通过考验，承认她怀着自己的亲孙子，并为她提供了庇护	虽然没有像其他故事那样出现明确的神奇宝物，但此处婆婆的庇护对后面的情节，即伊琦生下孩子、战胜自己的父亲和地下神们，有决定性作用，所以其功能类似于主人公被赠予的宝物，具体对应Z^1
要素Д、r与Z的组合是：$Д^1 r^1 Z^1$：婆婆委派了不可能完成的家务活，伊琦承担了它并借助神灵的帮助完成，婆婆给予她所需要的庇护		
十九、灾难或缺失消除（л）（第48页）	孪生兄弟顺利出生	该功能项与加害（A）构成一对

通过上述分析，我们看到《波波尔·乌》神话第一部分和第二部分的内容可以被拆分为一个个独立的神奇故事，其结构符合普罗普的形态学公式。这是最小的叙事单位的形态学解读。另外，若干个独立故事的组合可以构成一个较完整的中型的叙事单位，而形态学公式也同样适用。我们以父辈孪生兄弟的故事为例。故事以介绍乌·乌那布和乌库·乌那布作为开头：

这是乌·乌那布的故事,他的父母亲分别是伊皮亚和伊木加,乌·乌那布和乌库·乌那布就是他们的儿子,两兄弟是夜里出生的。乌·乌那布已经孕育了两个儿子,老大名叫乌巴,老二名叫乌楚。他们的母亲名字叫伊芭琦亚,是的,乌·乌那布的妻子就叫这个名字。另一个乌库·乌那布尚未娶妻,是个单身汉①。

这个描述完全对应"初始情景(I)"。在介绍过初始情景后,故事可以做如下分析:

表 2　　　　　　　　　　父辈孪生兄弟的故事

角色功能	对应情节	分析
初始情景(I)	介绍父辈孪生兄弟的出生、家庭等	
二、禁止(δ):对主人公下一道禁令(第24页)	父辈孪生兄弟整天进行飞镖和橡胶球竞技比赛。飓风之神的使者沃(Voc)在附近窥视他们。沃距席瓦洼地很近	尽管没有明确的禁令,但沃的窥视可以理解为不祥预兆,因为在席瓦洼地居住着挑起战乱、疾病、痛苦和死亡的诸神
三、打破禁令(b)(第25页)	父辈孪生兄弟在通往席瓦洼的路上玩橡胶球	此处打破禁令的意味更加明显,后文有讲到诸神对于父辈孪生兄弟的不敬非常生气,遂决定惩罚他们
四、刺探(B):对头试图刺探消息(第26页)	席瓦洼的神们生气地问道:谁在地上那么吵闹?谁搞得这里地动山摇?把他们带来!	
六、设圈套(τ):对头企图加害受害者以掌握他或他的财产(第27页)	席瓦洼的诸神讨论如何折磨和惩罚父辈孪生兄弟,诸神还想得到他们的橡胶球竞技装备:皮甲、套环、面具、头冠。于是派使者假装盛情邀请父辈孪生兄弟来席瓦洼一起竞技	具体对应 τ^1:加害者以劝诱方式行事
七、协同(g):受害者上当并无意中帮助了敌人(第27页)	父辈孪生兄弟接受了邀请	
八、加害(A):对头给一个家庭成员带来危害或损失(第27页)	席瓦洼诸神设置了一系列死亡陷阱,目的在于折磨和惩罚父辈孪生兄弟。他们未能逃脱,最终被死神处死,并且埋葬之前被割下头颅,悬挂在加拉巴木树上	具体对应 A^{14}:对头动手杀人

---

① Adrián Recinos, *Popol Vuh*, México, Fundo de Cultura Económica, 1947, p. 89.

续表

角色功能	对应情节	分析
九、调停（B）（第33页）	父辈孪生兄弟的故事被战乱之神库楚马奇的女儿伊琦得知。伊琦以神奇的方孕育了乌·乌那布的孪生儿子并生下他们	在这个叙事单位中，父辈孪生兄弟对等的是落难的主人公角色，他们的儿子对等寻找者主人公的角色。"调停"功能项在这个叙事单位中引入了寻找者主人公
十、最初的反抗（C）：寻找者应允或决定反抗（第35页）	一只老鼠向孪生兄弟讲述了父辈的故事并指出橡胶球装备藏在房顶上，还协助他们拿到装备	孪生兄弟在得知父辈的历史后仍然与老鼠合作可以解读为他们采取的最初的反抗，这一情节推动后续的故事发展
十一、出发（↑）（第35页）	孪生兄弟在他们父亲曾经玩球的同一个地方开始打球。噪声惊扰了席瓦洼的诸神，诸神命使者将他们带来一起玩。孪生兄弟向席瓦洼出发	
十四、宝物的提供、获得（Z）（第39页）		没有明确的获得宝物的情节，但孪生兄弟具备超自然力量，可以使农具自行飞快地耕作。此外，他们的武器神奇吹箭充当宝物的功能，能以各种形式保护他们
十六、交锋（Б）：主人公与对头正面交锋（第46页）	孪生兄弟重新经历了父辈们遭遇的死亡陷阱，但全部得以逃脱。最后，他们与诸神展开橡胶球竞技并赢得了比赛	具体对应 $Б^2$：他们进行比赛
十七、打印记（K）：给主人公作标记（第47页）	虽然赢得比赛，孪生兄弟让诸神杀死自己，将骨灰投入水中，以鱼人的形式复活并具有魔法	鱼人可以解读为一种特殊的印记方式，具体对应 K^3：其他打印记的方式
十八、战胜（П）：对头被打败	孪生兄弟再次与诸神相见，席瓦洼诸神向他们表示屈服并且被贬斥降级，不祥之神再也无法像以前那样带来痛苦和灾难	具体对应 $П^6$：对头直接被赶走
十九、灾难或缺失消除（л）（第48页）	孪生兄弟为父辈复仇，并将他们的遗骨收集起来祭拜和缅怀	具体对应 $л^4$：所寻之物的获得是之前行动的直接后果（第48页）

最后，对应整个神话部分的最大的叙事单位同样可以用形态学来分析。从讲述创世开始到神造人失败对等于"初始情景（I）"，其余部分对应功能项如下：

表3　　　　　　　　　　　　完整的神话

角色功能	对应情节	分析
初始情景（I）	诸神创造世界，创造泥人、木头人、树人失败	
八、加害（A）：对头给一个家庭成员带来危害或损失（第27页）	席瓦洼的不祥之神杀死了父辈兄弟	受难者主人公的故事
九、调停（B）（第33页）	乌·乌那布的孪生儿子的神奇出生	引入寻找者主人公
十、最初的反抗（C）：寻找者应允或决定反抗（第35页）	孪生兄弟找到了死去父辈的橡胶球装备	
十一、出发（↑）（第35页）	孪生兄弟出发到席瓦洼	
十六、交锋（Б）：主人公与对头正面交锋（第46页）	孪生兄弟与席瓦洼诸神交锋	
十八、战胜（П）：对头被打败	孪生兄弟战胜了诸神	
十九、灾难或缺失消除（л）（第48页）	孪生兄弟替父报仇，同时将灾难、战争等不幸从人世间消除	
三十一、举行婚礼和加冕为王（C*）	孪生兄弟分别升上天空变成太阳和月亮	变成太阳和月亮可以解读为具有神性的主人公被加冕的一种隐喻形式

四　结论

在早期西方学者的评论中，《波波尔·乌》具备一种微妙的双重性：一方面，鲍格的译本出版后，它被视为一个独立于西班牙传教士希梅内斯神父其他相关文本存在的、纯粹的异域文化传奇，甚至被说成是"东方亚洲思维对于世界的思考"，[①] 尽管发出论断的是位美国的人类学家，他生活的地方地理经度与中美洲相差并不是很多；另一方面，西方学者又喜欢将《波波尔·乌》比作"玛雅圣经"，并且确实在主题方面和《圣经》特别是《旧约》部分进行对比和讨论。[②]

---

① Daniel Garrison Brinton, "The Abbé Brasseur and his Labors", *Lippincott's Magazine*, I (1868): 83. 转引自 René Acuña, "Problemas del Popol Vuh", Ibid., p. 123。
② Robert M. Carmack, *Quichean Civilization; The Ethnohistoric, Ethnographic, and Archaeological Sources*, California, University of California Press, 1973, pp. 24–28.

20世纪中后期,对《波波尔·乌》作为中美洲印第安人原初独立创作文本的质疑渐起。学者分别从话语文本研究[1]和历史语境研究等角度,试图揭示出《波波尔·乌》的本质是天主教传教士借助重写神话而对其进行解构,以达到传播天主教教义的目的。

本文从普罗普的形态学理论出发,运用《故事形态学》中提出的31个角色功能项对《波波尔·乌》文本进行了微小叙事单位、若干个微小叙事单位集合成的中型叙事单位以及全部神话组成的完整叙事单位三个层面解读分析,表明在三个级别上,初始情景(I)、八、加害(A)、九、调停(B)、十、最初的反抗(C)、十一、出发(↑)、十六、交锋(Б)、十八、战胜(П)、十九、灾难或缺失消除(л)这八个角色功能项是核心,显示出《波波尔·乌》与欧洲民间故事结构上高度的相似性。这种相似性也许可以用希梅内斯神父本人对于《波波尔·乌》的一句评论来作为注解:"我认为这些都是小孩子的故事,是没头没尾的。"[2]

究竟是否存在一个原初的、前西班牙征服时代的美洲神话文本?它原本又是什么样子?这些问题似乎很难回答。可以确定的是,我们面对的是一个文化交融的文本,甚至用来记录的符号系统都借助了拉丁字母,而被世人所熟知的标题是法国学者添加的。作为宗教圣典,《波波尔·乌》曾经代表了基切印第安人最高级的正统官方文化和意识形态,正如希梅内斯神父上文被引用的那句话的后半部分所说:"他们的智识令其信仰这些,正如我们信仰福音真谛。"欧洲的犹太基督教文化对印第安宗教和文化产生了影响并被后者吸纳,这一点既往的研究已经证实。而本文的形态学分析也表明,欧洲传统民间故事的叙事结构和母题也在《波波尔·乌》里得到充分的体现,文本是犹太基督教文化与印第安文化、民间文化与主流意识形态两个向度上的融合产物。

---

[1] John M. Woodruff, "Ma(r)king Popol Vuh", *Romance Notes*, Vol. 3,(2000), pp. 97 – 106.

[2] Francisco Ximénez y Karl Ritter von Scherzer, *Las historias del orígen de los indios de esta provincia de Guatemala*, Viena, Casa de Carlos Gerold e Hijos, 1857, p. 144. 这本著作的第一部分对应的是《波波尔·乌》的神话, http://www.cervantesvirtual.com/obra-visor/las-historias-del-origen-de-los-indios-de-esta-provincia-de-guatemala-2/html/38aad676-a416-11e1-b1fb-00163ebf5e63_4.html。

雅各布森与"文学性"概念

胡 涛

(黄冈师范学院文学院)

目前,"文学性"无疑是一个极为重要的文学理论概念,在各种视角和类型的文学研究中都被赋予极高的地位和价值。在描述和分析作为文化类型的"文学"时,"文学性"被赋予了"文学"之所以能存在和发展的根本所在的重任;在作为文本类型分析和研究时,"文学性"成为区分不同文类和体裁的标准;在作为具体的文学作品分析时,"文学性"又成为某种特征的别名或某些特征的集合名。然而,如此广泛的用途使"文学性"成为一个没有固定内涵的关键词,甚至在许多理论文本中被用作一个内涵变动不居的概念(或者是具有相同指示符号的多个概念)。为了探寻关键词的内涵及其适用范围,我们首先要考察其起源,而有着众多内涵和用途的"文学性"却被认为拥有一个共同的起源——罗曼·雅各布森的《最新俄国诗歌》[1]。要想确认"文学性"的起源及其与雅各布森的关系,我们必须回到原始文本。

一

现在,雅各布森的《最新俄国诗歌》虽很少被提及阅读,却被奉为"文学性"的创始文献。据作者回忆,这篇长文基于 1914—1918 年期间

---

[1] Roman. Jakobson, "Новейшая русская поэзия, Набросок первый: Подступы к Хлебникову", in Selected Writings. Vol. V: *On Verse, Its Masters and Explorers*, The Hague, Paris, New York: Mouton, 1979, pp. 306 – 307.

与未来派诗人赫列勃尼科夫的交往所记下的笔记，文稿于 1919 年春在莫斯科完成①。韦勒克断言年轻的雅各布森"服膺于彼得堡学派的学说思想"，用俄语撰写的许多文章不过是"表示赞同或者发挥了形式主义者的某些理论学说"，作为一个"年仅二十二三岁的后生的作为，评判起来，应该说尚未成熟"②。韦勒克在《近代文学批评史》论述雅各布森的章节中并未提到《最新俄国诗歌》，而是在论述艾亨鲍姆时的注释中提及这篇长文③。

按韦勒克的说法，年轻的雅各布森到达布拉格后，为了证明自己的能力而发表了一些与文学相关的论文，其中就包括 1921 年春在布拉格以俄文出版的《最新俄国诗歌，提纲初稿：走近维·赫列勃尼科夫》。《最新俄国诗歌》主要围绕赫列勃尼科夫和马雅可夫斯基等未来派诗人的诗作展开论述，但并不连贯，文章以序号和间隔区分为九节，每节之下又分为许多小节，不同的部分篇幅长短迥异，长则数页，短则两行。每部分论述的内容一般用空行隔开而不是连贯的行文，这种手稿性质的文本记录了作者在不同时间对不同问题的思考，除列举诗歌实例外还常有长达数页的语料实例，多为俄语俗语、谚语、民谣或期刊引文。

《最新俄国诗歌》共九节，第一节相对完整且论述比较集中，可视为全文的总纲。雅各布森认为，要掌握一种诗歌语言，我们必须考察它与三个因素的关系：诗歌传统、日常语言及正在发展中的诗歌趋势。当我们研究历史上的诗歌时，必须重建这些因素，但事实上我们只能非常困难地部分重建。雅各布森举例说，普希金诗歌在不同时代受到批评家们的不同评价，是因为上述三个因素发生了变化；现代学生往往用他们已有的美学观念、当代艺术生产方式投射到古代诗歌上的这种价值判断是有问题的。雅各布森认为在描述诗歌语言风格时必须摒弃价值判断，"科学的诗学必须只有在摒弃价值判断时才有可能建立。一个语言学家

---

① [美]罗曼·雅柯布森：《标记概念》，载钱军编译《雅柯布森文集》，商务印书馆 2012 年版，第 126 页。
② [美]雷纳·韦勒克：《近代文学批评史》第 7 卷，杨自伍译，上海译文出版社 2009 年版，第 655 页。
③ 同上书，第 599 页。

依照自己的方言去评估另一种方言，岂不荒谬？"[1] 也就是说，一种诗歌语言总是存在于一定的社会历史环境之中，必须在一个共时性的语境重建中才能形成对诗歌的客观评价。因此，只有建立一种"诗歌方言学"（поэтическая диалектология/poetic dialectology），诗歌语言理论的发展才有可能实现。历时性的诗歌发展趋势和共时性的诗歌风格都被雅各布森视为一种诗歌方言。这样一来，雅各布森已经基本建立了一种以语言学为基础的文学研究方法，或者说确立了以语言学为基础的思维框架，诗学则被视为其语言学的一个子学科，这一点在《语言学与诗学》中被明确重申。后来被译为"文学性"（литературность）的词语也是在这样一个思维框架下引入的，而要弄清它的具体内涵所指，我们必须回到这个词语的具体语境之中。

从文章诞生的历史语境来说，以语言学方法来探究文学现象或诗学问题，是当时的一种趋势，尤其是莫斯科语言学派的基本宗旨；从文章的全局语境来说，则是第一节阐述研究问题的方法基础。自第二节开始，雅各布森探讨了诗歌和未来派诗歌中的许多文学现象，这些文学现象在俄国形式主义文论那里被称为文学"程序"（применение/device）。

二

《最新俄国诗歌》的第二节共分为八个小节论述不同的文学现象，俄文 литературность 出现在第二小节中。作者在这一小节开篇先引用谢尔巴的说法，说明了刺激和刺激的结果、直接知觉和经过思考的感觉之间很难区分。接下来三段文字辨析情感语言和诗歌语言：两者都是意识到自身的语言；同时区别也十分明显，情感表述受情感控制，而诗歌语言则受制于其内在的法则；诗歌可以通过不同的方式使用情感语言，而诗歌语言不能成为情感语言；日常和情感语言中最重要的交际功能在诗歌语言中变得最不重要。经由对诗歌内在法则和语言功能的分析，雅各布森转入了文学研究如何成为文学科学的思考：

---

[1] Roman Jakobson, "Новейшая русская поэзия, Набросок первый: Подступы к Хлебникову", in Selected Writings, Vol. V: *On Verse, Its Masters and Explorers*, The Hague, Paris, New York: Mouton, 1979, p. 302.

造型艺术由自足的视觉表现材料构成,音乐由自足的声音材料构成,舞蹈由自足的舞姿组成,而诗歌则是自足的、"自我中心的"、词的表达,正如赫列勃尼科夫所说的那样。

诗歌是美学功能的语言。

因此文学科学(наука о литературе)的主题(предмет)不是文献(литература)而是文学规范性(литературность),其令一部作品成为文学作品。可是直到现在文学史家的惯常做法与警察一样,在逮捕嫌犯时为了以防万一,会抓住每一个出现在公寓里和碰巧从路边经过的人。文学史家使用一切获得的材料:传记证据、心理学、政治学、哲学。他们创造了一个混合的本土学科而不是文学科学。他们似乎忘记其研究已偏离到了其他领域:哲学史、文化史、心理学等,而后者在使用文学作品时不过将它们用作有缺陷的、次要的文档。如果文学科学想要成为一门科学,就必须承认"程序"是它唯一的"主角"。接下来,主要问题是程序及其理由。①

在接下来的直至文末的文章主体部分,的确如雅各布森所言,主要探讨的是各种文学"程序"及其理由:未来主义、情感语言与诗歌语言、城市生活、变形和比喻、夸张、诗歌语言、诗歌中的时代错误等(第二节);诗歌对口头语材料的吸收(第三节);诗歌句法中去动词化的倾向(第四节);形容词和明喻(第五节);词缀变化(第六节);诗歌语言对日常语言的吸纳、词的形式与语言系统等(第七节);同义词、反义词、方言词、外来词等(第八节);语义关联弱化问题(第九节)。文章通过实例分析各种文学现象的用途及其具体使用中的效果和理由,也就是文学"程序"及其内在规律。

无论是从上面对文学研究成为科学的论述的引用来看,还是从《最新俄国诗歌》全文来看;也不论是从雅各布森的文论主张来看,还是从俄国形式主义文论在 1930 年之前的研究成果来看,其最主要的也是最为

---

① Roman Jakobson, "Новейшая русская поэзия, Набросок первый: Подступы к Хлебникову", in Selected Writings, Vol. V: *On Verse, Its Masters and Explorers*, The Hague, Paris, New York: Mouton, 1979, pp. 305 – 306.

重要的概念是"程序",而不是别的什么。相对于"形式"这个与传统完全不同的而充满争议的概念来说,"程序"得到了几乎所有形式主义文论家及其反对者的共同接受。那么,程序是什么呢?它可以理解为文学作品的一切要素和机制,既包括音律节奏、遣词造词,也包括修辞、典故;既涵盖了诗歌表现的各种技巧,也包括了能被诗歌吸纳的社会历史因素;既可以探讨文学史上的流派,也可以比较分析不同文本类型的语言。不过它们同时也受一个基本规定的限制,即都是从文学研究而不是其他学科的角度来看待的文学现象。

既然文学研究的对象是文学的"程序",那么文学研究的主题自然就是"程序的使用和理由",也就文学的内在法则,雅各布森那句被广为流传的句子或许应译为:"文学研究的主题不是文献,而是文学,其令一部作品成为文学作品。"这句话中"文学研究"和最后一个分句没有歧异,而各种翻译差别最大的是:"主题"(предмет)、"文献"(литература)和"文学性"(литературность)三个词以及另外一些衍生词,诸如"总体的""笼统的""内容""东西"等。从语义角度来说,предмет 可译为"主题、题目""现象、事情""对象、目标"和"物体、物品"等,литература 可译为"文学""文献",但理论著作翻译中的选词至少要考虑到两个方面:该学科的理论逻辑和原著上下文。从学科的理论逻辑来说,无论什么学科其研究对象必定是属于该领域的现象,或是可以为该学科特有方法观照的现象,文学研究也概莫能外,其对象就是文学现象。雅各布森即便年轻也不至于犯下如此低级的逻辑错误:在同一个句子中既声称文学研究的对象不是"文学",又说其对象是"文学性"——依然是某种文学现象的东西。从《最新俄国诗歌》的语境来看,全文并不是讨论文学研究的对象是什么,而是如何研究文学的"程序"。仅就第二节的第二小节局部来说,雅各布森试图要阐明的是文学研究要想成为一门独立的科学,就必须以文学研究的方法——"诗歌方言学"——来分析文学作品中的程序的使用及其理由。这里指明了文学成为科学能够确立的两个基本前提,一是必须使用文学的研究方法而不是心理学、哲学、政治学等其他学科的方法,二是用这种方法来研究具体的文学现象(程序)及其背后的文学规律(内在法则)。而将上述研究视为研究的"主题"还是

"主体",至少从汉语的角度来说,都是可以接受的译法,译为"主题"则是参照了雅各布森后来在一篇"后记"中的译法。①

无论是从逻辑上还是原著的上下文语境来看,литература 都应译为"文献"而不是"文学"。那些被视为"不科学"的文学史家们使用其他学科的方法来研究文学,使文学作品降格为文献或档案的做法正是雅各布森要杜绝的。但"文学研究的对象不是文学"这种荒谬的译法不仅流行了数十年,而且还堂而皇之地被简单复制在各种大学教材和文学辞典之中被奉为正典,其原因也不仅仅来自文学内部。

自20世纪60年代以来,литературность 译为"文学性"(literariness)已是约定俗成,但并不意味着我们应(或能)从汉语"文学性"或英文literariness去理解它,而应该遵从俄文原文来矫正我们对 литературность 和"文学性"的理解。至于那些坚持从汉语字面意义去理解"文学性"的人来说,就没有必要声称源自雅各布森了。俄文 литературность 在一般词典中很少被收录,其意义也较单一,即用作形容词 литературный 的第四个义项"合乎语言规范的"的名词,意为"语言规范性"②,借用到文学研究中或可译为"文学规范性"。雅各布森可能借用这个意义单一的词来喻指第一节中提到的文学"内在法则"(имманентные законы/immanent laws)。虽然"文学性"(literariness)这种译法已经约定俗成,也仍然只不过是为"文学内在法则"增加了一个"文学性"的别名,而绝不能以"文学(的)"(literary)加上后缀"(属)性"(-ness)的构词方式来逆推理解。因此,从词源或词语的发展历史来看,雅各布森只是将"语言规范性"(литературность)这个词引入到了文学研究之中。我们不难想象:如果这个词能够如此简洁、深刻、全面而又明白无误地概括文学研究的本质,那么为何无论是这篇长文的其他部分还是雅各布森的其他文献中,我们再也无法找到俄文 литературность 的身影呢?这或许说明了在《最新俄国诗歌》

---

① Roman Jakobson, Question de Poetique, Paris: Seuil, 1973. Roman. Jakobson, "A Postscript to the Discussion on Grammar of Poetry", in *Diacritics*, Vol. 10, No. 1 (Spring, 1980), The Johns Hopkins University Press, pp. 22 – 35.

② литературный 有四个义项:"文学的;文学创作的,写作的;文学家的,作家的;合乎语言规范的",литературность 为其第四个义项的抽象名词。参见黑龙江大学俄语语言文学研究中心辞书研究所《大俄汉词典》,商务印书馆2001年版,第924页。

中，литературность 仅仅作为前文"文学内在法则"的一个比喻性归纳，而不是为了揭橥一个全新的概念。

三

无论 литературность 被翻译为 literariness 或"文学性"，无论它作为一个词语还是一个概念，在《最新俄国诗歌》中都只是用来指文学固有和内在的法则。不过为了进一步厘清雅各布森与"文学性"概念之关系，我们还必须面对两个历史问题：其一是雅各布森此后对 литературность 从不提及，而相隔 50 年后却使用了 literariness 一词；其二是 литературность 与雅各布森其他文论思想的关系。

1973 年，雅各布森的文学论文集《诗学问题》在巴黎出版，他为这本选集写了一篇"后记"，后来译为英文以"关于诗歌语法讨论的后记"为题于 1980 年发表。雅各布森在这篇文章开篇指出，诗歌的语言学研究是一个双重视界：一是语言的科学，一是关于语言的特殊应用。前者主要研究语言各种功能的协调配置（arrangement），后者则必须以诗歌是一种语言艺术为出发点。诗语研究既是一种语言学，又是一种语言在特殊领域的应用，这与《最新俄国诗歌》中所提出的"诗歌方言学"如出一辙。任何忽视视界双重性的做法都是错误的，比如研究诗语时仅限于从文学批评的角度审视语言的指涉功能，或是将之限于语言学的句子分析而不考虑诗歌创作。在雅各布森看来，"诗学可以定义为在两个语境中——一般语词信息和特殊的诗歌——对诗学功能的细察"，以此为出发点，雅各布森接着提出了语言学家在研究诗歌时的主题（theme）：

"文学性"，换言之，是词语进入诗歌时的变形及由此变形而产生的程序系统，是每一个语言学家在分析诗歌时的主题。与按照文学批评标准的责难正相反，这种方法引导我们走向"文学活动"规范的考察，因之而开启通向其自身所暗示的一般规律的道路。①

---

① Roman Jakobson, "A Postscript to the Discussion on Grammar of Poetry", in *Diacritics*, Vol. 10, No. 1 (Spring, 1980), The Johns Hopkins University Press, p. 23.

这是雅各布森在《最新俄国诗歌》之外明确使用 literariness，前者在此文中被列为参考书目，不过涉及的内容是声称自己首先在该文中提出了"程序"和"结构"两个概念，而没有提及 литературность 一语。那么，给 literariness 和 литературность 之间的关系下一个定论并不容易。首先，литературность 的偶然使用很难说是雅各布森刻意创造的一个文学理论概念；其次，作为埃利希的导师，雅各布森应该非常熟悉其在《俄国形式主义：历史与理论》中对雅各布森及其概念的阐释；最后，literariness 作为俄国形式主义的重要概念在 20 世纪 60 年代之后已广为流传，它既可用作 литературность 的英文翻译，又有其本来含义。

或者说，我们无法确定雅各布森在多年以后使用 literariness 时，是回应 1921 年的那个词语，抑或是在埃利希的研究启示下的怀旧，又抑或不过是对英语世界里使用的一种回应。但不论如何，对这两个词的比较能给我们带来一些新的认识。首先，文学研究或诗学无论是独立于语言学的科学还是作为语言学的子学科，其研究主题都是通过研究文学作品内的"程序"以探求"文学法则"，这一观点历经多年并未改变，只是"文学法则"发展为"程序系统"。这或许反映了雅各布森在考察文学现象时，系统论和结构论思想的强化，或许还吸收了埃利希的发展演绎。其次，语词在进入诗歌时会发生变形，这种变形将产生程序系统，同时也是一种文学行为。雅各布森在早年的文章中就曾强调过语言的各种变形和手法的暴露，这里则将两者关联起来，并称之为一种文学行为或文学活动。最后，对这种文学行为的规范考察，将能寻找到诗歌语言的一般规律。可以说，从上述三个方面来看，literariness 可以看作对 литературность 或其隐含的文学研究方法的一种回应，无论雅各布森是有意识还是无意识。两者都与文学"程序"相关联，并指向其背后的"文学法则"或"一般规律"。不过两者的区别也是明显的，literariness 是一个在英语世界里流传甚广的概念，而 литературность 不过是被后来者追溯的起源，某种程度上可以视为"文学性"最原初的用法。后者在《最新俄国诗歌》中指文学研究的主题，即文学法则；前者则有所发展，"程序系统"可以理解为包含三个方面：作为系统元素的程序、作为系统关系的内在法则和作为整体呈现的文学品质。

雅各布森除"文学性"概念之外，还提出过其他一些同样影响深远的概念和文论思想，它们之间的关系也需要稍作检视。1921年《最新俄国诗歌》被视为"文学性"的源头，1933年在《什么是诗歌?》中使用了"诗性"（poeticity）概念，1935年的演讲介绍了俄国形式主义文论的"主导"（dominant）概念，1958年《语言学与诗学》中提出了"差别属性"（differentia specifica）、"诗学功能"（poetic function）并使用了"诗意性"（poeticalness）概念。据韦勒克考证，"差别属性"和"主导"源于德国人布罗德·克里斯蒂安森。[①] 雅各布森将"主导"定义为，"一件艺术作品的核心成分，它支配、决定和改变其余成分"。[②] 主导可以在具体的作品、诗歌规则、某个诗派的一套准则中，以及某个时代的作为特殊整体的艺术中，都可以找到"主导"。而一旦某种"主导"成为出发点，我们就可以对一件艺术品给予相应的界说和价值判断。这里其实有个循环阐释的问题，依据一定的文学观念我们能够找到某种"主导"元素，而依据某种"主导"元素，我们能发现其所体现的文学观念和价值标准。"主导"与雅各布森的许多文论思想和概念相关联。"诗学功能"是语言的六种功能之一，当其占据"主导"地位时，一部作品就可以是文学作品。同样互为因果的是，如果一部作品是文学作品，那么其主导成分必然是"诗学功能"。这种类似"测不准"理论的用法虽然能够解释许多文学现象，但其内在的逻辑矛盾却无法消除。雅各布森的"诗学功能"常与其他概念并置，在《什么是诗歌?》中，"诗学功能"与"诗性"（poeticity）并置："诗学功能，诗性——如'形式主义者们'强调的——是不能机械地简化为其他元素的独一无二的元素。"[③] 从这句话来看，"诗性"即"诗学功能"是作品中的一种独特的元素或组成部分，因之"诗性"成为一部作品的"主导"时，是一部语言作品成为文学作品的基本保证。"诗性是仅有的一种复杂结构，但这个部分一定使其他部

---

① [美]雷纳·韦勒克：《近代文学批评史》第7卷，杨自伍译，上海译文出版社2009年版，第575页。
② Roman Jakobson, "The Dominant", in *Language in Literature*, Krystyna Pomorska, Ed. Stephen Rudy, Cambridge: Harvard UP, 1987, p.41.
③ Roman Jakobson, "What is Poetry?" in *Language in Literature*, Krystyna Pomorska, Ed. Stephen Rudy, Cambridge: Harvard UP, 1987, p.378.

分变形并和它们一起决定整体的本质。""只有一件语言作品获得了诗性，诗学功能具有决定性，才能称之为诗。"①"但是诗性如何显现自身呢？诗性只有当词语感觉到词语且不再纯粹表现对象的名称或感情的爆发，只有当词语和它们的作品、意义、内在和外在形式都获得了分量和价值而不是指向漠不关心的现实的时候才出现。"② 也即是说，"诗性"有时可以看作一个内部要素，有时又是作品呈现出来的整体品质。而在"语言学与诗学"中，雅各布森则将作品的整体品质使用"诗意性"（poeticalness）来概括，"简略地说，诗意性不是话语辞藻华丽修饰的补充，而是它的所有组成成分"③。

由上面的引用我们不难发现，"诗性"或"诗意性"都指向作品的品质或某种特殊成分，当其占"主导"时，使作品成为文学作品。这种表述看似与《最新俄国诗歌》中关于"文学性"的表述类似，但两者的内涵完全不同，"文学性"内涵指向文学作品中"程序"使用的"法则"或者"规律"，而"诗性"和"诗意性"的内涵则限于品质和构成要素。同时，前者与文学传统、读者接受等相关，而后者则仅限于文本。"诗性"和"诗意性"有时可以和"诗学功能"互换使用，而"文学性"则不能如此简单替换。"诗性"和"诗意性"在文学作品中的意义和价值都与"主导"相关，而对于"文学性"与"主导"，雅各布森则未建立任何关联。

四

关于雅各布森和"文学性"起源的认识，现在流行的看法认为："文学性"是雅各布森在《最新俄国诗歌》一文中探讨"文学科学"问题而杜撰的一个新词，用来指文学研究要想成为科学的前提条件，即作为文学研究的对象；同时该词被解释为"文学之所以为文学"的"本质特

---

① Roman Jakobson, "What is Poetry?" in *Language in Literature*, Krystyna Pomorska, Ed. Stephen Rudy, Cambridge: Harvard UP, 1987, p. 378.
② Ibid. .
③ Roman Jakobson, "Linguistics and Poetics", in *Language in Literature*, Krystyna Pomorska, Ed. Stephen Rudy, Cambridge: Harvard UP, 1987, p. 93.

征";在俄国形式主义那里"文学性"即文学的语言特征,亦即文学语言与日常语言的"区别性特征","陌生化"是其具体化;"文学性"和"陌生化"作为核心概念构建俄国形式主义理论。

但是这些看似合乎逻辑推理的观点都存在一个并未确证的前提,即雅各布森创造了"文学性"概念以促使文学研究成为一门科学。然而,从上面的文本分析中我们可以看到,这个前提并不存在,尽管这并不影响"文学性"在当前文论中的地位和价值,但厘清其历史发展却是十分有益的。

通过查阅近30年来2000多份期刊文章及数十本相关专著后,我们发现对于"文学性"概念的起源及其与雅各布森的关系的资料主要与两个文本相关,一是埃利希的"俄国形式主义"对雅各布森的引用;一是艾亨鲍姆《"形式方法"的理论》对雅各布森文章的引用。国内学界对这两个文本的引用都经过了不同语言版本的译介,前者的中介途径主要有两种:张隆溪的译介文章《艺术旗帜上的颜色——俄国形式主义与捷克结构主义》;安纳·杰弗森、戴维·罗比、托尼·本尼特、雷纳·韦勒克、杜威·佛克马、拉曼·塞尔登等人在评述俄国形式主义时对埃利希著述的引用。后者的中介途径有:托多洛夫《文学理论》的法文版经由蔡鸿滨译为中文;艾亨鲍姆文章的英文版。另外,雅各布森的法文版《诗学问题》及托多洛夫的相关著述,是人们接触这个概念的另一条途径。

张隆溪对雅各布森的引文是这样的:"'文学研究的对象不是笼统的文学,而是文学性,也就是使一部作品成其为文学作品的东西',而当时的许多文学史家却把文学作品仅仅当成'文献','似乎忘记了他们的著作往往滑进了别的有关学科——哲学史、文化史、心理学史,等等'。"[①] 而布朗的英文译本和俄文版中都没有"笼统的"这样的词汇,这个衍生的翻译很可能来自埃利希的英文,在《俄国形式主义:历史与理论》中引用雅各布森的文字时加上了"in totality"。也就是说,大

---

① 张隆溪:《艺术旗帜上的颜色——俄国形式主义与捷克结构主义》,《读书》1993年第8期。

量著述中的资料其实都来自埃利希,而不是雅各布森的《最新俄国诗歌》本身。

不仅《最新俄国诗歌》很少有人阅读,而且更不用说从全文的角度来理解这个本没有歧义的俄文单词,使用者大多从埃利希或艾亨鲍姆那里转引的只言片语中加以推测,以讹传讹也就在所难免了。除原典缺失之外,"文学性"被不断误读和自由发挥的原因更在于:首先,"文学性"并不是一个体系依赖的概念,它并不仅仅属于某个具体的文学理论流派或理论家,缺少了具体的理论体系限制,人们在翻译和引用时随意性极大;其次,由于对俄语世界的意识形态偏见和无知,仅从英文或汉语的构词法上去望文生义似乎是可行的,这种通行的做法自然无法获得原著者的真实意图,而各种"误读说"或语意蔓延也能提供心理安慰;最后,各种文学辞典、教材均引英语世界俄国文论专家埃利希译文,文论大家一如韦勒克、佛克马、塞尔登等也未从俄文援引而对埃利希信之不辨;这些历史原因无疑使"文学性"一直陷于混沌之中,不断被提及却总是无法给予清晰的阐释,而要厘清已被众口铄金、积重难返的概念,不仅要返回原初文本,更要探究各种流变文本。

此外,台湾学者张汉良新近的考辨提出了关于"文学性"起源的另一种推测。张汉良主要参照法语《拉胡斯大辞典》和英文《普林斯顿诗与诗学百科全书》1965 年版中埃利希撰写的 "literariness" 词条来展开推理。张汉良引用埃利希并附上了英文原文:"用雅可布逊的话说,'文学研究的主体不是文学的总体,而是"文学性",亦即使某件作品成为文学作品的因素'(In Jakobson's word 'the subject of literary scholarship is not literature in its totality, but literariness, i. e., that which makes of a work given work of literature.')"①。这段埃利希的英译与通行的英译不同,衍生了 totality 和 given work;张汉良据英文汉译时又增加了"某件作品""因素",subject 译为"主体"。英文《普林斯顿诗与诗学百科全书》1993 年再版时词条编排发生了变化,第 700 页处 literariness 条注释为:"详见

---

① 张汉良:《"文学性"与比较诗学——一项知识的考掘》,《中国比较文学》2012 年第 1 期。

'语言学与诗学'、'诗学'、'俄国形式主义'条"。上述引文出现在"俄国形式主义"条下第 1101 页，文字稍有不同："In Jakobson's words, 'the subject of literary scholarship is not lit. in its totality, but *literariness*, i. e. that which makes of a given work a work of lit.'"

接下来，张汉良依据布朗的英译，"大胆假设雅可布逊的'文学性'说法有一个潜在的政治文本"①，即"文学性"源自对列宁"党性"一词回应而创造的新词。其依据是"文学性"的俄语英文音译 literaturnost 和"党性"的英文音译 partignost 构型相似；另外附上了内地将俄文"党的文学"译为"党的出版物"的一则逸闻作为参照。鉴于历史上文学与政治的关系，"文学性"与"党性"作为对应概念使用在逻辑上的确是可以成立的，但是逻辑推理不能取代历史事实，张汉良在文章中的猜测也没有提供可资证明的文献资料，对雅各布森的引用也并非原始文献。

如前文所述，俄文 литературность（"语言规范性"）在 20 世纪初已经存在，在文学研究著述中使用多为比喻意义，即以"文学规范性"或"文学自身规律"等意义来使用，如同为俄国形式主义代表理论家的艾亨鲍姆也在一篇文章中使用过这个词语，或在相对于 литература（文献）的意义上作为"文学"来使用。而且，雅各布森对 литературность 仅提及一次且并无过多着墨，说明了它并非是他刻意要塑造的概念。熟悉《最新俄国诗歌》且为之写过一篇书评的日耳蒙斯基以及其他俄国形式主义理论家都没有特别提及过这个词语，也即是说，并未视之为一个理论术语。另外，雅各布森在 1920 年以官方红十字会翻译身份赴布拉格并滞留不返，1921 年之前作为语言学教师对文学的看法著述不多，《最新俄国诗歌》《达达主义》《论现实主义》等文字都未对"党性"或政治与文学之关系等问题有所涉及。所以，张汉良的说法难免有些牵强。

不过，张汉良的考掘启发了我们对"文学性"这个汉语词汇在中国之所以产生和用来对译 literariness 和 литературность 的文化背景的注意。通过有限的资料搜索，我们发现苏汶 1932 年在《"第三种人"的出路》

---

① 张汉良：《"文学性"与比较诗学——一项知识的考掘》，《中国比较文学》2012 年第 1 期。

中便使用过"文学性"一词,意指文学自身的价值。① 或许,这才是我们现在使用这个概念的本来目的。不过多源头的探索"文学性"概念的起源应该是另一篇文章的任务了。

---

① 苏汶:《"第三种人"的出路》,《现代》1932 年第 1 卷第 6 期。

文学意义的生成:重审雅各布森与里法泰尔、卡勒之争[*]

江 飞

(安庆师范大学文学院)

作为 20 世纪 60—70 年代美国结构主义语言诗学的领军人物,罗曼·雅各布森(Roman Jakobson,1896—1982)从语言的对立与对应、对称与反对称、对等形式与凸出对照等特点出发,以其丰富而详尽的诗歌批评实践,[①]对诗歌结构进行了娴熟解剖,为我们理解文学意义生成的文本"深层结构"迈出了重要一步。这一深层结构不仅显示出每个层面的秩序化,而且还可能对智力本身(包括天赋的和人为的)的运作提供某些证据。但正如欧陆结构主义语言学一开始遭遇到美国本土结构主义语言学的抵抗一样,雅各布森语言诗学的方法和实践同样也遭到立场各异的文学批评家的质疑和抨击,这其中尤其以美国哥伦比亚大学法语教授米歇尔·里法泰尔(Michael Riffaterre)、美国学者乔纳森·卡勒(Jonathan Culler)为代表。在他们看来,雅各布森对诗歌语法的"微观分析"无异于"活体解剖",是"空空洞洞"的,是"读者无法领悟"的,是"失败"的。

---

[*] 本文系国家社科基金重大项目"20 世纪中国美学史"(12&ZD111)、安徽省 2016 年高校优秀青年人才支持计划重点项目(gxyqZD2016203)的阶段性成果。

[①] 在 20 世纪 60—70 年代,雅各布森分别与各语种的专家合作,对二十余位不同时期、不同风格的诗人诗作进行了诗性功能的语言细察,涉及俄国、英国、法国、德国、葡萄牙、波兰、罗马尼亚、保加利亚、希腊等近二十个(种)国家和语言,甚至还对中国的古典格律诗和日本古典诗歌进行了深入研究。其研究时空跨度之大(近十三个世纪,横跨欧亚),内容之丰富,分析之细致,令人惊叹,至今无人能出其右。

姑且不论欧陆传统与英美传统之间的差异和对抗，雅各布森与卡勒、里法泰尔之间的论争与其说是两个阵营的对垒，不如说是一个战壕里的内讧，其结果一方面促进了雅各布森的语言诗学在美国乃至欧洲诸国的进一步传播和影响，另一方面也促使雅各布森后来在更宽广的文化符号学领域中探求"文学性"存在的可能空间。在今天，反思他们之间颇有意味的批评和反批评，不仅有利于我们更辩证地理解雅各布森语言诗学的利弊得失，更有利于我们从中获得借鉴和启示，以更包容的心态和更科学的诉求推进中国诗学的跨学科研究。

一 "读者反应"与"文学能力"：里法泰尔和卡勒的批评

首先发难的是美国的法语教授、结构主义文学理论家里法泰尔，他在《描述诗歌结构：对波德莱尔〈猫〉的两种研究》（1966）这一长达43页的长文中，对雅各布森和列维－斯特劳斯分析波德莱尔诗歌《猫》的著名文章（1962）进行了批评。他的根本论点在于：雅各布森和列维－斯特劳斯仿佛"超级读者"（superreader）或"原读者"（arthireaders），将这首诗歌建构成了一首"超级诗歌"，没有把读者能够领悟到的和不能领悟到的语言特征区别开来，读者无法做出反应的音位和语法等各种对等成分，只能是与诗歌结构（poetic structure）相异的成分，而能够引起读者反应的成分，才是诗歌结构所包含的成分；而且，雅各布森也并没有告诉我们他所描绘的语法结构在诗歌与读者之间建立了怎样的联系，因此，"一首诗歌的语法分析至多不过是告诉我们那首诗的语法而已"，"这些手法的共性在于：它们被设计安排，为的是引起读者的反应——不管他的注意力如何散漫，不管代码如何演化，不管审美趣味如何变换"，[1]概而言之，雅各布森所揭示的语法是与诗歌"无关的语法"，读者的反应是文学研究应当考虑的。

可以看出，里法泰尔所坚持的是"读者反应"的批评立场，但又与费什的"读者反应文体学"不同，他并不认为文学研究就是要记录读者

---

[1] Michael Riffaterre, "Describing Poetic Structures: Two approaches to Baudelaire's les Chats", *Structuralism*, New Haven: Yale University Press, 1966, pp. 213 - 214.

阅读文本的一系列原始反应,而是强调文本自身作为一个既定结构的自主性和自律性,以及在意义生成过程中的客观规定性,可以说,他徘徊于读者和文本之间,文本是先于读者的首要"结构"。在他看来,"结构是一个由几个成分构成的系统,改变其中的任何一个成分都必然要对其他成分产生影响,这个系统就是数学家们所说的'不变量';系统内部的转变会产生一组同一形态的模式(即机械的互变形式)或变量。"① 很显然,这种"结构"观念与雅各布森的别无二致,雅各布森的语法分析所做的也正是在诗歌结构中寻找变量中的不变量,即在不同语言层面上发现对等和平行的关系系统,因为这种种关系在诗歌中形成层层编织的系统,而在非诗歌语言中则是难以想象的,因此在雅各布森看来,对等原则为识别诗性功能提供了一个客观标准。但问题也正如里法泰尔所质疑的:这些精微的语法关系系统是大多数的普通读者所无法领悟到的,他们只能根据其自身的阅读经验,发现一些显而易见的对等结构(如词语重复、押韵等)而已,这该如何解释呢?

有意思的是,在雅各布森做出回应之前,卡勒在其《结构主义诗学》(1975)第三章中,一边对"雅各布森的诗学分析"提出批评,一边又替他回应了里法泰尔的批评:

> 他(里法泰尔——笔者注)所声称的"领悟的规律"并不能推进他的论点,也不能区分诗歌结构与非诗歌结构的方法,理由很简单,因为指明某一具体的系统,然后断言它不能为读者所领悟,这是极为拙劣的方法。另一方面,我们又不能以读者业已领悟的东西作为标准,这首先是因为读者自己并不一定知道哪些成分或系统导致所体验到的诗歌效果,其次,我们在原则上并不愿意剥夺批评家指出我们在文本中没有见到的东西的可能性,而批评家之所见,我们是愿意承认其重要性的;第三,这又因为倘若要把雅各布森之辈从各行其是的读者圈中逐出,我们势必又得另立其他种种相当随意

---

① Michael Riffaterre, "Describing Poetic Structures: Two approaches to Baudelaire's les Chats", *Structuralism*, New Haven: Yale University Press, 1966, p. 201.

性的标准和原则。①

卡勒的意思很明确:读者无法将其领悟到的东西与体验到的诗歌效果相对应,并做出判断,因此,读者的反应和"领悟"不能作为标准来区分诗歌结构与非诗歌结构,更何况,批评家有指明文本中各种存在可能性的权利和义务,他们作所建立的阐释标准和原则是具有相当的严肃性和科学性的。卡勒的回答无疑是切中肯綮的,但是,我们也不难发现,他其实并未否认读者的权利和重要性,更准确地说,他比里法泰尔更强调读者在"诗歌效果"(即整体意义)生成过程中所发挥的功能,而将文本结构置于"等待被阅读"的地位,在卡勒看来:"作品具有结构和意义,因为人们以一种特殊的方式阅读它,因为这些潜在属性,隐含在客体本身的属性,要在阅读行为中应用话语的理论,才能具体表现出来。"②换言之,没有读者的阅读行为,文本的结构和意义无法自动生成,由隐而显,读者的阅读是使这些潜在属性具体表现的根本原因:这自然是一种"以读者为中心"的论调。但我们的疑惑在于:读者以怎样"一种特殊的方式阅读",又如何"应用话语的理论"?对此,卡勒胸有成竹地提出了所谓"语言学应用的最佳方案":

> 恰如以某种语言说话的人吸收同化了一套复杂的语法,使之能将一串声音或字母读成具有一定意义的句子那样,文学的读者,通过与文学作品的接触,也内省地把握了各种符号程式,从而能够将一串串的句子读作具有形式和意义的一首一首的诗或一部一部的小说。文学研究与具体作品的阅读和讨论不同,它应该致力于理解那些使文学之所以成为文学的程式。③

在这里,我们不难发现乔姆斯基"生成语法论"的回声,事实上,

---

① [美]乔纳森·卡勒:《结构主义诗学》,盛宁译,中国社会科学出版社1991年版,第110—111页。
② 同上书,第174页。
③ 同上书,第16—17页。

卡勒在第二章便仿照乔姆斯基的"语言能力"而提出"文学能力"（literary competence）的概念。所谓"文学能力"指阅读文学文本的一套程式系统，具有该能力的读者相当于内化了一种文学的"语法"，使其能够把语言序列转变为文学结构和文学意义，把一个语言信息纳入到文学传统中进行理解和阐释，换言之，他们是有经验的、训练有素的"理想的读者"。和里法泰尔一样，卡勒同样认为读者的这种阐释不是主观想象，但不同的是，他没有将这种阐释的主动性交予文本结构本身，也没有还给作者，而是让读者牢牢抓住，因为在他看来，"真正的创作活动，都是由掌握了加工这些语句的巧妙办法的读者完成的"。这套阅读程式或文学语法，是读者面对某个文学文本时便已经具备的先在条件，是读者通过不断接触文学作品而"内省地把握"了的符号程式，这正与雅各布森所强调的对具体文本结构的语法分析是背道而驰的：前者相信读者作为认识主体，具有理解文学效果、阐释文学意义的先验能力，而后者则相信文学文本是相对自足的意义结构体，细致的语法分析和批评实践能够使意义生成的规则程式凸显出来，换言之，读者阐释与语言阐释在文学意义生成过程中孰先孰后，孰轻孰重，是他们争论的焦点。

毫无疑问，"文学能力"是卡勒结构主义诗学的核心，这一立论是与索绪尔乃至康德以来的先验认识能力的传统一脉相承的。从这一"先验认识能力"出发，读者的理解程式成为"使文学之所以成为文学"的必要条件和充分条件，是文学研究的对象：这就与雅各布森所主张的诗性功能占主导的"文学性"形成了尖锐对立。于是，卡勒对雅各布森的诗学分析便有了如此断定：

> 雅各布森提请人们注意各式各样的语法成分及其潜在功能，这对文学研究是一个重要贡献，但是，由于他相信语言学为诗歌结构的发现提供了一种自动程序，由于他未能认识到语言学的中心任务是解释诗歌结构如何产生于多种多样的语言潜在结构，他的分析实践是失败的。[1]

---

[1] ［美］乔纳森·卡勒：《结构主义诗学》，盛宁译，中国社会科学出版社1991年版，第120页。

卡勒先扬后抑地表明了这样的意思：雅各布森虽然用语言学方法揭示出了诗性功能在文本中表现的各种语法结构及其功能，但并未解释这些语法结构是如何使诗性（文学性）得以实现的。在他看来，恰恰是掌握了"文学语法"的读者使语法结构转换为诗歌结构，换言之，雅各布森只是以语言语法解释了一首诗的语言系统（语言理解），而并未理解和阐释这首诗的文学系统（文学理解），这两者是有实实在在的区别的，说得更直白些，如果没有"理想的读者"对文本的"文学理解"，"超级读者"对文本的"语言理解"是无效的，是失败的。因为卡勒认为"文学是一种以语言为基础的第二层次上的符号系统"，所以，他机械地也是理想化地将文学文本的理解分为语言理解和文学理解两个层面，雅各布森的语法分析只是在语言层面的运作，而具有文学能力的读者则是在文学层面进行理解和意义阐释，按此说来，文学意义似乎是一个与语言意义界限分明的独立系统，但显而易见的是，这二者是一枚硬币的正反面，彼此依存、不可分割，否定其一或厚此薄彼都是错误的。卡勒先验地认定存在着一种独立自主的"文学意义"，这注定了他的"结构主义诗学的视角是颠倒的，它的研究对象是从已知的文学效果出发，追溯到产生该效应的阐释程式"[①]，这与英美文学传统尤其是新批评的阐释传统相一致，却与雅各布森由文本阐释到文学效果的语言诗学构成镜像关系。

  在这重大的差异之上，卡勒通过考察雅各布森对波德莱尔《忧郁》组诗之一以及对莎士比亚第129首十四行诗的分析，认为：雅各布森在诗学分析中，过分看重奇数与偶数的数字对称，而这些对称恰恰是毫无意义的，因为"在这首特定的诗歌中，只要你想找到哪种组织结构类型，就一定能找到"，所以，按照此种方法在诗歌中所发现的结构根本不具有独特性，而且，雅各布森究竟要为自己的分析方法引出什么样的结论，始终语焉不详。卡勒甚至亲自上阵，以雅各布森《诗学问题》一书散文体的"跋"为例，仿效后者的语法分析方法，寻找对称和反对称等语法结构，证明"相似成分的重复在任何文本中都可能看到"，"这种数字上

[①] [美]乔纳森·卡勒：《结构主义诗学》，盛宁译，中国社会科学出版社1991年版，第12页。

的对称本身并不能作为语言的诗性功能特征的界定"。由此,他提出了自己的构想:

> 把雅各布森关于诗学语言的论述作为读者在语法成分的指引下自己进行辨义运作的理论,它才能最大限度地发挥作用。侈谈文学文本中存在着大量的平行对称和重复,既没有意思,更无释义价值。关键问题是语言系统会有什么样的效果,我们只有在自己的阅读理论中把读者如何处理文本的结构成分的过程具体化,才能得到真正的解答。①

这种想法不啻为调和文本论与读者论的中庸之法。然而,有意思的是,卡勒在这里还是不知不觉地绕回到了他所反对的立场上,即承认了雅各布森的诗学分析对读者辨义或释义的先在的指引作用,强调了文本结构的具体分析对读者阅读理解的重要价值。

总之,里法泰尔和卡勒都在文本之外提供了新的值得关注的对象——"读者",前者秉持法国结构主义的立场,对读者的权利有所保留,文本结构依然是文学研究的重心所在,而后者则在英美新批评传统的包裹下,将重心移向了读者的阐释和评价。不管怎样,里法泰尔老成稳重的批评,卡勒年轻气盛的挑战,引起了雅各布森的高度关注,并随后进行了反批评。

二 "语言学拥抱诗学":雅各布森的反批评

早在《结束语:语言学和诗学》(1958)的结尾,雅各布森便预料到必然会有一些批评家反对语言学和诗学的联姻,他说:

> 语言学家和文学史家都逃避诗歌结构问题的时代,现在已经完全落在我们身后了。确实如 Hollander 所说,"似乎没有理由企图把文

---

① [美]乔纳森·卡勒:《结构主义诗学》,盛宁译,中国社会科学出版社1991年版,第116页。

学与整个的语言学区分开来"。如果仍有一些批评家怀疑语言学拥抱诗学领域的能力,那么,我相信,那是因为一些心胸狭隘的语言学家对诗歌的无能为力,被误解为语言科学自身的一种不足。当然,在这里,我们都明确认识到:一个对语言的诗性功能耳聋的语言学家,和一个对语言学问题漠视且不熟悉语言学方法的文学学者,都是相当明目张胆的错误。①

果不其然,文学学者里法泰尔和卡勒以"读者"的名义对主张"联姻"的雅各布森提出了抗议。他们并非对诗歌结构问题有所逃避,而是从根本上怀疑以语言学"拥抱"文学(文本)的有效性和客观性,他们认为:"诗歌可以包含某种结构,这种结构在作为一个文学艺术作品的功能和效果中不起任何作用",② 即雅各布森所揭示的文本的语言结构并不等于全部的诗歌结构;"从诗学的观点看,需要解释的并不是文本本身,而是阅读、阐释文本的可能性,文学效果和文学交流的可能性。"③ 即诗学的焦点由语言阐释转向读者阐释,文本自身的权利旁落到文本之外的读者:这些自然都是雅各布森无法认可的。为此,他不顾年老体衰,在与泼墨斯卡的《对话》"诗歌与语法"一节中,以及长文《对诗歌语法讨论的补充说明》(1980)中,对里法泰尔、卡勒以及美国文学批评家博萨尼(Leo Bersani)、法国语言学家穆南(Georges Mounin)等人的批评予以回应,这实际上也是对诸多心存疑虑者共同关心的一些焦点问题的答复。

其一,语言学立场。针对里法泰尔"语言学与诗学实现共存了吗"的疑问,雅各布森再次重申了他在《语言学和诗学》中的观点,即语言学和诗学联姻、诗歌的语言学研究是合法且十分必要的;通过援引梅洛-庞蒂、罗兰·巴尔特、戴维·洛奇、洛特曼等人的相关言论,他更加强硬地表达了"语言科学"渗透语言艺术是不可阻挡的趋势:

---

① Roman Jakobson, *Language in Literature*, Krystyna Pomorska and Stephen Rudy, Ed. Cambridge: The Belknap Press of Harvard University Press, 1987, pp. 93-94.
② Michael Riffaterre, "Describing Poetic Structures: Two approaches to Baudelaire's les Chats", *Structuralism*, New Haven: Yale University Press, 1966, p. 202.
③ [美]乔纳森·卡勒:《结构主义诗学》,盛宁译,中国社会科学出版社 1991 年版,第 92 页。

我做这样的补充说明是为了表达这样的希望，即强力推进语言科学的一种彻底渗透，语言艺术的科学将不再理会任何削弱或破坏二者联合趋势的所有借口。①

在他看来，语言学享有开拓诗歌问题的权利，语言科学和文学科学的联合是大势所趋，这是无可争辩且任何人都无法阻挡的。而反对者要么怀着各种"过时的偏见"，要么对当代语言学及其全景有所误解，因而把语言学当作一种封闭的学科，将其限制在研究"句子"的狭隘领域中，导致语言学家不能检测语言艺术的组成。雅各布森的自信和强硬不是凭空而来的，也不仅仅是语言学家的强烈学科意识使然，而是因为他清楚地看到了语言学在人类的社会交往结构中确实承担着重要功能。比如，在《语言学和其他科学的关系》(1970) 中，他详细阐述了一种内在的规范模式，即语言学处于中心，涵盖广泛的人文和社会科学，并拓展到与其他科学的交往。在他看来，语言学在人文社会科学中的地位，如同数学在自然科学中的地位，甚至它还可以拓展到自然科学。语言学模式在人工智能语言的开发和研究中的应用，以及在法国结构主义者手中作为无往而不胜的文化分析和批判的利器，便充分说明了语言科学在 20 世纪 60 年代以来势不可挡的强大力量。而这背后的推手便是被罗蒂称之为"语言学转向"(the linguistic turn) 的哲学潮流，按其所言，这一转向的巨大意义"在于促成了如下转变，那就是从谈论作为再现媒介的经验，向谈论作为媒介本身的语言的转变。"② 而一旦索绪尔所开启的现代语言学的独立规则得以确立，语言学就会凭借其严格、高度的形式化，影响或渗透其他学科，文学作为语言艺术，自然最早受其影响。因此，这种转变和渗透在雅各布森的结构主义语言诗学中表现得非常明显，甚至可以说，自索绪尔之后，雅各布森便以其卓越的语言学和诗学研究参与并有力推动了"语言学转向"的整个进程。

其二，读者期待和能力培养。读者在诗学研究和文本意义生成的过

---

① Roman Jakobson, *Selected Writings* Ⅲ: *Poetry of Grammar and Grammar of Poetry*, ed. Stephen Rudy, The Hague, Paris and New York: Mouton Publishers, 1981, p.790.
② Richard Rorty, ed., *The Linguistic Turn*, Chicago: Chicago University Press, 1967, p.373.

程中究竟居于怎样的地位，发挥怎样的作用？对两位批评家共同关注的这一问题，雅各布森的回答是一分为二的：

一方面，雅各布森从未否认读者在语法分析过程中的存在，相反，他认为"读者"一直在积极地对文本语言的各个层面做出相应理解和期待。比如他认为，"诗歌的读者显然'可能不能把数字的频率'与格律的构成部分联系起来，但只要他理解到诗歌的形式，他不知不觉地就会获得它们'等级秩序'的一种暗示。"① 也就是说，重读和非重读音节的出现频率作为诗歌格律的重要构成形式，为读者提供了某种音乐效果和语义暗示，由此，读者自然就会形成某种期待，正如俄语诗歌的听众或读者常常以相当高的可能性，期待着在四音步诗行的任何偶数音节上遇到一个词语重读，但帕斯捷尔纳克的某些诗歌常常剥夺词语重读，从而使读者期待受挫。

另一方面，雅各布森的诗学分析之所以揭示文本的语法结构，并非要剥夺或嘲弄一般读者的领悟能力，按其所言，"语法结构，和诗歌的许多其他方面一样，只是一般性地为普通读者提供一种艺术感知的可能性，并不需要他们去进行科学分析，也不赋予他们这样的能力。"② 对比卡勒的读者阐释观点，可以看出：雅各布森的语法分析虽然不能使读者具备像他一样的科学分析能力，但他所揭示出的语法结构，无疑为读者更充分地感受和理解诗歌提供了巨大支持，不仅使读者"知其然"（意义），更知其"所以然"（意义如何生成），这显然正是培养普通读者具备"文学能力"和"文学语法"的必经之路。相较而言，卡勒一味强调读者的"文学能力"对文本意义的决定作用，而"文学能力"如何获得倒显得格外迷惑，里法泰尔把诗歌想象为"读者的反应"，而读者如何做出反应和对什么做出反应则令人生疑，他们所批评的雅各布森诗学分析倒正是答疑解惑之方。正如杰弗森、罗比所言，"雅各布森不只是描述或解释读者的有意识的理解过程，而且还从技术上解释诗歌语言的整

---

① Roman Jakobson, *Language in Literature*, Krystyna Pomorska and Stephen Rudy, Ed. Cambridge: The Belknap Press of Harvard University Press, 1987, p. 75.

② Roman Jakobson With Krystyna Pomorska, *Dialogues*, New York: Cambridge University Press, 1983, pp. 116–117.

体效果"。① 由此来看，孰先孰后，孰对孰错，不言而喻。

其三，语法结构研究的正当性。批评者认为雅各布森诗学分析把文学作品的诗歌结构降减为语法结构的研究，认为他把诗歌的富于暗示性的力量只归因于语言形态层次之间的相互关系，以及句法平行或对照。对此，雅各布森在《对话》中做了正面回应。他认为，批评家的这种看法是"毫无根据的幻想"，因为：

> 我们研究韵律，但没有人说诗歌就等于韵律，正如我们永远不会把诗歌降减为一个隐喻系统，或是一个诗节综合体，或是其他任何形式及其各种效果。但是，对韵律、比喻、诗歌节奏和"语法修辞"的研究，构成了诗歌分析的一些重要目标。而很长时间以来，诗歌结构都未得到缜密的分析。②

在这里，雅各布森简明而直接地表明了两层意思：第一，自己进行诗学分析的出发点和目标在于，力图以缜密科学的诗歌语法结构研究，来改变印象式的、价值评判性的传统研究的现状。长期以来，传统的诗歌研究专注于诗歌之外的功能和价值，而对诗歌的语法分析一直到雅各布森所处的 20 世纪 60—70 年代才被提上日程，且仍未得到深入勘探，从这个意义上说，雅各布森的开拓精神和科学实践的成效是不容抹杀的。第二，语法结构研究只是诗歌研究的组成部分，正如韵律并不等于诗歌，而是诗歌的组成部分，他所强调的是：对某一具体诗人或诗歌传统进行韵律系统、语法修辞等规则的研究是一项非常有意义的工作，诗歌的本体研究必然以韵律、比喻、节奏以及"语法修辞"等为重要目标，而且，"诗歌中的任何单一现象其本身都不能被视为终极目标，而且诗歌结构中的所有方面都是相互关联进而构成一个独特整体的。"③ 可见，雅各布森

---

① [英] 安纳·杰弗森、戴维·罗比：《西方现代文学理论概述与比较》，包华福译，湖南文艺出版社 1986 年版，第 50 页。
② Roman Jakobson With Krystyna Pomorska, *Dialogues*, New York: Cambridge University Press, 1983, p.118.
③ Ibid., p.119.

并未以部分代整体,或是将整体消减为部分,而是格外突出诗歌结构的整体性和内部特性的彼此关联,而这些特性对诗歌作品的总体"效果"起何作用,则是另一个相对独立的问题。由此,雅各布森对卡勒追求所谓的"文学(诗歌)效果"也提出了批评,"从结构语言学和诗学的视角来看,以诗歌'效果'的决定来开始分析,这是一个严重的错误,因为不懂得手段的问题而做出这样的一个决定,只能导致幼稚而主观的研究。"[1] 不知手段,焉知效果?相信任何了解诗歌、有文学阅读经验的人,都无法否认雅各布森的这一观点及其基础研究的合理性与巨大贡献。

其四,诗性功能占主导。与上述批评相关,雅各布森认为,诗歌结构研究包括对诗歌语言表现的多种功能的研究,但占主导的诗性功能应当是诗学研究的重心,诗性结构的主导地位不可动摇,因此,不存在与诗歌"无关的语法",也不存在"不起任何作用"的某种结构,任何语法和结构都受诗性影响,并在诗性结构中承担相应功能:

> 虽然诗学通过语言之棱镜来阐释诗人的作品,并研究诗歌表现的主导功能——诗歌阐释的起点,但是,它的其他价值——心理学的、精神分析的或社会学的,依然可以进行研究,当然,是由上述学科真正的专家来研究。同时,这些专家必须考虑到一个事实:主导功能把它的影响强加于其他功能之上,其他光谱必须服从于这首诗的诗性肌质的光谱。[2]

这是雅各布森反复强调的一个问题。诗学的主要任务就是通过语言学方法("语言之棱镜")来研究诗歌表现的主导功能即"诗性功能"(poetic function),诗歌表现的从属的、非诗性的功能和价值属于其他学科的研究域,可被其他学科的专家所研究,但不可否认的是,在诗歌中,诗性的光普照耀("主导")着诗歌结构的每个角落,任何非诗性的结构、

---

[1] Roman Jakobson With Krystyna Pomorska, *Dialogues*, New York: Cambridge University Press, 1983, p.119.

[2] Roman Jakobson, *Selected Writings* Ⅲ: *Poetry of Grammar and Grammar of Poetry*, ed. Stephen Rudy, The Hague, Paris and New York: Mouton Publishers, 1981, pp.766-767.

与诗歌无关的语法都是不可思议的。诗人自身对语法的领悟也可以终结上述批评者的幼稚推测,比如波德莱尔,他对语言充满着敏锐的洞察力和自信,他说:"语法,贫瘠的语法,它自身却变为了一种唤起魔力的东西",在《恶之花》中诗人正是以诗性语言实现了这种"唤起魔力"的想法,"存在于世界上,在动词中,阻止我视其为偶然的一种纯游戏的神圣的东西。自由地操纵语言是为了唤起魔力的一种实现。"① 在这里,诗人有意否定了偶然的语言游戏,诗歌中的任何语法都是"唤起魔力"的神圣技艺,按照他的意思,十四行诗所必需的就是一种结构性的、网络式的语法设计(design),波德莱尔研究专家戈蒂耶已有力地证明了诗人这种高超的"设计"正是其诗歌中"不足与外人道"的隐秘印记。②

其五,诗学分析的客观性。批评者认为:雅各布森的诗学分析带有"先入为主的、先验的"主观倾向,也因此而只专注于寻找一系列的二元对立,卡勒甚至认为无论在诗歌还是在散文(prose)中,"只要你想找到哪种组织结构类型,就一定能找到"。果真如此吗?

首先,雅各布森自表心迹:"当我在研究诗歌文本的语法之时,我总是试图保持一种最大的客观性。"③ 在他看来,语法范畴的分布对整首诗歌的整体和部分的艺术个性化做出积极贡献,这是不难看出的,并且易于对所选择的语法按统计学的方法检测其可能性和准确度。而在非诗歌文本中,语法范畴则是消极的、难以检测的。更为重要的是,雅各布森身体力行地对宗教、哲学、玄言、战争、革命甚至情色等各种风格、主题、流派和文学传统的诗歌作品进行了深入细致的分析,并且,为保证客观和可靠,凡是歌谣都以诵读的诗歌代替,凡是口语的皆以书面作品代替,而"当我研究的诗歌是用我所未掌握的语言写成的时候,我一般会与以这种语言为母语的专家合作。在任何情况下,我都向我所分析的诗人的同胞求证,以此来小心地检测我的研究成果。"④ 正因如此,我们

---

① Roman Jakobson, *Selected Writings* Ⅲ: *Poetry of Grammar and Grammar of Poetry*, ed. Stephen Rudy, The Hague, Paris and New York: Mouton Publishers, 1981, p. 769.
② [法]戈蒂耶:《回忆波德莱尔》,陈圣生译,上海译文出版社2011年版,第46—52页。
③ Roman Jakobson With Krystyna Pomorska, *Dialogues*, New York: Cambridge University Press, 1983, p. 117.
④ Ibid..

在雅各布森的著作中发现了大量的合作文章,这可以说是一个学者严谨、认真、"大胆假设、小心求证"的精神体现,而决不能被误认为是缺乏个人独创性的表现。

其次,雅各布森诗学分析的方法和步骤严格遵循结构主义原则,"一切从文本出发""一切从关系出发"成为其恪守的准则。他对自己的分析方法有着清晰的认知和表述:

> 分析诗歌的语法结构,解析诗节的结构,这只是第一步。之后要对整个诗篇中那些被选定的语法范畴的区别做出解释:为何那样分布?又达到怎样的目的?尽管这样,在我自己的实践中,我还尽可能地在开始语法分析时就拟定出语义阐释的方向,对所发现的语法现象进行意义上的解释。①

相较于卡勒将文本解释的权利拱手送给"读者",雅各布森则更关注形式与意义之间密不可分的联系,文本意义的生成首先应取决于文本自身的语言结构和语法分析,在此基础上才谈得上读者的解释。这种理论和实践的合理性、客观性和科学性,显然胜过卡勒所信赖的读者阐释的主观性和任意性。

再次,正因为做到"具体文本具体分析",雅各布森的语法分析结果也与文本自身的特性相对应,而并非无意义地、无限制地任意寻找各种对立、对称或"拼凑数字"。如其所言:

> 尽管我的批评者们努力了,但他们在我的语法分析实例中没能找到一个重要的语言学错误。诗歌显示出所有种类的对称结构:除了直接对称,我们还发现了所谓的镜像对称(mirror symmetry)和精巧的反对称;你还可以在诗歌的韵律分析中发现相似分配的广泛应用。众所周知的押韵形式——换韵、交韵、抱韵(aabb、abab、ab-

---

① Roman Jakobson With Krystyna Pomorska, *Dialogues*, New York:Cambridge University Press, 1983, p. 119.

ba)——在语法修辞中也可找到相近的平行类型。例如,在一首四小节的诗歌中,这些修辞可以将前后两节或奇偶两节区分开,或最终将内部两节与外部两节区分开。那种认为想要发现多少对称范畴就能发现多少的想法,是和具体的分析经验完全矛盾的。[1]

在诗歌中,我们能观察到各种语法对称结构,这种对立的分布有着严格的规律性,其存在基础又是一种层级秩序的语言客观性,可以说,它们是明显属于诗歌语言的资源,对立要素的差异产生诗歌的全部价值,而在日常语言和新闻、法律或科学的散文语言中是几乎找不到的,因此,卡勒所谓的"我们能任意地生产分布范畴"无疑是天真的。事实上,那些想在报纸或科学文章中找到像诗歌语法一样的对等结构的企图,都以失败告终,他们的努力只不过是"科学著作的无用而拙劣的模仿"罢了,正如卡勒在对雅各布森《诗学问题》的"跋"进行语法分析时,一开始便"将过于简短的第一句撇开",这种"粗枝大叶的处理"(卡勒批评雅各布森语)恰恰暴露其随意取舍的主观态度,是与语言科学的科学诉求格格不入的。

最后,从"作者"角度来说,雅各布森认为,文本中语法对立的系统安排并非研究者主观赋予的,而是作者"无意识"地组织语法要素的结果。虽然作家和诗人一般不会提及他们先前的创作草稿,但是他们在运用语言材料的时候,确实经常表现出对潜在的语言运用方法的真正理解,如其所言,"语法的诗歌及其文学产品,诗歌的语法——尚未被批评家们所知,绝大多数语言学家也是不顾的,但却被创造性的作家娴熟地掌握了。"[2] 在雅各布森看来,波德莱尔、赫列勃尼科夫等便是这样的"创造性的作家",此外,他对叶芝诗歌《爱的悲哀》前后跨越近六十年的两个版本的语法分析(1977),对屠格涅夫在私人聚会上"无意识"地脱口而出的七个词的诗句分析(1979),都充分证明了他们也同样掌握了

---

[1] Roman Jakobson With Pomorska, Krystyna, *Dialogues*, New York: Cambridge University Press, 1983, pp. 117–118.

[2] Roman Jakobson, *Language in Literature*, Krystyna Pomorska and Stephen Rudy, Ed. Cambridge: The Belknap Press of Harvard University Press, 1987, p. 90.

诗歌语法的奥妙。① 当然，雅各布森也同时指出，尽管他们能够"无意识"地运用语言中所内含的一套复杂的语法关系系统，但却不能分离和界定这套语法关系，因此，这项任务有待于语言分析去完成：这正是雅各布森的语言诗学理论与语法批评实践所承担的核心任务。

实际上，这种"无意识"的、直觉式的理解和运用，归根结底是由语法结构的强制性所决定的，这种强制性使普通读者能够敏感地觉察到诗歌中的言语区别。这好比听音乐，一个嗜好十四行诗的读者，能够体验和感觉到两个四行句或三行句的相似，而一个没有经过特殊训练但具有"语言能力"的读者，同样会指出这些句子之间韵律和谐的某些隐在要素，因此，这种理解程度的差异，并不能否定普通读者对语言科学所揭示的言语区别所具有的敏感性。对此，雅各布森在《诗歌中的潜在系统》(1970) 中做了更明确的说明，"在个性化诗人的作品中，直觉（intuition）可以作为复杂的语音结构和语法结构的主要的（并非罕见的）甚至唯一的设计者。这些结构，在潜在层面具有特殊的强大力量，不需要任何逻辑判断和专门知识的辅助就能发挥能动功能，无论是在诗人的创造活动中，还是在敏感的'作者的读者'的感知中。"② 可以说，这些潜在系统——语音结构和语法结构，被个性化诗人直觉地应用于创作，也被敏感的读者直觉地感知和把握。

三 打破"结构"：从语言诗学走向文化诗学

综上所述，雅各布森以其对语言诗学的绝对忠诚，对语法分析的结构主义科学梦想，对里法泰尔和卡勒等人的批评进行了义正词严的反批评。最后，雅各布森也对他们做了总体评价：里法泰尔自己对波德莱尔文本的"描述"态度是任意的，他所设想的"一种纯粹虚幻的客观主义"是不存在的，因为虚幻的超级读者的解析装备根本无法开辟一条真实可信的处理文本的道路；而卡勒则忠实地遵从于过时的偏见，其文章"相当自负和外行，证明其无力抓住法语诗的本质以及一首诗的总体结构。

---

① Roman Jakobson, *Language in Literature*, Krystyna Pomorska and Stephen Rudy, Ed. Cambridge: The Belknap Press of Harvard University Press, 1987, pp. 216 – 249.
② Ibid., p. 261.

卡勒所构想的自身批评任务只是批评和摈弃一切进入到诗歌作品的解析探究的基本原理，而他们自身则不采取任何积极的措施。"① 当然，雅各布森也特意表明，他的目的并非是要把反对者的努力最小化，而是要"追求和捍卫对'语法的诗歌'问题和'诗歌的语法'问题的一种系统探究"。实际上，雅各布森还是应当感谢里法泰尔尤其是卡勒的批评的，因为"大多数读者对雅各布森的了解是通过卡勒的批评，而非直接阅读雅各布森本人的著作"。②

对照上述批评与反批评，一方面，我们必须承认：雅各布森的语言诗学理论及其语法分析实践，在传统文学研究的庙堂之外，矗立起一座宏大而精致的现代风格的结构主义圣殿，语言学者和文学学者怀揣着语言的通行证，耽溺于字句声色的悦耳之音，游走于纵横交织的语法网络之中；另一方面，我们也不可否认，里法泰尔和卡勒的批评使"读者"从文本背后脱颖而出，犹如一道利光，映照出结构主义的语言封闭和自足自乐的文本愉悦，也照亮了接受美学和解构主义的前行之路。无论雅各布森承认与否，他作为一个"专业读者"，其对诗歌的语法结构的阐释本身，便已经证明了读者阐释在文本意义生成过程中的重要作用。当然，"文学性"的语言学立场促使其将文学研究的视域聚焦在文本的语法性之上，在文本意义的语法阐释与读者阐释之间，他毫不犹豫地选择了前者；而卡勒和里法泰尔则选择了读者阐释，试图从接受者一方来解释语言特性如何在诗里起作用，按他们的意思，"文学性"一如文学效果（意义），没有读者的理解和阐释便无法"使一个作品成为一个文学作品"。

其实，撇开分歧来说，他们三人又何尝不是"结构主义"阵营中的亲密盟友呢？都是"一种旨在确立生成意义的条件的诗学"（卡勒语），都视文本为可分析的语言结构，都相信并借用语言学的魔力，都对科学地确定和分析文学的根本特性怀有信心，等等。此外，三人都不同程度地流露出在20世纪六七十年代结构主义"转向"时期，也即德里达、福

---

① Roman Jakobson, *Selected Writings* Ⅲ: *Poetry of Grammar and Grammar of Poetry*, ed. Stephen Rudy, The Hague, Paris and New York: Mouton Publishers, 1981, pp. 785 – 788.

② Richard Bradford, Roman Jakobson, *Life, Literature, Art*, London and New York: Routledge, 1994, p. 88.

柯等后结构主义的"法国风"登陆美国之前的一种典型的暧昧态度。这种暧昧表现出他们在欧陆新观念与英美批评传统的持守与变通之间的态度：雅各布森无疑是葆有欧陆本色的学者，即使在美国哈佛大学多年也一心专注于结构主义语言学的诗学研究，对当时已占据文化传统主宰地位的"英美新批评"理论既吸纳又保持距离；而卡勒则在英美传统的文学批评观（以阐释和评价为使命）的影响下，将新批评与结构主义这一外来思潮融合起来，由此而形成了其"新瓶装旧酒"式的结构主义诗学。里法泰尔则介于两者之间。

通过评述和反思这场诗学之争，我们不难发现：雅各布森对"文学性"、文本自足的语言结构、文学意义生成等问题理解的合理性与局限性（一定程度上表征了结构主义诗学的困境），也不难看出，在日益兴起的美国"读者反应批评"和德国接受美学影响下，文学研究从"以文本为中心"的形式批评向"以读者为中心"的接受批评转变的必然趋势，以及后期结构主义者力图打破封闭性"结构"的努力和可能。然而，颇具吊诡意味的是，一旦"认定文本意义由读者内化了的阅读和理解程式所决定，这就剥夺了文本自身具有意义的可能性，作为文学研究最重要对象的作品也就无形之中降格，甚至被逐出结构主义的文学研究领域，"[①]这正是卡勒结构主义诗学的缺陷所在，后来随着"从作品到文本"的转变、"文本"概念的扩张、意义的"延异""撒播"以及读者"漫游"式阅读的兴起等，这种情况变得更加一发而不可收。尽管如此，雅各布森的语法分析还是可以找到有效的理论支持的。比如德国接受美学理论家瑙曼等人就借鉴英伽登的观点，认为作品生产过程中蕴含着针对读者的"接受导向"（Rezeptionsvorgabe），即读者在接受过程中固然有着一定的自由取向和兴趣爱好，但是他的任何阐释和艺术体验只能在作品允许的范围内，也就是说，作品所能达到的效果，只能首先来自作品本身的结构、思想和艺术品质（即它向读者发出的信息），尽管"有一千个读者就有一千个哈姆雷特"，但读者读出的终究是哈姆雷特而不是哈利波特。[②]

---

① ［美］乔纳森·卡勒：《结构主义诗学》，盛宁译，中国社会科学出版社1991年版，第8页。
② 参见方维规《"文学作为社会幻想的试验场"——另一个德国的"接受理论"》，《外国文学评论》2011年第4期。

如此看来，雅各布森认为作品的语法结构可以"为普通读者提供一种艺术感知的可能性"就不是虚妄之言了。

总之，他们三者之间并无根本矛盾，最好的解决方式莫过于彼此融通，即运用雅各布森的语言诗学理论来培养读者的"文学能力"，提高"读者反应"水平，以至于成为"超级读者"，最终较为客观合理地解释诗歌效果：这显然代表了结构主义诗学后来演变的方向，即打破文本相对自足的语言结构，向作为社会性和历史性而存在的"读者"开放，向意义的各种生成可能开放，这就为"语言诗学"走向更加开阔的"文化诗学"提供了预设和前景，为更加科学地理解文学意义的生成提供了新的可能。

论鲍里斯·艾亨鲍姆的文学系统观

李冬梅

（苏州大学外国语学院）

一

鲍里斯·米哈依洛维奇·艾亨鲍姆（Борис Михайлович Эйхенбаум）是俄苏著名文艺理论家、文学史家，俄苏形式论诗学（Русский формализм）的创建者和骨干之一。"文学是一门独立自主的系统科学"这一观念是俄苏形式论学派的理论基础，是其一切学说的出发点。在讨论形式论学派的文学系统观时，不少学者都认为这一思想是蒂尼亚诺夫首创的，论据是蒂尼亚诺夫在1924年发表的专著《诗歌语言问题》中曾详细探讨作品的系统本质。在我们看来，其实早在1915年，艾亨鲍姆在《关于中学文学学习的一些原则》一文中就已提出"文学作为一个系统"这一观点，而在1918年的论文《果戈理的〈外套〉是怎样写成的》中则对这一观点进行了有力的论证。本文拟从俄苏形式论学派的诗语观出发，解读艾亨鲍姆的形式论著述，在与什克洛夫斯基等学者进行比较的背景中，对艾亨鲍姆的文学系统观做一梳理，从而深入理解和把握形式论学派的理论遗产。

艾亨鲍姆对文学系统观的阐发以形式论学派的诗语观为出发点。俄苏形式论学者大多是著名语言学家博杜恩·德·库尔特内的弟子。他们既钟情于语言学，又对文学感兴趣，自然非常关注文学语言尤其是诗歌语言特质的研究。如雅库宾斯基曾对诗歌语音的自主性进行了尝试性探讨，并依据说话使用语言材料的目的来将语言现象分为实用语和诗语两大类。前者的语音不具备独立的价值，只是交际工具，后者的语音则具有独立的价值；前者的审美色彩是中性的，因此在普通的交际行为中，当听者明白说者所指时，允许出现说话目的和说话本身之间差异的存在，也就是允许存在随意的口语，而在后者中却是另一番景象：这里所有的语音都必须经过严格检验方可进入意识域。什克洛夫斯基区分了散文语与诗语。在他看来，前者是规范的普通语言，后者是对前者进行加工并使之"奇特化"的语言，是一种艺术语言。"建立科学的诗学，必须从根据大量事实实际上承认'诗的'语言和'散文的'语言的区别、它们的规律不同开始，必须从分析这些区别入手。"[①] 什克洛夫斯基还明确表示，在某些语言形态中，语音的地位是高于意义的，"……人们需要语言不仅仅是为了用它们表达思想，甚至也不是为了用词语来代替词语……人们需要的是超越意义的词语。"[②] 而"无意义语"正符合某种深刻的心理需求，因此它的使用成为一种普遍的语言现象。托马舍夫斯基指出，实用语广泛存在于人类的日常生活中，具有实用目的，"在日常生活中，词语通常是传递消息的手段，即具有交际功能。说话的目的是向对方表达我们的思想。……所以我们不甚计较句子结构的选择，只要能表达明白，我们乐于采用任何一种表达形式。"[③] 而在文学作品中，诗语注重的是词语的选择和搭配，"比起日常实用语言来，它更加重视表现本身。表达是交流的外壳，同时又是交流不可分割的部分。这种对表达的高度重视被称为表达意向。"[④] 托马舍夫斯基认为，实用语与诗语的区别就在于是否具有"表达意向"，包含"表达意向"的话语是诗语，不包含"表达意向"的是实用语。在日尔蒙斯基那里，语言被分为实用语、科学语、演

---

① [俄] 什克洛夫斯基：《波捷布尼亚》，载《诗语理论集》，1909 年。转引自艾亨巴乌姆《"形式主义方法"论》，丁由译，载张捷编选《十月革命前后苏联文学流派》，上海译文出版社 1998 年版，第 221 页。

② Шкловский В., *О поэзии и заумном языке*, Цит. по: Эрлих В., *Русский формализм: история и теория*, Академический проект, 1996, С. 72.

③ [美] 托马舍夫斯基：《艺术语与实用语》，载方珊等译《俄国形式主义文论选》，生活·读书·新知三联书店 1989 年版，第 83 页。

④ 同上。

说语、诗语等。实用语与科学语相接近,都是尽可能准确地表达思想,诗语则与演说语相近,都具有艺术功能。

正当形式论学者关注诗语、语音之时,艾亨鲍姆尚处于学术道路的十字路口,还未加入形式论学派。虽然宣称文学研究应当是独立的学科,但在评论文学现象时,仍然考虑作者的世界观和时代背景与作品的联系。形式论学者的诗语观正是艾亨鲍姆也思考过的,给他留下了深刻的印象。1916 年 10 月在评论"奥波亚兹"的文集时,艾亨鲍姆认为,从目的论来看,把语言现象划分为实用语和诗语两个系统是非常有说服力的,他曾这样阐述对诗语的看法:"……诗有别于非诗之处,恰恰在于它的语音系列的特点而非语义系列的……可以断言,在诗语构成中,发音的(发音动作的)和语音的表现具有首要意义。如果事情果真如此,那么,日常用语对诗人来说就是一种材料,诗人能够在这种材料的本质中揭示出其在自动化运用过程中被遮蔽了的一面。"[①] 在正式成为形式论学者之后,艾亨鲍姆的文学系统观日趋成熟。

二

艾亨鲍姆在《果戈理的〈外套〉是怎样写成的》一文中分析了这篇小说的情节分布技巧和词语语音修辞问题,阐明了自己的文学系统观。

首先,他在这篇文章中以语言及其成分作为切入点,并在语言的视野中观照作品结构,强调了"声音"要素在文学作品系统中的重要地位。艾亨鲍姆从整体上考察了果戈理的作品,认为它们都普遍缺乏情节,通常从某种滑稽的情景出发进行直接叙述,这种直接叙述构成了作品的基础,它分为"叙事式"的叙述和"表演式"的叙述,前者只限于一些玩笑、同音异义词文字游戏,后者则包括模仿和手势之类的手法、滑稽奇特的发音、字母或音节的次序颠倒、古怪的句法安排等,这里直接叙述不再是普通的言语表达,而是一种通过模仿和发音再现词句的手法,作家在选择和连接句子时不大考虑话语的逻辑性,而更强调话语的表现力

---

① Эйхенбаум Б., *О художественном слове*//Эйхенбаум Б., *О литературе*: Работы разных лет, Советский писатель, 1987, C. 335.

原则，发音、模仿、有声的动作开始具有特别的意义。"在果戈理的语言里，一个词的声音外壳、声学特点都变成有含义的东西，不受具体的逻辑意义的约束。在他的作品中，发音和声学效果变成有表现力的重要手法。"① 据此，艾亨鲍姆认为，决定果戈理作品布局的不再是情节，而是各种"怪相和奇怪的发音动作体系"。

接下来，艾亨鲍姆具体研究了《外套》的情节及布局。他认为，《外套》是一部经典的讽刺模拟作品、一部富有表现力的叙事小说，同样体现了上述特征。《外套》本身就是一个独立的声音系统，在这个系统中作家广泛运用了各种同音异义词文字游戏，赋予声音、表情特殊的意义，组织了两条相互矛盾的叙述线索——滑稽的语言模仿和感伤的演说，而这两个并置的叙述层所造成的声音体系就构成了整个故事。果戈理的同音异义词文字游戏是根据类似的发音、词源、暗示构造出来的。这首先突出表现在主人公的姓氏和名字上："只需看看这几个字就知道此姓本是从 Башмак（鞋）变来的；但是在什么地方，什么时候，怎么会从鞋子变来的，就不得而知了。父亲、爷爷、甚至妻舅（文字游戏不知不觉地被推到荒诞的地步，这是果戈理作品中常见的手法），以及所有巴什马奇金家的人都穿靴子，每年约莫只换两三回鞋掌。"② 艾亨鲍姆认为，这是一种复杂的文字游戏，词的荒诞和不合逻辑的组合被严格的逻辑句法所掩盖，但滑稽力量却增加了。主人公的名字"阿卡基·阿卡基耶维奇"也是作家从声音上进行选择的结果。由于音节的明显一致，这个名字更像具有发音语义学意义的绰号，由此产生了发音的模仿，加强了滑稽的印象。其次，小说中的某些句子也具有鲜明生动的发音表现力。如在描写阿卡基·阿卡基耶维奇的外表时作家出色地使用了"痔疮"一词，它几乎没有逻辑意义，但具有较强的发音表现力，制造出喜剧效果。另外，就连阿卡基和裁缝彼得罗维奇的语言都不是通俗的，而是精心设计的、风格化的，非常适合整个故事的声调体系。这种有声话语以发音和模仿原则为基础，产生了滑稽效果，使作品带上了喜剧性色彩。值得注意的

---

① ［俄］艾亨鲍姆：《果戈理的〈外套〉是怎样写成的》，载蔡鸿滨译《俄苏形式主义文论选》，中国社会科学出版社 1989 年版，第 189 页。
② 同上书，第 192 页。

是,在《外套》中,与这种有声话语共存的还有一种夸张长句,它与同音异义文字游戏这种风格杂糅在一起,但具有感伤的色彩。如"'让我安静一下吧!为什么你们要欺侮我呢?'在这句话里和说这句话的声音里,包含着一种异乎寻常的东西。……在这句使人心痛的话语里还听到另一句话,于是,这个可怜的年轻人用两只手掩住自己的脸……"① 这种感伤长句与有声话语是相互交替的,有时滑稽叙事被带有感伤、夸张的离题话打断,有时在叙述了悲惨场面之后,又会出现一段戏剧式的夸张,这都凸显了小说布局的特色,产生了喜剧性和悲剧性的效果。

其次,艾亨鲍姆认为,"运动"也是文学作品系统内的主要成分之一。运动就是指作品情节是按照何种方式展开的。为了论证这一观点,艾亨鲍姆对戏剧、诗歌和小说这三种体裁中的"运动"进行了考察。运动意味着速度和方向,速度可以不变的,也可以改变,方向可以是直线状(按正常时间顺序来叙述事件),也可以是曲线状(倒叙、平行发展等)。艾亨鲍姆指出,在悲剧中,事件往往按时间顺序呈直线状向前运动发展,如果运动方式单一,作品形式就会平淡无奇,难以唤起观众的怜悯感,也就称不上完美。对此,席勒曾经说:"艺术家的真正秘密在于用形式消灭内容。排斥内容和支配内容的艺术愈是成功,内容本身也就愈宏伟、诱人和动人;艺术家及其行为也就愈引人注目,或者说观众就愈为之倾倒。"② 艾亨鲍姆对这一见解非常赞同,并做了补充。他认为,为了使悲剧情节充分展开,为了"用形式消灭内容"和使怜悯成为成功地运用悲剧形式的结果,就应该延宕和阻滞悲剧,即席勒所说的"拖延对情感的折磨"。所以在《哈姆雷特》中莎士比亚引入了父亲的幽灵,使哈姆雷特发表了一番具有哲学意味的独白,以此作为运动和拖延的理由;在《华伦斯坦》中席勒使主人公违背自己的意志,使他变得迟钝,以此来拖延悲剧的发展。可以说,这些作家们都无一例外地把事件发展的直线性运动同延宕结合了起来,成功制造了悬念,给观众造成"厄运即将

---

① [俄]艾亨鲍姆:《果戈理的〈外套〉是怎样写成的》,载蔡鸿滨译《俄苏形式主义文论选》,中国社会科学出版社1989年版,第197页。
② [俄]艾亨鲍姆:《论悲剧和悲剧性》,载方珊等译《俄国形式主义文论选》,生活·读书·新知三联书店1989年版,第35页。

来临"的感觉，从而唤起他们的怜悯情感。

在诗歌中，艾亨鲍姆深入研究了节奏的"运动"。什克洛夫斯基曾说，诗的写作过程是从"声音点"开始的。但艾亨鲍姆否认了声音的这种特权地位，指出，一首诗的出发点是诗人头脑中"运动"的抽象模式，"运动"成为意义的承载者，单词和声音都是挑选出来以配合节奏的"运动"。那么，"运动"是如何充当意义的运输者呢？艾亨鲍姆通过比较普希金和莱蒙托夫的诗来解释这个问题。这两段诗都是用抑扬格的五音步诗行写成，采用交替的 ABAB 韵，因此基本运动是相似的，明显不同的是普希金采用的是阳性韵和阴性韵，而莱蒙托夫只使用了阳性韵。如普希金的诗（选自《1825 年 10 月 19 日》）：

> Роняет лес багряный свой убор,
> Сребрит мороз увянувшее поле,
> Проглянет день, как будто поневоле
> И скроется за край окружных гор.①

这里的五音步抑扬格产生了一种持续不变的、规则的节奏。但莱蒙托夫的五音步抑扬格诗行（选自《1831 年 6 月 11 日》）却创造出了完全不同的印象：

> Моя душа, я помню, с детских лет
> Чудесного искала. Я любил
> Все обольщенья света, но не свет,
> В котором я минутами лишь жил;
> Но те мгновенья были мук полны,
> И населял таинственные сны
> Я этими мгновеньями. Но сон,

---

① Эйхенбаум Б., *Лермонтов*//Эйхенбаум Б., *О литературе: Работы разных лет*, С. 171.

Как мир, не мог быть ими омрачен.①

莱蒙托夫的阳性韵和跨行连续几乎破坏了诗的感觉,使诗段的节奏富有弹性和自由,这更像是一篇有韵散文。对此,美国学者卡罗尔·安妮曾说:"普希金的诗自信、优雅、宁静;莱蒙托夫的诗则从沉思蹒跚到哲学,在古怪的漫步中闪耀着光芒。"②

在研究小说时,艾亨鲍姆对形式论学者们关于本事与情节的区分进行了推敲,认为"运动"成分在小说体裁中也占据中心地位。在研究小说诗学的过程中,形式论学者提出了一对术语:本事和情节。本事指按实际时间、因果关系排列而进入小说的原事件,即素材,情节则指原事件在作品中的实际展开方式。形式论学者十分重视作品的结构和布局,即作家在作品中是如何对故事的素材进行艺术安排的,尤其是作家在时间上对故事事件的重新安排(譬如倒叙、插叙等),如什克洛夫斯基这样强调本事和情节的区别:"情节的概念常常与事件的描写混为一谈,与我建议有条件地叫作故事的东西混为一谈。事实上,故事只是形成情节的素材。因此,《叶甫盖尼·奥涅金》的情节不是主人公和塔吉雅娜的爱情纠葛,而是这一故事在情节上的加工,这种加工是用引进一些打断话头的插叙实现的……"③什克洛夫斯基完全把叙事作品当作一种建筑艺术,认为情节的布局要比材料重要得多,因此他十分注重分析作品的框架、平行或并置结构、阶梯式多层结构、延迟结构、重复或节外生枝等各种建构技巧。在他看来,几乎所有的作品最终都能简化为一些同样的结构——框架式、环形、串联式等,而"延宕"则是潜在于所有这些结构之内的一个普遍结构。由此来看,什克洛夫斯基称斯特恩的小说《项狄传》为"世界文库中最典型的小说"是不奇怪的。因为这部作品的结构非常清晰,在什克洛夫斯基看来,斯特恩故意使用了"暴露结构"的叙事手法,

---

① Там же. С. 172.
② Any C. J. , *Boris Eikhenbaum*: *Voices of a Russian Formalist*, Stanford univ. press, 1994, p. 59.
③ [俄]什克洛夫斯基:《斯特恩的〈项狄传〉和长篇小说理论》,转引自艾亨鲍姆《"形式主义方法"论》,丁由译,载张捷编选《十月革命前后苏联文学流派》,上海译文出版社1998年版,第227页。

使"延宕"等隐含结构也一览无余。对此,彼得·斯坦纳客观地指出:"对于他(指什克洛夫斯基——笔者注)来说,所有的文学作品在本质上都是相同的,只是构成的方式不同。"① 什克洛夫斯基的这种情节观使我们想起了普罗普的情节研究。严格地说,普罗普并不属于俄苏形式论学派,埃里希也在自己的论著中将他划为形式论学派的外围学者。但毫无疑问的是,普罗普撰写的《民间故事形态学》却是当时影响巨大的形式论著作之一。一般认为,此书开了结构主义叙事学的先河。在这部论著中,普罗普对各种各样的民间故事进行了分析,指出,尽管故事有诸多变体,组成情节的人物行为功能是恒定不变的,由此发现了故事所具有的共同原型模式。诚然,什克洛夫斯基和普罗普都致力于寻找构成作品的根本因素,但前者注重的是形式技巧,后者注重的是故事的原型模式;前者关心的形式手法是可以发生变化的,后者关心的人物功能是永恒不变的。

艾亨鲍姆对什克洛夫斯基关于本事和情节的看法是认同的:"作为结构的情节概念和作为素材的故事概念之间的区别确定了;情节结构的典型手法弄清了,从而开辟了长篇小说的历史和理论的研究工作的前景……"② 1919年在评论普希金的《别尔金小说集》时,艾亨鲍姆曾说:"简洁的本事展开为有趣的情节,并以'自由闲谈'的方式来叙述。但这不是'发展迅速'的小说,相反,普希金借助细腻的文艺手法有意控制小说的发展速度,使人体会到它的每一个脚步。这样,简单的本事就成为复杂的情节结构。"③ 在他看来,普希金在构建这五个故事时,将重心放在了情节结构上,借助巧妙的艺术手法来拖延故事的发展,因此,情节不仅仅指对事件的艺术性安排,还包括各种省略和拉长叙述的手法,这里"叙述运动"起了关键的作用。如小说《射击》的本事很简单,即西尔瓦

---

① Peter Steiner, *Russian Formalism, A Metapoetics*, Ithaca, NY: Cornell University Press, 1984, p. 114.

② [俄]什克洛夫斯基:《斯特恩的〈项狄传〉和长篇小说理论》,转引自艾亨鲍姆《"形式主义方法"论》,丁由译,载张捷编选《十月革命前后苏联文学流派》,上海译文出版社1998年版,第228页。

③ Эйхенбаум Б., *Проблемы поэтики Пушкина*//Эйхенбаум Б., *Сквозь литературу: сборник статей*, Academia, 1924, С. 166.

和伯爵的决斗,小说本来也可以按照这条简单的直线性叙述线索向前发展,但普希金巧妙构思,设置了一道道障碍,使原本简单的本事成了复杂的情节。首先,普希金在小说中安排了叙述者"我"。"我"在服役时认识西尔乌,退役后结识伯爵,"我"的退役使得"西尔乌和伯爵决斗"这一故事的发展一度中断,但与伯爵的结交又推动故事向前发展,可以说,"我"的存在影响了故事的发展方向;其次,小说中除了叙述者"我"以外,还有两个叙述者——西尔乌和伯爵。这两位叙述者的存在使得停滞的情节继续发展,回归到对故事的描述。由此,艾亨鲍姆强调,"故事发展的步态、步伐、对情节结构的安排"是这部小说的特征之一。

小说《暴风雪》中的本事游戏也很明显。故事起初沿着两条平行的线索向前发展:军官弗拉基米尔与女友玛利娅·加夫里洛夫娜私订终身,却在奔赴婚礼的路上迷路并错过了婚礼,最终放弃女友,战死沙场;玛利娅·加夫里洛夫娜在教堂稀里糊涂地与不相识的过路军官举行婚礼,受到惊吓,从此心如死灰,直到遇上骠骑兵布尔明。在故事的结局玛利娅得知布尔明就是与她举行过婚礼的那位军官,随着玛利娅的一句"那就是您!您还认不出我吗?",整个故事由支离破碎走向了统一和完整,小说中两条看似不可能相遇的平行线索也得以交汇。艾亨鲍姆指出,在《射击》和《暴风雪》中,看上去仿佛是一个故事打断了另一个故事,其实却是对原有故事的继续,只是在结尾才揭露缺少的那一环,这种手法也是建构情节的一种。在其他几篇小说中,本事游戏也都是借助复杂的运动而展开,情节结构中都暗含了一种反讽的意味。如在《驿站长》中,驿站长维林是一个传统道德的守望者,驿站墙上挂的"浪子回头金不换"的画作就是一个证明。传统道德的要点就是服从家长,遵守家规。维林将出走的女儿冬尼娅视为"迷途的羔羊",认为女儿必定成为明斯基的玩弄对象以致落得流落街头的悲惨下场。但结果呢,在明斯基的精心呵护下,婚后的冬尼娅更加娇艳动人,小说结尾去给父亲上坟的冬尼娅在人们眼里显得显赫而又幸福,可以说,这是对传统道德的一个讽刺。在《村姑小姐》中一对青年男女相爱了,父辈结仇给他们的爱情故事带来了阴影,但后来双方家长意外和好,二人结为秦晋之好也就顺理成章了。艾亨鲍姆认为,这个故事是对"罗密欧与朱丽叶"这一经典的反讽,普希金在小说中让双方家长化仇为友是对读者习以为常的情节进行的一次变形。

在阐发情节观的同时,艾亨鲍姆还对"动机"这一概念表示出相当的关注。这是形式论学派小说诗学中的一个重要概念,蒂尼亚诺夫对此这样定义:"艺术中的动机是指从其他要素的角度出发对任一要素所做的说明,是指这一要素与所有其他要素的一致性(维·什克洛夫斯基,鲍·艾亨鲍姆);每一个要素都可以依据它自身与其他要素之间的联系来加以说明。"[①] 在俄苏形式论学派那里,"动机"常常指能够对情节发展做出解释的各种手法。从1919—1921年发表的著述来看,艾亨鲍姆和什克洛夫斯基都对"动机"进行过研究,甚至运用了许多相同的例子,很难判断这些思想是谁先阐发的,不过他们的见解各具特色。

什克洛夫斯基说:"我认为动机就是指对情节结构所做出的日常生活的解释。从广义上来讲,我们的学派(形态学的)所说的'动机'指的是文学结构中的一切意义的确定。"[②] 在什克洛夫斯基的小说诗学那里,作品人物的地位是十分低下的,是情节结构的附属品,是促进情节发展的动机,是从属于形式的。如《堂吉诃德》的主人公是用来连接各类事件的线索和展开情节的理由,其行为也是推动情节展开的手法。如同寻找作品的普遍结构那样,在研究动机时,什克洛夫斯基也尝试寻找形成动机的典型手法,如在童话中难题或谜语常是制造困境的动机,在骑士小说中主人公经常单独行动是一种促成历险发生的动机,等等。如果说,什克洛夫斯基倾向于探索动机的普遍性,那么,艾亨鲍姆专注的则是动机的特殊性,他关心的不是如何证明存在普遍动机,而是该动机是如何被实现或如何被激发的。这一思想鲜明地体现在他对莱蒙托夫的经典作品《当代英雄》的研究中。《当代英雄》是莱蒙托夫的现实主义创作的最高成就,也是俄国文学史上第一部心理分析小说。在探讨这部作品之前,艾亨鲍姆首先指出,19世纪30年代的俄国作家们如普希金、马尔林斯

[①] Тынянов Ю., *Проблема стихотворного языка*//Тынянов Ю., *Литературная эволюция: избранные труды*, М., Аграф, 2002, С. 37.

[②] Шкловский В., *Сюжет в кинематографе*//Шкловский В., *За сорок лет*, М., Искусство, 1965, С. 32.

基、达里等都非常重视如何在创作中组织文学语言和叙述形式，他们有的采取"系列小说"的体裁，有的运用口语、民间语或创造新的词汇来更新文学语言。莱蒙托夫在写作时模仿普希金的《别尔金小说集》，采用了"系列小说"这一体裁，但他用一个贯穿始终的主人公把这些"系列小说"连接为一个整体并最终形成一部完整的长篇心理小说。艾亨鲍姆认为，这种体裁在当时比较新颖，为了方便读者接受，莱蒙托夫在创作中非常注重动机，总是事先进行铺垫或说明，这样就使新形式不致突兀，还十分巧妙自然，取得了较好的效果。最明显的例子就是作品独具匠心的结构。全文由五个短篇故事组成，但故事排列的次序并不是按照事件发生的先后顺序，而是有插叙，有倒叙。在小说的中部作者放置了序言，这种动机既延宕了情节发展，又为过渡到"毕巧林的日记"做了充分的铺垫。此外，引入"毕巧林的日记"也是莱蒙托夫刻意制造的动机，也是这部心理分析小说的一个特点。因为借助第三者的介绍来了解一个人很容易流于肤浅，在形式上也毫无新意，而日记能使我们窥见一个人的真实思想和心理面貌。这样一来，小说中就出现了三个"我"：作为旅行家的作者、马克西姆·马克西梅奇和毕巧林。艾亨鲍姆认为，这三个"我"的存在都是必要的，"否则，作者就不得不需要亲自见证某些事件，这就大大限制了叙述的可能性。"[1] 凡此种种都使形式问题巧妙隐藏到了动机之下，因此，这部作品读起来轻松自然，很能激起读者的兴趣，是一部成功的心理小说。

综上所述，艾亨鲍姆从戏剧、诗歌、小说三方面探讨了文学系统中的"运动"成分，认为它是一种主要要素，其他一切要素都从属于它，用一个概念来表示，就是主导要素。这一概念是艾亨鲍姆从德国美学家布劳德·克里斯汀森（Broder Christiansen）那里借用的。布劳德·克里斯汀森曾认为作品是一个由许多和谐要素组成的团体，在这个团体中，由一个占优势地位的要素把其他所有要素统一起来组成为一个美学整体。

最后，艾亨鲍姆将主导要素这一概念运用到情节分析中，对之进行

---

[1] Эйхенбаум Б., *Лермонтов*//Эйхенбаум Б., *О литературе: работы разных лет*, С. 272.

充分阐释。在分析小说《外套》时，艾亨鲍姆强调作品的各个要素之间存在着一种不和谐的力。这篇小说是一个声音系统，而这个系统是各种不同的语言要素之间的不和谐的相互作用产生的结果。果戈理对词的选择与句子的句法结构不相协调，而正是这种不协调对词本身产生了一种反作用，"以致这些词变得奇特而不寻常，它们的声音出人意料，触动人们的听觉，仿佛这些字是由果戈理第一次使之变形的，或是首次创造出来的。"① 在探讨特殊的小说体裁——自叙体的特征时，艾亨鲍姆指出，材料的任何一种因素，都能作为构建形式的甚至情节的或结构成分的主导要素而凸显出来，在自叙体中，位于首位的那些语言要素是在故事体裁或描述性体裁中处于次要地位的，如语调、语义（俗语、双关语）、词汇等。这就是自叙体形式只有在宏大形式的长篇小说失去生命力之时，才会发展起来的原因所在。主导要素概念是20世纪20年代理论诗学领域最富于成效的范畴之一。艾亨鲍姆对这一概念的较早应用和阐释，意味着对"奥波亚兹"早期诗语观的超越。在早期，"奥波亚兹"认为诗和散文的区别主要在于是否用韵。但我们发现，在散文中也存在着用韵的情况，在诗中也存在着无韵的情况，所以，这不能算是二者的根本区别。而主导要素概念的出现则有助于更好地阐释这个问题。这一概念也启发了蒂尼亚诺夫。他认为，诗和散文是既有区别又有联系的文学体裁，它们具有某种共同的功能，在某种文学体系内，承担诗的功能的是格律的形式要素。但随着时代的变迁，诗与散文都在发生着演变，诗的功能被转移到了诗的其他特征上（如句法等），散文的功能仍继续存在，可是标志散文的形式要素变化了，有可能会出现有格律的散文。但由于诗的主要功能已不是由格律所承担，所以有格律的散文也仍是散文而不是诗。蒂尼亚诺夫指出："由于文学系统不是各种要素的平等的相互作用，而是以突出一批要素（主导要素）并使别的要素变形为前提的，作品就是根据这种主导要素而进入文学并取得文学功能。因此，我们不是根据诗歌作品的所有特点，而是根据它的某些特点而把它归于诗的而

---

① ［俄］艾亨鲍姆：《果戈理的〈外套〉是怎样写成的》，载蔡鸿滨译《俄苏形式主义文论选》，中国社会科学出版社1989年版，第197页。

不是散文的范畴。"① 由此看来,诗与散文的区别主要在于是什么在起着主导要素的作用,在诗中语音成了主导要素,而散文中语义则成为主导要素。可以说,正是在"系统"与"情节"的问题上,艾亨鲍姆等形式论学者从研究诗歌语言过渡到了研究作品的诗学结构,诚如巴赫金所言,艾亨鲍姆的《果戈理的〈外套〉是怎样写成的》是"形式主义者研究诗歌作品结构的第一部著作"。②

三

从以上分析我们可以看出,艾亨鲍姆的文学系统观是一个从静态走向动态、不断发展逐渐完善的思想体系,它强调关注作品本身而不是简单模仿外部世界,这对以"模仿说"为基础的传统文艺观提出了挑战。"模仿说"在西方源远流长。古希腊的赫拉克利特和苏格拉底都认为"艺术模仿自然",柏拉图视模仿为艺术的基本特征,亚里士多德更是以"模仿说"为基础建立了文艺理论体系,在《诗学》开篇就说:"史诗和悲剧、喜剧和酒神颂以及大部分双管箫乐和竖琴乐——这一切实际上是模仿,只是有三点差别,即模仿所用的媒介不同,所取的对象不同,所采的方式不同。"③ 亚里士多德的"模仿说"对西方文论影响深远,在其基础上产生和发展了以后的"再现说"。在俄国,19世纪革命民主主义批评家提出"艺术是现实生活的再现"的观点,19世纪中期兴起的学院派文艺批评则把文艺作品与社会现实、作家的心理及人生经历联系起来,借助社会学、历史学、心理学等方法来研究文艺作品。20世纪初俄苏形式论学派认为,学院派的批评方法使文艺学沦为了其他学科的附庸,文艺学自身价值得不到体现,这是极不科学的。形式论学者指出,文学的使命不是模仿自然,而是对自然进行创造性变形。文艺学应当是独立自主的科学。艾亨鲍姆更是把文学作品视为一个语言体系,把注意力转向作

---

① Тынянов Ю., *О литературной эволюции*//Тынянов Ю., *Литературная эволюция: избранные труды*, С. 199.

② [俄] 巴赫金:《文艺学中的形式主义方法》,载钱中文主编《周边集》,李辉凡等译,河北教育出版社1998年版,第211页。

③ [古希腊] 亚里士多德:《诗学》,罗念生、杨周翰译,《诗学 诗艺》,人民文学出版社1962年版,第3页。

品和作品的组成部分,并强调文学系统中运动的意义,认为作品是一个不和谐要素共同作用的结果,赋予形式以动态意义,这是对传统文艺观的挑战。

此外,传统文艺观把作品分为内容和形式,认为内容就是作品"表达了什么",形式就是作品是"怎么表达的"。艾亨鲍姆等学者认为,这种划分是机械的、毫无意义的,很容易导致人们将二者对立起来。形式论学者还进一步指出,内容与形式一起进入艺术系统中,相互交融,共同参与了审美创造,因此,作品中的内容也不可避免地表现为形式,形式总是一定内容的表达。形式论学者建议以本事和情节这对范畴来取代内容和形式。我们认为,艾亨鲍姆等学者所谓的形式具有宽泛的意义,它是包含了内容的形式。他们的形式观具有一定的辩证性,实际上有助于纠正传统文艺流派重内容轻形式的偏颇。

雅各布森诗学在中国的译介现状及研究潜势[*]

刘 丹

(中国社会科学院外国文学研究所)

一 引言

  罗曼·雅各布森是俄罗斯的语文学家、语言学家、文学理论家和翻译理论家,其著述丰富,涉及学科众多,在语言学、符号学、翻译学、文学等领域均有成果,为人类留下了许多宝贵的精神遗产。中国对雅各布森的系统研究开始于 20 世纪 80 年代,至今学界从语言学、符号学、文学、翻译学、传播学等多个角度切入开展研究。进入 21 世纪以来,对雅各布森的研究仍不断涌现出新成果,根据中国知网数据统计,至今约有近百篇期刊文章,十多篇学位论文及两本专著。在这些研究中,从诗学层面讨论雅各布森思想的主要集中在以下几个层面:1. 关键词的内涵分析及界定,尤其聚焦于如诗性功能、诗歌语法、隐喻、转喻、文学性等核心词的论述;2. 雅各布森与其他文论家比较研究;3. 雅各布森理论旅行及其意义。由此看来,雅各布森在中国一直是学界,尤其是文学理论领域研究的重点之一,其理论的深刻内涵得到了一定程度的挖掘。相比之下,雅各布森著作的汉译及其研究则相对滞后,北京大学钱军教授的

---

[*] 本研究为国家社科基金项目"现代斯拉夫文论:轴心学说及其世界影响"(项目编号:13AWW003)的阶段性成果。

《雅各布森文集》①是目前唯一一本以专著形式翻译介绍雅各布森语言学著作的译著，而雅氏的诗学理论的汉译则仅散见于一些文学理论译著之中，尚无专门的单行本译著出版。

本文主要以译介学为理论参照，探讨雅各布森诗学在中国的译介现状及特点，并对雅各布森诗学著作在中国的译介不够系统和全面的原因进行分析。由于雅各布森的诗学理论对中国学界探讨斯拉夫文论的发展具有重要意义，论文还将探讨后续译介研究的潜势，从而进一步推动雅各布森诗学的译介活动，促进斯拉夫文论在中国的传播和接受。

二 雅各布森诗学译介现状

雅氏生前少有单行本的诗学理论专著出版，他的学术研究成果多以论文形式呈现，且与人合作完成的情形比较常见，或许与雅各布森本人文集出版的特点有关，因此其诗学著作的汉译也以代表性论文的译介最为常见。而在已有汉译本的论文中，多集中选自1987年雅各布森去世5年后出版的诗学论文集《文学中的语言》（Language in Literature）。作为该书的编者，克里斯蒂娜·泼沫斯卡（Krystyna Pomorska）和斯蒂芬·鲁迪（Stephen Rudy）将29篇论文分为四个主题，并为每一主题都附上了数页评论性文字，以帮助读者梳理雅氏著述的脉络。第一个主题"文学理论问题"收录了雅氏诗学理论的代表性论文，如：《论艺术中的现实主义》（"On Realism in Art"）、《主导》（"The Dominant"）、《未来主义》《达达主义》《语言与文学研究的问题》（"Problems in the Study of Language and Literature"）、《运作中的语言》（"Language in Operation"）、《语言学与诗学》（"Linguistics and Poetics"）以及《语言的两个方面及影响失语症的两种情况》（"Two Aspects of Language and Two Types of Aphasic Disturbances"）等。查询结果表明，汉语译本主要集中在《论艺术中的现实主义》《主导》《语言与文学研究的问题》《语言学与诗学》等论文。

现在我们详细分析一下这四篇论文的汉译情况。

---

① 钱军：《雅各布森文集》，湖南教育出版社2001年版。该书第二版2012年由商务印书馆出版，没有收录难度较大的《语音分析初探》。

表 1　　　　　　　　"On Realism in Art" 汉译汇总表

中文译名	译者	所收文集	出版社	出版时间
《论艺术的现实主义》	蔡鸿滨	《俄苏形式主义文论选》	中国社会科学出版社	1989 年
《论艺术现实主义》	王薇生	《俄国形式主义文论选》	郑州大学出版社	2005 年

在这两个译本中，1989 年蔡鸿滨翻译的《论艺术的现实主义》译自法文，选自茨维坦·托多罗夫编选的《俄苏形式主义文论选》论文集；另一个译本是摘译，译者王薇生，选自爱沙尼亚的扎娜·明茨和伊·切尔诺夫编选的《俄国形式主义文论选》。

表 2　　　　　　　　"The Dominant" 汉译汇总表

中文译名	译者	所收文集	出版社	出版时间
《主导》	任生名	《符号学文学论文集》	百花文艺出版社	2004 年
《主要成分》（节选）	王薇生	《俄国形式主义文论选》	郑州大学出版社	2005 年

表 2 中的第一个译本译自英文，收入 2004 年赵毅衡编选的《符号学文学论文集》；第二个译本则为原文的节选，与表 1 的第二个译本出自同一文集。值得注意的是，这两个译本从不同外语译入汉语，因此汉译标题名称不同。

表 3　　　"Problems in the Study of Language and Literature" 汉译汇总表

中文译名	译者	所收文集	出版社	出版时间
《文学和语言学的研究问题》	蔡鸿滨	《俄苏形式主义文论选》	中国社会科学出版社	1989 年
《文学与语言研究诸问题》	腾守尧	《符号学文学论文集》	百花文艺出版社	2004 年
《语言和文学研究的问题》（节选）	王薇生	《俄国形式主义文论选》	郑州大学出版社	2005 年

表 3 中所列第一个译本译自法国茨维坦·托多罗夫编选的《俄苏形式主义文论选》，第二个译本译自英文，第三个译本为选译。值得注意的是，这三个译本对论文标题的翻译处理不同，前两个译本将文学放在语言之前，其中第一个译本还将标题中的 language 译为语言学。

表 4　　　　　　　"Linguistics and Poetics" 汉译汇总表

中文译名	译者	所收文集	出版社	出版时间
《语言学与诗学》（节选）	佟景韩	《结构—符号学文艺学》	文化艺术出版社	1994 年
《语言学与诗学》（节选）	腾守尧	《符号学文艺学论文集》	百花文艺出版社	2004 年

表 4 中的两个译本都是选译，译本一译自俄罗斯的米·波利亚科夫编辑的《结构—符号学文艺学》，译本二则译自英文，原文标题为"Closing statement: Linguistics and Poetics"，该论文收进论文集《语言的风格》(*Style in Language*)。

由此可见，国内对雅各布森诗学著作的译介尚未涵盖一些重要的、有代表性的文学理论论述。由于雅各布森的写作语言还包括捷克语这样的非通用语，因此其学术思想无法广泛传播给中国的研究者或文学专业的学生，这在一定程度上影响了其理论在中国的传播。另外，为了更清楚地描述雅各布森文论汉译的现状，进而分析其文论汉译的特点，我们还需对文本的译介过程进行更为深入的分析，接下来本文将以译介学为理论参照，探索其汉译的过程、相关因素及特点。

三　译介学理论指导下的雅各布森诗学译介特点分析

严格而言，译介学是一种文化研究，"它关心的是原文在这种外语与本族语转换过程中源语信息的失落、变形、增添、扩展等问题，它关心的是翻译作为人类一种跨文化交流的实践活动所具有的独特价值和意义。"[①] 一个文本的译介过程与其传播过程相仿，因此一些学者在传播学领域的研究被引入译介学理论的构建中，其中拉斯韦尔的传播模式影响深远，这一模式是由美国政治学家哈罗德·拉斯韦尔在《社会传播的结构与功能》一书中提出的[②]。他以建立模式的方法对人类社会的传播活动进行了分析，提出了传播过程五个基本构成要素：谁（who）、说什么（what）、对谁（to whom）说、通过什么渠道（in which channel）、

[①] 谢天振：《译介学》（增订本），译林出版社 2013 年版，第 1 页。
[②] ［美］哈罗德·拉斯韦尔：《社会传播的结构与功能》，何道宽译，中国传媒大学出版社 2013 年版。

取得什么效果（with what effect），并借此讨论传播主体、传播内容、传播途径、传播受众及传播效果。借助这一理论框架，根据译介学理论，传播译介也包含五要素，分别是"译介主体""译介内容""译介途径""译介受众"和"译介效果"。

译介主体指翻译的发起者，它既可以是新闻出版署、出版社等组织机构，也可以是个体译者。译介主体在翻译传播中发挥着重要作用。雅各布森使用多种语言进行诗学创作，因此其论文原文有英语、俄语、捷克语等多种语言，并被译为多种外语，与此相应，在汉译时也存在从英语、俄语等多种外语译入，或者将非通用语写作的论文译为英语，再从英语转译的情形。此外，同一译者还会对同一篇文献进行重译。如表5所示，雅各布森的代表性论文《语言的两个方面及影响失语症的两种情况》中讨论了隐喻及转喻问题，在译入中文时，目前所查的几个译本都只选译了其中的部分内容，并以《隐喻和转喻的两极》命名。

表5　　"Two Aspects of Language and Two Types of Aphasic Disturbances"汉译汇总表

中文译名	译者	所收文集	出版社	出版时间
《隐喻和换（转）喻的两极》	张组建	《西方文艺理论名著选编》（下）	北京大学出版社	1987年
《隐喻和换喻的两极》	周宪	《西方二十世纪文论选》卷二	中国社会科学出版社	1989年
《隐喻和换喻的两极》	张组建	《二十世纪西方美学经典文本》	复旦大学出版社	2000年
《语言的两个方面》	郭军	《文学批评理论》	北京大学出版社	2000年

表5中的四个译本都译自英文。张组建的译本节译自亚当姆斯（H. Adams）主编的《柏拉图以来的批评理论》英文版，并参照该论文的法文版，译成中文后收入伍蠡甫、胡经之主编的《西方文艺理论名著选编》（下）。第二个译本的译者为周宪，该译文被收入到由胡经之、张首映主编的《西方二十世纪文论选》。第三个译本经译者在1987年版本的基础上重新修订，收入了由朱立元、张德兴主编的《二十世纪西方美学经典文本》第1卷。第四个译本译自塞尔登（Raman Selden）主编的《文学批评理论：从柏拉图到现在》。这四个译本都由不同的出版社出版，

译者的学术背景也存在不同。

译介内容指翻译内容。由于翻译是选择的过程，确定选择内容（例如译谁？译什么？何时译？）都非常关键。事实上，选择贯穿于翻译全过程，无论是"译什么"还是"怎么译"，是全译、选译还是编译，都涉及译者的选择。在很多情形下，这种选择不仅仅是译者的个人行为，它还会受到诸如历史、社会、文化、政治、审美情趣等多种外部和内部因素的限制[1]。雅各布森文论是斯拉夫文论的重要组成部分，而斯拉夫文论又是20世纪世界文论的重要组成部分，"现代斯拉夫文论是一个产生了广泛的影响而很有辐射力、超越性的活性因子，是文学理论跨文化运行的一个生动案例。"[2] 由此可见，译介雅各布森的诗学著作对于我们探讨斯拉夫文论在中国的接受具有重要意义。具体到雅各布森的文学理论著作，由于其代表性成果非常丰富，选择译入哪些文章则需综合考虑原文的影响力，译入中文后对中国学界研究的意义等因素综合考虑。

译介途径主要包括报纸、杂志、出版社、杂志社等。从雅各布森文论汉译情况来看，其主要译介途径为出版社将译者翻译的论文收录某一文集后出版。而另外一种情形是，原文被收录于某一文论集，出版社或者赞助人选择邀请一批译者将该文集译为中文。

译介受众是指译介过程中译介内容的目标读者。译介主体作为传播主体、译介内容作为传播内容固然重要，只有译介内容到达受众并为之接受，传播才得以真正实现。因此在译介外国诗学著作前，译介主体需要对译介受众进行深入分析和了解，根据译介受众的意识形态、需求等决定译介内容和翻译策略。如前文所述，雅各布森的著作用多种外语写就，有些用捷克语写作的文献如果不译入中文，其影响力就受到限制。而国内研究雅各布森的学者来自不同的专业，有些中国语言文学专业背景的学者需要通过汉语译本才能阅读到雅各布森的著作，并对其诗学进行探讨，同时结合中国文学研究的实际，探索如何用其指导中国的文学批评实践。另外，有些英语文学专业背景的学者不能阅读第一手的俄语

---

[1] 许钧：《论翻译之选择》，《外国语》2002年第1期。
[2] 周启超：《现代斯拉夫文论导引》，河南大学出版社2011年版，第4页。

文献，他们的研究需借助英文或中文版的译文来完成。因此，我们有必要对雅各布森文论在中国的译介受众进行分析，探讨如何以跨语言、跨文化的学术视角来促进理论在不同语言及文化中的旅行。

译介效果主要考察译文的接受情况。传播效果是由受众对传播内容的接受情况来体现的，只有受众接受了传播内容，传播才算有效果，传播才算真正完成其过程[①]。译介作品不被译介受众接受就达不到译介目的和传播效果，科学地选择译介主体、译介内容、译介途径，深入了解译介受众，才可能达到较好的译介效果。探讨雅各布森文论在中国的译介效果，我们需要看汉语译文在学术论文中的引用情况，例如通过分析中国学者已发表的雅各布森研究的论文，关注其研究重点以及对译文的引用情况。

综合看来，雅各布森文论的汉译呈现出以下主要特点：

1. 代表作有多个译本，且从多种语言译入

这说明中国学界对雅各布森代表著作的关注度较高，且早在20世纪80年代就开始了译介工作，进入21世纪后，一些译者还对重要文献进行了重译。如上文的5个表格所示，雅各布森的5篇重要文论都有不止一个译本。除了这5篇论文之外，蔡鸿滨于1989年翻译了雅各布森的《序言：诗学科学的探索》，同样收录于茨维坦·托多罗夫主编的《俄苏形式主义文论选》中。此外王薇生选译了《现代俄罗斯诗歌》的部分内容，2005年收录于郑州大学出版社出版的由扎娜·明茨与伊·切尔诺夫编选的《俄国形式主义文论选》。

2. 一些重要著作没有中文译本，译介内容有待进一步丰富完善

相较于雅各布森丰富的学术著述，中文译介的内容明显不足。比如《文学中的语言》第二部分"诗歌中的语法"中，收录了《诗歌的语法及语法的诗歌》（"Poetry of Grammar and Grammar of Poetry"）、《语法并置及其在俄语中体现》（"Grammatical Parallelism and Its Russian Facet"）、《评夏尔·波德莱尔的〈猫〉》（"Baudelaire's 'Les Chats'"）、《莎士比亚〈精神，损耗〉中的语言艺术》（"Shakespeare's Verbal Art in 'The Ex-

---

[①] 赵水福：《试论大众传播体系中的主体》，《中国广播电视学刊》2000年第1期。

pence of Spirit'"）、《此爱经年——叶芝〈爱之忧伤〉》（"Yeats' 'Sorrow of Love' through the Years"）、《诗歌中的语言潜意识》（"Subliminal Verbal Patterning in Poetry"）、《屠格涅夫的超意识》（"Supraconscious Turgenev"）等 7 篇论文，其中仅有 1 篇（《评夏尔·波德莱尔的〈猫〉》）由佟景韩译成中文，收录在 1994 年文化艺术出版社出版的《结构—符号学文艺学》，该文译自俄罗斯的米·波利亚科夫主编的论文集。

另外，《文学中的语言》的第三部分"作家、传记及神话"共收录论文 5 篇，第四部分"符号学展望"收录论文 8 篇，其中包括《何谓诗?》等经典著作，但这两部分的论文都还未见中文译本出版，这不能不说是雅各布森文论译介的遗憾。

3. 编译、选译较多，全文翻译较少

同样根据上文的统计，目前现有的雅各布森诗学论著汉译多以编译、选译或节选为主，全文翻译较少。比如：雅各布森的代表性论文《语言的两个方面及影响失语症的两种情况》在译入中文时，目前所查的几个译本都只选译了其中论述隐喻和转喻的部分内容。由于选译无法给读者呈现出完整的论文，因此影响了理解的完整性。此外，我们也注意到国内学者在研究隐喻和转喻这两个核心概念时，仅仅引用了汉语译本《隐喻和换喻的两极》，而没有将其放置在整篇论文的语境中进行研究，因为有可能出现误读和误解。

四　雅各布森诗学译介不足原因探析

以上我们主要从雅各布森的《语言中的文学》一书中主要论文的译介情况分析了雅各布森文论汉译的特点，事实上，除了这一文集，雅各布森的诗学思想还在其他作品集中得以呈现，比如多卷本的《罗曼·雅各布森选集》（Selected Writings）中，而雅各布森书信集、演讲、会议发言等也都可展示其学术思想的发展历程和演变轨迹，其著作数量之多，也客观上加大了译介的难度。具体说来，雅各布森诗学汉译不足的原因可细分为以下几个方面。

1. 原作难度大

雅各布森诗学博大精深，要透彻理解其思想内涵并非易事。雅各布森本人著作超过 500 种，跨学科研究成果丰厚，例如雅各布森的文学理论研究也多受其在语言学领域的研究成果影响，因此阅读并理解其诗学著作要求读者对其学术走向和基本观念有所认知。雅各布森本人构建诗学思想的学术活动贯穿 20 世纪的大半，从最初的俄罗斯形式主义、捷克布拉格学派，到英美新批评，再到后来的法国结构主义，20 世纪前 70 年西方几个主要文学理论流派和运动都可见到雅各布森的贡献，正如伊格尔顿所言，"在形式主义、捷克结构主义和现代语言学中，到处都可以发现雅各布森的影响。"[①] 因此要透彻理解雅各布森诗学著作，需要译者在大量广泛阅读的基础上提炼出其学术观点。

2. 译者的主动译介意识不足

从译者群体来看，目前已有汉译本的译者一般是从是外国文论研究的学者，他们既了解雅各布森的学术研究，又有丰富的翻译经验，因此对于传播雅各布森诗学起到了非常重要的推动作用。但是，由于社科文献的翻译难度大，且目前在很多大学或研究机构，译作不能作为科研成果，因此译者主动译介的意识不足。我们还需期待中青年译者能够迅速承担起译介的重任，主动或积极通过科研立项等方式投入雅各布森文论的汉译之中。

3. 受众范围小

相比较经济、法律等其他学科，文学研究，尤其是文学理论研究的受众范围较小，雅各布森文论中文译本的读者多集中为无法直接阅读外文的中国研究者。由于目前很多研究者，甚至非外语专业的研究者基本都能阅读第一手的外文文献，因此外国文论译介受众偏小，译作影响力不够，这也导致了雅各布森诗学译介动力不足。

由于上述三个方面的原因，我们不难理解雅各布森诗学著作在中国的译介现状，正因为译介不足，我们还需从中探索未来译介研究的趋势和方向，这对于促进中国文论与斯拉夫文论的互动能起到推动作用。

---

① ［英］特里·伊格尔顿：《20 世纪西方文学理论》，伍晓明译，北京大学出版社 2007 年版，第 95 页。

五 雅各布森诗学译介研究潜势

了解雅各布森诗学思想译介的现状与特点后，我们可以看到在这一领域有广阔的进一步开采和挖掘的空间。具体而言，中国文学理论研究界和翻译界的学者可以从以下几方面探讨深入研究雅各布森诗学思想汉译的空间。

1. 译本对比研究

由于现有的一些文献有不同的译本，我们可以对比研究这些文本，从而探索其文本的原意，呈现出贴近原文的译本。在翻译的内部研究方面，不仅可以从语言转换的角度对雅各布森诗学进行不同译本的比较研究，还可以展开对译者翻译过程与翻译选择的考察。雅各布森文论的多语种汉译可以促使不同语言背景的译者合作研究译文的特点，最大限度地呈现出雅各布森的学术思想。比如，一些论文既有从俄语译入汉语的，又有从英语译入汉语的，我们需要深入探讨其文字转换的特点；再如，一些论文虽然都从英语译入，但不同译者的理解会存在不同，我们也可进行这一层面的译本对比研究，力图客观地呈现著作面貌。

2. 推进规模化系统译介

从整体来看，一些代表性论的译介缺失，无法为中国受众呈现出雅各布森诗学的较为完整的画面，而雅各布森的诗学著作之间有着密切的联系，梳理其不同时期的创作，有助于我们找到其学术思想的发展脉络。我们建议在雅各布森研究专家的指导下，斟酌筛选能真正代表其学术思想的文献，有计划地推进雅各布森诗学思想的译介工程。

3. 加强译介外部研究

在外部研究方面，雅各布森文论的译介与接受可以纳入翻译外国诗学的宏观社会、历史、文化语境进行考察。雅各布森文论是现代斯拉夫文论的重要组成部分，而现代斯拉夫文论与欧洲大陆文论、英美文论共同构成了西方文论的重要内容，因此，在译介雅各布森诗学思想的同时，要加强对斯拉夫文论的整体译介研究，这样将其放置在更为广阔的学术背景下，从而使我们的翻译研究真正能够助力文学理论的传播研究。

通过对雅各布森诗学译介的历史与现状进行考察可以看出，尽管雅各布森诗学著作在中国的译介还相对较少，雅各布森诗学译介成果不足，翻译研究成果相对较少，国内还没有雅各布森文论汉译单行本出版，但国内学界对雅各布森文论的研究已经相对充分，并培育出一些专业读者，加之雅各布森学术思想对于探讨现代斯拉夫文论具有重要的意义，雅各布森文论研究前景十分广阔，且兼具现实意义和理论价值，因此我们需要成规模、有计划地译介雅各布森重要的诗学研究成果，并争取与国际学者开展积极对话。

诗学理论:从形式论学派到后结构主义

［爱沙尼亚］米哈伊尔·洛特曼（Mihhail Lotman）著 章玉萍译
（塔林大学/塔尔图大学
广东外语外贸大学西方语言文化学院）

  诗学理论在俄罗斯形式论学派的一般范式中是有些悖论色彩的。一方面，在形式论学派的研究中，诗学和不同诗体占据主导地位，关于这一点，仅从主要文献的标题便可见一斑：如诗歌语言理论文集、诗学、诗学艺术，等等；另一方面，形式论学派一些最具代表性的重要研究成果却与诗学理论无关，而与散文理论相关。

  仅从术语和概念来看，首先让人联想到便是俄罗斯形式论学派，譬如，故事（сказ）（鲍里斯·艾亨鲍姆）、情节（сюжет）与本事（фабула）的区分（鲍里斯·托马舍夫斯基、弗拉基米尔·普罗普、维克多·什克洛夫斯基）、故事形态学和叙事功能（弗拉基米尔·普罗普）——上述术语和概念，首先是用来描述散文，而非用来描述诗歌。此外，还可以指出一些悖论现象，形式论者所做的散文理论研究和散文文本分析，其成果发表时却标明是诗歌语言研究，譬如，维克多·什克洛夫斯基的《情节的展开》（*Развертывание сюжета*）一书，尽管是一本小册子，出版时却标明《诗歌语言理论文集》。

  形式论学派引入的大部分概念在当代文学研究中仍被广泛使用，形式论学派的分析方法和理论构建至今仍有很强的现实意义。因此，当代叙事学正是根据俄罗斯形式论学派的研究成果建立的，这既涉及叙事文学，又涉及民间文学。毋庸置疑，正是俄罗斯形式论学派奠定了当代小说理论基础。

诗学研究的另外一种情形。形式论学派在诗学研究方面并没有提出完整的理论：鲍里斯·托马舍夫斯基的诗歌格律学（стихотворная ритмика）研究与鲍里斯·艾亨鲍姆的语调研究没有交集，尤里·蒂尼亚诺夫的诗行节数（теснота стихотворного ряда）语义学自成一体，语义学对后来的结构主义和后结构主义来说至关重要。此外，形式论者对诗歌节律（ритм）、诗律研究中取得长足发展的那些领域的理解也不尽相同：诗歌节律是一种规律（закономерность）（鲍里斯·托马舍夫斯基）还是一个过程（процесс）？（奥西普·布里克）。下面，我们将就上述问题中的某些问题展开详细讨论。

第一，为了解释诗学现象，形式论学派引入了两个原则上非常重要的区分，首先区分了诗歌（поэзия）和诗性（поэтичность），前者是指诗歌作品总和，后者则是指所有诗体文本的普遍原则。后来，结构主义改用一对新的区分术语：语言（язык）与言语（речь）（或者，按雅各布森的区分方法：信息（сообщение）和代码（код）。其次，区分了诗性（поэтичность）和诗歌（стихотворность）；这里首先要提到鲍里斯·艾亨鲍姆（1969）和尤里·蒂尼亚诺夫（1965）这二位学者。诗性是审美范畴，诗歌是一种功能语体，历史上也是变化的，很大程度上是受个体制约的。诗歌是一种结构原则（конструктивный принцип），它决定文本的结构、文本内部结构。一方面，是"散文体的诗"（стихотворения в прозе）、《死魂灵》的副标题注明的"叙事长诗"（поэма）；另一方面，像"诗体中篇小说"（стихотворная повесть）、"诗体长篇小说"（роман в стихах）现象，等等——上述形式及其类似形式，均把诗歌当作功能语体现象，而非诗歌体。（关于诗歌和散文在功能上的对应关系，详见尤里·洛特曼，1964。）还有一种相对比较普遍的对立现象：韵不用于文学功能，却用于助忆功能（始于各种规则和例外表述，如中国韵文"百家姓"和"千字文"，止于中世纪的诗歌编年史和科学论文）——相应的文体是韵律体，而非诗歌体。

第二，下面谈谈如何区分诗歌和散文的问题。这里，首先要提到鲍里斯·托马舍夫斯基的研究成果。托马舍夫斯基在 1923 年《俄语诗格律和诗律学》(*Русское стихосложение Метрика*) 一书中阐明了自己的研究方法，并在 1959 年封笔之作《诗与语言》(*Стих и язык*) 一书中发展了这一方法。"散文和诗歌的区别在于诗歌以韵律（звуковое задание）为主，诗意次之，而散文正好相反，以诗意为主，韵律次之"（托马舍夫斯基，1923：8）。托马舍夫斯基关注的焦点是诗歌的感性一面：是什么让读者/听者把某一文本当成诗歌？从这个意义上讲，托马舍夫斯基是一位认知韵律学者。

第三，形式论者及其后来的追随者，在节律学理论和诗韵描写方面取得了巨大成功。俄罗斯学者安德烈·别雷（Андрей Белый）从象征主义美学视角，于 1910 年首次提出区分音步（метр）和节律（ритм）。对别雷而言，音步是模式，而节律是模式突破（преодоление）。形式论者［托马舍夫斯基，尤其是维克多·日尔蒙斯基（1925）］特别注重这种二分法，而客观地指出，譬如，在 4 音节的音步（в 4-стопном ямбе）中第一个重音形式不是音步，而是节律。维克多·日尔蒙斯基认为音步和节律的差异是本体上的：音步是抽象规律，而节律是音步的具体实现。音步是节律的前提，没有音步就没有节律，只有在音步的基础上，节律的美感才成为可能。

虽然形式论学派没有统一的理论，但形式论者在诗学研究领域还是取得了重大成就。

首先需要指出的是鲍里斯·托马舍夫斯基（1929）、格奥尔基·申格利（Георгий Шенгели）（1923）等学者基于概率统计的韵律研究，他们的研究成果至今无人超越。其次是日尔蒙斯基（1925）关于诗歌音步和节律相互作用的理论，它对结构主义和后结构主义的一系列理论产生过重大影响。特别是结构主义学派、布拉格语言学小组成员罗曼·雅各布森和尼古拉·特鲁别茨柯依根据对立原则（привативная оппозиция）和标记范畴（категория маркированности）（Jakobson，1952）对俄语诗韵学所做的研究。正如日尔蒙斯基所说，音步起抽象组合作用，但音步和节律的对应关系相当于语言和言语的关系。当然，雅各布森和特鲁别茨柯依的某些理论见解也有令人震惊的悖论色彩。譬如说，俄语抑扬格中（в русском ямбе）（在一般的双音步诗中）标记位置与非标记位置替换：

不带重音的音节位与任意重音节位替换。此时，标记位，即结构上的强位，是单数音节位，即传统上的强位，因为重音，哪怕只是潜在重音，较之于非重音更多的是被用于加强信号（主观感觉支持的是传统理解）。

托马舍夫斯基认为诗歌是以表达为宗旨的言语（поэзия как речь сустановкой на выражение）。这一论断由罗曼·雅各布森依据卡尔·比勒（Карл Бюлер）的工具论（теория органона）在其语言的交际及其功能理论中提出（1960）。雅各布森理论虽然带有明显的俄罗斯形式论学派色彩，但它并不是形式主义。如果说托马舍夫斯基关注的是诗歌言语，试图找出诗歌言语特性，那么，雅各布森的结构理论试图全面描写语言的多样性，而不仅仅局限于言语的某一种形式。语言的六种功能（包括诗学功能）描述的不是语言可能，而是语言必须，这一点对雅各布森来说十分重要。因此，诗学现象的普遍性不仅在于其文化因素，更首先在于其语言因素。

雅各布森后期关于诗歌内部规律的看法较其上述理论更具争议。与早期研究捷克诗的经典方法（1923）不同，后期的雅各布森热衷于用纯语言学术语解释诗学现象，譬如，由选择轴（оси селекции）向纵合轴（ось комбинации）的等价投射（проекция）原则。

结构主义诗学不仅继承了形式论学派的传统，而且对形式论学派的某些理论做了修正。这主要涉及诗歌语言和诗学理论。因此，对托马舍夫斯基而言，散文的第一性是如此明显，不需要专门论证："人类有组织的语言的自然形式即是散文，这是判断语言之前提性的公理。"结构主义者，特别是莫斯科—塔尔图符号学派成员尤里·洛特曼和米哈伊尔·卡斯帕罗夫的研究则表明，相对于诗歌而言，文学散文是第二性的，而且无论从历时方面，还是共时方面，这都是客观公正的。从美学视角看，不仅与某些成分和手法（如音步或韵脚）实际有无相关，而且与其在系统中的功能价值也相关，这类似于索绪尔的术语"系统价值"（valeur）。原则上，类似的思想在形式论学派那里曾遇见过，譬如，什克洛夫斯基或雅各布森早期关于材料阻力（сопротивляемость материала）及其历史局限性原则（雅各布森，1921）的见解，但他们没有提出相应的方法和概念。这方面需要注意索绪尔的追随者提出的零符号概念（концепция нулевого знака）和莫斯科—塔尔图符号学派的负手法（минус-прием）概念。

  从诗学语言理论视角来看，派生模拟系统理论特别重要，即此类符号系统，用其他普通符号系统（此处指原生模拟系统）手段实现表意，比如用自然语言完成诗歌或者叙事。我们在系列论文（2011，2012，2014）中对原生符号系统、派生符号系统的问题提出了新的解释，已经论述诗歌是派生符号系统。我们的方法就是尝试把莫斯科—塔尔图符号学派的思想与结构诗学的方法结合起来。研究表明，诗学理论既有文化学意义，又有符号学意义。

布拉格学派与亚音位实体之确立
——多语文本中的早期区别特征概念

曲长亮

(大连外国语大学应用英语学院)

一 导言

在现代音系学的兴起与发展中,布拉格学派成功造就了若干关键术语和概念。以区别特征(distinctive feature)概念为例,早期音系学家曾囿于索绪尔所强调的"'组合性'是语言符号最重要的两大特征之一"这一原则,认为音位是最小的功能性实体,不可进一步分割。但雅各布森却从"聚合性"角度提出音位的可分割性。他把聚合轴上的这种具有功能本质的亚音位实体称为"区别特征",由此开启了音系学的新时代。

区别特征理论无疑是雅各布森对音系学的最显著贡献之一,也常被解读为雅各布森音系学"前期"和"后期"之间的重大差别。安德森曾指出,"30年代,雅各布森的音系学观基本是在跟特鲁别茨科依等布拉格学派成员的合作背景之内发展。……直至1938年特鲁别茨科依去世之后,雅各布森本人的著作才开始明显向不同于两人早期合作的方向发展。"[①] 从这一意义来看,20世纪30年代末自然应当视为雅各布森音系学理论发展中的转折点。这个时间远早于雅各布森的《言语分析初探》(1952)、

---

① Stephen Anderson, *Phonology in the Twentieth Century*, Chicago: The University of Chicago Press, 1985, p. 116.

《语言基础》(1956) 等更为人们所熟知著作。

《言语分析初探》《语言基础》等著作之所以更具影响力,一定程度上是由于这两部书是用英语撰写。不过,若要对雅各布森区别特征思想发展历程做完整刻画,就不应仅局限于研究其英语著作。1941 年移民美国之前,雅各布森通常用俄、德、法、捷等欧陆语言进行写作,较少使用英语。例如,安德森之所以把 1938 年视为雅各布森音系学理论中的分水岭,是因为那年雅各布森在比利时根特举行的第三届国际语音科学大会上做了对亚音位结构问题有重大突破的发言。这篇论文题为"关于辅音音系分类的观察"(observations sur le classement phonologique des consonnes)的发言,就是用法语撰写的,次年于会议文集里公开发表,呈现出雅各布森在亚音位结构及亚音位实体问题上的突破性贡献。他指出:"我们识别某一具体语言的音位,是按照其音系构成特性(caractères phonologiques constitutifs)将其分解,也就是说,我们可为每个音位构建起与该系统中其他音位相对立的特征(qualités)。"[①] 该论文明确提出音位可分解为特征,且音位之间的差别源于音位之下特征之差异,因而常常被视为雅各布森音系学"第二阶段"开始的标志[②]。截至 20 世纪 30 年代末,亚音位实体似乎已不再是音系研究中的边缘概念。

然而,布拉格语言学小组成员之一瓦海克,却把亚音位实体的历史继续向前推了若干年。他在其所撰写的小组历史中提到,"音位可分解为同时性单位(simultaneous elements)这一事实(无论把这种单位叫作'音系单位'还是'相关语音特征'还是'区别特征'),已获 30 年代中期的布拉格小组的一致认可"。[③] 倘若的确如此,则可见关于亚音位实体的讨论在布拉格学派经典时期已十分深入,而雅各布森的根特论文也绝非与布拉格学派音系学的决裂。因此,研究区别特征概念如何产生、如何引发讨论、如何在小组内部得到接受,是理解布拉格学派经典音系学

---

① Roman Jakobson, Observations sur le classement phonologique des consonnes, *Selected Writings* I, 1971, p. 272.

② Palve Ivić, Roman Jakobson and the growth of phonology, Ed. Charles Kreidler, *Phonology: Critical Concepts*, Vol. 1. London: Routledge, 2001, p. 69.

③ Josef Vachek, *The Linguistic School of Prague*, Bloomington: Indiana University Press, 1966, p. 46.

的重要环节。不过,与这一话题相关的雅各布森、特鲁别茨柯依、瓦海克等学者的著作,撰写时所使用的语言各不相同,若要重构这段完整的历史,就必须把他们用捷、德、法、英等文字撰写的相关文本全部纳入研究范围。

二 共现性与雅各布森关于亚音位实体的早期思想

雅各布森在根特宣读的这篇论文,虽然在音系学史上地位重要,但却并非他首次论证亚音位实体问题。"区别特征"这个术语自身,以及首批具体亚音位实体,在20世纪30年代初已出现于雅各布森的音系学著作中。1931年,雅各布森用捷克语撰写的一篇题为《论标准斯洛伐克语的音系》(Zfonologie Spisovné Slovenštiny) 的文章,已论及上述问题。该文收录于纪念捷克语文学家、文学史研究家阿尔伯特·普拉热克(Albert Pražák, 1880—1956)从事语言文学工作30周年的纪念文集《斯洛伐克集》(Slovenská miscellanea) 里。雅各布森在文中对比捷克语音系和斯洛伐克语音系时,使用了2组(4个)术语作为元音分类的依据。他把捷克语音位/i/和/e/归为"明亮且柔软的元音"(samohlásky světlo-měkké),把捷克语音位/o/和/u/归为"黯淡而坚硬的元音"(samohláskám temno-tvrdym);与之不同的是,他把斯洛伐克语元音/æ, e, i/和/a, o, u/的对立仅视为"柔软元音"(samohlásky měkké)和"坚硬元音"(samohláskám tvrdym)之间的对立,因为斯洛伐克语的/æ/和/a/两个元音都具有"明亮"(světly)特征,无法构成"明亮"和"黯淡"之对立。这4个捷克语术语——"柔软"(měkké)、"坚硬"(tvrdy)、"明亮"(světly)、"黯淡"(temny),成为雅各布森音系学理论中的第一批区别特征,是更广为人知的"锐音性"(acute)、"钝音性"(grave)、"非升音性"(non-sharp)、"升音性"(sharp)4个区别特征的前身。而"区别特征"这个术语本身,也的确出现于1931年的这篇论文之中。雅各布森用捷克语术语 diferenciační vlastností(区别特征)作为上述4个亚音位实体的总称,这也是区别特征这个术语首次出现于雅各布森的音系学著作之中。

雅各布森20世纪30年代初的著作中不仅出现了具体的区别特征,也涉及了区别特征在语言结构中的功能本质。1932年,他为捷克语大型百科工具书《奥托新时代百科全书》（*Ottův slovník naučny nové doby*）撰写的"音位"（Fonéma）词条中，明确论及了亚音位实体的存在。他把音位定义为"某一语言中可使一个音和其他音相区别的语音特征集合"（soubor zvukových vlastností, kterými se liší jedna hláska daného jazyka od ostat）。[①] 这个定义中对音位的功能性（区分词义的作用）的强调与布拉格语言学小组《音系学术语标准化方案》（*Projet de terminologie phonologique standardisée*，1931）[②] 中所强调的以是否"区分意义"（différencier les significations）来区分音位和音位变体完全一致。但是，这两个定义之间的显著差别同样很明显。《方案》中认为音位"无法分割为更小、更简单的音系单位"（non suscptible d'être dissociée en unités phonologiques plus petites et plus simples），而《百科全书》中则认为音位是"语音特征集合"（soubor zvukových vlastností）。至此，音位已不再是不可分割的音系单位。区别特征这一术语虽未在这个词条中出现，却得到了很好的隐含。

综上可见，在这两份捷克语材料中，雅各布森关于亚音位实体的早期思想已较为清晰地呈现出来。亚音位实体在音系结构中的存在已无须质疑，但亚音位实体的共现性此时尚未明确。不过，用法语撰写的《音系学术语标准化方案》的影响和传播显然远远高于这两篇捷克语文章。这两篇文章并未引起西欧、北美主流学界的关注。

三 布拉格语言学小组内部的反馈

雅各布森关于亚音位实体的早期思想虽然未引起太多国际反响，但在布拉格语言学小组内部的确引发过思考和讨论。布拉格语言学小组的经典时期，至少有两篇重要文章回应了雅各布森关于音位可分解为亚音位实体的思想。一篇是特鲁别茨柯依用法语撰写的《论音系对立理论》（*Essai d'une théorie des oppositions phonologiques*，1936），一篇是瓦海克用英语撰写

[①] Roman Jakobson, Fonéma. Ed. Karel Mádl, *Ottův slovník naučny nové doby*, Díl II. sv. 1. Praha: J. Otto, 1932, p. 608.

[②] 《音系学术语标准化方案》是一份未署名的文献，附于《布拉格语言学小组文集》第 4 卷卷尾。Rudy（1990：15）认为该《方案》的实际执笔人就是雅各布森，因而将其列入雅各布森的著作目录中。2013 年新出版的《雅各布森选集》第 9 卷中，Toman（2013：xiv）将《方案》划为"他（雅各布森）一同签名的集体创作文本以及可推断出他是合著者的文本"。

的《音位与音系单位》(*Phonemes and Phonological Units*, 1936)。

表面来看，特鲁别茨柯依似乎并不支持对音位加以分解，也不承认亚音位实体的功能属性。他曾在其用德语编写的《音系描写指南》(*Anleitung zu phonologischen Beschreibungen*, 1935)中把音位明确定义为"无法分割为更小音系单位的音系单位"。[①] 但是，在他同一时期的其他著作中，音位的不可分割性并没有那么绝对。之所以出现这种不一致，其实可从《音系描写手册》的编写目的来揭示。该书是国际音系学学会发放给其会员的小册子，目的在于指导会员对其母语进行音系描写，因此更倾向于实用性。换言之，该书无意充当理论争鸣园地，因而沿用了较为传统的提法，这一点与《音系学术语标准化方案》很相似。而特鲁别茨柯依在此问题上的更为"前沿"的思想，可在学术性更强的期刊论文中看到。故而，在特鲁别茨柯依对亚音位实体的态度问题上，《论音系对立理论》一文的价值比《音系描写指南》更为突出。

《论音系对立理论》用法语写成，其所论述的5类音系对立中，亚音位实体在后3类当中自动浮现了出来。例如，其中一类为"等比对立"(opposition proportionnelle)和"孤立对立"(opposition isolée)之区别。某一语言的音位若存在/t－d/＝/p－b/＝/k－g/＝/s－z/＝/ʃ－ʒ/＝/f－v/等平行对立，则这一对立就是特鲁别茨柯依所定义的"等比对立"，以区别于类似/r－l/这样的仅此一组的"孤立对立"。那么，这些迥异的音位之间为何形成了相同的关系？特鲁别茨柯依给出的答案是，由于每组中的两个对立项（即音位）各自含有一个对方不具备的"区别特征"(traits différentiels)。因此他强调，"两项之间的同一关系在同一系统中数次重复，各个对立项自身拥有的区别特征因这一事实而分外清晰"。音位由此在这篇法语文章中被定义为"音系特征之集合"(une somme de qualités phonologiques)，与雅各布森捷克语文章中的"音系特征之集合"(soubor zvukových vlastností)完全一致。

他在解释可中和音系对立(opposition phonologique supprimable)和永

[①] Nikolai Trubetzkoy, Anleitung zu phonologischen Beschreibungen, Trans. A. L. Murry, *Introduction to the Principles of Phonological Descriptions*, The Hague: Martinus Nijhoff, 1968, p. 7.

久性音系对立（opposition phonologique constante）之间的差别时，亚音位实体在前者中显现得更为突出。特鲁别茨柯依把可中和对立中的两个对立项描写为"超音位+具体特征"（archiphonème + qualité spécifique）。此后，在他用德语撰写的《音系学原理》（Grundzüge der Phonologie）一书中，对这一现象的描写变得更加清晰：无标记的对立项被描写为"超音位+零"（Archiphonem + Null），有标记的对立项被描写为"超音位+某一具体标记"（Archiphonem + ein bestimmtes Merkmal）。

《论音系对立理论》中最后一类对立包括"有无对立"（opposition privative）、"渐变对立"（opposition graduelle）和"均等对立"（opposition équipollente）。亚音位实体在这组对立中呈现得最为清晰。有无对立中，构成对立的其实是某一特征的存在与否，如法语鼻腔元音中的鼻化特征在口腔元音不存在。渐变对立中，构成对立的各对立项之间显现出某一特征的不同程度，如元音的不同开口度。均等对立中，构成对立的对立项各自拥有自己的独有特征，如：/s-ʃ/对立中，/s/拥有咝擦音性（caractère sifflant），/ʃ/拥有唏擦音性（caractère chuintant）。

总之，即使特鲁别茨柯依并未打算把音位分割成更小的音系单位，亚音位实体仍在他的音系分析中自动显现出来。

瓦海克在《音位与音系单位》中对"音系单位"的阐述，与特鲁别茨柯依的这一思想十分接近。瓦海克认为，英语 bad 和 pad 之间存在差别，最终极的原因并非是/b-p/两音位之间的对立。这两个音位之间的对立可继续化简，他称之为"响度：0"[①]之间的对立。真正的最小音系单位是这类标记，而不是音位本身。他还发现了这一最小音系单位的一条重要特征：亚音位单位具有同时性（simultaneous），而非顺次性（successive）。由此可见，亚音位实体"已获 30 年代中期的布拉格小组的一致认可"这一结论十分正确。

四 《音系学原理》中音系单位的顺次性与同时性

与雅各布森基于区别特征的音系理论不同，特鲁别茨柯依的音系理

[①] Josef Vachek, Phonemes and phonological units, *Selected Writings in English and General Linguistics*, The Hague: Mouton, 1976, p. 17.

论大体仍是基于音位。但是,《音系学原理》并不缺乏对亚音位实体的暗示。音位在《音系学原理》中被定义为"语音的音系相关特征之和"(die Gesamtheit der phonologisch relevanten Eigenschaften eines Lautgebildes)。[①] 德语原文中的 Gesamtheit(和)一词,即自动暗示了音位的结构是复杂结构,而不是单一不可分结构。

还有一些术语,其真实含义可因翻译而缺损。《音系学原理》英译本译者波塔克斯曾经提醒英语读者,把德语原文中的术语 Lautgebilde 译成英语术语 sound 在一定程度上掩盖了特鲁别茨柯依真正的音位观。[②] 从这个术语的构词部件来看,即可看出 Lautgebilde 不是具体而简单的 Laut(音),而是个拥有复杂结构的抽象概念。可见,《音系学原理》中的音位概念与《论音系对立理论》中的音位概念是一致的。特鲁别茨柯依提出音位复杂结构观也绝非偶然,他的想法恰恰呼应了雅各布森1932年撰写的那篇百科词条。正如他在《音系学原理》的一条脚注中所阐明,"雅各布森早已在捷克百科全书中为音位下过类似的定义。"[③]

此时若再来审视特鲁别茨柯依在《音系学原理》中为音位下的经典定义:"从某一具体语言来看,无法分析成更小的顺次性区别单位的音系单位,就是音位"[④],会发现他想要强调的"最小单位"实际上只是顺次性意义上的"最小",而非同时性意义上的"最小"。必须强调"顺次性"(aufeinanderfolgende)这个修饰成分。只要将讨论局限于线条性结构中,音位就是最小音系单位。而只要取消"顺次性"这个限制,亚音位实体的作用就立刻凸显出来:一个音和另一个音的差别不必依赖音位之间的对立,而仅需依赖音位中的一部分信息即可。这部分信息被特鲁别茨柯依称为"与音系相关的特征"(phonologisch relevanten Eigenschaften),对词义区别十分重要;而其他信息则成为羡余的"与音系无关的特征"(phonologisch

---

[①] Nikolai Trubetzkoy, *Grundzüge der Phonologie*, Prague: Jednota Československých Matematiků a Fysiků, 1939, p. 35.

[②] Nikolai Trubetzkoy, *Principles of Phonology*, Trans. Christiane Baltaxe, Berkeley: University of California Press, 1969, p. 36n.

[③] Nikolai Trubetzkoy, *Grundzüge der Phonologie*, Prague: Jednota československych Matematiků a Fysiků, 1939, p. 35n2.

[④] Ibid., p. 34.

irrelevanten Eigenschaften），在词义区别机制中可忽略。

至于为何特鲁别茨柯依未能在《音系学原理》中让亚音位实体发挥更大作用，雅各布森在《对话录》中的一段回忆或许可以揭开这个谜团：

> 1938年初，我在维也纳见了特鲁别茨柯依一面，他当时正忙着撰写《音系学原理》。见面过后，我十分清楚地认识到，只要支撑音系系统的二元对立原则得不到统一贯彻，音系系统概念就注定会继续支离破碎。1938年初，成功地把辅音音位完全分解成其基本对立之际，我一生中或许从未有过那么多的狂热新想法和新尝试……特鲁别茨柯依同意我的一些想法，但却固执地质疑另一些想法，尤其是关于辅音的音色特征的那些。他觉得他的书已经完成了相当一部分，已无法重新论述基本问题，尤其是那些他已接受了的音位间关系分类问题。于是，他建议我等他的书出版之后，发表一份对这个话题的回应。①
>
> （Jakobson and Pomorska, 1983: 31-32）

遗憾的是，雅各布森的回应发表之时，特鲁别茨柯依早已与世长辞。这篇回应就是前文提及的《关于辅音音系分类的观察》一文。若不是1938年发生在奥地利的政治灾难，我们或许可以继续倾听这两位巨人在此问题上的进一步对话。这之后，纳粹侵占捷克斯洛伐克，布拉格语言学小组受到重创，雅各布森本人则被迫踏上了惊险的逃亡之路。他沉痛地回忆道：

> 就是在这份作品中，我最强烈地感受到了特鲁别茨柯依的离去。我们长久的合作，这种连续不断的对话和探讨，就这样结束了。从此，我只能一个人研究，自己求证将来的发现和之后的假说。此外，我和布拉格语言学小组的活跃合作不久后显然也结束了。这个永无

---

① Roman Jakobson, Krystyna Pomorska, *Dialogues*, Cambridge: Cambridge University Press, 1983, pp. 31-32.

止境的讨论中心自身的活动后来也走向终结①。对我来说，从一个国家流浪到另一个国家的无家可归的那几年开始了。②

(Jakobson and Pomorska, 1983: 34)

五 结论

雅各布森20世纪30年代早期的两篇捷克语文章未在布拉格语言学小组之外引起太大反响并不出乎意料。首先，这两篇文章都是用捷克语撰写的，而捷克从不具备国际学术语言之功能，捷克以外的学者极少有人看得懂。其次，这两篇文章的发表场合均无法引起西欧北美主流学界的注意。《斯洛伐克集》显然只有斯拉夫"小圈子"才关注得到，而《奥托百科》则是面向大众的工具书，主要读者群是以捷克语为母语的非专业读者。直至1962年《雅各布森选集》第1卷出版时，西欧北美读者才有机会"重新发现"了以英语译文形式收录在选集里的这两篇文章。然而，这两篇文章此时已被雅各布森按音系学第二次世界大战结束以来的新发展做了修改，若仅以此译文为研究基础，难免产生时代误植。

雅各布森最初尝试提出"区别特征"思想，是在20世纪30年代初。随着布拉格语言学小组对这一思想的深入讨论，"区别特征"逐渐走向成熟。雅各布森起初并未专门提及区别特征的非线性（即聚合性）本质，但在小组的讨论过程中，这一本质逐渐浮现出来，成为对索绪尔语言符号观的重大修正。但是，由于印证这一过程的文本十分分散，各自又用不同的语言写成，使读者不太容易看到其全貌。因此，对这些捷、法、德、英等语言撰写的著作综合加以研究，对语言学史研究的价值十分明显。

---

① Toman (1995: 244) 指出，虽然常有人认为布拉格语言学小组随着纳粹占领捷克斯洛伐克而解散，但这是一种误解。小组事实上在波希米亚傀儡政权时期继续活动，但由于许多重要成员去世和逃离，小组发生了很大变化。

② Roman Jakobson, Krystyna Pomorska, *Dialogues*, Cambridge: Cambridge University Press, 1983, p. 34.

20 世纪俄罗斯文艺学学派:比较研究

［波兰］日尔科·博古斯拉夫(Богуслав Жилко)著　萧净宇译
（格但斯克大学　广东外语外贸大学西方语言文化学院）

俄罗斯知识分子生活的一个特点就是存在着不少正式和非正式的社团和兴趣小组。还在 18 世纪时，它们便已开始出现了（指尼古拉·诺维科夫的教育小组），但其真正的繁荣是在 19 世纪和 20 世纪的第一个十年。这可以部分地理解为，是因为当时俄国的大学出现较晚，相对弱势（第一所大学——莫斯科大学建于 18 世纪中期）并处于国家监控之下，且仅以纯粹实用性为目标。这与人文科学尤其相关（譬如，哲学教研室总体上被沙皇尼古拉一世撤销了）。"在迈出第一步后，我们的大学哲学就陷入了瘫痪。只有构建在超越学术工作与学术理想的新文化条件和精神环境中，它才能获得新生。由此，从 19 世纪至今，与在西方不同，其历史的发展在很大程度上并非受教研室，而是受文学引领的。这对俄国哲学产生着积极与消极的影响。"[①] 哲学于是从教研室搬到了各文学杂志的编辑部中。这涉及的不仅是哲学，还有其他类型的文化与科学活动。在严酷的国家高压条件下，在已建立起密切私人关系的非正式组织、小团体和小组中，连"俄罗斯精神"这一合乎检查要求的组织都可以表现得更为充实和自由。也许，这样更自然的沟通更符合俄罗斯精神，其中主要的是敞开心扉和情感，同时又具有强烈的知耻心。大学、科学院和许许多多的小组构成了知识人生活的两种形式。但这总的来说并不是一

[①]　Г. Шпет, *Очерк развития русской философии*, I, Москва 2008, с. 123.

个互不渗透的世界（原文语法有问题，所以这是估译）。曾经有过，而且往往的确有这样的情况：大学里的教授来参加小组会议，而小组成员则出现在大学里。Д. С. 利哈乔夫在研究《20 世纪前 25 年彼得堡的知识分子概览》中，把自己的发现总结为："哪儿有潜在的和真正的志同道合的一群人，哪儿就可能产生创新的愿望。无论这乍看起来会有多么不可思议，但即便是在智力水平相近的小组里，创新也需要团队精神、互相接近甚至是认可。尽管人们普遍认为，创新者大多是勇于超越普通观点和传统之人，但其实完全并非如此，况且这也是值得推敲的。"① 1917 年十月革命后，小组生活仍持续发展，但随着时间的推移，合法小组的数量开始急剧减少，到了 20 世纪 20 年代末，已彻底消失。但关于它们的文化记忆犹存，"小组性"精神也表现在最新的文艺和科学小组中，它们源于官方文化和科学，强调"大团队"的重要性。

在我们的报告中，我们将简要论述一下文艺学领域的学术分类（小组和学派）。本报告中，以下四个方面将是俄罗斯文艺学大多数学派所研究的内容：1）形式主义学派（诗歌语言研究会、莫斯科语言学小组）；2）语义—古逻辑学派（О. М. 弗雷登伯格、И. Г. 弗朗克－卡缅涅茨基、И. М. 特龙斯基等）；3）巴赫金小组（Л. В. 蓬皮扬斯基、П. Н. 梅德维杰夫、В. Н. 沃洛希诺夫等）；4）塔尔图—莫斯科语义学派（Ю. М. 洛特曼、В. В. 伊万诺夫、В. Н. 托波罗夫、Б. А. 乌斯宾斯基、А. М. 皮亚季戈尔斯基等）。它们多多少少具有混合性。所谓的俄罗斯形式主义学派始于 1913 年 10 月维克多·什克洛夫斯基在彼得堡"流浪狗"酒家的演讲。该学派在 1930 年退出舞台之前，随着时间的推移已渗透到其他国家，成为地道的学术研究的课题，并为自己在 20 世纪文艺学中争得最具影响力的一席之地。所谓语义—古生物学方式的支持者们团结在《语言新学说》的创立者 Н. Я. 马尔的周围。其中有诸多学术机构的古物学家、考古学家、古典语言学家、文化学家。1918—1924 年间，聚集在 М. 巴赫金身边的一群年轻人也并不止一类，他们把诸多学派的哲学家、语文学

---

① Д. С. Лихачев, *Заметки к интеллектуальной топографии Петербурга первой четверти двадцатого века (по воспоминаниям)*, Труды по знаковым системам, XVIII, Тарту 1984, с. 77.

家，甚至诗人也都吸收了进来，构成了由某些共同思维风格所联合起来的"无形的学院"，一个个独立个体的集合体。可以说，所有上述提到的学派都具有内部单一性，这促进了其内部学术思想的积极交流，因而影响着它们的发展。但在20世纪共同的"文艺场"中，它们之间的关系是不同的。公开的或者隐蔽的继承夹杂着公开敌视和排斥。20世纪20年代，上述学派中的前三种在同一阶段共存，而这些积极和消极的联系（张力）尤为明显。这些知识分子交往的发生和发展具有这样的逻辑，即形式主义学派成了促进自我标识的主要参考点。它早在第一次世界大战期间就作了自我宣示并在随后的十年里积极地捍卫了自己的立场（顺便说明一下，是在有当时的马克思主义者参加的论战之中）。语义—古生物学家和"巴赫金小组"的参加者们在表面上与极具批判性的形式主义学说有关，尽管从更为长远的时间前景来看，其状况似乎是互补的。当然，塔尔图—莫斯科学派的符号学可以从自己的资深同行的遗产中选择其认为对构建个人学术概念最为有利的东西，因而具有优势。这尤其与形式主义者们的遗产有关。建立它们之间的内在联系（既有基于有意识地研究先辈们学术思想的一些积极方面，也有表现为拒斥其他流派观点的一些消极方面）有利于阐明俄罗斯文艺学思想有时自相矛盾的发展，使人们看到其动态并发现一些俄罗斯"文艺场"的主要驱动力。而这些"文艺场"处于与其他学派内外因素的互相作用之中。

由于时间有限，我们把这些关系在表1中加以展示。其中，被选出的学派将从我们所选取的"类型学标准"的角度进行比较。这些标准（参数）涉及一些主要的方法论目标和文学理论问题。利用它们可以找到我们学术共同体之间的一些相似性和差异。譬如，它们可以涉及上文提到的学术类型的每一类所体现的某类科学性及其主要的文学理论概念等赖以构建的具体文学素材的联系，进而可以尝试把它们的理论—方法论立场与19—20世纪国外提出的欧洲人文主义进行比较。最终应能得到一张能阐明20世纪俄罗斯文艺学领域学术发展势头的交叉信息网。

表1　　　　　　主要类型学标准视界下的学术分类比较研究

类型学标准	形式主义学派	语义—考古学派	M. M. 巴赫金小组	莫斯科—塔尔图学派
文学（文艺）素材	先锋艺术（未来派、立体派）	古代文学、神话学、民间文学	经典文学、诗学与象征主义理论	现实主义文学（广义）
文学与现实性	生活的"陌生化"方式	从形象（神话）到理解（文学）	作者对"行为与认识"之现实性的揭示	作者对现实的模拟
作者与读者	读者审视世界态度的更新（"对物的感觉"）	对象展示中的幻觉与错觉	读者对作者创作行为的再现	文本接受中作者与读者语言的相互作用
诗学/诗学成分	作为方法的艺术与作为研究对象的文学；作为"动态结构"的文学	形式起源研究（作为已然被积淀的内容之形式）；文学考古学	艺术整体的构成与结构学；作为构成层级的作者	文学作品的多层级结构；作品文内与文外的联系
科学化模型方法论层面	作为诗学之学术基础的语言学；有关文学作为一门关于发展规律的科学的科学实证论模型	科学实证论模型；关于文学（人文学）作为人类学、生态学、反达尔文生态学影响一部分的科学	被理解为"话语创作美学"、作为诗学之学术基础的哲学美学	作为所有人文科学主要学科的文化符号学

为使图像完整化，还应当将另一些重要的研究团队也考虑进来，至少也要关注这一些：20世纪20年代里，在"国家艺术科学院"内形成的那个学者群（Г. 施佩特以及另一些人），在同形式主义学派的论争中出道的那些学者（П. 萨库林、Б. 阿尔瓦托夫），官方马克思主义文艺学的代表们（Теория литературы，1962—1965）。不过，这已是我们主题的延伸，已是下一步的工作任务了。

"列宁的语言":疆界的保卫、划定和拓展
——俄罗斯形式论学派面临选择

[意大利] 斯蒂芬妮娅·希尼(Stefania Irene Sini) 著　付丹译
（东皮埃蒙特大学　广东外语外贸大学外国文学文化研究中心）

1924年3月即将付印的《列夫》杂志第1期（总第5期）在封面上列出了理论版块中探讨"列宁语言"的六篇重要文章，这些文章的作者分别是维克多·什克洛夫斯基、鲍里斯·艾亨鲍姆、尤里·蒂尼亚诺夫、鲍里斯·托马舍夫斯基、列夫·雅库宾斯基这五位"诗语研究会"的知名成员，以及古典语言学家鲍里斯·卡赞斯基。

这一专题讨论由什克洛夫斯基提出，并得到了奥西普·布里克与弗拉基米尔·马雅可夫斯基的大力支持，马雅可夫斯基还"赋予了本次出版以重大意义"。①

然而，对于"诗语研究会"来说，这一时刻绝不轻松。

1923年7月26日，列夫·托洛茨基在《真理报》上发表题为《形式主义学派诗学与马克思主义》的长文，正如人们反复指出的那样，这篇文章是对俄国未来主义和形式主义的大肆攻击，标志着苏联文学艺术发展的重大转折。V. 埃尔利赫的文章称"1924年至1925年间展开了对诗语研究会的全面批判：形式主义学派的方法论设想受到严厉的批判审查。这次运动的开头炮，正是列夫·托洛茨基撰写的备受争议的《文学与革

---

① 参见洛特曼、丘达科夫的著作。

命》一书。"①

通过批判形式主义理论和方法论工具，同时根除纯粹自主的艺术美学和以马雅可夫斯基、赫列勃尼科夫等未来主义者为代表的先锋派极端主义，托洛茨基力图建立一个马克思主义的艺术理论体系，作为新生的苏联胜利进行曲的伴奏。与此同时，通过批驳那些在他看来属于资产阶级糟粕的唯心论的研究，托洛茨基在辩证唯物主义的基础上减少功利主义色彩，提出了社会主义文学理论。尽管这一理论并未忽略形式论学派在诗歌和散文文本分析中所倚重的建设性、技术性因素，譬如，乐曲编排、蒙太奇、情节安排、策略表达等，但他认为这些因素只不过是一些辅助手段：

> 将形式主义学派的方法归于次要的、可资利用的、技术性地位，就好比社会科学中的统计学，或者生物科学中的显微镜，这一说法显然不能令形式主义学派满意。是的，他们远不止如此。于他们而言，语言艺术最终体现于词语，绘画艺术最终体现于色彩。诗歌是声音的组合，绘画是色彩的组合，艺术的规律就是言语组合和色彩组合的规律。在我们看来，赋予处理语言材料的显微镜和统计学以意义的社会心理学方法，对于形式主义者来说，仅仅是一种点金之术。②

与上述言论同时，托洛茨基对形式主义的批评引起了对手的反驳，其中有些相当激烈，尤其是什克洛夫斯基和雅各布森等人的观点：

> 艺术从来是超越于生活之外的，它的颜色绝非城堡上的王旗之映照。（什克洛夫斯基）对于表达和语言的调整，是诗歌的唯一重要元素。（雅各布森，《最新俄罗斯诗歌》）新的形式带来新的内容，因此形式决定内容。（克鲁乔内赫）诗歌就是赋予词语以形式，这本身

---

① V. 埃尔利赫：《俄国形式主义》；也可参见吉哈诺夫、科尔尼延科、爱默生等人的著作。
② 列夫·托洛茨基：《形式主义学派诗学和马克思主义》，1923 年。

是一个重要的过程。(雅各布森)或者，正如赫列勃尼科夫所说：词语本身是有意义的。①

从论述手法上就可以清晰明了地看出两大对立阵营界线的划分：一边是形式论学派，另一边是马克思主义学派。双方论战咄咄逼人，措辞严厉，例如指控对手犯了理想主义、迷信、冒昧无知等一系列错误。我们再来看一段毫不客气的比喻：

> 形式主义学派将失败的理想主义应用于艺术问题，他们表现出的是一种催眠的虔诚，他们是圣约翰的追随者，认为"先有言语"，但我们认为先有行动，言语只是行动有声的影子。

"控诉"至此结束。此后，该文被多次出版并选入文集，不仅见诸报端，还被收录于多卷本文集，首先便是托洛茨基1923年撰写的《文学与革命》；后又被收录于几部其他的文集和马克思主义美学系列当中。(亚力山大·加卢什金检阅出该文在1923年至1925年间至少8次再版。)

很快，这几次再版引起的后果不可避免地超出了文学对话的范畴。正如加卢什金所观察到的那样，在相当长的一段时间里，"形式主义并未因此引起特别的关注"，实际上，"他们的著作出版周期相对较长，他们忙着发表论文。诗语研究会刚刚正式开始运行"。然而，现在情况开始发生变化了，与官方意识形态的冲突在其颇具威胁性的论战中开始凸显。

1923年至1924年间，艾亨鲍姆针对托洛茨基的攻击写了两篇回应文章，这同时也是针对当时苏联出版界"所谓正式方法"的各种干预所做的回应。在发表于《出版与革命》和《当代俄罗斯人》的论辩文章中，艾亨鲍姆阐述"诗语研究会"取得的科学成果和它的基本意义，阐明其理论基础，辨析其方法和原则。

细看艾亨鲍姆发表在《出版与革命》上的文章《关于形式主义的几个问题》——也就是艾亨鲍姆急切地等待几个月才出版的那篇文章，我

---

① 列夫·托洛茨基：《形式主义学派诗学和马克思主义》，1923年。

们可以看到这位形式论学派的学者是如何进行反击的。他语气激昂，修辞手法与托洛茨基并无二致，他以无情的讽刺批判了帕维尔·萨库林、谢尔盖·博罗布夫、彼得·柯甘等几位并非完全同形式论学派敌对的学者，而最为尖锐的批评却指向维克多·日尔蒙斯基这位多年的密友、这位被托洛茨基等许多人看作"诗语研究会"领袖的人。艾亨鲍姆自此发动了与日尔蒙斯基之间无法调和的斗争。

但是，与同一期《出版与革命》杂志上猛烈攻击他的文章数目相比，艾亨鲍姆强烈反击的文章只能算作少数派。

来自人民教育委员阿纳托利·卢纳察尔斯基的攻击格外有力。他的论文除了表述自己的美学观外，还决定要"给形式主义所处的社会地位一个大概精确的界定"。同样还有上文提到的同为人民委员的托洛茨基，他在辩证唯物主义的坚实基础之上结合社会心理学模式提出了自己的美学理论。

有趣的是，我们发现本文中提出的被称为"思想艺术"的概念最后是可以归入修辞学领域的。

> 由于任何社会都需要先知、民众领袖和政治评论家，总会有这样的人出现来满足这一社会需求，因此，他们常常无意间发现：艺术，尤其是诗歌，是他们教育旨趣最为自然、最为有力的表达。无论是对于先知耶利米、作六步格诗的梭伦，还是对于拥有最为惊人的先知时代创造力的托尔斯泰而言（我故意选取了时代相差千年的人物为例），艺术的形式总是次于它向世界所传达的信息的。
>
> ……
>
> 这一艺术思想中存在一系列的变化，艺术所传达的信息也许占据了主导地位，而艺术表达方式仅仅被看作是一些花哨比喻和节奏句子的运用（例如西塞罗的作品）。当然，这并非真正的艺术，但说话人越是受到某种感情的影响，信息的重心就越是转向声调、语调和音色。
>
> 说话人越是不按理性而按整体机制行事，词语就越会失去它们的精确含义，说话人就越会在词语的发音和编排中寻求一种初看十

分神奇的力量，摆脱词语原本意义的限制来征服听众、吸引听众。在此我们就进入了诗歌的范畴，同时我们也注意到艺术合成的趋势：一方面，诗歌语言倾向于具有画面感和可塑性的表达；另一方面，语言须具备音乐表现力。语言本身力求生动、可视的表达效果，同时通过节奏、音调和音色对神经系统发生作用，最终形成动人的旋律。①

正如上文所说的那样，卢纳察尔斯基认为思想艺术、意识形态文学是与修辞说服力紧密相连的。然而，卢纳察尔斯基此处所指似乎并非充满理性的雄辩之词，而是具有迷人魅力的神奇之词。在此我们看到的并非亚里士多德的理性论辩修辞，而是措辞充满心机、有如高尔吉亚"逻辑缜密、审时度势"的论辩之风。

现在，在卢纳察尔斯基看来，艾亨鲍姆的立场完全基于"新价值论"，是对规范的偏离，是肤浅的，是异想天开，是"赶时髦"。

>顺便说一句，反复宣称"这是过时的、陈旧的！"正是艾亨鲍姆的典型做法。时髦和对新颖事物的渴望是形式论者必要的伙伴，正是悖论和好奇心激发了形式主义时代的产生，那是一个没有内容的时代，是一种失去内容的阶级文化。②

卢纳察尔斯基的文章以对"艾亨鲍姆公民"的政治控诉结尾。1924年"公民"这一称谓尚未成为中立的概念，与下文中艾亨鲍姆批评的"托洛茨基同志"相比，"公民"这一称谓更加意味深长。通过精准的修辞建构，从当时的忽略到多次使用双关语的影射，人民教育委员卢纳察尔斯基谴责了形式主义者的政治无能，指责他们拒绝参加社会活动、拒绝共同促进马克思主义文化的发展。

>我很乐意回应艾亨鲍姆先生、回应某些缺乏热情的人所做的明

---

① 阿纳托利·卢纳察尔斯基：《艺术科学中的形式主义》，C. 派克译，1924 年。
② 同上。

显努力带给他的表面快乐（这是由他们的让步勉强支撑起来的）——那些人不过是在形式主义当中找到了反对马克思主义时方便替自己辩护的地方。但是这么做也许有些过头了。①

然而，在修辞学方面，艾亨鲍姆和他的"诗语研究会"的伙伴们也并非技输一筹。正如本文开篇所述，同样在1924年，由于什克洛夫斯基和布里克的建议，他们决定在《列夫》杂志的理论版块来讨论革命之父的文体：列宁的语言。

事实上，艾亨鲍姆正在试图完善自己的理论系统，但外部攻击使得这一理论僵局更难应对。正如卡罗尔·安尼所说，"他意识到自己遇到了智力危机，需要将他的思想从诗语研究会理论的束缚中解放出来"：

> 他预见到如果做不到这一点，将来必将面临无数的重复。……他已多次展示过文学规范自动运行和再生的基本模式，再无他事可做了。……"现在我必须大踏步前进。"……1924年3月，他的文集《透过文学》即将付印，他在日记中写道，"我一点也不觉得高兴——好像那些书根本不是我写的。"②

艾亨鲍姆由此开始意识到，文本的内在分析和目前按照形式主义理论所必须遵循的方法论，是无法详尽论述自己的研究的。然而，"承认必须借助文学之外的资源来解决这一问题，就意味着在马克思主义对手面前丢脸，意味着承认自己错了。"（安尼）

> 诗语研究会已经向俄国文学批评传统下达了挑战书，如今任何对于诗语研究会极端立场的修改都会被看作是承认失败的表现。③

---

① 阿纳托利·卢纳察尔斯基：《艺术科学中的形式主义》，C.派克译，1924年。
② C.安尼：《鲍里斯·艾亨鲍姆——一个俄罗斯形式主义者的声音》，加利福尼亚，斯坦福，斯坦福大学出版社1994年版。
③ 同上。

压力与日俱增,即便在"诗语研究会"内部也出现了变化的迹象,出现了各种建议和担忧,交织着无法确定究竟是属于战术反思还是属于进化论的一系列原因。艾亨鲍姆的反抗陷入了两难的境地:一方面,他必须为自己所奋力主张的文艺科学自主原则进行辩护;另一方面,这一原则的发展成熟必将会使研究对象不可避免地扩展到文学以外的领域。

来自外部的压力更使得这位学者觉得有必要紧紧抓住形式论的罗盘,哪怕实际上他早已发现新的视野。卡罗尔·安尼写道:

> 对于其总体学术研究、特别是针对形式论的攻击只会驱使他继续辩论。在他自己的研究需要一个比形式主义更为广阔的理论基础时,他在演讲和著作中主动充当起形式论最重要的辩论者和辩护者。他向来重视诗语研究会主张的激进性;现在,至少在公开场合,他比任何时候都更加坚定地认为文学分析与社会经济状况无关。

正是这样,维克多·什克洛夫斯基提议与同事们在《列夫》杂志上展开对刚去世(1924年2月21日)的列宁的语言进行研究,这提议来得正是时候,给了烦恼不安的鲍里斯·艾亨鲍姆一记重击。经过十多年来对于诗歌和散文的潜心研究,什克洛夫斯基对于文体的分析更加精准独到,如今正好用于对"革命之父"的演讲进行分析、梳理,指出其特色,并以简洁明了的方式呈现出来。现在,"诗语研究会"所得到的方法论成果便可呈现在世界面前了,首先就是马克思主义批评家们。

与此同时,新的研究对象——处于文学系列之外却又不同于日常交流的言语类型——影响了早期形式论者们所接受的关于"实用语"和"诗语"的区分,即在"'实用语'中,言语表征(语音、词素等)本身没有价值,仅仅只是交流的手段,而在'诗语'中,实用性目的是次要的……语言表达自身是有意义的"[①]。

此外,正如艾亨鲍姆开头简要提到的那样,雅库宾斯基本人已经超越了这一分歧,转而投身于对发音和对话的研究:

[①] 参见 P. 斯坦纳。

在关于诗歌语言的研究中，我们常常从诗语与"实用语"的对立着手，这种做法在初步建立诗歌语篇的特性时是重要的，也是富有成效的。但随后的研究表明（L. 雅库宾斯基）所谓"实用语"的范畴是极其宽广和多样的，不可能有任何一个语篇范畴的词语关系是完全机械化的，或词语仅仅是作为"符号"存在的。演讲的语言尽管很"实用"，但在许多方面与诗歌语篇相近。诗性语言的典型特征就是对于言语中个人元素的特定倾向以及这些元素的特定用法（尤其是在诗歌语言中）。①

因此，艾亨鲍姆的分析逐渐超越诗性语言的范畴开始探索周边区域：文学领域与非文学领域的边界，诗歌与现实的边界。在表述策略与现实需求、历史冲动与创新冲动相杂合的区域，存在一些言语类型，它们组织连贯、细节严密，与一般交流的无意识行为不同。

文章或演讲不只是思路原貌的展现或术语的简单表达，更是基于特定刺激的推论过程。不管创造这一过程的思路如何，这一过程有其自身的言语动态和理论上的一贯性，有其自身的情感和文体色彩。撰写文章或演讲词的人遣词造句、谋篇定局，使之远离日常口语会话的用法和句法，沿着特定的文体方向、按照既定的趋势连续发展。我们可以根据文章或演讲的言语类型选择来探讨它的基本文体倾向，也可以探讨某一时代或某一群体的文章或演讲具有怎样的传统和文体方向。②

从文体论观点出发，艾亨鲍姆逐渐地，也更为精确地划定了说服性言语的范畴和修辞学的疆界，在这里，基于当时情景的多重目的与复杂的过程、语调、句法结构、韵律模式相互贯穿、交叉共存：

---

① 鲍里斯·艾亨鲍姆：《列宁语言的基本文体倾向》。
② 同上。

这里尤指那些意图说服别人的文章或演讲——那些宣传性的文章或演讲。很自然地，演讲以特定文体倾向来组织语言，并通过富于感情的语调使之越发打动人心，对于这方面的关注可以帮助我们了解作者的文体倾向。①

"列宁大部分的文章和演讲"，艾亨鲍姆写道，"正是宣传类的"。"鉴于此，他的演讲总是一方面带有讽刺和嘲弄语气，另一方面又带有绝对的、有力的肯定语气。"不过，这种泛化的情感基调并不能详尽论述列宁的文体倾向问题。艾亨鲍姆指出，"初读列宁的文章，觉得似乎没有什么特定文体倾向，觉得他似乎对言语的文体方面没什么兴趣"。

没有复杂的演说过程，也没有故作庄严的句式，没有比喻或比较，没有文学引用，没有任何 L. 托洛茨基在文章中用过的闪光之处，甚至连格言和谚语都难得一见，更少见到对于《祸起机智》或谢德林、果戈理、屠格涅夫等的引用。列宁似乎只是随意地使用语言，好像他并不是作家或演讲者，而只是一个运用 19 世纪末俄国知识分子话语模式的实用主义者。②

然而，这一印象正好与弗拉基米尔·伊里奇所说的表述特质相反。艾亨鲍姆以独到的眼光捕捉到了这位政治家的言语能力，并以大量例证作为说明：

列宁总能对别人的文体做出清晰的反应，在与对手或敌人的抗辩中，他经常将重心放在对方话语的文体特质上。于他而言，一个流派并不仅仅是一种世界观，还是一种言语体系。他经常充当法官的角色，有时甚至激烈地谴责那些"夸夸其谈"的言论，揭露其中的脆弱心理和空虚道德。列宁经常专门评论、甚至撰文探讨的这些

---

① 鲍里斯·艾亨鲍姆：《列宁语言的基本文体倾向》。
② 同上。

言论的讽刺特征，正是在这些文体的对照下，列宁本身的文体倾向就更为清晰地凸显出来。①

从上述内容可以看出这一角度是具有明显对话性的，列宁的文体特色正在于"对他人文体的反应"，对那些被他揭露和嘲弄的文体的反应。②

有趣的是，艾亨鲍姆所采用的这一视角正与形式主义公开的敌人不谋而合，这个人就是他同时代的同胞米哈伊尔·巴赫金。巴赫金在许多文章中运用了相同的方法，最初就是用于对陀思妥耶夫斯基第一部专论的文体分析。

来自于任何真实深刻对话的反驳就如同一场隐藏的论战，这反驳中的每一个词指向自己的指涉对象，同时也是对他人话语的积极回应，既是对它的回答，也是对它的期待。③

于是，在艾亨鲍姆看来，列宁的文体风格主要体现于其跨社群、跨文体的行文风格，尤其是选词造句上。艾亨鲍姆揭示了列宁对于简单用语——几乎是非正式用语——的强烈偏好，有时为了增强论辩效果不惜使用"强有力的"词汇，乃至所谓的"不文明词汇"。

但是，艾亨鲍姆这篇文章最大的贡献在于对列宁修辞手法中的句法、韵律、语调结构和特征的探讨。艾亨鲍姆说："列宁在写作和演讲中使用日常口语的基本倾向既体现在词汇上，也体现在句法和语调上。"在此，艾亨鲍姆可以将俄罗斯诗歌旋律研究中得出的宝贵成果予以进一步拓展。

在语音学与语义学的边界，形式论学派的评论家称诗歌句法为"因循守旧的、畸形的"。此外，艾亨鲍姆还注意到，列宁在句法中多用上下呼应结构，形成复杂多层的复合句，以构建反复、对称的诗性连接。

有时这些重复的作用略有不同：更具建构性而非文体性。通过

---

① 鲍里斯·艾亨鲍姆：《列宁语言的基本文体倾向》。
② 关于讽刺的重要性，见肯·赫希科普。
③ 米哈伊尔·巴赫金：《陀思妥耶夫斯基诗学问题》，C. 爱默生译。

这些重复，列宁的语言成为一种诗的语言，句式完全相似；而从词汇学方面讲，它仍旧是一篇普通的演讲。①

那么，形式论学派锻造的精良工具也可用于修辞语篇的分析。由此可以看出该学派研究领域的扩张与研究方法的革新。基于当前现状和自身来之不易的长足进步，艾亨鲍姆与越来越多的对手抗辩、与日益汹涌的反对浪潮抗衡的同时，开始着手对原有的观念和成果进行反思。

---

① 鲍里斯·艾亨鲍姆：《列宁语言的基本文体倾向》。

形式论学派的"相对性诗学"
——蒂尼亚诺夫理论思想特征初探

孙 烨

(中山大学国际翻译学院)

形式论学派是 20 世纪俄国文学理论扬帆启程的领航者。该学派高举"科学性"的旗帜，首次提出对文学做外科手术式的科学解剖，为"文学学"开辟出一块独立自主的学术研究阵地。现在看来，该学派最鲜明的学术贡献在于为科学的文学学正名，并在此基础上建立起一套文学的科学研究方法。由此，继 20 世纪 20 年代形式论学派被贴上"形式主义"标签之后（随着俄国文学理论的不断发展和成熟，理论界早已纠正了这种叫法，带有偏见和嘲讽意味的"形式主义"标签在当代已然被替换为更为客观且更彰显其学术品质的名称"形式论学派"），该学派之学理特点在理论界得到一个更为公允的定位——"科学性"。然而，我们认为，"科学性"并不能够完全体现形式论学派整体的学术品质与多维的研究取向，"科学性"仅可被视为形式论学派学术品质的外在表现之一，是形式论学者在历史潮流中争夺一席之地而采用的斗争武器，是 20 世纪初出现的一种新型学术视角，是形式论学者内在思维范式的一种表征而已。

正是由于"科学性"与形式论学派整体气质的不完全对等性，在当时的理论界开始出现反对形式论学派的各种声音。例如，梅德韦杰夫（П. Н. Медведев）就在《文艺学中的形式方法》一书中指出形式论学派表现出的四种倾向："第一种倾向是经院主义，其特点是极力调和矛盾并拒绝原则性地提出问题"；"第二种倾向属于向对文学问题进行心理学、哲学阐释的部分回归";"对于第三种倾向来说,最典型的是向社会学方法的转变";"第四种倾向:什克洛夫斯基的经过防腐处理的形式主义"[①],梅德韦杰夫称形式主义研究方法的这种不定性是"虚无主义"。这里应该明确,梅德韦杰夫对形式论学派的指摘有一定的合理性,因为这四种倾向确实是后期形式论学派的实际表征。但是,把这种多向的发展定性为"虚无主义"实在言过其实。形式论学派之所以逐渐偏离最初的"科学性"轨道,这是由于形式论学派的研究力度在不断深化,观察视角在不断开放,研究的领域开始逐渐涉及其他学科,而泾渭分明的学科意识、纯粹的科学研究方法已不能再满足形式论学者多向度的研究著述,该学派学者的研究速度发展极快、研究领域拓展极广,在披荆斩棘的过程中开发了更广阔的文学理论的新天地,这已然超越了最初的"科学性"定位。正是如此,人们在20世纪后半期才会惊奇地发现,形式论学派作为20世纪理论航道上的开山鼻祖,早已为20世纪百花齐放的世界文论悄然埋下了种子,诸如塔尔图学派、结构主义学派的许多思想都溯源于形式论学派的理论学说,甚至在形式论学者的学说中找到些许读者理论的影子。

那么,什么才是"形式论学派"的研究品质?"形式论学派"的内在思维范式是什么呢?我们认为,用"相对性诗学"解读形式论学派更为合理。具体来说,"相对性诗学"的主要思想是"背离""矛盾""辩证的双方"。它直接与"对抗""动态""关系"等概念相关联。正是"相对性诗学"推动形式论学者善用质疑的、批判性的眼光看待事物,寻找矛盾现象,发现事物之间的对立关系,否定绝对的一元论,动态辩证地观察和分析,永远倾向于对主流的背离,甚至对自己的背离。

"相对性诗学"这一概念可以帮助我们更清晰地认识与解读形式论学派的许多特点。首先,他们的先锋性,或曰逆反性、论辩性。这种先锋性首先外化为形式派学者意气风发的质疑精神,外化为他们对前辈理论遗产的公然不满甚至否定态度中;其次,"相对性诗学"促使他们"偏爱"事物中的矛盾和对立现象,这种"偏爱"明显体现在他们的理论著

---

① [俄]巴赫金:《文艺学中的形式方法》,邓勇、陈松岩译,中国文联出版社1992年版,第101—102页。

述和批评文章中，例如，雅各布森对"诗语"和"实用语"的区分，什克洛夫斯基对"陌生化"和"自动化"的区分，蒂尼亚诺夫对"遗传"和"传统"（后期发展为"进化"）、"惰性"和"革新""诗歌"和"散文"的区分，等等。如果细读形式派学者的任何一篇理论文章，时常可以发现对立思想的存在。他们的许多文章标题也带有鲜明的对立意味，例如，蒂尼亚诺夫的《陀思妥耶夫斯基与果戈理——论戏仿理论》《丘特切夫与海涅》《仿古者与普希金》《普希金与丘特切夫》《普希金与丘赫尔别凯》，等等；最后，"相对性诗学"指引形式论学派采用相对的、辩证的视角观察事物现象，跟踪文学作品在动态的文学系列、社会系列、历史系列中的动态过程，把单独的文学作品、聚合的文学作品、文学流派直至整个文学史看作动态的体系结构，并在此基础上建立起他们独特的形式派理论学说。与陈旧的、僵化的文学理论不同，形式论学派的动态性既保证了其学术成果在共时上的先锋性和前瞻性，又保证了它在历时上的活跃性和普适性，这也是形式论学派在历经一个世纪的风雨后依然在文学理论的舞台上保持旺盛生命力的原因所在。

事实上，许多当代学者都注意到形式论学派的这一特点。托马舍夫斯基早在1944年的一篇纪念蒂尼亚诺夫的文章（《文学学家的天赋》）中就提到过蒂氏学术思想的悖论特点。他当时这样写道："尤里·尼古拉耶维奇的视角，在那个时代是悖论的，现在我们的历史文学思想已经完全领会了这种视角。"[①]

丽季娅·金兹堡（Л. Гинзбург）作为蒂尼亚诺夫的学生，曾写过多篇关于形式论学派和蒂尼亚诺夫的评论文章，她也谈及蒂氏论著中出现的"矛盾"以及前后不一致等现象。不过，她从蒂氏理论构建的动机（"历史主义"）出发，对这些"矛盾"和"差异"作了思想上的澄清和理论上的辩护。此外，她还就蒂氏的某些思想提出了自己的不同意见。

法国学者马克·瓦因施坦（М. Вайнштайн）是当代世界研究蒂尼亚诺夫屈指可数的专家。他在专著《蒂尼亚诺夫，或相对性诗学》（法语）

---

① Б. Томашевский, "Дарование литературоведа", В. А. Каверин, *Воспоминания о Ю. Тынянове*, М.: Советский писатель, 1983, С. 225.

把蒂氏的诗学特点概括为"相对性诗学"。由于该专著用法语写就，暂未出现俄译本和中译本，我们只有借弗·诺维科夫（Вл. Новиков）的书评管中窥豹（俄罗斯学者弗·诺维科夫在1998年《新文学评论》杂志的第29期上发表了针对这部专著的书评）。在这部专著的序言中，瓦因施坦提出一组基本的对立项"理想性—相对性"，他把"理想性"与蒂氏的"静态性"概念联系起来，又把"相对性"和蒂氏的"动态性"联系起来。瓦因施坦还整理出蒂氏"相对性诗学"的几大主要原则：1. 作为结构原则与材料之关联的形式，或曰作为体系的作品；2. 结构原则的"理想性"；3. 作为文学演化之推动力的斗争，3a. 作为"绕道"的冲突，或曰作为文学演化路径交错的冲突；4. 文学相对性；5. 文学是动态的言语结构；6. 社会文学观是一个体系；7. 诗歌和散文的区分和联系；8. 对等原则和最小化条件原则；9. 演化和起源的区分，9a. 戏仿和戏仿性的区分；10. 文学系列和文学外系列的关联；11. 形式和功能的辩证关系；12. 结构原则和材料的关系以及变形和动机的关系；13. 结构原则的扩张；14. 结构原则：共时体系下的历史特征（历时）和变化的不间断性；15. 中心和边缘；16. 体裁是一部分特征发生改变，而另一部分特征得以保留的同步事件；等等。这样，在瓦因施坦的研究视野中，"相对性"作为一个核心思想，把蒂氏理论的其他几个主要术语沟通起来："结构""动态""关联""体系"等。同时，诺维科夫及时指出，"瓦因施坦在一开始就强调，在他理解中的相对性并不意味着人们意识中的折中主义观点"[①]。这里的"相对性"指作为文学学家的蒂尼亚诺夫永远试图站在外围的立场观察事物，跟踪事物变动的方向，思考事物变化的动因，发现事物变动的本质，积极关注"个例"和"变异"的现象。瓦因施坦在这里道出了蒂氏乃至整个形式论学派从事文学研究的内在动机：不是要寻找或创立静止不变的万有法则，而是力求在动态的现象中观察并不断寻找事物变动不居的原因。与普通视角下的"折中主义"和"相对主义"不同，瓦因施坦思想中的"相对性"强调动态地、审慎地看待

---

① Вл. Новиков, "Необходимость Тынянова", *Новое литературное обозрение*, 1998, №29, C. 363.

问题，相较此前理论界对形式论学派"折中主义"的指摘，这一术语具有更加精准的涵盖力和更加客观的评价性。

2011年3月31日弗·诺维科夫在俄罗斯空中课堂"蒂尼亚诺夫与他的同路人们，语文与创作的结合"中总结出八条蒂尼亚诺夫的主要学术思想，其中第一条就是"作为文学发展主要推动力的背离原则"（——援引自《陀思妥耶夫斯基与果戈理——论戏仿理论》）。在阐述蒂氏的"背离"思想时，诺维科夫援引了什克洛夫斯基对蒂尼亚诺夫理论贡献的评价："他（蒂尼亚诺夫）理解了矛盾的成效性……什克洛夫斯基理解了蒂尼亚诺夫的伟大创举。"

在由莫斯科大学语文系文学理论室出版的《俄罗斯学院派文学学——历史与方法论（1900—1960）》一书中，著者专辟一章深入探讨了俄国形式论学派的学理特色——"俄国形式主义的悖论与'富有成果的极端性'"。在回顾和阐述了形式论学派理论和形式论学人行为所表现出的各种悖论性特点之后，著者写道："如今，可以极为确切地说，悖论原则既是它（俄国形式论的世界观）的基础，也是它的方法论所在。"[①]

在俄国形式论学派中，蒂尼亚诺夫的理论思想独具一格。他的理论学说精练抽象，他时常在阐述中不断变换视角，在论证中提出假设。因此，蒂氏的理论总是具有强烈的对话性、开放性和预言性。

蒂尼亚诺夫理论著作的阐述方式具有一定的逻辑和规律。他经常先提出论点，然后产生怀疑，引发争论，之后援引实例加以反证，最后在此基础上建构新的理论学说。诺维科夫就对蒂氏的理论文章做过结构上的梳理，他总结道："1）用极为抽象的、逻辑的单义形式描述思想本身；2）用形象上的、比喻式的对等物阐述该思想；3）用具体的现象实例证实表述规律的准确性。"[②] 这里，我们尝试利用"相对性诗学"概念来解读蒂氏理论思想的产生与建构过程，进而确立"相对性诗学"是形式论学派更为重要的本质特点。

[①] В. Е. Хализев, А. А. Холиков, Д. В. Никандрова, *Русское академическое литературоведение*, М., СПБ.: Нестор-История, 2015, С. 74.

[②] В. А. Каверин, В. И. Новиков, *Новое зрение*, М.: Книга, 1988, С. 69.

一 逆反与狂欢——积极的解构

在 20 世纪初期先锋主义的时代氛围影响下,质疑、逆反、斗争等是对文学艺术领域内年轻冒险家的行为描写。作为未来派的理论后盾,早期的形式论学派也行走在先锋主义的理论航道上。帕斯捷尔纳克曾对这一时期的时代氛围做了如下清晰的描述:"一切都应该从战场上夺取","在文学的世界中所有小组都划分为模仿派和创新派,刺激后者的是战斗性和空洞的仇恨"[①]。

蒂尼亚诺夫于 1919 年正式加入奥波雅兹。此时的奥波雅兹已趋见成熟,随着研究著述的不断增多,研究内容的不断扩大,研究思想的不断深入,什克洛夫斯基早期在《词语的复活》中表现出的那种激进和极端已悄然隐退,但作为形式论学派之内在调性的斗争性和论辩性依然保留在他们的学术论著中,是形式论学派的重要学术品质之一。它们像开启对话的一声枪响,以机械化、自动化的文学意识和文学现象为靶心,不断抛出新的质疑和反问,用"突变"现象拷问僵化意识,从思想的逆反走向文学精神的狂欢。蒂尼亚诺夫的多篇理论和批评文章都带有强烈的对话性质,然而不是温和的对语,而是挑衅意味极强的反诘和争论。

《陀思妥耶夫斯基与果戈理——论戏仿理论》是蒂氏于加入奥波雅兹之后发表的第一篇论著。这篇论著一经发表,便在理论界获得了极大成功。它围绕"戏仿"这一微观文学现象,选取俄国文学史上的两大文学个性——陀思妥耶夫斯基与果戈理——为研究材料,从创作风格、手法和艺术取向上对二者加以精细的对比、考证、分析,在研究过程中深入探讨了模仿、风格模拟、戏仿等类似文学现象的内在机制,论证了它们之间的分野及发生界限模糊的条件,进而在此基础上形成了蒂尼亚诺夫对文学史之演变形态的独特认识,即文学的历史不是直线的继承关系,而是更加复杂的斗争和背离关系。这是对形式论学派当时既有理论基础

[①] В. Е. Хализев, А. А. Холиков, Д. В. Никандрова, *Русское академическое литературоведение*, 2015, С. 69.

的进一步补充和细化。这篇文章的第一节就开门见山,直指当时人们理解文学史发展形态时所表现出的单调性和错误性:"当人们谈论'文学传统'或'继承性'时,通常他们想象的是某条直线,这条直线将特定文学分支上的年轻一辈的代表与老一辈的代表连接起来。然而,事情要复杂得多……可是,同时代人乐意把他(陀思妥耶夫斯基)看成果戈理的直接接班人。涅克拉索夫把他作为'新的果戈理'介绍给别林斯基,别林斯基又把果戈理称为'陀思妥耶夫斯基的父亲',关于'新的果戈理'的消息甚至传到了待在卡卢加的阿克萨科夫的耳中。人们需要更替,然而却把更替理解为直接的、'线性的'继承关系"(《陀思妥耶夫斯基与果戈理——论戏仿理论》)①。《论戏仿》是蒂氏"戏仿"理论发展的第二阶段,也是该理论的成熟阶段。它出版于1929年,比《陀思妥耶夫斯基与果戈理——论戏仿理论》晚了整整十年。然而,蒂氏的论证手法依旧没有改变,文章开篇就公然宣战,将矛头瞄准当时老旧、静止、僵化的戏仿概念:"由于通用的戏仿概念最终确立于19世纪中期,我们或可引用 Буйе 字典中的释义:'戏仿是针对某一严肃作品而创造的诗歌或散文作品,它通过任意的改变或者通过使它重要的任务变成奇怪的对象,从而使严肃作品变得可笑'(引自1859年译文)。"② 在此基础上,蒂尼亚诺夫立刻展开攻势,用具体的文学事实检验上述概念的正确性,他继续写道:"但有趣的是,这一释义经不起事实的考验,同样还是在1859年,它自身一个非常重要的部分就已遭到了瓦解。"③ 同样的辩论性开头也出现在《文学事实》这篇文章中:"文学是什么?体裁是什么?每一本自尊自重的文学理论教科书都必然以这些定义开篇。文学理论的概念极其严密,且自诩变动不居,在这方面它与数学负隅顽抗,然而有一点却被忽视,即数学是建立在诸多定义之上,而定义在文学理论中不仅不是基础,而且是文学事实演变下不断发生变形的结果。"④ 托马舍夫斯基曾对蒂氏的辩论品质做过以下评价:"他的嗅觉极为敏锐。他知道该施以何种打击

---

① Ю. Тынянов, *Поэтика, история литературы, кино*, М.: Наука, 1977, С. 198.
② Ibid., С. 284.
③ Ibid..
④ Ibid., С. 228.

以及这个打击会产生何种程度的震撼。"① 对文学史的线性理解、对静态戏仿概念的被动接受、对文学、体裁的僵化认识——这是蒂尼亚诺夫在文学中捕捉到的猎物,他要借生动的文学事实予以鞭笞,彻底摧毁旧的文学意识,为新文学思想的建立扫清障碍。

如果说,蒂氏在其理论阐释中流露出的是相对沉稳和冷静的斗争情绪的话,那么他的批评文章则使他的辩论气质和斗争力量更加刀光剑影地显现出来。这里的斗争性兼具有针锋相对的逆反性和戏谑打趣的狂欢性,展现在读者面前的是形式论学人愉快的、轻松的却毫不退步的批评风格。什克洛夫斯基曾写道:"艺术家需要保持自己对材料的嘲讽态度,不要让它接近自己。就像在搏击和击剑中那样"②;在给罗曼·雅各布森的信中,他这样写道:"离开了你,我们的动物园中就少了一只美好快活的野兽"③;在给罗曼·雅各布森的另一篇信函上这样写着:"我不对科学精打细算,我随着科学翩翩起舞。"④ 这种快乐的冒险主义精神是形式论学派最具吸引力的特点之一。这不仅是他们在理论和批评中所表现出的独特精神品质,更是整个形式论学派追求和向往的文学发展远景和终极学术目标。

在《杂志、批评家、读者与作者》中,蒂尼亚诺夫首先描述了俄国杂志的尴尬处境,在此基础上他指出一个事实:"杂志的主要生命总是存在于批评和辩论之中,离开杂志批评无处安身;而没有批评的杂志是不像话的。"⑤ 接着,他把目光转向批评本身,他认为,批评不应"若无其事的延续陈旧的模式"⑥,他对批评发出了这样的呼喊:"该丢弃肮脏的床

---

① Б. Томашевский, "Дарованиелитературоведа", В. А. Каверин, *Воспоминания о Ю. Тынянове*, М.: Советский писатель, 1983, С. 228.

② В. Б. Шкловский, "Андрей Белый", *Гамбургский счёт: Статьи-воспоминания-эссе* (1914—1933), М., 1990, С. 218.

③ В. Б. Шкловский, "Письмо к Роману Якобсону", *Гамбургский счёт: Статьи-воспоминания-эссе* (1914—1933), М., 1990, С. 146.

④ В. Б. Шкловский, "Роману Якобсону, переводчику полпредства СССР в Чехословакии", *Гамбургский счёт: Статьи-воспоминания-эссе* (1914—1933), М., 1990, С. 311.

⑤ Ю. Тынянов, *Поэтика, история литературы, кино*, М.: Наука, 1977, С. 147.

⑥ Ibid., С. 149.

布了，该穿上崭新的衬衣了"①。他呼吁批评应该像文学一样探索新的领域，汲取新的生命力，这种生命力就在于"作为文学本身……批评应该思考其他一切更为愉快的（并且新的）体裁"②。《文学的今天》是蒂尼亚诺夫针对当时文学界的"散文战胜诗歌"的普遍观念所做的一次回应，他在文章中探讨了长篇小说的具体问题，同时对当时活跃在俄国小说界的多位作家和作品做了鞭辟入里的分析和客观的评价。当他在文章第一部分谈起俄国文学的现状时，他风趣地描绘了下面这幅讽刺的画面："作家不愉快地创作着，就像在挪动一块块的大石。出版者更加不悦地把这些石块滚动到印刷厂中，而读者看着这一切全然无动于衷。"③《缩减编制》是蒂氏另一篇讽刺意味极强的批评文章，文章的第一句话就让读者忍俊不禁："不要害怕——（我说的）是文学编制。"④ 通过蒂氏的挑逗和戏谑我们感受到了什么？感受到了蒂氏作为文学批评家那愉快而狡黠的目光，感受到了他意在与作家、与读者、与文学展开一场生动而严肃的对话。接着，他在下一句中故作严肃，强调道："我谈的是文学上的缩减编制；不过，是非常重要的编制。缩减俄国人物。"⑤ 话题开始涉及文学，涉及俄国人物，读者仿佛又随着话题范围的缩小而紧张起来，他接着解释道："还是不要对此望文生义——我谈的当然是中篇小说、长篇小说等等的主人公，而绝不是现实中的人物。"⑥ 这样，托马舍夫斯基所言的分寸感在这里得到了完美的诠释。在两个回合的一张一弛之后，蒂氏抛出了文章的中心问题——俄国小说的主人公。他接着用这种嬉戏的语气继续自己的讽刺任务，"如果我是国家出版社，我会主持一场塑造俄国小说主人公的比赛。但是，一方面考虑到国家出版社的定额，另一方面考虑到俄国文学的现状，或许可以提前肯定一点，这场比赛不会给出令人满意的结果"⑦。1925 年，蒂尼亚诺夫在《列宁格勒》杂志上以 Ван-

---

① Ю. Тынянов, *Поэтика, история литературы, кино*, М.：Наука，1977，С. 149.
② Ibid. .
③ Ibid. ，С. 150.
④ Ibid. ，С. 144.
⑤ Ibid. .
⑥ Ibid. .
⑦ Ibid. .

Везен 为笔名发表了一篇纪念作家列夫·伦茨忌辰的文章——《致列夫·伦茨,他在其中这样写道:"您善于理解人,也善于理解书籍,您知道文学之文化是愉快而轻松的,您知道文学之文化——不是'传统',不是礼仪,而是理解和善于创造需要的和愉快的事物。"① 在当代的许多研究者眼中,这句话也是蒂氏本人文学文化观的写照。比如,玛·乌姆诺娃(М. Умнова)就把这句话用在自己的文章标题之中:《善于创造需要的和愉快的事物……——论蒂尼亚诺夫科学思想的风格》。在《诗学、文学史、电影》这本书的注释中,编者也提到了蒂尼亚诺夫及其同人们的"快乐诗学":"把自己的学术和批评著作定义为"快乐的",这对蒂尼亚诺夫和他的同仁而言至关重要……"②

其实,在蒂尼亚诺夫的理解中,戏仿体裁本身也是文学现象中的一种狂欢。它快乐地戏谑文学乃至文学外的一切现象,包括风格、手法、文学个性、流派,等等。它打破等级,降格权威,具有除旧立新的先锋性。而文学戏仿又与文学的演变紧密相连,可以说,戏仿现象是文学演变的微观缩影,文学的演变就是无数次的解构与建构过程,是文学中心的不断颠覆,是文学边缘的不断狂欢,是对话、辩论、斗争的循环往复,是文学自身永不停歇的逆反与狂欢。

二 微分与矛盾——对立的视角

如果说"相对性诗学"概念在解构的过程中主要表现为蒂氏与他者的对抗,那么在对文学现象的考察和反思中,则体现为研究对象的不断分裂(细化)和研究视角的主动对立(矛盾、悖论、相对性)。事实上,研究对象和研究视角的这种动态变化是一个相辅相成的同期过程。

"微观化"是蒂氏理论研究的另一个典型特征。蒂尼亚诺夫善于在"微小""边缘""细碎"中发现对抗和制动的力量。首先,蒂尼亚诺夫对文学史的思考起步于对戏仿理论的微观研究。诺维科夫曾把蒂氏的戏仿理论比喻成生物遗传学上的果蝇研究。在《新视野(关于尤里·蒂尼

---

① Ю. Тынянов,"Льву Лунцу", Ленинград, 1925, №22, С. 13.
② Ю. Тынянов, Поэтика, история литературы, кино, М.: Наука, 1977, С. 462.

亚诺夫的书）》一书中，他这样写道："其貌不扬的果蝇曾因其成效性和多变性而引发生物遗传学家的兴趣。作为实验性对象，它帮助人类建立了染色体遗传理论，这一理论后被拓展到远为复杂的人体研究中。对于蒂尼亚诺夫而言，戏仿就是这种果蝇，在戏仿的结构本身发生着文学的世代冲撞。"① 所以，戏仿理论是蒂氏文学史研究的一个起点和突破口，戏仿理论是文学演变形态的缩影，戏仿的动态过程就是整个文学体系的演变过程。此外，蒂氏在许多论著中都提及"零碎"（мелочь）这一问题，并多次强调零碎、边缘、微观的力量。例如，他在《文学事实》中谈道，字谜等儿童游戏在卡拉姆津时代成为文学体裁，而书信作为一种片段性、室内性的小形式、"小零碎"后来也上升到文学的生活中心。"在某一体裁瓦解的时代——它会从中心向周边转移，而新现象则从文学的零碎、荒僻之地和低级地位游上体裁的中心位置（这就是什克洛夫斯基谈到的'小体裁典范化'的现象）"②；在《论戏仿》中，蒂氏专门举例论述了戏仿产生的"微小"条件，譬如通过改变一个字母，或者完全不做改变，等等。他还特意以普希金的戏仿诗歌为例，强调了"细碎"的戏仿手段。

蒂尼亚诺夫的"矛盾性"是"相对性诗学"思维范式使然。蒂尼亚诺夫的"相对性诗学"导致的逻辑结果不是简单的"A 与非 A"，而是存在辩证关系的"A 与反 A"。它们二者不是割据关系，它们之间相互压迫、相互作用，具有随时发生相互转化的可能性。在《陀思妥耶夫斯基与果戈理——论戏仿理论》中，蒂尼亚诺夫首先观察与戏仿具有亲缘关系的一类现象——模仿、风格模拟、旧调重弹（перепев）。他从陀思妥耶夫斯基的学徒阶段（模仿）讲起，然后分析陀氏书信中表现出的对果戈理的风格模拟，最后进入对戏仿的论述环节。他一方面大量利用文学史料介绍陀氏风格的形成过程，另一方面对模仿、风格模拟、戏仿加以界说，并探讨它们一定条件下发生转变的情况。蒂氏认为，风格模拟与戏仿接近，二者都具有双重生命，即在作品的向度之外伫立着另一个被

---

① В. А. Каверин, В. И. Новиков, *Новое зрение*, М.：Книга, 1988, C. 86.
② Ю. Тынянов, *Поэтика, история литературы, кино*, М.：Наука, 1977, C. 257 – 258.

模拟或被戏仿的向度。然后他又对比了风格模拟和戏仿的差异性。他指出，在戏仿下，两个向度之间必定出现错位和脱节现象，而在风格模拟下不存在这种脱节，相反，两种向度彼此之间存在一致性。在明确了这种机制上的差异性之后，他又把戏仿理论放置在这二者的动态转变过程中加以跟踪，发现了促使它们相互转变的条件，"风格模拟和戏仿之间只是一步之遥；当风格模拟拥有诙谐的动机或被诙谐地加以强调时，就会成为戏仿"①。由此，戏仿的本质辩证地显现出来。在相似且相异的两种文学现象中，蒂尼亚诺夫不断转变研究视角，不断细化研究对象，在它们微妙的矛盾关系中探索演变的内在机制。戏仿的强度变化取决于作品细节的双重微差，而读者对这种双重微差的感知取决于戏仿的第二向度（被戏仿客体）——"第二向度越是狭窄、确切、有限……就越容易让人以双重视角来接受……如果第二向度放大至'风格'这一普遍概念，戏仿就会变成流派辩证更替的诸元素之一，就会与风格模拟相交错"②。在第二阶段的戏仿理论研究中（《论戏仿》），蒂尼亚诺夫继续细化自己的研究对象，他区分出戏仿（пародийность）与戏仿性（пародичность）两种体裁现象，在分析过程中还提出一系列戏仿的相关问题，如文学个性、言语活动，等等。在蒂氏的理论视野中，矛盾无处不在。他在《普希金和丘特切夫》中发现了不同创作个体之间的矛盾，在《普希金》中发现了创作个体内在的矛盾，在《论文学的演变》中发现了诗歌和散文之间的矛盾和作品不同材料层面上的矛盾，在《诗语问题》中发现了诗语语音和语义上的矛盾，在《图像》中发现了不同艺术类别之间的矛盾。关于矛盾在作品内部构成上和在其艺术形式的组建上的作用问题，蒂氏在《诗语问题》中做了最为全面的阐释。他在《诗语问题》中这样写道："对结构原则的认知不是在其产生条件的最大化中实现的，而是在条件的最小化中实现的。"

此外，用"相对性诗学"的矛盾性和微分性还可以解释蒂氏的许多其他理论学说，如材料与手法，结构原则与结构要素，文学系列与文学

---

① Ю. Тынянов, *Поэтика, история литературы, кино*, М.: Наука, 1977, С. 201.
② Ibid., С. 212.

外系列，小仿古派与卡拉姆津主义者的关系，有动机的历史更替与无动机的历史更替，交替性与同期性，等等。

在蒂氏的论著中还会遇到一些具有悖论意味的表述，如："如果喜剧将是对悲剧的戏仿，那么悲剧也可能成为对喜剧的戏仿。"① 像这样悖论式的表述具有开放性和对话性，有待我们依靠文学研究的具体实践进行理解和验证。

三 结构、功能与体系——动态的建构

结构、功能、体系在蒂尼亚诺夫的理论体系中是三位一体的关系。它们是一切文学事实存在的恒定模态。不论是单独的艺术作品，还是聚合的风格流派；不论是单独的创作个性还是聚合的艺术团体；不论是共时的文学现状，还是历时的文学历史；不论是文学本身的系列，还是与社会、历史系列发生交错的文学外系列，它们都具有特定的结构模态，然而不是僵化的"形式"，而是随着部分结构元素的位移而使整体功能发生转变的一个个动态体系，动态性、功能性是它们得以存在的本质属性，是保证某个事物上升为文学事实的必要条件。

"文学是一种动态的言语结构"（《文学事实》）②。这一表述概括出文学之为文学的三大原则：1. 动态性。从文学内部来看，是结构原则（结构要素）和材料之间的作用关系，结构原则支配材料，材料在结构原则的支配下发挥特定的功能。结构原则的改变会导致材料功能的改变，进而改变艺术作品的面貌、功能和价值。例如，蒂氏提出，"在诗中，节奏将是如此核心的结构要素，广义上说，语义组——就是材料；在散文中，语义群（情节）——将是结构要素，广义上的词语节奏元素——就是材料"③。与此同时，作品的各材料层之间的内部斗争也会引起动态的变化，如蒂氏著名的关于诗语"统一和紧凑"（единство и теснота）的论说。他发现，在诗歌中邻近的词语之间会发生语义的相互作用，导致新语义的产生；从文学外部来看，这种动态性可以用于解释文学家族成员不断

---

① Ю. Тынянов, *Поэтика, история литературы, кино*, М.：Наука，1977，С. 226.
② Ibid., С. 261.
③ Ibid..

发生变动的原因，其中包括某一现象由文学内部向文学边缘、外围的失落，也包括文学边缘和外围的事物向文学中心的进攻。例如，19世纪的中篇心理小说到了20世纪初变成了低级庸俗小说；再如，书信在18世纪充当人们的日常生活文件，而到了19世纪却一跃成为文学的一种盛行体裁。因此，文学的动态性可以启发我们理解和检验文学艺术中不断变动的审美价值。2. 语言在作品中的主导作用。语言负责组织文学作品的一切其他材料（思想、情节、意境、风景、人物、心理等）。艺术语言是文学的第一性材料，这是文学不同于其他学科的材料特征。语言在文学中有积极的主导和变形功能，这在诗歌中体现得尤为明显。3. 结构模态。可以把蒂尼亚诺夫的"结构"概念与"形式""手法""风格""系列"等概念联系起来加以理解。上述概念在蒂尼亚诺夫的论述中均有出现，除去各自的语义微差，它们均可作为"结构"概念的同义词出现。蒂尼亚诺夫认为，诗歌和散文是两种不同的结构系列，它们各有自己的结构原则。结构与形式、手法等同属一个维度，在此维度之下是受结构原则支配而发生变形的语言、思想、物体、本事等材料。因此，蒂尼亚诺夫的结构不是空洞的框架，不是传统意义上的"形式"，它与材料是灵与肉的关系，没有脱离材料的结构，也没有脱离结构的材料，它们二者虽属不同维度，却共享同一生命。因此，蒂尼亚诺夫的"结构"概念总是具有某种审美定向，它是作品艺术价值产生的土壤和基础。

"文学作品是一个体系，它其中的每一个元素与其他元素相关联，进而也与整个体系相关联，我把这种关联性称作该元素的结构功能"（《论文学的演变》）[1]。在变幻多端的文学现象下，"功能"作为一种不变量，是蒂氏考察诸文学变量的测量仪。例如，他把"戏仿功能"视为区分"戏仿"概念和"戏仿性"概念的标准；又如，他在《论文学的演化中》发现，一部文学作品的每一个元素既与其他作品的类似元素发生联系，也与该作品的其余元素发生联系，于是他把这两种联系分别称为"自主功能"（синфункция）与"共主功能"（автофункция）。"人们在研究诗歌和散文的节奏中本应发现同一元素在不同体系中的作用不同"（《论文

---

[1] Ю. Тынянов, *Поэтика, история литературы, кино*, М.：Наука，1977，С. 273.

学的演化》)[①]。由此可知，功能的变化是由某一元素所进入的外部体系的变化造成的。利用功能和体系的动态变化视角，可以解决许多文学问题，例如，体裁的变化，风格的变化，诗歌与散文的融合问题，文学与外文学系列的相互作用关系，等等。

四 结语

在众多研究者眼中，相对性、背离性、矛盾性、悖论性是形式论学派身上挥之不去的印记。早期研究者视其为形式论学派理论上的失误和盲点，形式论学派也因此而沦为众矢之的，遭到来自理论界各方的抨击；而当代研究者则从这种悖论性中看到他们思维的超前性和理论的先锋性，观察到其理论建构的内在本质。"相对性诗学"概念作为形式论学派的一大核心思想，不仅揭示了形式派学者内在对立的逻辑惯性和双向的思维模式，而且外化为他们多样的诗学追求和动态的学术取向。

[①] Ю. Тынянов, *Поэтика, история литературы, кино*, М.: Наука, 1977, С. 272.

民族自决、其前提和影响：
论知识和观念的传播

［瑞士］托马斯·格兰茨（Tomáš Glanc）著　郭兰兰译

（苏黎世大学　广东外语外贸大学西方语言文化学院）

　　罗曼·雅各布森曾是俄罗斯、欧洲与美国之间交流中的一个具有威望的中介人，此外，他还向欧美公众传播斯拉夫文化整一性观念。从这一角度出发，对于诸如知识与观念的传播这一类问题的提出，来研究雅各布森的一些著作可谓再合适不过。

　　本文主要基于雅各布森的两篇文章，聚焦于阐释雅各布森关于民族自决的论断和决定其观念的智力因素，既研究雅各布森在俄罗斯时期（1920年前）、捷克斯洛伐克活动期间（1920—1939）的观点（当时在他的参与下布拉格语言学小组成立），也研究他20世纪50年代的观点，主要是他执笔的提纲《斯拉夫比较文学的基础》（1953—1954）。

　　笔者所研究文章中的第一篇（按时间先后为序）写于雅各布森离开俄罗斯之前，1919年或1920年初，名为《论民族自决》。随后，第二篇则写于第二次世界大战末即1945年，被雅各布森称为《欧洲民族自决的开端》，成为"欧洲民族自决开端"话题的基础。

　　在第一篇文章中，作者比较民族和国家自决，前者实质上是偶然的、可操控的、变化无常的。在这一点上，雅各布森赞同苏联的国际意识形态。将母语作为民族的支柱这一想法对他而言过于浪漫和根深蒂固。民族语言，在雅各布森看来，是臆造产生的结果，而不是同组织相对的有机体。然而，在第二篇文章中，雅各布森不认为斯拉夫是一个民族；在他看来，完整的文化文明，其属性并不是由它的成员选定。

　　从雅各布森的文化政治战略角度来看，目前鲜有研究的这两篇文章在 20 世纪上半叶乃至冷战后期都是至关重要的。彼时，雅各布森已是斯拉夫学颇有威望的代表人物，还是人文学科结构主义举足轻重的权威之一。

　　第二次世界大战末期，雅各布森强调，自 9 世纪起斯拉夫文化就是一个整体，将其称为"伟大的捷克斯洛伐克斯拉夫帝国摩拉维亚"，坚信斯拉夫文化和西方文化存在着差异乃至对立，而语言和文学就是这种文化独特性的基础。

　　认同这一说法的既不是拉丁意识形态，也不是欧洲意识形态，而是拜占庭意识形态。这种情况即使是在西斯拉夫人当中也适应，例如捷克人。雅各布森认为，他们的拜占庭家谱也逐渐地清晰起来。

　　在雅各布森看来，西方基督教是西方侵略的第五纵队；这一见解的前提先验地是意识形态上的。俄罗斯如兄弟般的保护对抗着德国人的侵略和帝国主义。

　　有关"整一性"主题思想的评述，见之于《斯拉夫转换》一文。此文发表于 2015 年。"……众所周知，斯拉夫有各种各样的经文（多种古斯拉夫和拉丁版本），这就是一种分裂的暗示，尤其当我们将一些主要的宗教和其他教会法规性的文本都视作《圣经》的时候。圣经的唯一基础就是 9—11 世纪有限的用格利哥里字母书写的文本，以及实际上口头从未被使用的古教会斯拉夫语。"① 鲍里斯·加斯帕罗夫在 2006 年的论著中着重指出教会斯拉夫语作为联结斯拉夫人的工具的特殊性，并注意到，没有人使用这门语言，也存在着大量不规范的版本，最初的语法也是随后才形成②。

　　文艺复兴时期伟大斯拉夫民族的神话故事确定着它的独特性和共同的未来。需要注意的是，在雅各布森 1945 年所写文章的 3 年前，恰恰是

---

① 《斯拉夫转换》。Herlth, Jens, Zehnder, Christian 主编：19 世纪和 20 世纪俄罗斯文化史上个人转换的模式。PeterLang 出版社，伯尔尼，柏林，布鲁塞尔，法兰克福，纽约，牛津，维也纳，2015 年版，第 21—50 页。

② 14 世纪的巴尔干半岛，拉弗连京·泽赞宁：斯拉夫语法，维尔纳，1596 年。

在 1942 年，斯大林设立了斯拉夫委员会，其目的是在斯拉夫语言基础上动员现在的东欧，并且，成立斯拉夫国家联盟也是计划已久。由于 1948 年斯大林和铁托之间的矛盾以及 5 年后斯大林逝世，而南斯拉夫也因此摆脱苏维埃的影响，该计划最终被取消。

雅各布森是为数不多的以学术著作跨越了自己的学科并成为理论家的斯拉夫学家之一，他的研究进入了人文科学的国际规范。同时，雅各布森也是为数不多的不仅在俄罗斯和苏联学术界活动（虽然受到书刊检查导致其影响有限），还在西方世界（主要在美国以及德国、意大利、法国……）活动的俄罗斯语文学家之一。

雅各布森关于民族自决的学说阐明并升华着他的这一雄心和自豪：宣告斯拉夫文化是独立的、有别于甚至在很多方面都对立于西方文化的文化。

巴赫金论小说的勃兴与西方主体性的衰落
——从吉哈诺夫关于巴赫金研究的一篇文章谈起

汪洪章

（复旦大学外国语言文学学院）

改革开放以来，我国学者在巴赫金著作的翻译和研究方面取得了举世瞩目的成就，发表的论文和专著数量十分惊人，在国内学术界的影响极为巨大。据有关数据统计，钱中文先生领衔主编、翻译的《巴赫金全集》在 2015 年我国哲学社会科学研究中的征引率已位列第十，而在中外文论研究领域竟位居第四。由此可知，巴赫金研究确已成为国内显学。与此不相称的是，我国学者在相关领域所取得的众多很有价值的研究成果，有不少还不为国际学界所知，因此，有必要以适当方式向国际推介，展示我们的研究业绩，从而进一步推动国际巴赫金研究走向深入。另一方面，我们也应该认识到，与国际学界相比，我国的巴赫金研究有待开拓的领域还有不少。继续解放思想，将巴赫金的有关理论加以创造性阐释，并将其拓展运用于若干尚未涉及的领域，必然能带来更大的研究成果。此外，有所甄别、有所选择地将巴赫金的理论用来比较研究中西思想史、文学史、伦理学史乃至教育史等，或可从中国传统学术中挖掘出一些不乏当代启示意义的东西。这对我国传统文化的改造利用，对构建中国当代学术话语并拓展其国际影响，都是很有必要的，也是我国巴赫金研究在未来可能做出的更大贡献之所在。

本次应邀前来参加广东外语外贸大学主办的"第 2 届现代斯拉夫文论与比较诗学国际研讨会"，仅就今年 4 月完成发表的一篇有关巴赫金研究的译文,简单谈些个人有关看法,以就教于与会同人特别是巴赫金研究专家。为便于讨论,现将译文全文附后。

附文:

米哈伊尔·巴赫金:含义不同的发现与文化转型

加林·吉哈诺夫著　汪洪章译

摘　要:自20世纪60年代巴赫金在俄罗斯和西方被人们重新发现以来,学界对巴赫金思想的解读,本身就充斥着巴赫金所谓的"异质话语"。在这些性质各异的解读背后,有着极其复杂的文化和意识形态上的诉求,表明巴赫金所留下的思想、理论遗产,绝非一堆仅供人们从事纯学术研究的死的材料。本文作者认为,思想成熟时期的巴赫金,已成功实现了由美学研究向文化哲学研究的转变,其最大的理论贡献,在于创立一种新型人文主义。这种人文主义,没有妄自尊大的、个人为中心的所谓主体性。而小说这一体裁的发展过程,恰好见证了主体性的一步步消解。

关键词:巴赫金;影响接受;文化哲学;小说理论

一

本文计划做两件事。第一,根据近年发表的相关学术成果,检讨一下20世纪60年代以来巴赫金在俄罗斯和西方被重新发现的历史经过;第二,尝试回答这样一个问题:"作为思想家的巴赫金究竟发现了什么?"这两件事是紧密地联系在一起的,本身都已包含在"巴赫金的发现"这个语义含糊的所有格结构中。作为思想家、理论家的巴赫金,他的那些被人看成是发现、发明的东西,绝对不是一堆了无生机仅供人研究的材料,而是动态的很有活力的东西,就像不断移动的靶子。笔者将用丰富的例证说明,对巴赫金的所谓发现以及其间我们所获得的教训,在不同历史时期和不同文化情境中,人们对其所做的描述和阐释也都是不同的。巴赫金的著作穿行于不同的时空、不同的传统,遭遇到各色各样陈陈相因的思维模式,在人们强加给他的各种观点中,有的拔高,有的修正,有的贬损,致使其著作的含义经历了一系列复杂的变化和调整,人们心目中的巴赫金因而也就成了一个飘忽不定的形象。加以介绍、翻译巴赫金的文字往往晦涩艰深,让人不知所云,更谈不上完美。因此,巴赫金所做出的所谓发现、发明并不是一个可靠的知识和智慧的宝库。此外,我们在考量巴赫金作为思想家所做出的贡献时,眼光又常常受到俄罗斯国内外各种相关传闻的影响。研究介绍巴赫金时出现的时间差乃至人为曲解等尴尬现象,本身就很好地说明,有的人在利用巴赫金时心情表现得过于热切。而这一影响很大的因素却往往不易被人察觉。随着时间的推移,我们现在已经能够认识到,人们谈论巴赫金在俄罗斯和西方被重新发现的故事时,所使用的讲述方法本身就浸透着文化和意识形态的异质话语,而所谓"异质话语"恰恰就是巴赫金在自己的著作中曾经详细研究过的现象。笔者在分析考察这些讲述方法时,希望能一步一步地呈现出这样一位巴赫金,其留给后人的遗产是异彩纷呈的历史阐释之结果。这样的一位巴赫金,是过渡时期的一位思想家,是一位我们必须与之对话才能见其真面目的理论家。

二

巴赫金在20世纪60年代的俄罗斯被人们重新发现,这一事件看上去活像一部"长篇惊险小说"。[①] 在长篇惊险小说中,偶然发生并且具有喜剧效果的事件,有时可以将严肃的东西掩盖起来,尽管这严肃的东西不一定真的发生。巴赫金在被人遗忘了30年后,为何又能重新跨上俄罗斯的思想舞台,其间的原因非常复杂,至今仍然无法彻底弄清楚。弗拉基米尔·赛杜罗的著作《俄国文学批评中的陀思妥耶夫斯基,1846—1956》于1957年在美国出版,[②] 也许是原因之一。因为在这部著作中,

---

[①] "长篇惊险小说"(avantiurnyi roman)一语最早是由柯仁诺夫提出来的;参看《作品是如何创作出来的?或曰一部从未写成的惊险小说之始末——瓦季姆·柯仁诺夫谈巴赫金的生平遭际和个性特征》,载《对话·狂欢·时空体》1992年第1期。该提法见该期第118页。

[②] 弗拉基米尔·赛杜罗(V. Seduro):《俄国文学批评中的陀思妥耶夫斯基,1846—1956》,纽约:哥伦比亚大学出版社1957年版。

赛杜罗让人注意到了巴赫金1929年出版的那部论陀思妥耶夫斯基的书，同时让人看到了卢那察尔斯基对巴赫金著作的评论。柯仁诺夫无疑是知道赛杜罗的这部著作的，因为他在自己写的一则巴赫金小传中曾经提到过赛著。这则小传后来未具作者姓名得以发表在《简明文学百科全书》第一卷中。① 通过赛杜罗或许其他渠道，柯仁诺夫在20世纪50年代结束前后，知道巴赫金曾经写过那么一部书。② 他在弗拉基米尔·艾尔米洛夫的私人藏书中找到了一册。艾尔米洛夫是当时苏联学术和意识形态高层里的红人，普遍被认为是19世纪经典作家，特别是契诃夫和陀思妥耶夫斯基研究的权威，学术观点偏于保守。早在20世纪20年代，艾尔米洛夫是"拉普"的领导人之一，但后来他与苏联共产党的方针保持高度一致，因而成功跻身主流。著名文艺学家尤连·奥克斯曼曾经在"古拉格"（苏联内务部劳改局）遭受监禁和迫害，他认为艾尔米洛夫是个"流氓批评家，在他得势期间我们的文艺学备受摧残"。③ 但是，命运真会捉弄人，艾尔米洛夫不仅是教条主义的可怕化身，不仅是强制执行教条主义的权威人物，他恰恰还是柯仁诺夫的岳父。柯仁诺夫在重新发现巴赫金方面，曾起过关键作用，相关著作也很多，但他在这些著作中，从来没有提到过艾尔米洛夫是他岳父这一事实。有一天，他在岳父书房里翻阅图书时，偶尔发现了一册巴赫金1929年出版的那部论陀思妥耶夫斯基的书。④ 后来，柯仁诺夫建议波恰洛夫和加乔夫两人也去读一下那本书，结果两人都被该书深深地吸引。1960年11月12日，柯仁诺夫第一次写信到萨兰斯克。在这偏远的地方，巴赫金从来没有感

---

① 瓦·柯仁诺夫所撰词条：《米哈伊尔·米哈伊洛维奇·巴赫金》，载阿·苏尔科夫主编《简明文学百科全书》第一卷，1962年，第477页。

② 据尼古拉·潘科夫说，高尔基文学研究院于1959年编写出版的《陀思妥耶夫斯基的创作》一书中，收有 G. L. 阿布拉莫维奇写的一篇文章。该文作者在提到巴赫金的著作时，对巴赫金的观点不表赞同（尼古拉·潘科夫编辑有《巴赫金与柯仁诺夫通信选，1960—1966》，载《对话·狂欢·时空体》2000年第3—4期，可供参看。此处笔者参看的是第116—117页）。

③ M. 阿扎多夫斯基、I. 奥克斯曼合编：《1944—1954年通信》，载 K. 阿扎多夫斯基编《新文学评论》，莫斯科出版社1998年版，第131页。

④ 参看 D. 乌尔诺夫《瓦季姆与巴赫金》，载《我们的同时代人》。此处参看的是第245页。

到自在过。① 此时的他已经认命，毫无架子，正准备过 65 岁生日，他对实现自己的学术抱负已经不存奢望。② 柯仁诺夫所起的作用无疑是重大的，比波恰洛夫和加乔夫两人所起的作用都要大。但颇具讽刺意味的是，巴赫金在 20 世纪 60 年代初被人重新发现，这件事恰恰是由艾尔米洛夫所促成的，而艾尔米洛夫恰恰又是艰难时期奉行蒙昧主义的一个握有实权的人（1928 年，艾尔米洛夫曾指责巴赫金小组中的核心成员帕威尔·梅德维杰夫奉行"康德主义、形式主义及其他形式的神秘蒙昧主义"③，可 30 年后，艾尔米洛夫自己不知不觉地成了一个传播巴赫金著作的人）。在商议再版巴赫金 1929 年的那部著作过程中，柯仁诺夫曾请艾尔米洛夫帮过不少忙，终于使其得以于 1963 年再版（出版社的那两篇供内部参阅的书评，其中一篇竟然还是由艾尔米洛夫撰写的）。④ 因此，各种不同的权力中心相互斡旋、相互协调，有时也不乏狂欢的味道。比如，柯仁诺夫本来已经是个握有丰富人际关系资源的人，但由于他仍然担心自己人微言轻，竟然不惜假冒德国人的口音（装作是君特·格拉斯），给苏联作家协会秘书康斯坦丁·费金打电话，试图说服费金同意再版巴赫金的著作。⑤

巴赫金在 20 世纪 60 年代被人重新发现，其间发生过一系列故事。这些故事涉及的人，有的心胸宽阔，思想高尚；有的则表现得十分精明，讲求实际，同时诡计多端。这些都是将来史家们颇可研究的东西。我在勾勒这些故事的大致轮廓之前，先讲一件人们早已知道的事，以说明其

---

① 1968 年 11 月 19 日，巴赫金在萨兰斯克和人谈话时说，"他在萨兰斯克一直有客居他乡的感觉"（见 I. 克鲁季克《远离邪恶——从其笔记看米哈伊尔·米哈伊洛维奇·巴赫金》，载《民族友谊》第 2 期。此处参看的是第 200 页）。

② 参看《巴赫金与柯仁诺夫通信选，1960—1966》，见《对话·狂欢·时空体》2000 年第 3—4 期。

③ 转引自《巴赫金小组大事年表》，载克·布兰迪斯特、戴·谢泼德、加林·吉哈诺夫合编《巴赫金小组：没有大师的时代》，纽约和曼彻斯特：曼彻斯特大学出版社 2004 年版，第 251—275 页。此处参看的是该书第 265 页。

④ （瓦季姆·柯仁诺夫在回忆再版《陀思妥耶夫斯基的创作问题》这一大胆举动时，曾经说：）"我真是太幸运了……"，参看《对话·狂欢·时空体》1994 年第 1 期。此处参看的是第 109 页。

⑤ 有关详情见瓦季姆·柯仁诺夫《竟然如此……》，载《顿河》1988 年第 10 期。此处参看的是 159 页。

间存在的反讽意味。1969 年，由于生活处境极为艰难，体弱多病的巴赫金一家人正需要临时寄住的地方，在当时的克格勃头目尤里·安德罗波夫的帮助下，一家人终于住进了一家克里姆林宫的医院。安德罗波夫是在其女儿叶琳娜的再三恳求下，才伸出援手的。以前人们一直以为，叶琳娜本人是在弗拉基米尔·图尔宾的催促下过问此事的，因为图尔宾也是巴赫金的崇拜者，并常常去萨兰斯克看望巴赫金。他在莫斯科大学教书时，安德罗波夫的女儿恰好是他的学生。[①] 但是，德米特里·乌尔诺夫认为，在整个事情中，柯仁诺夫也曾起过更加重要的作用。柯仁诺夫和乌尔诺夫两人与叶琳娜来往密切时，叶琳娜是青年近卫军出版社的编辑，正在负责编辑一套后来很畅销的"名人传记"丛书，这套丛书至今仍不断再版。当时，叶琳娜是乌尔诺夫撰写的《丹尼尔·笛福传》一书的责任编辑。乌尔诺夫的这部传记让人把责任编辑之父与传主联想到了一起，因为身为小说家的传主笛福也曾是英国政府雇用的间谍。当时的柯仁诺夫以及比他还要年轻的乌尔诺夫，对年轻女子叶琳娜·安德罗波娃来说，无疑颇有魅力，于是她同意他们的请求，愿意说服其父伸出援手，帮帮巴赫金一家。据乌尔诺夫回忆，巴赫金之所以能得到安德罗波夫的保护，其经过大致如此（Urnov, 2006: 248）。

巴赫金退休后的声名是由柯仁诺夫、波恰洛夫和加乔夫三人一手打造而成的，这一事实非同寻常：三人常常表现出反对教条主义的精神，但在当时苏联文学及意识形态之争的大背景下，其思想倾向还是偏于保守的。但正是这种略偏保守的思想倾向，为其后数十年俄罗斯的巴赫金研究制定了方向。在俄罗斯乃至在苏联解体以后，巴赫金的名字一直是书写在所谓传统的大旗上的，不管这种传统的性质是宗教的、道德的、审美的，抑或是学术的。到了 20 世纪 60 年代晚期，巴赫金的名字已经广为人知，此时，苏联形式的符号学和结构主义也正在一步步拓展其声势，即使以纯学术眼光来看，巴赫金也都不失为针砭时髦学问的一服解

---

① 参看 K. 克拉克、M. 霍奎斯特合著《米哈伊尔·巴赫金》，麻州坎布里奇 1984 年版，第 336 页；S. S. 孔金、L. S. 孔金娜合著《米哈伊尔·巴赫金的生平及其创作断想》（东方出版中心 2000 年所出张杰、万海松译《巴赫金传》——汉译注），萨兰斯克出版社 1993 年版，第 272 页。

毒剂。后来，到了20世纪90年代，对巴赫金思想的利用又与对东正教传统的效忠搅和到了一起。这样一来，在已有一长串俗世圣人的名单中，又多了这么一位巴赫金。这些俗世的圣人，其生平和思想皆被认为是超凡脱俗的，因而对世人永远具有安抚的教育意义。人们甚至可以感觉到，为了巴赫金，有些人甚至打起了宗教之争：德米特里·乌尔诺夫（和彼得·帕里耶夫斯基）就曾长期认为巴赫金持有的是天主教立场。尽管这一观点完全令人难以信服，但对所有持主流立场的巴赫金研究者来说，这一观点无疑是肆无忌惮的侮辱，因为后者正急不可待地要把作为俄罗斯思想家的巴赫金拉进俄罗斯东正教的阵营（Urnov, 2006: 247 - 248）。

三

在俄罗斯，巴赫金被认为是形式主义和结构主义的死敌，而在其未来的论敌（如米哈伊尔·加斯帕罗夫）眼中，巴赫金是否认有所谓"严格"意义上的文艺学的，但在西方，特别是在英语世界，巴赫金恰恰是在形式主义和结构主义的支持下，才得以声名鹊起，并时兴大约20年的。拉迪斯拉夫·马杰季卡是从布拉格经由瑞典移民美国的学者，他在1962年出版了一部题为《俄国诗学选读》的选集。这个选本虽然很薄，却将沃洛希诺夫和巴赫金等人的俄文原文文章收了进去。该书出第二版（1971）时，收录的文章篇目大量扩充，而且出的是英文译本，书的副标题叫"形式主义和结构主义的观点"。将巴赫金和沃洛希诺夫的著作译成英文收录其中，这在西方学术界尚属首次。书中选收了巴赫金1929年出版的论陀思妥耶夫斯基的那本书的一部分。马杰季卡在哈佛大学修读大名鼎鼎的丘日夫斯基开的一门课时，得以初读巴赫金的那部书。[①] 对巴赫金的批评家地位，马杰季卡是非常清楚的，他也知道巴赫金并不是什么形式主义的拥护者，但是，他在这部选集的后记中还是把巴赫金和沃洛希诺夫说成是"俄国形式主义方法的

[①] 参看彼·斯泰纳《拉迪斯拉夫·马杰季卡访谈录》，载《捷克文学》2007年第55卷第5期。此处参看的是第735页。

追随者"①。把巴赫金纳入形式主义者之列，这是 20 世纪 70 年代普遍盛行的做法，理由往往是：巴赫金 1929 年出的那本论陀思妥耶夫斯基的书，探讨的主要是来自美学的若干范畴，如声音、作者、主人公等，至于对陀思妥耶夫斯基小说中的思想之研究，则是次要的。

上述研究方法盛行了二十多年，直到卡瑞尔·爱默生和迈克尔·霍奎斯特开始翻译并编辑出版巴赫金论小说的相关文章，情况才有了改观。因为，由他们两人翻译、编辑、出版的巴赫金的这些文章，标志着 20 世纪 80 年代以后的巴赫金研究进入了一个新的阶段。对盛行了二十多年的研究方法，下文还将谈到。笔者在此先简单陈述一下巴赫金著作在欧美这两个有着各自强大哲学传统的大陆上所遭遇的艰难命运。2008 年，巴赫金早年写成的《审美活动中的作者和主人公》一文终于被人译成德文，至此，巴赫金的主要著作基本都有了德文译本。说句公道话，巴赫金的一篇重要文章《史诗与小说》最早面世的正是德文本，收在民主德国出版的一本多人合译的著作集中，该书是 1968 年底出版的，但版权页上标的日期是 1969 年。在此之前，《史诗与小说》一文从未以任何语言形式面世过，包括俄文原文本。② 据爱德华·考瓦尔斯基在《审美活动中的作者和主人公》2008 年德文译本后记中透露，《史诗与小说》一文的打字稿是在柯仁诺夫的帮助下，偷偷带出苏联的。该文的俄文原文本到了 1970 年才得以在《文学问题》杂志上发表。巴赫金论陀思妥耶夫斯基和拉伯雷的著作，以及他的另外一些论小说的论文，不久也被翻译成德文。然而在德国，巴赫金的发现似乎由于来自德国本身底蕴深厚而复杂的哲学传统的抵制，受到了若干限制，因为根据德国哲学传统的标准，巴赫金的文章风格更多地诉诸读者的感情共鸣，而议论推理则显

---

① 参看拉迪斯拉夫·马杰季卡《形式主义方法与语言学》，载拉迪斯拉夫·马杰季卡、克·帕莫斯卡合编《俄国诗学选读：形式主义与结构主义之观点》，麻州坎布里奇，1971 年版，第 281—295 页。此处参看的是第 290 页；帕莫斯卡说，这部选集"所收理论家，都是那些给'诗语学会'同仁的研究工作画上句号并使其为之一变的人"（克·帕莫斯卡《俄国形式主义回顾》，载《俄国诗学选读：形式主义与结构主义之观点》，第 273—280 页。此处参看的是该书第 273 页）。该书 1978 年的再版本还收录了编者马杰季卡和帕莫斯卡两人的文章。

② 爱·考瓦尔斯基：《巴赫金著作到达德国读者的漫长路程》，载巴赫金《审美活动中的作者和主人公》，R. 格律贝尔、H.-G. 西尔贝特合编，法兰克福出版社 2008 年版，第 353—356 页。此处参看的是第 353—354 页。

得过于散漫而飘忽不定。因此,巴赫金在德国的影响基本局限在斯拉夫研究领域,此外,在艺术和电影理论领域也依稀可以看出巴赫金的部分影响。[①]

在法国,巴赫金的发现遭遇到了类似的障碍。茱莉亚·克里斯蒂娃在1998年与克里夫·汤姆森的访谈中曾经抱怨说,巴赫金的行文风格与法国人文科学中的笛卡儿精神格格不入。[②] 他的著作给人的印象是,语义含糊不清之处比比皆是,而科学术语用得又太少。克里斯蒂娃似乎是想缓解人们的有关顾虑,因此故意在她自己的著作中使用巴赫金那飘忽不定、不着边际然而内涵又特别丰富的对话之概念,并将其"提炼"为所谓的互文性。她的这种做法引起过不少争议。然而,克里斯蒂娃自己则认为,将巴赫金的对话概念提炼为互文性,不仅可以使巴赫金发表议论俨然像个她的同代人一样,而且也附带地说明,文风清晰这一起码的要求在巴赫金的著作中还是可以看得出来的,只不过一般法国读者在巴赫金著作中没有注意到。[③] 巴赫金作为思想家的地位不是十分牢靠的,关于这一点,克里斯蒂娃是很清楚的,因为要是按照各别知识门类的要求去衡量巴赫金,人们很难判定他到底是个什么家。巴赫金成熟时期的著作中的一些核心概念,如身体和话语,在法国心理学家、人类学家和语言学家眼里,不是显得太过含糊不清,就是显得太过时。真正算得上是巴赫金的研究领域的,是一片中间地带。正是在这片中间地带上,巴赫金才拥有绝对的权威。在此,他精心玩弄着他的那些隐喻,周旋于不同层次的议论之间,研究探讨各别知识领域以外的各种重大问题——所有这些所构成的研究空间,还有待他的读者去发现。对人们来说,这一空间

---

① 关于巴赫金在德国的研究、接受情况,可参看的材料有:安东尼·沃尔《巴赫金在德语国家的未来前景》,载《巴赫金研究通讯》1996年第5期(即该期所载 S. 李、C. 汤姆逊合编的特辑《巴赫金在世界各国的接受》);《(德语国家)该如何研究、运用巴赫金的理论?》,载《符号学研究》1998年第18卷第1—2期("巴赫金与符号的未来"特辑)。

② 访谈录刊载于《符号学研究》1998年第18卷第1—2期("巴赫金与符号的未来"特辑)。克里斯蒂娃先前也曾就与巴赫金相关的问题,接受过萨米尔·艾尔-缪阿利亚的采访,访谈内容以《茱莉亚·克里斯蒂娃访谈录》为名刊载于《对话·狂欢·时空体》1995年第2期。

③ 由"对话"提炼为"互文性",后来的托多罗夫也支持这种做法,因此,巴赫金的这一关键概念得到了进一步的归化(或曰弱化)处理(参看托多罗夫《米哈伊尔·巴赫金与对话理论》,巴黎,1981年版,第95页,托多罗夫在该书中也采用了克里斯蒂娃在术语上所做的改动。

的轮廓显得还太过晦暗不明乃至遥不可及,缺乏巴赫金所拥有的知识背景和精神气质的人,当然不可能一下子就被其著作的文体表述风格所感染。正如克里斯蒂娃所言,巴赫金在法国至多也只能起到一些引导作用,然而,专家的工作必须由专家本人去身体力行。假如我们把这种关系暂时颠倒一下,那么,为巴赫金所掌握的位于学科领域之间的那一片让一般人感觉不太舒服的空间地带,就能给人早一些的启示和教训。说得明白一些,这种教训可以警告我们,不管我们多么热情地钻进各别学科发展史中,去寻求巴赫金所用范畴的前身究竟为何,我们都别想把握住巴赫金对这些范畴的独特用法,因为巴赫金的用法常常令人捉摸不定,但又总是那样的令人兴奋。他在超越的、两可的层次上使用这些范畴,因而使其超越出原有学科领域的概念限制,他模糊了这些范畴原有的概念属性,从而将新的生命注入其中。"对话"这一概念就是一个典型的例子。我们在巴赫金所使用的"对话"这一概念中,可以感觉到一种语言学的基本要素。这种语言学的基本要素,大概是来自雅库宾斯基等一批苏联早期的语言学家。然而,巴赫金对这一范畴的具体解释非常宽泛,使其不仅适用于所有叙述文体,而且适用于所有文化领域。尽管"对话"这一范畴的语言学起源是很明显的,但是,如果我们把注意力仅仅集中在它的语言学起源上,我们就无法解释巴赫金的相关著作所具有的神奇的迷人力量。为了进一步说明笔者的观点,我们不妨回顾一下,1977年,扬·穆卡洛夫斯基的一篇写于1940年的重要论文《对话与独白》被翻译成英文发表,[1] 这在时间上比巴赫金有关小说的若干论文在美国出版要早好多。从术语使用上看,穆卡洛夫斯基的文章要严谨得多,然而从研究范围和创见性上看,该文与巴赫金所论述的对话,尚有一定距离。穆卡洛夫斯基局限于狭窄的语言学范围之内将对话与独白加以对比;而巴赫金则超出了这一范围,他要我们和他一道,倾听人口中说出的单个词语内所蕴含的对话,倾听表达着相互对立的世界观的声音中所包含的对话,

---

[1] 穆卡洛夫斯基:《对话与独白》,载 J. 博班克、P. 斯泰纳合译《词与语词艺术论文集》,第81—112页。穆卡洛夫斯基了解沃洛希诺夫的著作,并对其部分著作表示高度赞赏;柯仁诺夫于1964年在布拉格曾与穆卡洛夫斯基畅谈巴赫金及其有关言语体裁的著作(参看《巴赫金与柯仁诺夫通信选,1960—1966》,见《对话·狂欢·时空体》第3—4期。)

这种对话实际上构成了形形色色文化之基石。经过巴赫金的转用，对话这一范畴被用来表达人的内心成长。虽然这种做法有失精确，但一经转用，该范畴的适用范围立刻就扩大了，使其变成一个适用面更为宽广的隐喻。这种转用手法是巴赫金著作中随处可见的最重要特征。它能使人读其著作时内心感到一种特别的宁静，感觉到一种特别的光亮。这种宁静和光亮，好比是一种特权，让人能亲眼见到一种迅速生长的意义之一举一动。这一迅速生长着的意义，就像鳞片一样，在我们的眼前一片一片地剥落，剥落的速度、大小和范围在不断增加。正是这种范畴转用的本领，使巴赫金有别于他的那些或明或暗的前驱，尽管他的这些前驱所从事的专门研究领域各不相同，如语言学、社会学、神学，特别是艺术史学。比如，巴赫金所使用的有些概念，例如"系统论""空间""哥特式现实主义"，至少在很大程度上是来自德国艺术史传统，要指出这一点并非难事；[1] 然而，简单地指出这一点并不能说明什么问题。因为巴赫金在发表议论时，虽然信手拈来这些概念，但都在经过他的改造后加以创造性地转用。实际上，作为思想家，巴赫金所表现出来的创造性，恰恰在于他特别善于综合前人各种不同观点（这是阅读、研究其著作的人特别需要记取的），他在诸如语言学、艺术史、神学等各别专门话语领域，游刃有余，并进而将这些领域里的概念范围加以改造、扩充和提升。

人们自然会问这样一个问题：巴赫金是站在什么样的立场上，才得以成就如此学术境界的？笔者简短回答如下：巴赫金早年著作中关注的主要是伦理学、美学，而其成熟期的著作中关注的则是文化哲学。其学术境界能够至此，就是因为他成功实现了这种由早年向盛年的转换，或曰发展。下面我想再略微多花些篇幅，比较一下巴赫金和古斯塔夫·施佩特有关小说的不同看法，借此进一步说明巴赫金所实现的学术转换。

---

[1] 关于巴赫金著作中出现的"哥特式现实主义"一语的来历，近来有学者作了很好的研究，参看 N. 潘科夫《"哥特式现实主义"一语的意义和缘起》，载《文学问题》2008 年第 1 期（该期第 237—239 页论及马克斯·德沃夏克的影响，第 241—248 页论及《文学评论》的古典主义美学倾向以及巴赫金在其研究拉伯雷的著作中对这一倾向所做的批判）。

四

施佩特和巴赫金在根本的一点上还是相同的。两人在俄罗斯学术思想场景里，都算是异数，他们既不是宗教思想家，也不是马克思主义思想家。但是，施佩特1924年所做的有关小说的大量笔记清楚地说明，他的小说观与巴赫金大相径庭。施佩特的这些笔记直到2007年才得以出版，是其更大规模的著作《文学研究》（同样未能出版）的一部分。他的这部更大规模的著作，[①] 是1925宣布的苏联国家艺术科学研究院的一个在研项目。

在这些笔记中，施佩特据以立论的相关大家，主要是黑格尔、埃尔文·罗德和乔治·卢卡奇。这些大家后来在巴赫金讨论小说时也曾（或明或暗地）出现过。和巴赫金一样，施佩特也从黑格尔和卢卡奇那里借用相关概念框架，来比较研究史诗与小说（Shpet, 2007：57-58）。但是，巴赫金把卢卡奇的研究方法和计划，整个颠倒了过来，从而把文学史中处于卑劣地位的小说解放了出来，使其成为一种优秀的文类，使其从纯文学领域纵身一跃，进入了更加广阔的文化领域。而施佩特则恪守史诗与小说间的传统对立，确认小说属于"消极"卑劣的文类。在施佩特看来，小说明显缺乏一系列重要的元素，它散漫而不成"体统"。最为致命的是，小说没有自身的"内在形式"（Shpet, 2007：25）。在施佩特的著作中，所谓"内在形式"指的是，艺术必须拿出关键证据，证明自己具有严肃而非随心所欲的再现实在的能力。从更为广泛的意义上说来，一部艺术作品要是缺乏"内在形式"，也就证明它缺乏必然性，没有引人入胜的一定方向。从这一观点看，缺乏"内在形式"的小说，是从史诗"退化堕落"而来的文类（同上引书，第63页）：史诗尚能引人进入理念（柏拉图所谓的理念），而小说只能提供庸俗之见（同上，第66页）。小说含有随心所欲的虚构成分，它是神话解体后的产物（同上，第84页）。因此，小说没有"严格意义上的情节"，它只有"主题"，而这"主题"

[①] 参看塔吉雅娜·舒切德林娜评施佩特的《论科学文艺学的研究范围（报告提纲）》，载G. 施佩特《作为一种知识的艺术：文化哲学论著选》，第507页。

又不去"建立一种理念"（而"建立一种理念"才是情节真正应该做的事情），仅仅处理"母题在人类经验上的共性"（同上，第79页）。① 小说不仅不如史诗，它也不如希腊悲剧，它不知突变为何物，展现的只是一些没完没了的对立斗争（同上，第67页）。与其对俄国哲学那俯身屈就、居高临下的评价一样，施佩特认为，整个俄国文学就像"一部小说"一样，无法使人从中体悟到史诗般的实在感（同上，第79页）；连托尔斯泰的《战争与和平》都称不上史诗，它仅是一部讽刺性质的"浪漫"小说。这里所说的"浪漫"，是个骂名，它就像标签，可以贴在任何一部充满随意性的叙事作品上。难怪施佩特要在他的《美学存稿》及有关小说的笔记中，说小说仅是一种"言辞铺张扬厉"的文学形式：史诗关注的是如何"有机地去体现理念"，小说仅仅"分析各种时机"（同上，第81页）。人类个体离开和谐的宇宙体系后，面临数不清但同样有道理的自由意志和选择，小说关注的正是这些自由意志和选择。小说不以典型化的手法去体现什么，反而一味别出心裁地去发明、发现，语言絮叨，喋喋不休（同上），其所谓技巧，无非是不断展示、描绘个人的那些偶然的、昙花一现的、由数不清的机会所构成的世界。小说给不出任何结论，它展示、描绘的种种过程，缺乏天数、天命的指引。

只有在这样一个背景上，我们才能清晰地理解，巴赫金为何彻底反对施佩特对小说这一文类的贬损。② 巴赫金本人也是从小说的消极的一面出发，从而发表自己的议论的：小说没有形成自己的一整套规则；它没有自己的固定特征，因而缺乏其他文类所拥有的稳定性和凝聚力。不过，巴赫金对小说的这一消极方面加以重新解释，将其看成是小说的特长所在：小说从不墨守成规，其自身更新的能力不可限量，大量以往遭到湮没、被人忽略的话语形式，皆可容纳到小说中来，并得到适当的处理。简言之，小说能量广大，绝不仅仅是施佩特在其《美学存稿》、小说笔记及其《言语的内在形式》等著作中所贬损的那样，是什么"言辞铺张扬厉的文学形式"。施佩特认为小说标志的是个死胡同，没有未来前景：

---

① 俄文为："empiricheskaia obshchnost' motiva（ona ne obshcha, a obshchna）"。
② 参看巴赫金在其《史诗与小说》中对施佩特的批评，见巴赫金《对话的想象：论文四篇》，M. 霍奎斯特编，C. 爱默生、M. 霍奎斯特合译，第268页。

"艺术真正繁荣的时候，小说也就寿终正寝了"（同上，第84页）。[①] 与诗不同，小说是大众文体；表达的是大众的"一般道德愿望"（同上，第88页）。巴赫金则相反，他盛赞小说所拥有的民主能量，众所周知，他所梦想的正是一种小说特征无处不在的文学（实际上是文化）。

有必要将施佩特关于小说的著作置于苏联文艺理论的更大背景上，来加以理解。早在20世纪20年代，统治着苏联文艺理论领域的是社会学、形式主义以及精神分析学派所用的方法，这些方法还带有一些较为传统的历史诗学及文学形态学的痕迹。施佩特的著作则不属于任何一种类似的学派，其著作关注的显然是哲学问题，他要号召人们回归美学。在他看来，美学才是文学研究的真正家园。因此，施佩特与国家艺术科学研究院的同事及门生们一道，似乎是在逆着潮流而动，否认文艺理论有权利置身于美学及艺术哲学的范围之内。

施佩特喜欢在美学的框架内讨论语言的艺术作品，包括小说。他的这一做法，与巴赫金早年从美学而不是从根植于文艺理论的角度来谈论形式、作者、主人公以及对话，并无不同之处。但是，到了20世纪20年代的后几年，施佩特讨论文学时所用的方法，仍然带有浓重的美学及洪堡的语言哲学的味道，但此时的巴赫金理论言说的方式已经逐渐地在脱离美学的轨道，朝着文化哲学的方向前进。到了20世纪30年代，巴赫金正是从这一立场和观点出发，着手讨论体裁理论和历史诗学的方方面面。体裁理论和历史诗学是施佩特一直感到陌生的两个研究领域，这一点从他有关小说的笔记中可以清楚地看得出来。从其整个30年代的著述活动看，此期的巴赫金显然是个文化哲学家，而不是从美学角度来安排自己研究工作的思想家。他在这个时期所运用的整个概念武器，得益于关于文化发展内在动力的讨论这一宏大叙事环境，而小说恰好又是文化发展中的一个颇为自信的有生力量（和缩影）。假如说巴赫金和施佩特有什么共同点的话，那就是，两人都将文艺理论看作一个独立自主的研究领域和形式，并从文艺理论出发，展开各自的学术研究活动：从文艺理论出发，施佩特退回到美学中去，而巴赫金则向前踏上自己的学术旅程，义

[①] 俄文为："Pri nastoiashchem rastsvete isskusstva roman budushchego ne imeet"。

无反顾地奔向界定虽然不明,但又特别令人兴奋的文化理论和各种不同文化形式的哲学研究。① 正是由于能不乏创造性地转向文化哲学,巴赫金才得以拓展出适合自己的一片学术天地。在这片天地里,他综合吸纳不同的思想传统,创造性地改造、拓展来自各色各样专业话语领域里的概念,终于构建起属于自己的理论大厦。

五

笔者现在就回过头来,谈谈本文开始不久的话题,即贴在巴赫金身上的那些看上去让人觉着不舒服的形式主义者、结构主义者的标签。在西方尤其是在英语国家的学术界,人们在发现巴赫金的早期,在他身上贴上这样的标签是比较常见的做法。这一做法一直持续了很长时间(约有25年之久)[2],影响及于许许多多主流的思想学术环境(例如美国,部分地及于德国和法国。不过,在法国,当时结构主义仍处盛期,因此有人研究、利用巴赫金时,神不知鬼不觉地将其改头换面,使其貌似一个后结构主义者和精神分析学家。这在克里斯蒂娃的著作中表现得尤为明显),[3] 因此,把"形式主义者"和"结构主义者"这两张标签,贴到巴赫金身上,恐怕也不可能完全是随随便便的命名不当的问题。当然,称巴赫金是形式主义者或结构主义者(克里夫·汤姆森认为,自克里斯蒂娃分别于1967年和1970年发表了她的那两篇著名文章后,"结构"被改头换面,成了分析研究巴赫金的一个"关键词",[4] 此后,在20世纪70年代的英语国家乃至法国,人们就把巴赫金看作结构主义者),这种做法

---

① 更多有关施佩特的思想观点,参看拙文《革新与倒退:古斯塔夫·施佩特20世纪20年代所关注的若干理论问题》,载阿·任甫卢、加·吉哈诺夫合编《批评理论在俄罗斯与西方》,纽约、伦敦,2010年版,第44—62页。

② 直到1988年,戴维·洛奇所编的那部被广泛使用的文学批评理论选集,仍将巴赫金《长篇小说话语的发端》一文列在"形式主义、结构主义及后结构主义诗学、语言学和叙事学"标题之下;参看 D. 洛奇编《现代批评与理论选集》,伦敦,纽约,1988年版。

③ 至于法国学者如何(不恰当)利用巴赫金的理论,相关情况可参看 K. 兹宾登《东西方跨文化传播中的巴赫金》,牛津,2006年版,特别是该书第一章"密室中的结构主义者"。

④ 参看 C. 汤姆逊《巴赫金在法国和魁北克》,载《巴赫金研究通讯》1996年第5期(其中由司各特·李、克里夫·汤姆逊合编的特辑《巴赫金在世界各国》)。此处参看的是第69—71页。

有它令人感到简单化的嫌疑,也许这样称呼巴赫金是完全错误的。然而,所有这些,毕竟不是空穴来风,其中必然有其一定的道理。在思想史上,有的时候我们需要有能力识别那些不轻易表露自己的潜在的相似性。巴赫金当然不是什么形式主义者,也不是什么结构主义者,因为他没有亲身参与这些文学阐释流派的具体批评活动。但是他实际参与其中的东西比这更加重要,即那种将主体和个人排除在外、不予考虑的一般知识氛围及研究、探索的体制。这就是他和形式主义者及结构主义者的共通之处;他虽然没有运用他们的分析工具和方法,但他与其共有着某些基本的认识论前提。当然,必须承认的是,对他们的其他一些认识论前提,巴赫金还是持反对意见的。在从基本认识论前提层面上把巴赫金和形式主义及结构主义区别开来之前,先让笔者再花一点时间和笔墨,谈谈巴赫金与这两个影响颇大的流派之间的根本相似性。

作为思想家,巴赫金的整个成长过程可以说是与心理主义展开斗争的过程,是更加有力地否定(一般意义上的所谓)主体性的过程。他曾经向柯仁诺夫和布罗伊特曼承认,在自己成长为一个不相信心理主义的思想家过程中,胡塞尔和马克斯·舍勒曾起过重要的影响作用。[①] 从20世纪20年代开始,巴赫金一直都在称颂陀思妥耶夫斯基,说他是个成就卓著、别人无法模仿的独特作家,他特别强调陀思妥耶夫斯基的创造性,尽管在当时他所用的强调语气还算平和。而到了1963年,巴赫金却强调起体裁的无我之记忆,闭口不谈创造性。相反,他开始研究起诗学(陀思妥耶夫斯基的诗学)的内在规律。巴赫金的整个著述生涯和思想活动,就好比一个战场。在这战场上,他始终在与人们历来以为的、一成不变的主体性进行着斗争。探讨的问题有:第一,人类个体暂时拥有但定将逐渐失去的肉体。对这一问题的研究典型地反映在他的那本论拉伯雷的著作中。第二,语言问题。认为语言是通过一定形式的体裁与人类发生联系的,它绝不是个人财富,个体无法拥有语言,因为语言永远是从别

[①] 参看 V. V. 柯仁诺夫《巴赫金及其读者:反思及部分回忆录》,载《对话·狂欢·时空体》1993年第2—3期,此处参看的是124—125页;S. N. 布罗伊特曼《与巴赫金的两次谈话》,载《时空体:跨学科主题汇编》,马哈奇卡拉,1990年版,第110—114页,此处参看的是第113页。

人的口中听来的。小说这一体裁的命运历程,充分体现着对一般所谓的主体性的否定:作家个人是无关紧要的,他或她只不过是体裁实现自身的一个工具,是个传声筒,体裁记忆所发出的召唤,正是通过这个传声筒才得以宣布的。换句话说,尽管巴赫金被歌德、陀思妥耶夫斯基和拉伯雷等经典作家所吸引,但要是让他去写一部理想的文学史的话,那这部文学史绝对不会是一部作家名录。("没有人名的历史"这一提法显然是从艺术史家海因里希·沃尔夫林的著作中借用来的,对这一提法,俄国形式主义者鲍里斯·艾亨鲍姆以及帕威尔·梅德维杰夫都表示过赞同。梅德维杰夫以及马特威依·卡甘都是巴赫金小组中传播艺术史及艺术理论知识的重要人物。)[①]

下面,有必要谈一谈巴赫金区别于形式主义和结构主义究竟有哪些特征。巴赫金与形式主义的根本分歧是由于形式主义对意义不感兴趣。而巴赫金认为,意义不是文本中固有的一成不变的东西,意义也不是可以随时供人摆布的东西,好让它去服务于某种意识形态的目的和计划。巴赫金与阐释学传统之间,虽然有不少相似之处,但他不是一个传统阐释学意义上的思想家,尽管有不少人对此持相反意见。因为巴赫金从不热衷于将艺术作品裹挟到问答式的所谓循环中去。传统阐释学认为,在问答式的循环往复中,部分与整体都从特定的具体的历史观点出发,参与到一个相互揭示的过程中去,认为批评家那善于质询的头脑,本身就是由特定的历史观训练培养出来的。巴赫金关于意义的思想非常重要,对人们不无启发意义。他认为,意义是很冷静的,它不会轻易地盛赞"伟大时代"就是意义的真正家园;与此同时,意义又是那样的诱人,那样的给人以安慰,因为意义面对未来的种种不确定性时,能镇定自若、气定神闲地宣布自己会以开放的心态接纳一切未来的东西,用巴赫金本人的话说,就是"最近的将来及很远很远的将来"的东西。与结构主义

[①] 参看巴赫金、梅德维杰夫《文艺学中的形式方法:社会学诗学批评导论》,巴尔的摩,伦敦,1978 年版,第 50—52 页(书中第 52 页引用了艾亨鲍姆早年赞赏沃尔夫林观点的一段话)。关于巴赫金小组成员中"没有人名的历史"之提法,另可参看 F. 毕列达《米哈伊尔·巴赫金与没有人名的艺术史》,载 B. 福迪埃、P. M. 卡杰特拉合编《阐释学与人文科学转折点上的米哈伊尔·巴赫金》,萨拉曼卡,2003 年版,第 93—118 页。

不同，巴赫金感兴趣的是意义的内在动力，这种动力表现在不同体裁不同形式的话语相互转换的过程中。这种性质的变化有时依赖于环境；有时依赖于时间，要花上数个世纪、数个时代，才能看出个究竟；然而，预先设定的种种可能性话语，如独白与对话，怪诞与经典，官方与民间，假如其间关系发生移位等性质的改变，往往就会导致上述变化。巴赫金所私交的艺术史大师们所持有的就是类似上述观点（比如，沃尔夫林认为古典艺术与巴洛克艺术之间，是对立的关系；马克斯·德沃夏克和沃林格认为自然主义艺术和抽象派艺术之间，也是对立的关系）。由于巴赫金所构拟的话语体裁史涉及范围太广，因此从中难觅历史的踪影，结果，读者所能看到的不是历时的描述，而是一种形式分类法。这些形式分类法中相互矛盾、相互抵牾之处，比比皆是；巴赫金在其著作中所制定的话语分类法，其极端性和所涉范围都是前所未有的。其著作所使用的叙事方法，不仅是利奥塔所谓的宏大，而且境界也庄严而宏阔，读之令人兴奋，眼界大开。

人们称巴赫金为形式主义者和结构主义者，这种做法至少告诉我们，在20世纪60年代和70年代苏联以外的欧美有关国家，巴赫金是如何被人加以同化利用，从而使其蜚声海外的。此外，从20世纪70年代开始，人们强烈地感受到，巴赫金的著作似乎成功实现了向后现代主义和后结构主义的转换，自此直至20世纪结束，这种转换一直是学界讨论研究的焦点，其间的原因究竟为何，这也是我们需要考察的一个问题。巴赫金的主要著作基本是在20世纪前半期写成的，也正是在这个时期里，他的学术生涯达到了顶峰。假如像有的人所说的那样，他是个"宏大叙事"式的思想家，那么，他就不可能在驳杂的人类思想这个大市场上，取得如此成功。

在本文快要结束之际，笔者想要特别强调的是，巴赫金至今仍然是我们的一个同代人。在笔者看来，巴赫金比许多其他思想家做得更要成功，因为他逐步构筑起来的理论舞台，充溢着毫无主体性（至少没有传统所谓个性意义上的主体性）的人文主义。这个理论舞台就是他所创造的思想品牌。在其成熟的晚期著作中，我们可以发现一种奇特的巴赫金式的人文主义。这种人文主义的中心已经被消解，它所追求和称颂的，是和而不同的差异性（alterity），而不是（克里斯蒂娃所区分出来的）标新立异的他者特征（otherness）。这种人文主义已经不再以个人为中心，而是利用人类所共有的一般能力，在面临自然灾难以及面临真理被人为的意识形态所垄断时，起而抗争，并顽强地活下去。巴赫金大概算是20世纪最具有天赋的思想家，他最为令人信服地阐明了这种独特的、根本反对人类个体崇拜的人文主义。他对人类的爱，博大无边，但同时又显得是那样的冷静。在他看来，人类既是那循环往复、持久不变的意义之生产者，又始终在这意义中安身立命。这种意义只有投入无限延续的时间怀抱，才算最终到了家。在巴赫金研究拉伯雷的那本著作中，这种中心消解了的人文主义似乎表现为对人民更加坚定不移的崇拜。但即使在该书中，这种人文主义也是以人民大众变动不居的艰难生活为前提的。人民大众的艰难生活，是不知有什么肉体和精神或其他什么时髦的区分的，它拒绝一切一成不变的身份鉴定和归类，只认识大写的人。

这种没有主体性、没有中心的新型人文主义，是作为思想家的巴赫金所做出的伟大发现。笔者认为，也正是由于这一发现，巴赫金才得以在当代思想学术舞台上，迎来送往，目送着种种"时髦的学术"一个接一个地黯然谢幕，而他自己却始终能为一代又一代的新生读者演绎着自己神奇的剧目："和而不同"，"知其不可为而为之"，乐观以终。

洛特曼与当代文论新视角

王 坤

(中山大学中国语言文学系)

结合席卷全球的后现代思潮来研究洛特曼,可以重新认识、发现洛特曼的价值与意义。同一性问题是后现代所竭力解构的核心对象,它也是洛特曼坚决否定的同一美学的根源所在;洛特曼大力张扬的对立美学,与后现代提倡的差异性,有着异曲同工之妙。

在当代中国文论界,提起苏俄文论家,人们肯定会首先想到雅各布森、什克洛夫斯基、巴赫金、普罗普等人;最为人熟知的苏俄文论,则莫过于形式主义、叙事学和复调理论等。洛特曼在中国,往往只是被当作俄国形式主义的余脉,名气远不如其他人;洛特曼在西方学界所受到的重视,与他在中国的知名度,是存在很大落差的。

其实,洛特曼对形式主义、结构主义等学派的推进,在符号学领域的建树,在后现代思潮中的地位与作用,是完全够资格与巴赫金等人比肩的。这样说并非意指只有与后现代挂钩,学术研究才会显得有意义和价值,而是从人类哲思的发展方向和探讨深度层面,指出以形式主义、结构主义等为基础的后现代思潮,确实已经超越传统形而上学的思路,达到前所未有的新高度。如果抛开全面颠覆西方传统的后现代思潮,对洛特曼意义与价值的认识,是不容易到位的。

---

* 本文系国家社科基金规划项目"当代文论与'去黑格尔化'研究"(13BZW004)的阶段成果。

在学术研究中，惯常做法是首先对所探讨问题的国内外研究现状进行把握，做出综述。本文力图从思想史和学术史角度，对后现代思潮的演变轨迹、核心观念与重大影响，进行比较深入细致的追踪溯源。在梳理洛特曼的中国接受现状时，注重将学理探寻贯穿于其中。由此，本文可以避免简单叙述对象在中国接受过程的综述格式，将洛特曼理论的中国阐释作为研究对象，仔细审视以1979年为开端，30年来西学东渐背景下洛特曼理论在中国的演变历程。通过"深描"洛特曼中国形象生成至流变的形成语境，揭示文化场域多种视角交叉制衡的现状，探寻其中蕴含的中国价值诉求、理论想象及文化立场，以期为外来文论中国化及中国文论话语重建提供参考与启示。

后现代思潮对西方传统形而上学的最大颠覆，莫过于从语言出发，通过颠覆传统的语言意义解读方式，来完成颠覆现存秩序的任务。迄今为止，后现代思潮对中国当代文论的最深刻影响，莫过于反本质主义。它的最终根源在于同一性，并延伸为洛特曼坚决反对的"同一美学"。洛特曼用以与"同一美学"抗衡的，就是在继承前人理论的基础上，独自创研的理论利器："对立美学"。该利器与后现代用以批判、消解"同一美学"的"差异美学"，遥相呼应，殊途同归。

本文的着力点之一，是挖掘洛特曼特别值得我们注意的地方：他批判同一美学、提出对立美学的现实出发点。

西方理论家一般都以现实为出发点来提出自己的研究对象，并且一定会将该出发点转化为或上升为特定的逻辑起点，为的是给起点和结论披上光彩夺目的理论外衣，使其毫无障碍地具备并发挥影响现实的巨大理论力量。比如黑格尔，他以绝对理念为核心建构起无所不包、极其精妙、无比复杂的庞大理论体系，而其现实出发点则简单明了：为普鲁士王国提供理论依据，从本体论角度说明德国统一的深层原因。

黑格尔因为他的体系而成为同一美学的集大成者，洛特曼对黑格尔的批判不遗余力，但在研究思路上，二位大师表现出惊人的一致：洛特曼同样有着明确的现实起点及所针对的问题。洛特曼的现实起点，就是课堂教学；他所针对的问题，就是由传统认识论而来的典型理论，以及作者与学者对待艺术文本的不同态度。尤其难得的是，他的现实问题，最后都在理论上得到解决：围绕着意义的形成，用重新编码消解了典型问题背后的现象与本质、形式与内容的二分法。这一点，他与有"红卫兵"背景的巴尔特等人毫无二致：巴尔特等人颠覆现存秩序的目的，就是通过颠覆语言的意义来实现的。

本文着重指出，同一美学的背后有同一性，同一性的背后是两大支撑点：认识论中的镜喻传统和树喻传统。它们聚合为一体，所形成的理论思路，在西方历两千多年之久而不衰。在文学艺术作品中，它们体现为独白、宏大叙事，都属于同一美学的产物：以本质与现象、内容和形式的二分法为核心特征，当无数不同的现象出现在面前时，比如 A^1、A^2、A^3、A^4……A^n，它们最终都会被识别为"A^1 是 A、A^2 是 A、A^3 是 A；A^n 是 A"①。中国当代文论界对这种认识模式，真是再熟悉不过了！

从理论渊源来讲，洛特曼提出的对立美学有三大来源：索绪尔、雅各布森等人的语言学；反同一性、反黑格尔的后现代哲学；巴赫金反"独白"的"复调"理论。洛特曼的对立美学，因理论来源的丰富显得多彩多姿，最为经典的表述是："就艺术文本而言，对立各方任何一方的完全胜利，就意味着艺术的灭亡。"②

洛特曼在语言学方面用力至深，这也为他提出对立美学打下牢固的基础。以洛特曼为奠基人的塔尔图学派，其理论源头离不开英美新批评和俄国形式主义。摆脱传统本体论及其在艺术领域的经典体现——内容和形式的二分法，将有机体、自组织作为艺术自律的主要依据，围绕语言学进行理论建构，等等之类，均是三者的共同目标。洛特曼的理论建树中，学派的"合力"是不可忽视的促进因素。

同一美学的形成，其实有着多种根源与合理性，只是发展到现在，它的诸多缺陷已经暴露无遗，足以抗衡其合理性乃至改变双方原有的比重格局，将世人的眼光大都从合理性吸引到其弊端上来。要想克服这种弊端，除了时间上的坚持外，理论视角的多样化同样重要，洛特曼的特殊贡献正在于此。他通过借鉴索绪尔、雅各布森的"相等"原则，妙用

---

① ［苏］洛特曼：《艺术文本的结构》，王坤译，中山大学出版社 2003 年版，第 406 页。
② 同上书，第 347 页。

"重新编码"这个范畴,解决了符号使用中的头等大事:意义的产生、形成。这里的重大价值是,重新编码不仅解决了意义产生问题,更是解决了自古以来就存在的表达与内容二分问题,使两者从此变为可逆的:表达就是内容,内容就是表达。因此,可以说其中还蕴含着提出对立美学、破解同一美学等等之类的逻辑起点!从洛特曼对传统认识论中现象与本质、内容与形式二分法的批判,以及对黑格尔的批判里,还可以看到另一个深层次问题:形式与内容的二分法,其实是通过语言符号的表达与内容之分而得到坐实的。即便后现代干将霍尔的《表征》,也只是强调认识的两大过程与三大范畴:从事物到概念,从概念到符号,仍承认概念(即内容)与符号(能指形式)之间的关系是任意的。就此而言,后现代诸大家从语言角度颠覆传统认识论的力度,恐怕还不及洛特曼呢!这才是洛特曼所带来的"哥白尼革命"[1]的真正所指。

洛特曼对以形式与内容二分法为特征的古典艺术观是不屑一顾的,他着意避免文学艺术对现实的反映意义,并精心地以艺术对现实模式的模拟来取而代之。但他还不是巴尔特、德里达等人那样的十足后现代,所以偶尔也有例外,比如在对游戏的论述中,他就非常精辟地指出了艺术与人的本质的关系:"游戏允许人们去发现他自己的真正面目。……艺术在本质上就是在发挥这种作用。"这也正是洛特曼处于古典与后现代之间的代际跨越特征的表现。

洛特曼所张扬的理论与批判的对象,都与他的工作直接相关。对他来说,大学课堂就是文学理论生成与发展的主要平台。就在他本人也置身其中的课堂上,教师所讲授的文学理论、学生所接受的文学观念,一度是现象与本质、形式与内容二分法的产物,是典型的传统认识论文学观。这种"应用于文学研究的教学法"(The pedagogical methods applied to the study of literature)[2],从黑格尔以来,尽管一直受到质疑或批判,但因

---

[1] 参见[荷兰]佛克马、易布思《二十世纪文学理论》,林书武、陈圣生等译,生活·读书·新知三联书店1988年版,第45、50页。
[2] [苏]洛特曼:《艺术文本的结构》,王坤译,中山大学出版社2003年版,第3页。原译文为"现行文学理论",不确。英文原文见:Juri Lotman, *The Structure of The Artistic Text*, Translated from Russian by Gail Lenhoff and Rronald Vroon, University of Michigan, p. 2。

其能够理解具有此类特征的艺术，仍旧以各种面貌发挥着强大的理论力量。到了洛特曼从事学术研究的时期，这种理论在课堂上的突出体现，就是"把现实主义的典型化与人的思想由他的社会环境决定这一点联系起来"①。今天坐在大学课堂里听课的文学专业学生，可能难以想像当时在课堂上广为传授的这种文学观念，对苏维埃文学研究的影响到底有多大：洛特曼都亲口承认"包括我自己的著作也深受影响"②。经过反思，走出影响之后，洛特曼倒是十分轻松甚至略带调侃：这种文学观念只是重复了在18世纪就已经通过哲学表达出来的思想，因此并没有增添比哲学更多的东西。

正是课堂教学的现实背景，令洛特曼提出两种艺术文本的问题：课堂上的学生，其实就是艺术作品的读者，也是潜在的作者，他们眼里的艺术文本，与作为职业的研究者、教授眼里的艺术文本，肯定有着天壤之别。当然，教授有选择的自由：作为读者或作为学者；也可以兼而有之。相对而言，学生的选择度，因身份和知识积累等因素，要远小于教授。两种文本之间的最大差异，在于读者是把文本当作艺术整体看待的，而学者往往从抽象的角度看待文本。用今天的语言表达，就是读者把文学当作文学看待，学者则往往不把文学当作文学。

两种文本理论的启示，是教学方法论上的：教授在课堂上，首先应当把艺术当作艺术看待，其次决不应该拘泥于感性层次。课堂上的教授，应该能够根据"应用于文学研究的教学法"，将两者结合得恰到好处。

两种文本理论的启示，也不能止于教学方法，完全可以延伸为两种文学理论，并适用于当下：强调知识生产的文学理论是属于学者的；强调打动人心的文学理论是属于读者的；也不排除作者（或读者）在本体意识支配下，会以学者的视角或动机进行创作和评论。学者的文学理论，注重文学作品如何构成（主要指读者或作者意识不到的那些因素、方式、效果等），读者的文学理论，注重文学的整体功能；双方共同的出发点是："交流"。

---

① ［苏］洛特曼：《艺术文本的结构》，王坤译，中山大学出版社2003年版，第351—352页。

② 同上书，第523页。

就当下而言，两种文学理论的关键区别，在于一个是偏重学习西方的、作为知识生产的文学理论；一个是偏重继承传统，作为文学教育的文学理论。前者注重追问文学"是什么"，后者注重考察文学"怎么样"。

我国当代文论在学习西方的过程中，注重文学"怎么样"这一传统文学教育的理论基点，一度让位于注重追问文学"是什么"的理论基点。从理论角度看，这一转向极大提升了我们的思维能力和理论意识，促进了当代文学理论的体系建设，功莫大焉！从实践角度看，这一转向又导致了文学教育的明显缺陷：不把文学当文学看待。从理论与实践的关系看，这一转向还导致了文学理论的"隔"：与西方相比，我们短时间内很难跟上具有两千多年积累过程的知识生产步伐，因而一下子难以掌握话语主动权；与自己的传统相比，由于存在从"怎么样"到"是什么"之间的过渡，文学理论同文学现实之间总是有着较明显的距离。

后现代思潮对我们的最大启发，就是对主客二分思维模式的反思。就文学理论而言，这种思维模式的要害，一是分离人与世界的整体关系；二是把人当作对象、当作物看待。文学"是什么"的理论基点，以及不把文学当文学的现象，全由此而来。

在如何把握两种文学理论方面，洛特曼为我们树立了很好的榜样。他不仅从科学角度研究文学艺术，力图揭示艺术文本中值得自然科学家学习的奥秘；更成功避免了理论家不把文学当作文学，甚至不谈文学的缺陷，尽管这种缺陷是可以理解的。洛特曼的理论，除了继承索绪尔这一脉的学术理论外，更重要的还在于来自对经典作品的精细分析。不仅诗歌，小说亦为他的主要研究对象。因而，他的理论，不仅可以用于分析诗歌，亦可以用来分析小说。比如他对莱蒙托夫小说的分析，的确别具一格，令人耳目一新。俄国文学自普希金时代以来，就流行交叉结构的作品：浪漫主义与现实主义两种风格、系统、层次等交织在一起，散文与诗歌两种文体等交织在一起。这正是理解洛特曼对立美学的重要关节点：一部作品中，只有存在不同的因素，使之进行对比、对照，才能产生意义。简而言之，洛特曼提出对立美学以及批判同一美学，都是以分析具体作品为基础的，不只是纯粹的理论推演。而在洛特曼之前的巴赫金，他所提出的复调小说理论，亦为解读具体作品的产物。复调理论说的也是同一作品中出现了两种或多种因素,但不是指不同的风格、系统、层次等,而是指不同的思想观念。从这个意义上讲,洛特曼将复调理论向前推进了一步。因此,从整体研究对象上看,我们可以说正是俄罗斯古典文学的交叉结构,直接孕育出复调理论和对立美学理论;或者说,他们的理论是对经典作品成功经验的概括。这一点,恰恰是我国当代文论最需要学习的地方。

以同一美学视角反观我国当代文学、古代文学乃至文学理论,所产生的陌生感不会太多;同时,如从对立美学视角出发,文学研究和文学创作均可获得较多新鲜感。这就是洛特曼的价值与意义。

学术批评抑或政治斗争

——马克思主义与形式主义之间的论争及其反思

杨建刚

(山东大学文艺美学研究中心)

马克思主义与形式主义是 20 世纪文学理论和美学史上持续时间最久、影响力最大、关系也最为复杂,且完全异质的两个理论思潮。从整体来看,它们之间经历了一个从对抗到对话的发展过程。对抗主要发生在 20 世纪 20 年代苏联马克思主义和俄国形式主义之间,在经历了一场长达十年的论争之后,在二者之间寻求对话遂成为学术发展的主动选择。国内学术界对马克思主义和形式主义的研究已经汗牛充栋,但是对二者关系史的研究却寥寥无几,对二者之间的这场论争更是鲜有论及。俄国形式主义研究专家、美国学者厄尔里希(Victor Erlich)在其《俄国形式主义——历史与理论》(*Russian Formalism: History and Doctrine*)中对这场论争的过程有较为详细的记录和分析,但由于此书尚未翻译成中文,所以对这个问题国内学术界依然不是非常熟悉。因此,对这场论争的产生、过程、结果及其原因进行考察和反思,进而探讨二者对话的可能性,对研究马克思主义与形式主义的关系史,促进当代文学理论和美学,尤其是马克思主义文学理论和美学的发展具有重要意义。

一 马克思主义与形式主义之间矛盾的产生

伊格尔顿指出,"如果人们想为本世纪文学理论的重大变化确定一个开始的时间,最好是定在 1917 年。这一年,年轻的俄国形式主义者维克托·什克洛夫斯基发表了他的拓荒性的论文《艺术即手法》"①。这篇文章的发表标志着俄国形式主义的诞生,也标志着西方文学理论的发展进入了现代阶段。也正是在 1917 年,俄国发生了十月革命,这就注定了俄国形式主义与马克思主义之间必然产生纠缠不清的关系,也预示着前者必然遭受挫折的未来。

十月革命前后活跃于俄国文坛的有批判现实主义文学、现代派文学和无产阶级文学三大文学形态。② 作为 19 世纪俄国批判现实主义文学思潮的延续,批判现实主义的黄金时代已经过去,并逐渐向社会主义现实主义文学过渡,尽管社会主义现实主义的口号直到 1934 年才被正式提出来。在欧洲现代主义文学思潮的影响下,象征主义、阿克梅派和未来主义等现代主义文学在俄国文坛也取得了蓬勃发展,且表现得最为活跃。与此同时,伴随着俄国无产阶级的壮大,工人阶级的文化需求变得越来越重要,建立无产阶级文化成为一种历史的需要和必然。自 1905 年革命之后,无产阶级文化和文学已经在俄国迅速发展起来,工人阶级开始自发地组建各种文艺团体,创办无产阶级文化刊物,宣传无产阶级文化。在卢那察尔斯基的倡导下,十月革命的前几天,即 1917 年 10 月 16—19 日,召开了彼得格勒无产阶级文化教育组织第一次代表大会,成立了彼得格勒无产阶级文化教育组织中央委员会,即"无产阶级文化协会"。随后在全国快速建立了两千多个无产阶级教育和文化机构,剧院林立,各种文学团体雨后春笋般地出现,从而形成了强大的无产阶级文化氛围,并促进了马克思主义在全社会的传播。山隘派、斯拉皮翁兄弟等持中间立场的"同路人"在革命大潮的裹挟下也快速融入了无产阶级文学的潮流。就连俄国形式主义者的亲密朋友、著名的未来派诗人马雅可夫斯基,都逐渐放弃了自己的创作理念,进而向适应社会革命需要的无产阶级文化靠拢,成为一个歌颂无产阶级及其革命成果的红色诗人,甚至要求摧毁一切旧的艺术,提出了"火烧拉斐尔""捣毁博物馆"的过激口号。对于大多数的诗人和文学家而言,放弃自己最初的文学理念而投身革命的

---

① [英]特里·伊格尔顿:《当代西方文学理论》(前言),王逢振译,中国社会科学出版社 1988 年版,第 12 页。

② 李辉凡:《二十世纪初俄苏文学思潮》,中国科学文献出版社 1993 年版,第 1 页。

怀抱并不是一种被迫的接纳，而是在伟大的无产阶级革命感召下的主动选择。自此，党性和阶级性成为文学创作和批评的主导性原则，文学也逐渐成为阶级斗争和巩固无产阶级政权的有力工具。尽管这种无产阶级文化氛围已经成为当时俄国基本的文化状况，但是这种文化还主要在工人阶级中展开，尚未在大学里形成冲击力，以什克洛夫斯基为代表的这批年轻学生仍可以自由地发表见解。也就是在这样的文化氛围中诞生了俄国形式主义。

另一方面，在革命后的几年里，尽管无产阶级文学取得了蓬勃发展，但是，面对满目疮痍的俄国社会现实，年轻的布尔什维克党的主要精力和工作重心还主要集中在政治和经济领域，尚未顾及文化和文学艺术问题。再则，此时的马克思主义也同样比较年轻，尚未形成统一而成熟的美学原则和文化政策，也没有成为全社会唯一的指导思想，无产阶级文学也并未成为唯一合法的文学形态，这个空当就为俄国形式主义的产生和发展留下了空间。虽然俄国形式主义产生于这个时代的夹缝中，但是一经产生便取得了快速的发展，并产生了巨大的影响力，以至于厄尔里希在20世纪50年代还感叹："直到现在，在俄罗斯几乎没有一个小镇没有至少一个诗歌研究会的成员"[1]，这无疑对正在意识形态领域内发展壮大的马克思主义形成了挑战。正如托洛茨基所言："如果不算革命前各种思想体系的微弱回声，那么，形式主义的艺术理论大概是这些年来在苏维埃的土壤上与马克思主义相对立的唯一理论。尤其出奇的是，俄国形式主义把自己与俄国未来主义紧密联系在一起，而当未来主义或多或少地在政治上投降了共产主义时，形式主义却竭尽全力地在理论上把自己与马克思主义对立起来。"[2] 更重要的是，马克思主义者已经从俄国形式主义的观念和方法中嗅出了政治的气息。韦勒克指出："1916年出现了一个自称'形式主义'的运动，主要反对俄国文学批评中流行的说教作风；而在布尔什维克统治之下，形式主义无疑也是对于党所指定的马克思派

---

[1] Victor Erlich, *Russian Formalism: History and Doctrine*, New York: Mouton Publishers, 1980, p.100.

[2] [苏]托洛茨基:《文学与革命》，刘文飞、王景生译，外国文学出版社1992年版，第150页。

历史唯物主义默不作声的抗议，或者至少是一种逃避。"① 因此，当布尔什维克党在解决了政治和经济领域内的诸多问题，开始关注文化和意识形态的时候，为了巩固新成立的无产阶级政权，对异己力量进行批判和斗争便成为一种必然选择，而俄国形式主义在文学艺术领域内的巨大影响力，以及它的不合作态度，也就使其自然而然地成为马克思主义的首要批判对象。

二 马克思主义对形式主义的否定和批判

1923 年，首先由托洛茨基发起了对俄国形式主义的批判。作为马克思主义阵营中批判形式主义的第一个声音，托洛茨基的批判还主要在学理层面展开，态度比较温和，对形式主义的贡献也给予了一定的肯定。托洛茨基认为文学研究中的形式问题非常重要，可以说没有形式的成就，就没有艺术。作为"艺术的第一个学术派别"，形式主义的艺术理论尽管肤浅和反动，但其相当一部分探索工作却是完全有益的。如果形式主义能够"限定在合理的范围内"，就有助于阐释形式的艺术心理特点。但是形式主义者却恰恰没有意识到这一点而超出了这个"合理的范围"，没有将形式主义作为马克思主义批评的一种辅助和补充，相反将其作为文学研究中唯一全面而正确的方法。

对于文学艺术而言，形式固然重要，但是将形式作为文学艺术的本质和唯一要素而否定内容的存在意义，"让艺术脱离生活，宣称艺术是独立自在的技艺的做法，会使艺术空虚、死亡。采取这种做法的需要本身，正是思想衰败的无误的症状。"② 形式主义对艺术形式过度强调而忽视了文学与社会历史之间的内在关系，也忽视了创造和接受艺术的活生生的人的存在，这是和唯物主义所坚持的"艺术是永远服务于社会的，是历史的和功利的"观点是不一致的。形式主义强调客观性，"然而，由于其视野的狭窄、方法的肤浅，它直接陷入了类似笔相术或骨相术的迷

---

① ［美］雷内·韦勒克:《批评的概念》，张今言译，中国美术学院出版社 1999 年版，第 263 页。

② ［苏］托洛茨基:《文学与革命》，刘文飞、王景生译，外国文学出版社 1992 年版，第 168 页。

信。……以问题的偶然的、次要的或简直没有根据的因素为依靠的虚假的客观主义，不可避免地要走向恶劣的主观主义；从形式主义学派那儿，则走向词语的迷信。"① 形式主义对词语的过分关注使文学成为与社会完全无关的事情，这在社会革命时代是不合时宜的。从性质角度来看，托洛茨基认为形式主义美学是"正在站稳脚跟、不能公开表明其资产阶级性质，同时又渴望控制知识分子的资产阶级"的美学，并且作为康德美学的继承人而带有明显的唯心主义色彩。② 在无产阶级掌握政权，无产阶级文化成为主流文化，辩证唯物主义成为主导思想的社会和文化环境中，"资产阶级美学"和"唯心主义"的定性，对形式主义的打击是非常大的。

继托洛茨基之后，作为新政权的人民教育委员部部长的卢那察尔斯基在1924年对形式主义的批判使这场运动进入了白热化阶段。如果说托洛茨基对形式主义的态度是"严厉的批判但并非完全敌对"③的话，那么卢那察尔斯基的批判就基本是完全敌对的了。虽然卢那察尔斯基也认为马克思主义者决不否认纯形式的艺术存在，但是在形式与内容的辩证关系中，内容是优先于形式的。马克思主义的批评家首先要把作品的内容，把作品中所体现的社会本质作为自己研究的客体。因此，评价文学艺术的标准首先需要"从内容方面着眼"，"形式应该最大限度地与自己的内容相一致，应该给内容以最大的表现力，保证它能够对读者产生最强烈的影响"。④ 可是形式主义者却过分强调形式的重要性，把艺术的本质归结为形式而非内容，这就和马克思主义的文学理念背道而驰了。更重要的是，这种背道而驰并不只是学术理念上的差异，而且带有浓重的政治意味。卢那察尔斯基认为，在这个时代里，"凡是有助于无产阶级事业的发展和胜利的都是好的，凡是有害于这一事业的

---

① [苏]托洛茨基：《文学与革命》，刘文飞、王景生译，外国文学出版社1992年版，第159页。
② 同上书，第156页。
③ Victor Erlich, *Russian Formalism: History and Doctrine*, New York: Mouton Publishers, 1980, p. 100.
④ [苏]卢那察尔斯基：《艺术及其最新形式》，郭家申译，百花文艺出版社1998年版，第333页。

都是糟的"。① 而精神生活的任何一个部门，不管它有多么特殊，都得向科学的社会主义理论靠拢。因此，虽然在历史的合理阶段和合理地点，形式主义作为"生活形式的一种组织"，其存在是具有合理性和必要性的，但是，从政治角度来看，形式主义的繁荣显而易见是不利于当时的无产阶级事业的发展和马克思主义的文化领导权的建立的。

卢那察尔斯基认为"每一个阶级，只要它有自己的生活方式，有自己对现实的态度，有自己的理想，它就有自己的美学"，文学艺术是这种美学的集中体现，其阶级性表现得最明显、最集中。因此，文学批评必须遵守"党性原则"，从阶级性出发，看其是否对无产阶级革命事业有利。和托洛茨基对形式主义的阶级定位一脉相承，卢那察尔斯基认为"无论是艺术中的形式主义，还是艺术学中的形式主义，它们都是被移回俄国，重归故里的资产阶级滞后成熟或早已熟透的产物"。② 俄国形式主义作为一种"资产阶级美学"，是无内容的、消极的，是为满足资产阶级的需要而产生的。这种艺术只能把人的注意力从社会历史内容和巨大的社会矛盾上转移开，从而达到统治目的。俄国形式主义的出现是资产阶级的一场保卫战，而形式主义与马克思主义的矛盾则是资产阶级立宪民主制与共产主义之间矛盾的间接表现。"十月革命前形式主义充其量只不过是时鲜蔬菜，现在则成了很有生命力的旧的残余，成了帕拉斯雅典娜的女神像，以它为中心，展开了一场按欧洲资产阶级方式思考的知识分子的保卫战——他们深知进攻是最好的防御手段。"③ 因此，展开对形式主义的批判也就成为刚刚取得政权的马克思主义者为了巩固新政权，在文化和意识形态领域内获得领导权，确立马克思主义的指导地位的一次主动出击。

作为布尔什维克党的重要文化领导人的托洛茨基和卢那察尔斯基的批判已经给刚刚兴盛的形式主义以致命打击。1925 年，联共中央做出了《关于党在文学艺术领域中的政策》的专门决议。决议指出无产阶级的艺

---

① ［苏］卢那察尔斯基：《艺术及其最新形式》，郭家申译，百花文艺出版社 1998 年版，第 331 页。
② 同上书，第 315 页。
③ 同上。

术风格尚未形成,各个不同的团体和流派必须展开自由竞争,反革命分子除外。这种自由竞争恰恰促使了对形式主义的批判,因为形式主义者作为资产阶级的残余势力自然被划归到反革命分子的行列。之后,对形式主义的批判就大面积地展开了。包括党的领导人布哈林(Nikolaj Buxarin),以及萨库林(P. N. Sakulin)、巴布罗夫(S. Bobrov)、柯冈(P. S. Kogan)、波利安斯基(V. Polyansky)等人都写了批判文章。① 这些文章基本都延续了托洛茨基和卢那察尔斯基的论调,其矛头并不仅指向什克洛夫斯基及其早年提出的并非完全成熟的宣言,而且将这场运动拓展到对艾亨鲍姆和蒂尼亚诺夫等人的观点的批判,从而使批判的范围进一步扩大。自此,俄国形式主义内部的分歧开始出现,并表现出明显的分化趋势,有人开始反思形式主义的理念和方法,甚至向马克思主义的社会学批评方法靠拢。

三 形式主义者的自我省思与忏悔

雅各布森1920年移居布拉格,1926年成立布拉格语言学小组,直到第二次世界大战爆发,后来移居美国,并在美国结识了列维-斯特劳斯。在20世纪20年代与苏联学术界的这种隔离,使雅各布森有幸避免了在这场大批判中遭受冲击,并为结构主义符号学的发展奠定了基础。但是,仍旧留居苏联的形式主义者们就没有这么幸运了。在强大的政治压力之下,形式主义者们不得不被迫停止自己所喜爱的关于文学的研究和写作,要么归依古典作品的编辑工作(艾亨鲍姆、托马舍夫斯基),要么归依历史小说(什克洛夫斯基、蒂尼亚诺夫)。而且,在以后漫长的人生道路上,他们很大程度上都生活在不断的自我省思和忏悔之中。

为了回应马克思主义者的批判,艾亨鲍姆于1925年写了对形式主义

---

① 对俄国形式主义更全面的批判文章和材料可参见克里斯托弗·派克编辑的文集《未来主义者、形式主义者和马克思主义者的批判》[Christopher Pike (ed.), *The Futurists, the Formalists, and the Marxist Critique*, London: Ink Links Ltd., 1979] 和厄尔里希的著作《俄国形式主义——历史与方法》(Victor Erlich, *Russian Formalism: History and Doctrine*, New York: Mouton Publishers, 1980)。

的辩护文章《"形式主义"方法》。艾亨鲍姆认为他们并不是"形式主义者",而是"材料鉴定家"。他们并不是唯形式主义,而是同样关注内容,并且认为什克洛夫斯基的宣言只是理论家的一种年轻气盛的极端思想,并不能代表所有形式主义者的批评实践。事实上,很多形式主义者并不否认社会历史内容对文学艺术的影响,在其批评实践中也并没有完全排除社会历史内容的存在。

在1922年的时候,艾亨鲍姆尚且认为"生活不照马克思所说的那样建设,会更好",并认为"在文学和艺术中,马克思主义本身是保证不了革命立场的"。① 但是,在1924年的这篇辩护文章中,他已经表现出对马克思主义的明显妥协,认为形式主义与马克思主义并不矛盾,而且"在马克思主义与形式主义之间存在着接触点"。② 可以说,从革命性的角度来看,二者是一致的,不同仅仅在于马克思主义所进行的是社会革命,而形式主义所掀起的是一场文学革命。正是在这个意义上,阿尔瓦多夫认为,"应该把诗歌语言理论研究会看作是科学中进步的和革命的潮流,一般说来,'形式方法'比那个'被一些马克思主义者奉为信条的'东西更'马克思主义'"。③

虽然在政治立场上什克洛夫斯基很快放弃了对苏维埃政权的反对态度,主动坦诚自己的政治错误,④ 并在1924年《感伤的旅行》一文中认为"在革命开始的时候我在政治上的无知是没边的",⑤ 但是面对马克思

---

① [苏] 阿·梅特钦科:《继往开来——论苏联文学发展中的若干问题》,石田、白堤译,中国社会科学出版社1983年版,第157页。

② B. M. Eykhenbaum, "Concerning the Question of the 'Formalists'", *The Futurists, the Formalists, and the Marxist Critique*, Christopher Pike (ed.), London: Ink Links Ltd., 1979, p.59.

③ [苏] 谢·马申斯基:《苏联批评界和文艺学界反对形式主义的斗争》,载《世界艺术与美学》第七辑,文化艺术出版社1986年版,第24页。

④ 什克洛夫斯基对十月革命持反对立场,并作为社会革命党中央军事委员会委员于1918年初与右派社会革命党策划在彼得堡举行反对布尔什维克的武装暴动。阴谋暴露后逃往基辅,1922年逃往柏林。由于离开俄国的土壤就无法从事俄国的文化事业,于是对逃亡生活失望。他写信给高尔基表示后悔,并致函苏维埃政府,表示"我举手、我投降。请放我进入俄国"。后来在高尔基和马雅可夫斯基的帮助下回到苏联,直至逝世。([苏] 什克洛夫斯基:《散文理论》(译者前言),刘宗次译,百花洲文艺出版社1994年版,第2—3页。)

⑤ [苏] 阿·梅特钦科:《继往开来——论苏联文学发展中的若干问题》,石田、白堤译,中国社会科学出版社1983年版,第159页。

主义的尖锐批判和政治压力，他对形式主义方法的态度依然比较乐观。在1926年他尚且认为："尽管我们的理论受到了攻击，但是我们的术语却被基本接受了，……我们的'谬论'也找到了它们进入文学史教科书的途径。"① 相反，在他看来，马克思主义仅仅是一种极易散布的假说而已。② 然而，遗憾的是，这种乐观态度持续的时间并不长。1927年3月，在一次公开的辩论会上，什克洛夫斯基做了一个轰动一时的题为《捍卫社会学方法》的报告。报告的主要思想几乎同时发表在《新左翼艺术战线》上。他指出："时代不会发生错误；最近几年的研究使人信服这一点，过去的公式认为，文学系列是独立的，是在切断与日常生活现象联系下发展起来的，这个以前总认为只是人工假设的公式，现在应该复杂一些了。"托马舍夫斯基也在这次争论中声明："现在形式主义者正在向社会学方法靠拢，我认为，在他们看来，社会学方法在解释体裁时是必须采用的。"③ 当马克思主义者给他们戴上资产阶级美学和唯心主义的帽子的时候，形式主义者们逐渐开始放弃一个又一个阵地，对社会学方法的让步使文学研究再一次同醉心于传记学、作家生活的研究结合在一起，从而又回到了他们所批判的老路上来。

到了20世纪20年代末期，布尔什维克党已经将重心转向文化领域，并形成了完整而系统的文艺政策。1928年，布尔什维克党中央委员会颁布了文学艺术必须为党的利益服务的法令，要求文学创作和批评必须遵守"党性原则"。形式主义的生存空间被进一步挤压。面对外部压力和内部分歧，什克洛夫斯基最终于1930年初发表了《学术错误志》一文。他坦率承认："对我来说，形式主义是一条已经走过的路。"④ 虽然也有学者认为什克洛夫斯基的这一举动是对马克思主义"假装的投降"，⑤ 但是它

---

① Victor Erlich, *Russian Formalism: History and Doctrine*, New York: Mouton Publishers, 1980, p. 144.

② Ibid., p. 109.

③ [苏] 谢·马申斯基:《苏联批评界和文艺学界反对形式主义的斗争》, 载《世界艺术与美学》第七辑, 文化艺术出版社1986年版, 第25页。

④ 同上。

⑤ Christopher Pike (ed.), *The Futurists, the Formalists, and the Marxist Critique*, London: Ink Links Ltd., 1979, p. 21.

事实上已经宣告了形式主义的消亡。自此，俄国形式主义作为一个文学理论和批评流派正式破产了。

尽管形式主义者进行了这样的自我省思与批判，但对形式主义的批判却依然没有结束。1932 年 4 月 23 日，联共中央做出了《关于改组文艺组织》的历史性决议，要求改组无产阶级文化派和拉普派，以及所有小的文艺团体，建立统一的社会主义新文化。这种倾向在 1934 年召开的苏联作家大会上达到高峰。自此之后，所有的文学团体和批评流派都被取缔，"社会主义现实主义"成为所有作家和批评家都必须遵守的唯一原则，而形式主义则被日丹诺夫定义为衰落的资产阶级和逃避主义的同义词。①

1936 年，对形式主义的大规模批判又开始了。此时，形式主义被斥责为反艺术的、反人民的、同社会主义人道主义格格不入、背道而驰的现象。K. 帕乌斯托夫斯基指出："形式主义者傲视现实。他们用廉价思想的象棋游戏、用噱头、用怪诞、用文字刺绣代替真正的热火朝天的生活。现代人对他们来说并不存在，正如自然界也不存在一样。"② 高尔基在看了这次大辩论的速记稿之后也写了《论形式主义》一文。在此文中，高尔基一方面强调艺术技巧的重要性，另一方面又对形式主义忽视艺术家的社会责任提出批评。高尔基认为，"作为一种'方法'、作为一种'文学手法'的形式主义，往往是用来掩饰心灵的空虚和贫乏的"。③ 当他们躲进"为艺术而艺术"的象牙塔的时候，意大利和德国的法西斯主义正在酝酿着灭绝人性的杀戮。在这种情况下，"形式主义往往是为掩盖艺术家的空虚或者精神贫乏，为了掩盖艺术家逃避社会责任，为了掩盖同社会的丧失理智和祸害作宿命论的妥协而效劳"。④ 此时，艺术家的社会责任是苏联作家和艺术家的言论中压倒一切的主调，艺术的人道主义和人民性是艺术创作的主要倾向。

---

① Tony Bennett, *Formalism and Marxism*, London: Methuem & Co. Ltd., 1979, p. 26.
② ［苏］阿·梅特钦科：《继往开来——论苏联文学发展中的若干问题》，石田、白堤译，中国社会科学出版社 1983 年版，第 260 页。
③ ［苏］高尔基：《论形式主义》，《论文学（续集）》，冰夷、满涛译，人民文学出版社 1979 年版，第 525 页。
④ ［苏］阿·梅特钦科：《继往开来——论苏联文学发展中的若干问题》，石田、白堤译，中国社会科学出版社 1983 年版，第 263 页。

面对铺天盖地而来的批判,形式主义者早已失去了论战的勇气、信心和能力,剩下的只能是不断的忏悔和自我否定。在1936年3月15日发表于《文学报》的文章中什克洛夫斯基又指出:"形式主义者犯了什么错误,形式主义最糟糕的是在哪里呢?力图摆脱生活,给自己划出一块不让社会主义进来的'艺术租界',这就是形式主义理论迈出的第一步。"①在以后的时代里,什克洛夫斯基一直生活在反思和悔悟之中。他写了一系列的文章和著作,都越来越明确地表明一个主题,即时代是正确的,他和早先的伙伴们一度向革命提出的那些要求是错误的。勃里克也进行了严厉的自我批评,认为形式主义是"自觉地拒绝为广大读者服务",是"为了自我欣赏的文字、声音、色彩游戏而冒充绅士派头、'精神上的'贵族气派"。②正如梅特钦科所指出的,"在这次辩论中,什克洛夫斯基认为形式主义是他和他的同道者在革命初期所做的一种划出一块不包括社会主义在内的'艺术的租界地'的尝试。他着重指出:他当时还以为,这一切都是为了艺术,为了技巧,为了革新,而实际上,这一切原来都是幻想。"③

什克洛夫斯基的自我批评并没有就此结束,而是持续了他的整个后半生。1919年什克洛夫斯基提出了形式主义的宣言:"艺术总是离开生活而保持自由,在它的色彩中从来也没有反映出那飘扬在城市堡垒上空的旗子的颜色。"④在六十岁的时候,他对自己二十岁时提出的这个"旗帜"比喻进行了纠正,认为"当时我在旗子的颜色上抬了杠,不懂得这旗子就决定了艺术。……在诗歌中旗的颜色意味着一切。旗的颜色,就是灵魂的颜色,而所谓灵魂是有第二个化身的,这就是艺术。"⑤ 1930年,他认为自己在学术上走了一条错误的路。三十年过去了,他依然认为是"我们自己不好,走错了路"⑥。他认为形式主义者的活动并非"由于行政

---

① [苏]阿·梅特钦科:《继往开来——论苏联文学发展中的若干问题》,石田、白堤译,中国社会科学出版社1983年版,第157页。
② 同上书,第260页。
③ 同上。
④ 同上书,第157页。
⑤ 同上书,第160页。
⑥ 同上书,第161页。

命令而中断",不是外界压力的结果,而是由于形式主义的方法和观念上的错误和偏狭,才遭到了思想上的失败。我们很难确认什克洛夫斯基的这些忏悔是否发自内心,但是他发表这些文章则表明他已经完全放弃了早期的形式主义观念。

四 在马克思主义与形式主义之间对话的尝试

巴赫金认为真正的学术讨论应该是对话性的,因为"思想只有同他人别的思想发生重要的对话关系之后,才能开始自己的生活,亦即才能形成、发展、寻找和更新自己的语言表现形式,衍生新的思想。"① 因此,在这场论争之后,学者们普遍认识到在马克思主义与形式主义之间寻求对话可能是解决二者之间矛盾的一条重要道路。

事实上,在马克思主义与形式主义的论争过程中已经出现了在二者之间进行折中调和的尝试,其代表人物有日特林(A. Zeitlin)、米·列维多夫(M. Levidov)和阿瓦托夫(Boris Arvatov)等人,厄尔里希称他们为"形式主义—社会学派",或叫"形社者"。早在1923年,日特林就在《马克思主义与形式主义方法》一文中提出"将马克思主义的长远目标与形式主义的短期计划相结合"的研究方法。他们将这种方法称为"综合法"。"形社者"的观念得到了"左翼艺术战线"文学集团的热烈支持。"左翼艺术战线"把掌握形式主义的方法作为现代文学科学的主要任务,认为这是"唯一能使马克思主义方法成为科学的方法"②。正如米·列维多夫所言:"只有形式主义者和社会学家通力合作才能产生一种名副其实的马克思主义文学研究。"③他们认为"形社者"将形式主义和马克思主义予以综合是在建立一门新的美学,而事实上这种新美学仅仅是用社会学的术语对形式主义的学说进行简单的粉饰,或者说是给社会学加入一些形式主义的概念而已。在他们看来,虽然形式方法非常重要,但是社会

---

① [苏]巴赫金:《陀思妥耶夫斯基诗学问题》,载《诗学与访谈》,河北教育出版社1998年版,第114页。

② [苏]谢·马申斯基:《苏联批评界和文艺学界反对形式主义的斗争》,载《世界艺术与美学》第七辑,文化艺术出版社1986年版,第24页。

③ Victor Erlich, *Russian Formalism*: *History and Doctrine*, New York: Mouton Publishers, 1980, p. 111.

学方法依然是最主要的方法。在他们的一个纲领性文件中包含了这样的主张："诗歌语言理论研究会会员们！形式方法是研究艺术的钥匙。每个跳蚤——韵脚都应该考虑周到。但怕的是在真空里捉跳蚤。只有用社会学的方法来研究艺术，你们的工作才不仅是有意思的，而且是需要的。"①"形社者"力图把形式方法同社会学方法结合起来，而事实上还是用马克思主义来统摄形式主义。虽然"形社者"的方法过于简单，这种综合也并不成功，但是他们的尝试却是有益的，对在马克思主义与形式主义之间进行对话提供了借鉴。

巴赫金的学术生涯就是在马克思主义与形式主义之间的论争中开始的，而他在二者之间的对话就是对"形社者"的综合法的推进和深化。他认为形式主义是一种非社会学的诗学，而马克思主义则是一种非诗学的社会学，要超越二者的局限就要建立一种新的不同于庸俗马克思主义的真正的社会学诗学，从而将马克思主义与形式主义的文学批评方法真正地进行辩证综合。这种对话具体表现在形式批评与社会学方法的对接、语言符号与意识形态的关联，以及小说形式与社会历史文化的互动三个方面。对巴赫金在二者之间的对话笔者已经专门撰文进行过分析，在此不予赘述。②

在西方，由于不存在苏联这样的意识形态斗争，其宽松的文化氛围使俄国形式主义的观念和方法得以延续，经过布拉格传到法国之后快速发展为法国结构主义，并产生了世界性的影响。此时，形式主义和马克思主义作为20世纪最重要的两种理论思潮，要取得进一步的发展就不可能再忽视对方的巨大成就。因此，在二者之间进行对话就成为20世纪60年代之后学术研究的一种必然选择。也正是这种对话使马克思主义和形式主义都取得了前所未有的成就。按照詹姆逊的说法，结构主义本身就是马克思主义的问题性中的一部分，如果没有马克思主义提出的问题，也就没有结构主义的答案。反之亦然，如果没有结构主义

---

① [苏]谢·马申斯基：《苏联批评界和文艺学界反对形式主义的斗争》，载《世界艺术与美学》第七辑，文化艺术出版社1986年版，第23页。
② 杨建刚：《在形式主义与马克思主义之间对话——巴赫金学术研究的立场、方法和意义》，《文学评论》2009年第3期。

方法论的启发，也就不会有结构马克思主义的出现。罗兰·巴特的文本理论、阿尔都塞的结构马克思主义、马歇雷和伊格尔顿的艺术生产理论、詹姆逊的马克思主义阐释学和鲍德里亚的符号价值理论等，无一不是这种对话的结果。

五 学术批评抑或政治斗争：论争的原因及其反思

对苏联马克思主义和俄国形式主义之间的矛盾与对抗，苏联学界与西方学界持两种截然不同的意见。苏联学者普遍认为，在这场论争中形式主义不堪一击而遭受彻底失败，其原因并不在于政治压力，而是因为形式主义自身的理论缺陷。马克思主义并不是因为依靠党的支持才压倒了形式主义，而是因为它符合时代的需要才取得了话语权，并导致在这场论争中取得了绝对胜利。因此，形式主义并不是时代政治的"牺牲品"，形式主义者也并不是"不幸的人"。而且，理论自身的不完善还只是次要的，俄国形式主义最大的致命伤在于它的"这些原则跟苏维埃艺术发展的基本方向、跟优秀的革命艺术家的本质要求和渴望是背道而驰的。……形式主义者的教条跟当时的创作思想、明确的方向、战斗的激情，矛盾特别大。"[①] 因此，对形式主义发起大规模的批判是应该的，是符合时代要求的，形式主义的失败和消亡也是自然而然的。更令人遗憾的是，留在苏联的什克洛夫斯基和艾亨鲍姆等人也不敢承认外在政治的压力，反而也认为是其理论自身的缺陷使然。在 20 世纪 50 年代，什克洛夫斯基还不无挖苦地写道："在西方，人们指责我背叛了自己，并接受了我的遗产……而我之所以要转变，是因为我还愿意努力成长。"[②]

相反，西方学者，包括俄国形式主义研究专家厄尔里希、新批评代表人物韦勒克和结构主义研究学者布洛克曼等都对形式主义学说进行辩护，认为俄国形式主义的失败并不是其学说自身的问题，而是外来干涉和政治压迫的结果。正如厄尔里希所言："在苏联，形式主义的发展被暂时中断

[①] ［苏］阿·梅特钦科：《继往开来——论苏联文学发展中的若干问题》，石田、白堤译，中国社会科学出版社 1983 年版，第 172 页。

[②] ［苏］谢·马申斯基：《苏联批评界和文艺学界反对形式主义的斗争》，载《世界艺术与美学》第七辑，文化艺术出版社 1986 年版，第 27 页。

了，因此它被剥夺了克服自己弱点的可能性。"① 克里斯蒂娃同样说是由于"文学和科学之外的种种理由终止了俄罗斯形式主义的研究"②。托多罗夫认可这一点，认为俄国形式主义是"被布尔什维克制度痛批，不久就被镇压"的，而之所以会这样，就是因为"二者都喜欢将自己的敌手看作是自己的观点二选一后的另类"③。托尼·本内特也认为马克思主义与形式主义之间的"对话被用于驱散形式主义的相同的政治压力取缔了"。④ 就连厄尔里希研究俄国形式主义的权威著作《俄国形式主义——历史与理论》也难逃同样的命运。这本著作一经出版就在苏联受到了很多批评，但在西方却备受尊崇，认为它是"对文学学思想的杰出贡献，不仅仅对于斯拉夫文学史家，而且对于从事文学的科学研究的每一个人，都是有价值的"⑤。

苏联和西方学者对此做出了两种截然相反的解释，其原因是多重的。从理论自身来看，形式主义和马克思主义在理论渊源、学术观点、研究方法和价值指向等方面都存在很大差异。形式主义是俄国乃至世界文学研究中自19世纪中叶以来注重文学语言的文学研究方法在学理上的延续，也是注重形式创新的现代主义艺术（比如未来派诗歌）在理论上的表现，而马克思主义则在马克思和恩格斯之后，延续了别林斯基、车尔尼雪夫斯基和杜勃罗留波夫等革命民主主义批评家的理论传统，并且自普列汉诺夫以来就成为俄国文学批评中的重要思想。形式主义思考的是科学的文学研究何以可能，而马克思主义思考的则是具有革命性和政治性的文学研究何以可能；形式主义割裂文学与外部世界的联系，使文学批评回归文学本身，进行内部研究，而马克思主义则持一种整体性观念，把文学放在与外部世界的关系整体中进行外部研究；形式主义关注文学

---

① Victor Erlich, *Russian Formalism: History and Doctrine*, New York: Mouton Publishers, 1980, p. 154.
② [法] 朱莉娅·克里斯蒂娃：《符号学：符义分析探索集》，史忠义等译，复旦大学出版社 2015 年版，第 85 页。
③ [法] 茨维坦·托多罗夫：《濒危的文学》，栾栋译，华东师范大学出版社 2016 年版，第 103 页。
④ Tony Bennett, *Formalism and Marxism*, London: Methuem & Co. Ltd., 1986, p. 28.
⑤ [俄] 谢·涅博里辛：《俄形式论学派在西方文论界的"旅行"》，周启超译，《马克思主义美学研究》2008 年第 2 期。

语言，把语言学作为文学研究的重要工具，而马克思主义则把文学与意识形态的关系作为文学批评的核心问题；形式主义采用一种形式批评的方法，把文学的审美价值作为最重要的价值指向，而马克思主义则采用一种社会学方法，其最终指向的是文学的政治价值。由此可见，形式主义和马克思主义本质上就是两种完全异质的文学理论和批评方法。但是，从学术发展的常态来看，这种异质性并不等于二者不可以共存，它们本可以并行不悖地发展。但是如果将各自的倾向推向极端，并且非此即彼地尊奉为唯一合法的理念和方法，那么异质性就会转化为矛盾性，二者之间出现论争就是必然的。

正确而合理的批评和论争是学术发展所需要的，从某种程度上还可以推动学术研究走向深入。然而，在那个特殊的历史时代纯粹的学术批评是无法存在的，更何况形式主义的巨大影响力对马克思主义形成了挑战。因此，从一开始，马克思主义者的批判就已经超出了学术批评的限度，给形式主义者戴上了意识形态的帽子，从而使这场论争转变成政治斗争的一部分，成为马克思主义为了获得文化和意识形态领导权而展开的一场政治运动。

巴赫金认为发生在马克思主义和形式主义之间的这场论争"看起来是一种论争，但这场争论却不是真正的对话，因为双方都未能倾听对方。为了成功地反驳形式主义者，需要一种像形式主义理论一样有效的理论，能够面对具体文本和文学分析的具体问题，但马克思主义者却没有做到这一点。"① 马克思主义者只是在"背后打击"形式主义，用政治手段而非学术讨论的方式对形式主义进行批判，却没有与形式主义形成"正面的交锋"。这种以政治批判代替学术讨论的方式并不能取得有意义的成果，也使马克思主义失去了吸收形式主义合理内核的机会。对于马克思主义的文化和意识形态领导权的建立来说这场论争是成功的，但是从学术批评的角度来看其损失却是巨大的。在詹姆逊看来，"衡量一种理论，依据的不是其推翻对立思想的能力，而是其吸纳最强劲的批评者中有根据的和富有洞见

---

① ［苏］巴赫金：《文艺学中的形式主义方法》，载《周边集》，河北教育出版社1998年版，第255页。

的思想的能力。"① 苏联马克思主义所缺乏的正是这种胸襟和能力，这也就导致苏联马克思主义与俄国形式主义之间不可能形成有效对话，也导致了苏联马克思主义文学批评的庸俗化倾向，用政治权威所建立起来的"苏联模式"最终也摆脱不了被淘汰的命运。

这场论争已经过去了近一个世纪，但是这种学术批评的方法及其后果我们不可轻易忘记。学术问题还是要通过学术批评的方式来解决。真正的学术批评和论争应该是对话性的，在学术批评中不可动辄就给对方扣上政治的帽子，更不能通过政治力量和手段来打压对方。巴赫金对这场论争进行了深入的分析，通过巴赫金的思想我们可以总结出真正的学术批评或对话必须具备三个要素。首先，要有开放的胸襟，尊重对方的存在价值，哪怕是负面的价值，因为"给予好的敌手的评价，应当比给予坏的战友的评价高得多"。② 其次，要真正进入对方的学术论域中去，这样才能有的放矢，而不是在外部隔靴搔痒。最后，对话不是对相异的理论学说的简单折中，而应该是一种理论的综合创新。因为"真理不存在于金色的中间地带，不是正题与反题之间的折中，而是在它们之外，超出它们，既是对正题，也是对反题的同样否定，也就是一种辩证的综合。"③ 巴赫金对这场论争的反思，以及他所提出的对话方法对我们的文学批评具有重要的启示意义。

对于一个常态的社会来说，各种理论应该是多元共存、自由竞争、相互对话的。马克思主义与形式主义之间的异质性并不等于矛盾性，在二者之间进行对话不仅是可能的，而且是必要的。只有从学术的立场上进行真正的对话，马克思主义和形式主义才能够克服各自的理论缺陷并取得深入发展。西方马克思主义和结构主义通过对话而取得的巨大成就已经证明了这一点。由此可见，从学术立场上进行平等对话应该成为推动文学理论未来发展的有效途径。

---

① ［美］海登·怀特：《形式的内容：叙事话语与历史再现》，董立河译，北京出版社2005年版，第196页。

② ［苏］巴赫金：《文艺学中的形式主义方法》，载《周边集》，河北教育出版社1998年版，第343页。

③ ［苏］巴赫金：《马克思主义与语言哲学》，载《周边集》，河北教育出版社1998年版，第431页。

罗曼·雅各布森的隐喻理论和审美现代性话语

杨建国

（五邑大学外国语学院）

一 导言

罗曼·雅各布森（Roman Jakobson）严格区分隐喻和换喻，将属于形象语言的换喻推到非形象语言一端，造成其诗功能概念重诗歌而轻散文。单纯从诗学理论的角度来看，这无疑是一个缺陷；然而，审美现代性视角的引入令雅各布森的隐喻理论呈现出新的意义。雅各布森的隐喻理论是一种诗学理论，为雅各布森诗学的核心概念——诗功能——提供理论支持；同时，它也是一种现代性理论，不仅对启蒙现代性和审美现代性两种文化进行了类型划分和历史分期，其自身也显著偏向审美现代性，成为审美现代性话语的一部分。

二 雅各布森的隐喻理论及其内在缺陷

在发表于1956年的论文《语言的两个方面和失语症的两种类型》中，雅各布森提出，语言包括两种基本行为——组合（combination）和选择（selection），二者构成两条轴线——"组合轴"（axis of combination）和"选择轴"（axis of selection）。组合轴上，各单元之间的关系体现出"邻接性"（contiguity）；选择轴上，各单元之间的关系体现出"相似性"（similarity）。紧接着，雅各布森又指出，邻接性和相似性分别是两种传统修辞方式的组织原则,隐喻建立于相似性之上,而换喻则建立于邻接性之上。对于上述观点,雅各布森做出"科学实证"色彩浓厚的论证,在总结大量前人失语症临床研究的基础上,他提出,失语症可分为两大类型:一类病人的组合能力遭到破坏,导致所说语句句法混乱,尤其丧失了语言中的连接性词语,如连词、介词、副词;另一类患者的聚合能力遭到破坏,导致词汇极度贫乏,完全丧失了运用隐喻的能力,但他们的话语句法正确,语序工整,实在想不出某个词时,会用相邻的表达方式代替。例如,用"削苹果的东西"代替"小刀"。①

凭借其惯有的超广角视域和游走于不同系统之间的一贯作风,雅各布森敏锐地领会到,隐喻和换喻,或者说聚合关系和组合关系在言语行为中的表现并不均衡,"个人同时在两个方面(位置和语义)操纵这两种关联方式(相似性和邻接性),他既选择,又组合,并将二者排出孰先孰后,从而显现出个人的风格,自己在语言上的倾向和偏好。"② 这种不平衡性为语言现象和文化现象的类型划分提供了重要依据,在文章结尾处两段极其精练、浓缩的文字中,雅各布森写道,文学史上的浪漫主义和象征主义以隐喻为主要的话语组织方式,而现实主义则更偏重换喻。以托尔斯泰的《安娜·卡列尼娜》为例,安娜自杀一幕中,作者的描写聚焦在安娜手中的手袋之上。语言领域以外,同样存在着类似的区分。例如,绘画领域中,立体主义表现出很强的换喻性,而超现实主义则偏向隐喻。自从电影诞生以来,各种"特写镜头"的运用令其成为"超级换喻"艺术,然而在卓别林和爱森斯坦的电影中,"蒙太奇"手法的运用又令电影具有了隐喻性。③

雅各布森的隐喻理论中存在着一个内在缺陷。邻接是已实现的语言符号间的对立关系,用索绪尔的话说,是显性关系;相似是一个已实现的符号同其他尚未实现的符号间的关系,属于隐性关系。因此,同邻接和相似相对应的不应该是换喻和隐喻,而是非形象语言和形象语言。隐喻和换喻尽管在语义组织方式上存在着明显不同,但同为形象语言,二者同样体现

---

① R. Jakobson, "Two Aspects of Language and Two Types of Aphasic Disturbances", *Selected Writings Volume* 2, Hague: Mouton, 1971, pp. 241 – 254.
② Ibid., p. 255.
③ Ibid., pp. 255 – 256.

出选择和替换，二者间的共同之处似乎比区别更为显著。修·布列丹列举出十一种换喻关系：1）以原因代替结果；2）以生产者代替产品；3）以使用者代替工具；4）以行为人代替完成的行为；5）以情感代替情感之目标；6）以容器代替内容；7）以地点代替机构；8）以时间代替特性；9）以持有者代替持有物；10）以符号代替所指；11）以具体代替抽象。① 上述任何一种关系中，所体现的都是已实现的项目（理查兹所谓"载具"）对一个潜在项目（理查兹所谓"意旨"）的替换，同隐喻并无根本不同。

欧洲隐喻学鼻祖亚里士多德并没有严格区分隐喻和换喻，而是把它们视为同一个类别。亚里士多德把隐喻分为四类：属概念到种概念，种概念到属概念，种概念到种概念，以及借助于类比。他所说的隐喻的第一类、第二类今天都归于换喻名下。当代理论界中也不乏不同于雅各布森的声音，法国的 μ 小组在修辞学方面的研究表明，隐喻和换喻有着内在的联系。隐喻和换喻的基础都是举隅（synecdoche），即部分和整体、种概念和属概念、具体概念和一般概念的替换。μ 小组把隐喻和换喻的形成过程分解为两个步骤，包含一个起始项 S，一个中间项 I，一个终止项 R，其具体过程为：S→（I）→R②。S→（I）是一次举隅，（I）→R 又是一次举隅，且两次举隅的方向正好相反，如果第一次举隅是以部分代替整体，第二次举隅必须为整体代替部分。隐喻和换喻的区别在于，隐喻中中间项 I 是起始项 S 和终止项 R 的语义交集，换喻中中间项 I 包含了起始项 S 和终止项 R。③ 二者区别可用图示表示：

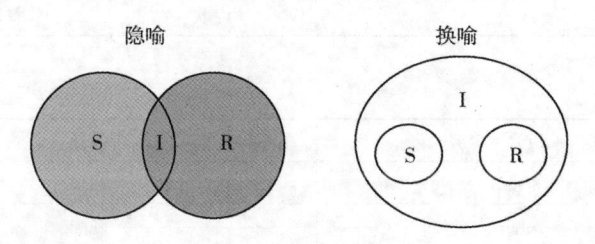

图 1 隐喻与换喻

---

① H. Bredin, "Metonymy", *Poetics Today*, Vol. 5, No. 1 (1984), p. 48.
② 中间项 I 只存在于思维过程中，不会出现于能指之中，故以括号括起。
③ Group μ, *A General Rhetoric*, Baltimore: Johns Hopkins University Press, 1981, pp. 90 – 121.

μ小组的研究表明，作为形象性语言，隐喻和换喻同样属于选择和替换行为，二者的基础同样是相似。

三 转译性和文学性

雅各布森严格区分隐喻和换喻，把同样属于选择和替换行为的换喻推到组合和语境一边，从而令叙事性散文处于相当不利的境地。这正是戴维·洛奇注意到的："这里的'诗学'一词似乎遇上了一个难题，而我觉得这个难题似乎尚未引起人们的广泛注意。从理论上说，雅各布森的论述理应涵盖文学全部，可在这篇文章中，它似乎仅仅应用于韵体文之上。"[①] 洛奇认为，雅各布森诗学的理论目标和实际表现之间存在差距的原因是《语言学和诗学》和《语言的两个方面和两种失语症状》这两篇文章间存在着差异，后一篇文章表示，文学性同时包含隐喻和换喻两种类型；前一篇文章中，文学性绑定于一种类型——隐喻之上。[②] 我的观点恰恰相反，雅各布森1956年的文章和1958年的讲演之间并无冲突，正是其1956年的文章所确定的整体框架决定其诗功能的不平衡性。请看表1、表2：

表1

组合	选择	
邻接	相似	
非形象语言	形象语言	
	隐喻	换喻
	诗歌	叙事散文

表2

组合	选择
邻接	相似
换喻	隐喻
叙事性散文	诗歌

根据雅各布森对邻接和相似的描述，我们理应得到表1，可雅各布森

---

① D. Lodge, *The Modes of Modern Writing*, London: Edward Arnold, 1977, p. 90.
② Ibid., p. 92.

实际为读者提供的却是表2。相较于表1，换喻，以及与之紧密相关的叙事性散文从选择和相似这一端被推到其对立面，组合和邻接的一端。结合选择和相似在雅各布森诗学理论中的地位，这一做法的意义便不言而喻。在雅各布森看来，文学话语的特性来自相似和对等，主要存在于语言的选择轴上。这里还是要引用那段已被引用无数次的论述："所谓诗功能有何经验性语言标准？尤其要问的是，任何一部诗歌作品有何必不可少的内在特征……诗功能将对等原则由选择轴投射到组合轴上，对等被提升为语言序列的构成手段。"① 当换喻、叙事性散文由选择—相似一端被推到组合—邻接一端，它们也被推到诗功能的远端，即便其文学属性没有被完全剥夺（毕竟，它们有着悠久而强大的传统），至少也被列入次要文学形式的行列。故而雅各布森感叹道："无韵作品……和其他任何过渡性语言领域一样，此类作品给诗学造成了许多麻烦，带来了许多难题。"② 在雅各布森看来，散文已处于标准语言和文学语言间的过渡地带，紧随其后的就是广告、演讲、科学论文这样一些虽然不排斥诗功能，但不以其为主因，故而无缘文学之名的话语形式。

雅各布森的诗功能概念明显偏向诗歌而远离散文，这与散文，尤其是叙事性散文悠久的历史和卓越的成就显然不相符。雅各布森也说："诗学用来分析浪漫主义诗歌之隐喻风格的语言学方法完全可应用于现实主义散文的换喻机制的分析上"③，遗憾的是，他本人并没有提供任何例证，显示这种分析如何进行。

爱德华·布朗为雅各布森的诗功能概念提供另一种"补救"方案。他认为，雅各布森诗学所提供的方法完全可应用于现实主义叙事性散文的阐释之上。在对《安娜·卡列尼娜》做一番详细剖析后，他写道："在更宽广的意义上，'投射原则'并没有被放弃，而是由叙述文本的语言肌质层转移到意义段落之上。"④ 布朗说的是，叙事性散文中，对等由音素、

---

① R. Jakobson, "Linguistics and Poetics", *Selected Writings Volume* 3, Hague and Paris: Mouton, 1981, p. 27.
② Ibid., p. 46.
③ Ibid., p. 47.
④ E. Brown, "Roman Jakobson: The Unity of His Thought on Verbal Art", *Language, Poetry and Poetics*, Berlin and New York: Mouton de Gruyter, 1987, p. 252.

词素、语词这样的微观语言单位转移到情节这样的"大语言单位"上。例如，什克洛夫斯基指出，托尔斯泰创立了对称法，特别是为了探讨死亡这一主题，"托尔斯泰认为有必要引申出三个主题：贵妇人之死、农夫之死和树木之死的主题。我说的是《三死》的故事，这个故事的各个部分由一定情节联系起来：农夫是贵妇人的车夫，而树木被农夫截断做了十字架。"①

布朗的"转移"论基本上可弥补雅各布森的隐喻理论亲诗歌而疏散文的缺陷。然而，上述方案在化解了散文同隐喻的冲突的同时，也抹平了雅各布森隐喻理论中一组重要对立——现实主义和浪漫主义/象征主义的对立，同时也消解了这一理论的历史蕴含。既要维持雅各布森隐喻理论的全面性，又要维持其历史蕴含，仅凭诗功能一个概念似乎难以为继，需要引入另一个概念——转译性。

雅各布森在《翻译的语言学方面》一文中提出一套翻译理论。他指出，所谓"意义"就是转译，"任何语言符号的意义就是将其转译为其他的符号，尤其是将其转译为更为发达的符号。"② 根据这一定义，雅各布森把翻译分为三类：语内翻译、语际翻译和符际翻译。

雅各布森指出，所谓"转译性"（translatability）并不存在于语词之中，或者用他的术语，代码单位（code unit）之中，而存在于语言信息之中。就语内翻译而言，对一个词的解释既可以使用同义词，也可以使用更复杂的表达方式。然而，同义词之间难以达到完全匹配，故而，"词语或习语，简而言之，最高层次的代码单位，只有借助于一系列与代码单位对等的组合才能得到充分解释，也就是说要借助于指向这一代码单位的语言信息。"③ 同样，对于语际翻译而言，"通常在代码单位之间不存在完全对等，而语言信息则可对他国语言的代码单位或信息加以适当的阐释。"④ 雅各布森的论述表明，所谓"翻译"就是语言信息的流动，转译性存在于语言信息之中。在语言的较低层次，如语词层，充分转译要借

---

① [苏] 什克洛夫斯基：《故事和小说的结构》，载方珊等译《俄国形式主义文论选》，生活·读书·新知三联书店1989年版，第21页。
② R. Jakobson, "Linguistic Aspects of Translation", *Language in Literature*, Cambridge, Mass.: Harvard University Press, 1987, p. 429.
③ Ibid..
④ Ibid., p. 430.

助于更高一层,即语句层中更复杂的符号组合来完成;随着语言层次的提高,转译性也逐步加强,可在其他语言符号(无论来自同一种语言,还是另一种语言)中找到充分对等形式。

雅各布森的转译性理论同他关于语言使用自由度的层次理论紧密相关。在《语言的两个方面和两种失语症状》中,他指出,语言符号的组合中,使用者的自由度随着语言层次的上升而逐级上升。在把区分性特征组合为音素时,自由度为零;把音素组合为语词时,自由度十分有限,仅限于生造新词这一特殊情况;把语词组合为语句时,自由度大大提高;最后,把语句组合为话语时,"强制性的句法规则不再起作用,使用者创设全新语境的自由极大提高。"① 我们可得到图2:

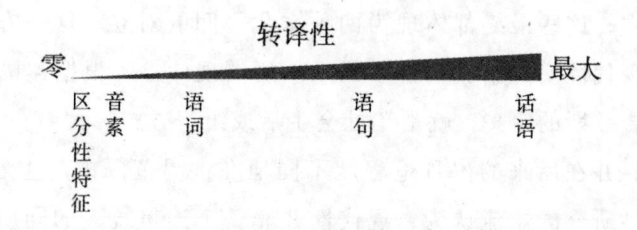

```
                    转译性
零 ────────────────────────── 最大
区    音    语          语          话
分    素    词          句          语
性
特
征
```

图2 转译性示意图

语言诸层次中,区分性特征和音素顽固地抵抗转译;转译性由语词开始,但仍有很大限制,充分转译要借助于上一层的语言符号;由语句层开始,转译性迅速提高,在话语层达到最大。

转译性概念的引入为雅各布森的隐喻理论提供了另一个阐释方向:区分隐喻和换喻、诗歌和散文、浪漫主义/象征主义和现实主义的并非诗功能,而是转译性。在《语言学和诗学》中,雅各布森在提出著名的投射原则后,对其详细解释道:"诗歌中,一个音节同序列中的另一音节对等,重音理应对应重音,非重音对应非重音;长韵与长韵相配,短韵与短韵相对;用词中,有分界处和无分界处各自相对;句法中,有停顿处和无停顿处各自相对。音节、迟滞、重音,这些都被转化为节奏的单位。"② 这

---

① R. Jakobson, "Two Aspects of Language and Two Types of Aphasic Disturbances", *Selected Writings Volume* 2, Hague: Mouton, 1971, p. 243.

② R. Jakobson, "Linguistics and Poetics", *Selected Writings Volume* 3, Hague and Paris: Mouton, 1981, p. 27.

段解释中,所有的对等都发生于语词以下的层次上——音节、重音、韵脚、分界特征、停顿,这些都低于转译的最低限度要求,故而难以转译为其他语言符号。叙事性散文则与之不同,其中的对等主要发生于情节、人物之上,而这些都处于超语句的话语层,具有最大限度的自由度和转译性,可无障碍地转译成其他语言符号。换喻、散文、现实主义积极向转译性一端靠拢,而隐喻、诗歌、浪漫主义和象征主义则积极向其相反方向聚集。

四 作为审美现代性话语的雅各布森隐喻理论

隐喻和换喻的对立,诗歌和散文的对立,浪漫主义/象征主义和现实主义的对立,这些最终都体现为两种文化之间的对立。这一方面,近年来盛行的现代性研究给我们许多启示。所谓现代性,根据英国社会学家安东尼·吉登斯的定义,就是"社会生活或组织方式,大约在17世纪出现在欧洲,并在后来的岁月里程度不同地在世界范围内产生着影响。"[①]当今现代性研究的主流认为,现代性并非一个连贯统一的同质概念,而是充满矛盾和冲突,它一方面追求秩序和同一,致力于消灭混乱和差异,另一方面又产生出秩序的他者,齐格蒙特·鲍曼所说的"多义性、认知不和谐、多价界定和偶然性"。[②]

众多学者不约而同采用二项对立的形式来表述现代性内部的矛盾与冲突。马泰·卡利奈斯库指出:"在19世纪上半叶出现了两种现代性之间无法弥合的分裂。一种是作为西方文明史发展到一个阶段的现代性,它是科学技术进步和工业革命的产物,是资本所引发的广泛经济和社会变迁的产物;另一个则是作为美学概念的现代性。"[③] 阿尔布莱希特·维尔默在《坚持现代性》一书中区分了启蒙的现代性和浪漫的现代性,对维尔默而言,"启蒙"和"浪漫"不仅是两个历史范畴,更是两种不同的倾向和价值。[④] 把这个问题阐述得最明白透彻的还是哈贝马斯,他区分了

[①] [英]吉登斯:《现代性的后果》,田禾译,译林出版社2000年版,第1页。
[②] Z. Bauman, *Modernity and Ambivalence*, Cambridge: Polity Press, 1991, p.7.
[③] M. Calinescu, *Five Faces of Modernity*, Durham: Duke University Press, 1987, pp.41-42.
[④] A. Wellmer, *The Persistence of Modernity*, Cambridge, Mass.: MIT Press, 1991, pp.86-87.

文化现代性和审美现代性。所谓文化现代性指的是"18 世纪启蒙哲学家所制定的现代性规划",它包括三个方面:"依据其自身逻辑的客观科学、普遍道德和法律,以及自主的艺术。"① 审美现代性是文化现代性的一部分,根据周宪的总结,它是"社会现代化过程中分化出来的一种独特的自主性表意实践,它不断反思着社会现代化本身,并不停地为急剧变化中的社会生活提供重要的意义。"② 综合卡利奈斯库、维尔默、哈贝马斯、周宪四人的观点,西方现代性在其发展过程中一方面呈现为启蒙的规划,表现为科学、理性和艺术自律的精神,另一方面又呈现为对启蒙规划的反思和背叛。这种反思和背叛在西方现代性之肇始者卢梭那里已现端倪,近世更在现代主义和先锋派文学艺术中集中爆发。这里沿用周宪的做法,从维尔默和哈贝马斯的二项对立中各取其一,称其为启蒙现代性和审美现代性。

转译性并非评判文学作品优劣之标准,更非区分文学和非文学的标准。然而,对转译性的接受或拒绝却显示出语言使用者在具体历史文化语境中的选择。转译性的核心是可通约性,转译要求以可普遍通约、交换的语言去表现可普遍通约、交换的对象。散文、现实主义,以其对转译性和通约性的追求成为启蒙现代性的最佳载体。

在发表于1919 年的《论艺术中的现实主义》一文中,雅各布森开始把现实主义和换喻联系到一起:"之前我已提到,可把现实主义的发展描述为对非关键性细节不断提高的关注。巧合的是,这类手法中是由含义三③的一些代表人物发展起来的(在俄罗斯,他们被称为果戈理派),因而有时二者被混为一谈。这种手法就是利用以邻接为基础的意象把叙事加以凝缩,也就是说,避开惯常的语言,以换喻或举隅取而代之。这种凝缩的实现常常不受情节的限制,或者干脆就取消了情节。请允许我举个俄国文学中的例子,安娜·卡列尼娜和莉莎自杀的一幕。在描写安娜

---

① J. Habermas, "Modernity: An Incomplete Project", *Postmodernism: An International Anthology*, Seoul: Hanson, 1991, p. 262.
② 周宪:《审美现代性批判》,商务印书馆2005 年版,第71 页。
③ 所谓含义三就是19 世纪俄罗斯文学艺术的主流,根据雅各布森的论述,那是以拉宾、果戈理、托尔斯泰、图捷列夫、奥斯特洛夫斯基为代表的艺术流派。

自杀时，托尔斯泰把描写的重点放到她的手袋上。"① 这段引文中，现实主义被描述为以换喻和举隅代替惯常语言的创作手法，雅各布森称之为现实主义一词的第四项含义，并强调"这第四项含义常常出现于第三项含义中。"② 值得注意的是，在现有文献中，上述论述中雅各布森第一次把换喻、邻接性和现实主义联系起来，由此开始了他庞大而持久的方案，以换喻和隐喻描绘语言和文化中的对立。这也是他第一次提到《安娜·卡列尼娜》，同样的例证在1956年的文章《语言的两个方面和两种失语症状》和1958年的讲演《语言学和诗学》中一再出现，一方面验证了雅各布森思想惊人的连贯性，同时也说明了一个重要问题：雅各布森由思考19世纪现实主义的特征开始构筑他绵密而宽广的对立之网，现实主义堪称其隐喻理论的零号里程碑。

　　作为便于转译的文学话语，现实主义叙事性散文必须使用可为语言共同体普遍接受，符合公共理性和语言契约的话语形式，在此基础上构筑文学的对等结构。阿斯特拉德尔·艾施泰因松指出，现实主义一词包含三层含义：1）表明19世纪欧洲文学主流的历史分期术语；2）对现实的一种模仿过程，主要体现在叙事中；3）公众所认可的交往语言在虚构性或文学性文本中的体现。③ 这里的第三点即强调，现实主义依赖常规的交往语言，要求以人们共有的语言为媒介。公共性和普遍性不仅体现于现实主义的语言媒介中，同样也体现于其描写对象中。韦勒克把现实主义描述为"对当代社会现实的客观描写……它排斥奇幻文学、类童话文学、寓言和象征文学、高度风格化的文学、纯粹抽象和过于藻饰的文学。"④ 简而言之，现实主义所描绘的是典型，它来自文化的共核，强调为所有成员所理解和遵守共同标准和普遍效力。故而，现实主义文学中，尤其在其开端部分，不乏诉诸"人同此心、心同此理"的表达。无论是《理智和情感》中的"有钱的单身汉总要娶位太太，这是一条举世公认的真理"，还是《安娜·卡列尼娜》中的"幸福的家庭彼此相似，不幸的家

---

① R. Jakobson, "On Realism in Art", *Language in Literature*, p. 25.
② Ibid..
③ A. Eysteinsson, *The Concept of Modernism*, Ithaca: Cornell University Press, 1990, p. 192.
④ R. Wellek, *Concepts of Criticism*, New Heaven: Yale University Press, 1963, p. 260.

庭各不相同",都是现实主义的通约性和公共性的明白表达。

以公共、可通约的语言表现公共、可通约的对象,这令现实主义成为可普遍转译的文学形式。对普遍通约性和转译性的追求正是启蒙现代性规划的核心内容之一,西方现代社会的发展一方面创造出普遍交换的市场经济,另一方面也催生出追求普遍通约性和转译性的文化。科学的概念、理性的概念、民主的概念、进步的概念,以及艺术的自律、个体的独立、物质财富积累的无极限,等等,所有这些都要求超越一时一地之具体,突破民族国家语言的局限,成为放之四海而皆准,延及百代不易的"真理"。现实主义叙事性散文成为启蒙现代性在文学中的"自然"选择,艾施泰因松评述现实主义同启蒙现代性之间的关系:"通过语言,凭借其形式,现实主义默默地向我们呈现出一幅连贯统一的文化图景……或许可以说,19世纪,当有些人看到'公共领域'正经历分崩离析的危机时,现实主义再创造出'公共领域',从而令社会凝聚。从某种角度说,现实主义话语是哈贝马斯所说的交往理性的理想形式。"[1]

审美现代性对启蒙现代性进行反思和反抗,它对语言的选择越来越偏离通约性和转译性,漂向与其相反的方向。近世以来,审美现代性在当下统称为"现代主义"的先锋文学、文化运动中集中爆发。抵抗通约性和转译性,以破碎的形式抵抗资本主义的总体控制,这正是阿多诺从现代主义中所看到的革命力量。阿多诺认为,商品交换已渗透到资本主义社会的各个角落,不仅体现于人与物的关系中,也体现于人与人的关系中,俨然已成为控制人们思想和行为的强大逻辑。他更关注媒介同对象之间的辩证关系,对于"形式"背后的意识形态力量也更为敏感。19世纪现实主义诚然是一股批判资本主义的力量,然而,就在现实主义批判资本主义的同时,它依旧依赖于"公共领域""文化共核""语言常规"这样一些对于资本主义来说至关重要的概念,在其叙事中令这些概念一遍遍重复,不断得到增强。因此,19世纪现实主义的批判仅能触及资本主义的枝叶,难以动摇其根基,甚至令其根基得到巩固和加强,成为资本主义的实际"合谋者"。

---

[1] A. Eysteinsson, *The Concept of Modernism*, Ithaca: Cornell University Press, 1990, p.195.

出于对抗资本主义制度的需要，阿多诺提出艺术的非通约性，以此为基础构筑起他的现代主义美学。在一个交换无所不容、无处不在的社会中，艺术就是要打断交换之链（哪怕只是暂时），令人们看到不可通约、不可交换之物的可能："现实世界中，一切独特的事物都是可替代的……艺术——不可交换的形象——同意识形态连接，因为它使我们相信，世界上存在着不可交换的事物。为了这种不可交换性，必须培养一种对可交换世界的批判意识。"① 艺术由"言说"走向"沉默"，由交往走向拒绝交往，这导致艺术日益走向自恋，日益走向断裂和破碎的形式，"艺术作品的自恋特征是其真理（包括社会真理）的条件……艺术品是全权代表，它超越交换、利润，和人类虚假需求之有害控制。"② 当商品交换的大幕已沉重落下，当人们日日沉浸在商品交换之中而无处走避，艺术只有通过自恋、沉默、空白，以扭曲、断裂、破碎的形式，才能（暂时）打断交换之链，为心灵提供一个庇护的场所。这正是形式所应当具有的抗争力量。

阿多诺在现代主义中发现了具有抗争力量的形式，他所心仪的艺术是卡夫卡的变形噩梦，乔伊斯的断裂话语，勋伯格的无调音乐，以及贝克特近乎沉默的低鸣。现代主义艺术以变形、非人化、拼贴、意识流等手段顽强地抵抗着可通约、可转译的"常规"语言和公众趣味，从公共交往之网中挣脱出来，在对交往的拒绝中执行艺术的功能，以表面的无意义刻画出资本主义社会中的深刻现实。在交换和普遍性已几乎淹没一切之时，现代主义艺术犹如星星点点的岛屿，为不可交换的特殊性提供最后的避难所。"所以，柏格森和普罗斯特的理论出现了，他们是真正的理想主义者，因为他们把想要救赎的东西归于现实，这正是艺术而非现实的作用。"③ 现代主义艺术成为真正的乌托邦，在现代主义艺术中，资本主义的现实得到救赎。

在审美现代性的视角下，雅各布森的隐喻理论也呈现出新的意义。它是一种诗学理论，为雅各布森诗学的核心概念——诗功能——提供理

---

① T. Adorno, *Aesthetic Theory*, London: Routledge and Kegan Paul, 1984, pp. 122 – 123.
② Ibid., p. 336.
③ Ibid., p. 192.

论支持；同时，它也是一种现代性理论，不仅对启蒙现代性和审美现代性两种文化进行了类型划分和历史分期，其自身也显著偏向审美现代性，成为审美现代性话语的一部分。

雅各布森早年与俄国未来主义诗人过从甚密，并曾以阿亚格罗夫的笔名发表未来主义诗作，许多学者都注意到了雅各布森早年对现代主义先锋艺术的热情对他整个学术生涯的巨大影响。布朗指出，雅各布森早年关于现代主义先锋派艺术的看法奠定了他全部诗学和语言学理论的基础。[1] 这些观点也得到了雅各布森本人的印证，在他与泼墨斯卡合著的学术自传《对话录》中，他回忆："对谢赫伯尼科夫的诗歌肌理的语音分析促使我把语言学数据用于话语的分析之上。另一方面，这位诗人极具创新性的诗歌作品也向语言的语音投去一道崭新的光线，引导我质疑语言学中关于语音材料的种种习惯思维，对它们做出根本修正。"[2]

雅各布森在其学术生涯后期追求研究方法的科学性和结论的普遍有效性，从而令从属于历史文化系统的启蒙现代性和审美现代性的对立很大程度上被遮蔽了起来。倒是在他的早期文献中，这一对立常常尖锐地凸显出来，表现为19世纪现实主义艺术同20世纪现代主义先锋艺术之间的对立。在发表于1934年的《何谓诗歌》一文中，雅各布森指出，自19世纪下半叶以来，语言符号开始膨胀。19世纪的各种话语试图掩盖这一现象，极力制造符号同现实相符的幻象；现代主义艺术反其道而行之，把打破语言符号的幻象视为目标。[3] 在《论艺术中的现实主义》中，他指出，现实主义众多含义中的一项是19世纪的艺术特征，这是一种带有换喻性质的艺术特征。[4] 正是这种艺术特征在更早的一篇文章，发表于1919年的《论未来主义》中，遭到激烈抨击。雅各布森在文章中指出，19世纪的艺术表现千篇一律，对内心感受漠然，是一种静观的艺术，制造幻象的艺术，而现代主义艺术正是要打破符号的幻象，加剧符号同对象

---

[1] E. Brown, "Roman Jakobson: The Unity of His Thought on Verbal Art", *Language, Poetry and Poetics*, p. 233.
[2] R. Jakobson, K. Pomorska, *Dialogues*, Cambridge, Mass.: MIT Press, 1983, p. 21.
[3] R. Jakobson, "What Is Poetry?", *Selected Writing Volume* 3, p. 749.
[4] R. Jakobson, "On Realism in Art", *Language in Literature*, pp. 20 – 25.

的分裂。①

五 结语

对于雅各布森隐喻理论的理解，也不应脱离审美现代性对抗启蒙现代性的文化语境。应当看到，他的隐喻理论不仅是其诗学之基础，更是一种现代性理论。就诗学本身而言，雅各布森隐喻理论所提供的框架令雅各布森诗学明显亲隐喻和诗歌，疏换喻和散文这无疑是缺憾。然而，正是由于这种缺憾的存在，我们才能看清理论所处的文化语境，以及理论家在具体语境中的抉择。这也正是保罗·德曼给我们留下的教诲：远见必有其盲点，盲点与远见同行。

---

① R. Jakobson, "On Futurism", *Language in Literature*, pp. 28 – 30.

走向艺术实践论的布拉格结构主义
——布拉格学派与马克思主义的对话

杨 磊

（昆明理工大学社会科学学院）

在 20 世纪 30 年代中期，布拉格学派的结构主义走向了一种结构主义的艺术实践论，所涉及、揭示的一些美学、艺术问题，成为 20 世纪美学难以回避的母题。这既拜布拉格学派理论中黑格尔的幽灵所赐，也是 20 世纪形式主义和马克思主义论争的产物之一。

既吊诡又令人遗憾的是，在形式主义诸流派和马克思主义的关系问题成为 20 世纪显学的同时，布拉格学派和马克思主义的关系却只被零碎地提及。这可能和布拉格学派一直被视为俄国形式主义在布拉格的还魂有关，也有可能受了韦勒克的影响。作为流亡美国的布拉格学派第二代学者，韦勒克对马克思主义有根深蒂固的偏见，他几乎拒绝给捷克马克思主义任何正面评价，并借用捷克批评家捷瓦蒂克（K. Chvatik）的观点，认为接受了马克思主义影响的穆卡洛夫斯基的理论是"机械论的，社会学的，徒托空言，毫无成果"[①]。的确，马克思主义的强势直接造成了经典时期布拉格学派活动的终止，一些学术命题来不及展开就胎死腹中。但"社会学的"这样的责难恰恰暗示了马克思主义确实激发了布拉格学派对艺术实践中社会因素的关注，并促成了布拉格学派艺术实践论的

---

① ［美］韦勒克：《近代文学批评史》第七卷（中文修订版），杨自伍译，上海译文出版社 2009 年版，第 737 页。

产生。

布拉格学派和马克思主义的争论始于也集中于 1934 年，起因是什克洛夫斯基的《散文理论》在这一年被译为捷文，穆卡洛夫斯基（Jan Mukarovsky）专门为之作序。这篇序言标志着布拉格学派对俄国形式主义的彻底反思，穆卡洛夫斯基在其中表现出的结构主义思想，成为捷克左翼学者库尔特·康拉德（Kurt Konrad）着力批评的对象，引起了两种思想的论争。随着马克思主义成为官方的意识形态，布拉格学派日渐式微，终于在 1946 年结束了经典时期的活动。本文的目的是梳理、审视这次论争，并勾勒出这次论争的复杂性，包括以下两层内容：第一，在马克思主义批判之下布拉格学派转变的轨迹，以及对后来艺术哲学研究的影响；第二，这次论争的文化逻辑，即学理与政治诉求，相比于学理，后者在更深的层面上主导了这次论争和布拉格学派的消亡。

一

在对什克洛夫斯基的批评中，穆卡洛夫斯基认为，什克洛夫斯基的理论尽管被命名为"形式主义"，其实已经是一种朴素的结构主义思想。首先，把文学作品归为"纯形式"，其实已经迈出了走向结构主义的重要一步，因为"对于无条件地侧重'内容'的做法，当时必须要有一个侧重形式的反题来与之对抗，从而才能达到两者的综合——结构主义。"[①]但什克洛夫斯基的缺陷是，他把眼光局限于文学结构，虽然扭转了传统文学史研究"非文学"的倾向，也忽略了"非文学"结构和结构整体。

其次，穆氏认为，什克洛夫斯基把文学作品解释为"不是物，不是材料，而是材料之比"，这是区分出作品的物质属性和结构属性（审美客体）。这种二分法是布拉格学派的结构主义美学研究的起点之一，任何艺术作品的物质属性都不能必然地使该作品成为审美客体（也就是现代分析美学强调的"艺术资格"［art statue］）。审美客体"虽然同作品相联系，但却是存在于集体的意识之中的。"[②] 在穆卡洛夫斯基看来，集体意

---

① ［捷］穆卡洛夫斯基：《什克洛夫斯基〈散文论〉捷译本序言》，载《马克思主义文艺理论研究》编辑部编选《美学文艺学方法论》（下），文化艺术出版社 1985 年版，第 511 页。

② 同上。

识是一种规范系统，它能够对依托它存在的某种事物施加规范性影响。①要成为审美客体，就必须得到集体意识的授权。如果说艺术作品的物质属性是先天的，那审美客体是后天才获得的。

在社会现象领域中，同时存在多种独立的集体意识，它们是诸种文化现象结构存在的依托点。独立不等于这些结构是互不相干的，相反，社会现象领域中的众多结构"尽管各有其自主性，却又都是互相影响的"，但这些结构"其中任何一项都不能被先验地置于其他各项之上"，使一个结构接受外在因素影响的，是这个结构的自律倾向，而不是其他。② 这使穆卡洛夫斯基能够从容地重新解读什克洛夫斯基著名的棉纺厂比喻，棉纺工厂里"棉纱的支数和纺织方法"仍然是关注的中心，"世界棉纱市场的行情"也应该成为关注的对象。这就是说，文学结构在自律的同时并不排斥非文学因素的影响，文学结构是文学与非文学因素共同作用而形成的，只是在二者的合力中，文学的内部规律才是主导因素。

穆卡洛夫斯基的解读很好地贯彻了雅各布森（Roman Jakobson）早年对"结构主义"的阐释：

> 如果要从其多方面的呈现来总结现在科学中领先的观念，将很难发现有比"结构主义"更加合适的说法。任何一种现象，当代科学都不能将之视为机械的构成，而应该作为一个结构的整体来进行研究。而且，它最基本的任务是去揭示系统内部的规则，无论是稳定的或变迁的。③

不同之处在于，穆氏认为在揭示系统内部的规则的同时，也应该兼顾和其他结构的关系。当然，这不是说雅各布森局限于内部研究而忽视了外部力量，应该注意到，在1928年和蒂尼亚诺夫联署发表的文章中就

---

① J. Mukarovsky, *Aesthetic Function, Norm and Value as Social Facts*, trans by Mark E. Suino, Ann Arbor, 1979, pp. 19–20.
② ［捷］穆卡洛夫斯基：《什克洛夫斯基〈散文论〉捷译本序言》，载《马克思主义文艺理论研究》编辑部编选《美学文艺学方法论》（下），文化艺术出版社1985年版，第515页。
③ Roman Jakobson, *Romantické všeslovanství slavi-nová slávistika*, in *Selected Writings*, Vol. II, Hague: Mouton, 1971, p. 711.

已经声明,"文学史(或艺术史)和其他历史系列是紧密联系的。"① 穆卡洛夫斯基的观点毋宁说,是对此的更细致的阐释。可以说,"科学"的对象既是内部结构,也是外部结构,是二者共同构成的结构整体。因而穆氏认为,结构主义也是一种文学社会学,"能使人充分把握文学的广度和规律性"。②

穆卡洛夫斯基对结构主义的论述,十分不同于俄国形式主义。最典型的差别,就在于结构主义从一开始就没有把文学艺术之外的因素排除出结构主义研究。不过首先应该承认,早期形式主义者已经意识到文学不是在真空中产生的,他们并没有否认文学与社会之间的联系。"去社会化"只是一种权宜之计,而非美学原则,只是评论家的兴趣判断,而非文学艺术的本质。③ 譬如,什克洛夫斯基把陌生化诉诸读者的心理感受,其中尽管仍然有文学科学激烈反对的心理主义的残渣,但也保留可社会因素。但由于政治原因,形式主义者对社会文化的研究甚至还来不及展开就匆匆结束了。从穆氏的论述来看,布拉格学派则从一开始就意识到了社会文化的重要性,正如马特伊卡(Ladislav Matejka)所说,"在三十年代,布拉格学派的社会学关怀,不应该因为对个体的偏见或意识形态盲从,而遭到忽视或者遮蔽。"④

但在《序言》里表现出的结构主义思想只是提纲挈领式的,其中有些地方或语焉不详,有些则缺陷明显。第一,虽然穆氏声称是结构的自律倾向使结构接受外来影响,但这样的影响到底是以什么样的方式产生效果?第二,"人"被排除出布拉格结构主义,但艺术实践显然不能离开人,那么,在布拉格学派看来,人——作者、读者在艺术实践中具有什么作用?归根结底,这两个问题就是古典美学中"模仿论"的不同向度。

---

① [俄]尤·迪尼亚诺夫、雅各布森:《文学和语言学的研究问题》,载托多罗夫选编,蔡鸿滨译《俄苏形式主义文论选》,中国社会科学出版社1989年版,第115页。
② [捷]穆卡洛夫斯基:《什克洛夫斯基〈散文论〉捷译本序言》,载《马克思主义文艺理论研究》编辑部编选《美学文艺学方法论》(下),文化艺术出版社1985年版,第514页。
③ Victor Erlich, *Russian Formalism: History-Doctrine*, Yale University Press, 1981, 3rd edition, p. 118.
④ L. Matejka, "The Social Concern of the Prague School", in *The Prague School and It's Legacy*, eds by Yishai Tobin, Amsterdam/Philadelphia: John Benjamins Publishing Company, p. 221.

对古典传统有浓厚兴趣的那些学者，无论是马克思主义的，还是非马克思主义的，模仿论在他们的艺术研究中有重要意义。布拉格学派对模仿论的排斥，无疑会触动他们敏感的神经。由此也就理所当然地引发了马克思主义者对他们的批评。其中尤以库尔特·康拉德为翘楚，正是他在1934年对布拉格学派的两次批评，全面激发了布拉格学派固有的社会关怀。

二

在进入康拉德和布拉格学派的论争之前，应该先看一下捷克左翼超现实主义者卡兰德拉（Záviš Calandra）对布拉格学派的批评。卡兰德拉激烈反对唯心主义哲学和美学理论。他认为，必须反对"唯心主义的'内部发展'，而且必须寻找根本层面上的文学史的法则，在那里，创造性个体对一个在由商品生产和该个体所处的阶级地位所决定的条件下，既成的文学状态做出回应。"[①] 这是一种经典的马克思主义艺术观，即艺术由意识形态决定。这也是一种变形的模仿论，艺术是对意识形态和阶级地位的模仿。在卡兰德拉的马克思主义艺术理论中，诗歌结构整体上不是由文学写作的内部环境塑造出来的，而是由能准确反映出艺术家的社会阶级需要的个人偏好决定的。这是对结构主义把象征着阶级、经济地位的"人"从艺术研究中抹去的激烈抗议。布拉格学派没有明确回应卡兰德拉。但康拉德的出发点和卡兰德拉基本一致，只是更为系统，涉及的面也更广。对康拉德的回应，事实上已经包含了对卡兰德拉的回应。

康拉德批评的主要对象是穆卡洛夫斯基和布拉格学派，但是话题却始于什克洛夫斯基。康拉德认为，什克洛夫斯基并没有像他宣称的那样，只研究艺术的形式，相反，什克洛夫斯基同样考虑艺术的内容和社会功能，但从其彻底的形式主义立场出发，什克洛夫斯基对此是力不从心的。相比之下，穆卡洛夫斯基和布拉格学派对社会文化的考虑要更充分，但也充满问题。

和卡兰德拉一样，康拉德的投枪首先瞄准了"人"。对于结构主义对

---

① F. W. Galan, *Historic Structures*, London & Sydney: Croom Helm, 1985, p. 61.

艺术家的忽略，康拉德认为，人的阙如，使穆式笔下的各种社会现象结构和"它们的公分母——社会人分离了"①。对于马克思主义者来说，具有主观能动性的主体，也就是社会人，才是一切看上去自律的结构的根源，也才是社会发展、变迁的根本动力。这就是说，艺术作品也是艺术家的创造物。在康拉德看来，缺少了人的结构主义是一种典型的"意识形态假说"，一种拜物教世界观。因此，尽管穆卡洛夫斯基承认各种结构的互相影响，但由于"忽略"了人，结构主义所谓的结构整体就是虚假的整体。由物质实体和审美客体共同组成的艺术作品结构，也是虚假的、不合理的。这种二分法是结构主义拜物教的产物，是"是唯心主义认识论、相对主义的虚假总体性和形式主义美学的融合"。②

康拉德进而质疑结构主义理论的哲学基础。康拉德认为，什克洛夫斯基和穆卡洛夫斯基共同的哲学基础，是以黑格尔辩证法为基础的形式和内容的辩证统一，因此形式主义是不同于康德的古典（旧）形式主义的新形式主义。新形式主义的优点是成功克服了康德的先验理论，但新形式主义在承认内容、形式的辩证统一的同时，又赋予形式优先权，"因此又远远落在黑格尔后面"。③ 康拉德十分准确地把握住了布拉格学派的哲学基础。事实上，无论俄国形式主义还是布拉格结构主义，并不像大多数人所认为的那样以康德哲学为根本，二者的学说都以艺术和理念（绝对精神）的关系为根本。在捷克，由于国内有深厚的黑格尔传统，布拉格学派的黑格尔色彩也更为明显。

但康拉德指出这一点，其目的不是确证布拉格学派的结构主义是黑格尔主义的形式主义，而是要重建以内容为主导的模仿论。因此他对布拉格学派赋予形式优先权十分不满。康拉德进而认为，内容不是素材的"总和"，"它体现实在的现实"，其中隐藏着社会现实的内在规律。④ 无论俄国形式主义的陌生化抑或布拉格学派的前景化，这些艺术技艺一旦

---

① [捷] K. 康拉德：《内容与形式的辩证法》，载《马克思主义文艺理论研究》编辑部编选《美学文艺学方法论》（下），文化艺术出版社1985年版，第521页。
② 同上书，第522页。
③ 同上书，第524页。
④ 同上书，第525页。

加诸其上，就可能会破坏这些规律。最严重的后果就是，艺术作品失去了对社会现实的观照。

应该说，卡兰德拉和康拉德对穆卡洛夫斯基的批评至少提出了一些亟须解决的问题：第一，在现代艺术实践中，如何看待艺术家的身份和作用？第二，艺术家的创造物如何获得审美客体资格？第三，艺术作品和现实世界的关系到底如何解释？不久之后，穆卡洛夫斯基发表了《作为符号事实的艺术》、雅各布森则发表了《什么是诗》作为回应。在这两篇文章中可以清楚地看到对以上问题的回应，人和社会文化的因素被明显地加强了。

在《作为符号事实的艺术》中，穆卡洛夫斯基借第一次提出并阐释了他的艺术符号学理论。他认为，艺术符号是，

> （1）由艺术家创造的，可供感知的能指，（2）存在于集体意识中的一种"意义"（审美客体），以及（3）一种与被指物之间的联系，一种指称社会现象的整体语境的联系。①

可以发现，艺术符号的这三种性质，恰好对应着上文提到的三个问题。雅各布森在《什么是诗》里也提到了这三点。二者的区别仅仅在于前者试图建立一个完整的艺术符号体系，后者只限于要阐释"诗性"（poeticity），即诗和非诗的界限。

首先可以肯定的是，艺术家的创造物只提供了艺术作品的物质层面。在这个层面上，艺术家个体，也就是他的个性、经历等具有私人属性的方方面面，和他的创造物有密切的联系。艺术家个体是清晰可见的。但物质层面对艺术作品来说是尽管必要的，但并不充分。比如"被诅咒的诗人"（poètes maudits）的作品，"它们与当前的价值体系是相左的。无论如何，它们正因为此而一直停留在文学之外，直到在社会语境演变的过程中，它们拥有了表现这个价值体系的能力之时，才被共

---

① J. Mukarovsky, "Art as Semiotic Facts", in *Semiotics of Art Prague School of Contributions*, ed by Matejka, Ladislav, Titunik, Irwin R, Cambridge, Mass: The MIT Press, 1976c.

同体接受。"① 雅各布森没有明确地提到这个层次的问题，但他认为，"把什么是诗歌作品和什么不是诗歌作品区别开来的界限，比中国皇帝的领土的界限更不稳定"，② 这其实已经暗示了艺术家的创造物并不必然就是艺术作品。

那么，如何才能成为艺术作品？也就是，艺术家的创造物如何才能获得审美客体资格？穆卡洛夫斯基和雅各布森的表达方式仍然不一样，但观念却一样。雅各布森认为，"一些特定的诗歌题材于今不再是正当的。"③ 这就是说，存在某种特定的观念决定了题材正当与否。用穆卡洛夫斯基的话来说，这种特定的观念就是集体意识中的"当前的价值体系"，它蕴含了"什么是艺术"的观念，"被诅咒的诗人"也好，落选者沙龙也罢，艺术家的创造物只有符合这个观念才能成为审美客体，艺术作品也不能被简单地还原成艺术家的创造物。这也使布拉格学派的观点看上去十分接近康德的先验形式。

以上两点确认了艺术作品的双重属性，它作为艺术家的创造物是物质性的，作为集体意识授权的产物则是精神性的。这种双重属性使艺术作品不可能切断和现实的联系，但也不会以寻常的方式保持和现实的联系，这种联系方式不是专门的、紧密的，而是一般的、孱弱的。这种特殊的方式，被穆卡洛夫斯基和雅各布森称为"指称"，这显然受到了弗雷格的启示。穆卡洛夫斯基认为，"在认为艺术作品指称特定的社会现象语境时，决不能因此而断言该作品必然与该语境相吻合"，相反，艺术符号指称的是"社会现象的整体语境"。④ 雅各布森的观点和穆氏别无二致，他指出，"艺术是社会结构的完整组成部分。"⑤ 但在社会结构中，"诗性"会以独特的方式来呈现自己，"诗性表现为词被感觉为词，而不是对

---

① J. Mukarovsky, "Art as Semiotic Facts", in *Semiotics of Art Prague School of Contributions*, ed by Matejka, Ladislav, Titunik, Irwin R, Cambridge, Mass: The MIT Press, 1976c, p. 5.

② R. Jakobson, "What Is Poetry", in *Semiotics of Art Prague School of Contributions*, ed by Matejka, Ladislav, Titunik, Irwin R, Cambridge, Mass: The MIT Press, 1976c, p. 165.

③ Ibid..

④ J. Mukarovsky, "Art as Semiotic Facts", in *Semiotics of Art Prague School of Contributions*, ed by Matejka, Ladislav, Titunik, Irwin R, Cambridge, Mass: The MIT Press, 1976c, p. 5.

⑤ R. Jakobson, "What Is Poetry", in *Semiotics of Art Prague School of Contributions*, ed by Matejka, Ladislav, Titunik, Irwin R, Cambridge, Mass: The MIT Press, 1976c, p. 174.

指定的对象或情绪的爆发的再现，表现为词和它们的组织，它们的意义，它们的外部和内部形式获得它们自身的分量和价值，而不是无差别地指称实在"。①

这事实上是把艺术符号视为社会现实的象征符号，是一种变形的模仿论。布洛克曼认为，"穆卡洛夫斯基针对艺术与社会之间的关系所做的功能分析，首先取自马克思主义的反映理论"，②这个判断也适用于雅各布森。但布洛克曼没有说明，或者没有意识到马克思主义的反映论是符合论的，布拉格学派的指称论因为建立在变迁和孱弱的基础上，因而是融贯论的。

总的来看，穆卡洛夫斯基和雅各布森的观点不是艺术的分离主义，只是坚持了艺术作品的特殊身份的独立性。无论什么样的艺术家，他的创造性作用都是有限的，他的创造物不会先验地获得审美客体资格。换言之，必须在艺术家—作品—读者（集体意识）的关系中进行考察才能确定艺术家的创造物的质性。这是反思的关系，而非有机的。

这就超出了经典马克思主义对艺术实践的阐释，因而康拉德再次作文（《再论内容与形式的辩证法》）批判。他重申，和社会人脱离的社会只能是虚假的总体。和第一次批评相比，他旗帜鲜明地申明了经济基础的决定性作用，而且经济基础和上层建筑的辩证关系"绝不会贬低诗歌作品，不会把它降为拷贝和消极反映现实的角色"，这其实肯定了经济决定论的模仿论是有机的，穆卡洛夫斯基"不懂这一点"，也就无法理解"只有经济同意识形态的辩证的相互关系，只有这种关系才能成为文学理论领域里的可靠指南"③。和有节制地肯定穆卡洛夫斯基的观点有唯物主义性质不同，康拉德认为雅各布森对诗性的论述是彻底的唯心主义。但雅各布森对诗性的解释，实际上正是布拉格学派，也是穆卡洛夫斯基对何为艺术的界定。

从康拉德对穆、雅二位的态度可以看出他并不完全理解布拉格学派，

---

① R. Jakobson, "What Is Poetry", in *Semiotics of Art Prague School of Contributions*, ed by Matejka, Ladislav, Titunik, Irwin R, Cambridge, Mass: The MIT Press, 1976c, p.174.
② ［比］布洛克曼：《结构主义》，李幼蒸译，商务印书馆1986年版，第77页。
③ ［捷］K.康拉德：《再论内容与形式的辩证法》，载《马克思主义文艺理论研究》编辑部编选《美学文艺学方法论》（下），文化艺术出版社1985年版，第529页。

这也使他的批评能影响、改变布拉格学派，但不能从根本上动摇。

三

对布拉格学派和马克思主义的对话，学术界的评价大相径庭。[①] 该如何理解这样背道而驰的观点，以及其中存在的张力？这就要求追问，布拉格学派和左翼学者争论的文化逻辑何在？这个问题可以细化为知识和政治诉求两个层面。就知识层面来看，这是由康德美学和黑格尔美学的差异，尤其是对黑格尔哲学的不同理解造成的，后者是论争背后真正的翻云覆雨手。

就知识层面而言，正如齐玛（P. V. Zima）所言，形式主义和马克思主义的矛盾源于康德和黑格尔美学思想、方法的差异。[②] 这个判断有其合理之处，但我更倾向于认为，马克思主义和形式主义思潮的对话，是一系列家族相似事件，不能还原成康德和黑格尔的差异。俄国形式主义和布拉格学派都接受了康德和黑格尔的影响，但就本文讨论的对象来看，关键并非康德和黑格尔的差异，而是布拉格学派和马克思主义者对黑格尔的不同接受的差异。齐玛指出，穆卡洛夫斯基的结构主义中潜藏着不同于康德的黑格尔元素。[③] 这些"黑格尔元素"深藏于捷克国内深远的黑—马传统中，培养了包括布拉格学派成员和左翼学者在内的捷克学者对艺术与社会、文学史与一般文化或社会史之间关系的广泛兴趣。在具体的接受中，不同的学术兴趣又使他们各有侧重，正是这样的侧重，激发了布拉格学派和左翼学者间几乎不可调和的矛盾。

在穆卡洛夫斯基学术工作的早期，他对捷克诗歌的形式分析就已经在形式和意识形态之间建立了联系，在他看来，马哈、萨尔达这些捷克

[①] 一方以卡冈为代表，认为马克思主义者获得了彻底的胜利，"捷克马克思主义美学思想发展的最特殊的现象之一，是从理论上揭穿了形式主义及其方法论，特别是结构主义的种种极端"（见［苏］卡冈《马克思主义美学史》，汤侠生译，北京大学出版社1987年版，第218页）。另一方则以韦勒克为代表，他认为捷克马克思主义几乎没有取得任何成就（［美］韦勒克：《近代文学批评史》第七卷（中文修订版），杨自伍译，上海译文出版社2009年版，第717页）。

[②] P. V. Zima., *The Philosophy of Modern Literary Theory*, London and New Brunswick, New Jersey, 1999, p. 38.

[③] Ibid..

浪漫主义诗人的创作，是为捷克民族复兴服务的。① 毋宁说，布拉格学派对形式的理解从一开始就兼顾了黑格尔和康德，尤以黑格尔为重。在二者的合力之下，形式被赋予了之于理念的优先地位。这样的翻转使布拉格学派的形式观念十分接近康德对先验形式的阐发，这或许正是把布拉格学派视为新康德主义者的原因。

康拉德把布拉格结构主义称为"新"的康德式形式主义，说明他敏锐地把握到了布拉格学派的某些特点，也说明了他并不真正理解布拉格学派。这样的不理解以及由此造成的争论，从知识层面上看，是典型的知识的分化与去分化的现代性逻辑。但这样的理解显然是表层的，在这种知识层面的冲突中，已经暗示了论证双方更深的、在政治诉求上的分歧。这也是布拉格学派和马克思主义对话，进而对抗的真正根源。简单地说，布拉格学派的美学是一种"资产阶级美学"；马克思主义者要做的，却是砸碎资产阶级为这个世界戴上的镣铐和枷锁。这种政治分歧，集中体现在围绕穆卡洛夫斯基提出的艺术符号理论体系的争论之上。

穆卡洛夫斯基的艺术符号理论首先是为了回应黑格尔的艺术终结论。黑格尔在《美学》中指出，"我们现时代的一般情况是不利于艺术的"，② "我们现时代"和诗的时代的根本差别在于个体和社会的关系是反思的而非有机的，就艺术而言，人们必须去追问，在现代性条件下何为艺术。上文已经提到了艺术符号理论中的这种反思关系。我以为，布拉格学派充分意识到了黑格尔艺术终结论。在现代性条件下，艺术的观念和形态都发生了不同于古典时期的变化，古典的艺术史叙事不再适合于现代。因此，穆氏的艺术符号理论，实际上包藏了更大的"野心"，即试图建构一种现代的艺术史叙事。对于现代性语境中生成的形式主义传统而言，这是艺术和美学研究最根本的路径。

这种现代的艺术史叙事有着明确的政治诉求，这就是如何通过艺术实践塑造一个新生的资产阶级民族国家。布拉格学派的举措有其历史渊

---

① 这个时期往往被认为是布拉格学派在亦步亦趋地追随俄国形式主义的时期。这在当前的形式主义和布拉格学派研究中，似乎已经成了共识。这种共识本身并没有问题，问题在于它单纯把二者的关系归于康德美学的影响，而忽略了其中占据主导的是黑格尔的一面。

② [德]黑格尔：《美学》第一卷，朱光潜译，商务印书馆1979年版，第14页。

源。早在文艺复兴初期，伟大的诗人但丁正是用民族语言创作，并塑造意大利语和意大利人的民族国家意识。它表征的是西方人个体、民族国家意识的觉醒。从 14 世纪开始，捷克人也一直把改革在拉丁化过程中产生的捷克语视为民族独立的标志。第一次世界大战之后，捷克斯洛伐克独立，捷克语从奥匈帝国时的特定民族、区域语言一跃而成民族国家的标准语言，它的缺陷，比如词汇量短缺、适用范围不广等，在这样的转变中被暴露无遗。对此，布拉格学派提出了语言的正确性（correctness of language）和教养（language cultivation）理论，其目的是通过建构捷克斯洛伐克的现代艺术史叙事（标准文学语言），锤炼和推广捷克语，以满足捷克斯洛伐克的需求，也借此塑造捷克斯洛伐克人的文化和民族身份认同。

对于康拉德和马克思主义者而言，这完全违反了马克思主义者寻求人的全面解放，达成"全面的人"的政治理想。民族国家是过去时代的产物，在现时代已经是落后的、反动的；以艺术作品来塑造人的意识，是典型的艺术拜物教，是艺术作品这种物对人的异化，它印证了资本主义社会中人的劳动产品和人（以及劳动）的分离，物取得了独立的甚至凌驾于人的地位。一言蔽之，布拉格学派的学术理想，表征的是晚期资本主义的文化逻辑，此时的资本主义早已沉疴遍体，布拉格学派也难以承担起建造一个好的国家的重任。

结束语　走向艺术实践论

形式主义和马克思主义的论争是 20 世纪学术史中重要的一页，布拉格学派和康拉德的论争也再次证明了这一点。这次论争涉及的诸多问题，比如社会人（作者身份）、意图、审美规范（艺术体制）等，几乎都成为 20 世纪文学、美学研究的母题。布拉格学派解决这些问题的方式，我曾将之归结为一种"语境论美学"[1]。在 20 世纪中叶，得益于后期维特根斯坦的影响，这种语境论美学在分析美学中开花结果，并在当前的美学研究中焕发出巨大的生命力和影响力。

但就和马克思主义的论争来看，布拉格学派更注重艺术和美学的实

---

[1] 请参考杨磊《重估前景化：布拉格学派的美学贡献》，《文艺理论研究》2015 年第 2 期。

践维度,即塑造人和现实的维度。或许可以说,"语境论"只是布拉格学派的浅层目的,实践论才是其真正的、深层的目的。在布拉格学派的理论中,这种艺术实践论借助意动功能(conative function)发生作用。[①] 意动功能是语言的使用者借助语言祈使或要求语言的接受者做出相应改变,从艺术实践论的角度看,艺术作品借助意动功能能够改变人与现实,使人由一般意义上的社会人成为艺术公众(artistic public),[②] 把现实世界改造为艺术乌托邦。这样的世界和人,是布拉格学派理想中的捷克和捷克公民。

在很长一段时间内,布拉格学派的艺术实践论,乃至整个形式主义思潮的实践维度并没有受到重视,甚至一直被误读。事实上,艺术实践论在西方尤其深刻的渊源,至少应该看到,在柏拉图对诗、亚里士多德对悲剧的"卡塔西斯"的论述中就已经萌芽了。20世纪以来的形式主义思潮则将之演化为一种政治诉求,极大地放大了艺术作品在现代社会中的作用。20世纪中叶以来,出于对被误读的形式主义的不满,以及受到后结构主义和巴迪欧事件哲学的影响,催生了一种文学或艺术的"事件"理论。但这种事件理论只是重新强调了艺术实践理论。

该如何看待艺术实践论?从现代性的文化逻辑来看,形式主义思潮的自律似乎是历史的必然,但这并不能抹杀形式主义的社会关怀,也不能抹杀文学艺术具有的社会作用。布拉格学派的艺术实践理论,以及他们和马克思主义的论争,为我们提供了一个很好的反思现代性的机会,至少可以说,"现代"的文学观念并不能完全脱离其古典的根基。也只有从其古典的根基来观照现代,我们才可以理解文学艺术何以在自律的前提下,在现代社会中仍然具有崇高的地位。唯有在这个意义上,我们才可以说,文学艺术既是模仿生活的,也是改造生活的,是"经国之大业,不朽之盛事"。

---

① 请参考杨磊《以文行事:布拉格学派论文学的意动功能》,《国外文学》2016年第1期。
② 在布拉格学派的问题中,这还涉及艺术教育、理想个体等问题。表面上看,这和法国结构主义学者强调的"作者之死"的命题极为相似,但其实完全不同。我将在其他文章中专门讨论作为艺术公众的作者和读者的问题。

舍斯托夫论梅列日科夫斯基的
"新宗教意识"*

杨婷婷

（黑龙江大学俄语学院）

前　言

《托尔斯泰与陀思妥耶夫斯基》是梅列日科夫斯基最具有代表性的批评论著。该书写于1900—1902年间，本书的内容是建构在对19世纪俄罗斯两位大作家托尔斯泰和陀思妥耶夫斯基对比之上的。贯穿本书的核心思想就是梅列日科夫斯基的"新宗教思想"。"梅列日科夫斯基引领了俄国的宗教哲学运动，他对于宗教意识的革新对后来的政治社会及文化领域都有较深的影响。"① "新宗教思想"最初是由梅列日科夫斯基提出来的，"用来指一种在救赎和被救的基督的帮助下最终战胜死亡的愿望，同时也指融合天与地、精神和肉体、基督和多神教的神祇、基督和反基督，建立'第三约'的自由的血肉丰满、生命充盈的神人类宗教。"② "新宗教意识"认为有两种真理的存在：一种是上天的真理——基督教，一种是尘世的真理——古希腊罗马多神教，未来这两种真理的结合，将是宗

---

* 该论文为国家社会科学基金项目青年项目"新宗教意识"视野下的罗扎诺夫文学批评研究（项目号15WW015）的阶段性成果。

① Мескин Владимир Алексеевич, История русской литературы Серебряного века: учебник для бакалавров. М. : Издательство Юрайт, 2014, p. 174.

② 刘锟：《圣灵之约：梅列日科夫斯基的宗教乌托邦思想》，黑龙江人民出版社2009年版，第34页。

教真理的完备化。① "新宗教思想"形成之初受到了社会的极大关注,也饱受争议,许多思想家和哲学家都对此发表了自己的观点。

舍斯托夫作为白银时代宗教哲学的代表,又以其特殊的文学才华闻名于世,因而他的著作中文学与哲学相得益彰。舍斯托夫的主要著作有《只凭信仰——希腊哲学与中世纪哲学、路德与教会》(1911—1914)、《钥匙的统治》(1915)、《思辨与启示——论弗索洛维约夫的宗教哲学》(1927)、《在约伯的天平上》(1929)、《旷野呼告——克尔凯郭尔与存在哲学》(1933)以及《雅典和耶路撒冷》(1938)。《托尔斯泰与陀思妥耶夫斯基》的发表也引起了舍斯托夫的注意。他对梅列日科夫斯基"新宗教思想"的解读具有自己独特的观点,虽然他不接受这种"理念的统治",但是他对"新宗教思想"的哲学解读给我们研究梅列日科夫斯基提供了新的思路,具有新的启示。

一 理念统治下自由的丧失

自由问题是舍斯托夫哲学的核心问题之一。认为自己的意志才是真正的自由,应该从人内心深处不可消除的自由愿望这一基本事实出发,向上帝、向信仰那里寻求这种自由的权利。舍斯托夫先抛开"新宗教意识"的思想内涵不谈,而是单从梅列日科夫斯基宣扬这种思想的行为本身而言,就认为其陷入了理性主义的泥潭。理性主义哲学的自由观念是建立在知识基础上的,人的自由以对必然性、现实的认知为前提。"而理性主义哲学家所说的'必然性'实际上并不是客观的自然物,而是人的认识的产物,是普遍必然的知识。"② 思辨哲学家认为只有通过思辨而达到的最高的、终极的必然性,把握了必然性,才可能有真正自由。舍斯托夫批判这种自由,他认为真正的自由不在经验世界,而来自信仰之域。

舍斯托夫评论《托尔斯泰与陀思妥耶夫斯基》第二卷的文章名为"理念的统治",认为梅列日科夫斯基就是陷入了"新宗教意识"的理念统治之中,丧失了真正的自由。舍斯托夫还认为梅列日科夫斯基过于追求这种思

---

① 张杰、汪介之:《20世纪俄罗斯文学批评史》,译林出版社2000年版,第35页。
② 徐凤林:《理性自由与神性自由——论舍斯托夫的自由思想》,《浙江学刊》2004年第2期。

想而忽略了自我的才能和感受,这一点是舍斯托夫所不能忍受的:"梅列日科夫斯基为了自己的思想,忘掉了他自己,那个从来不会怀疑、不会忏悔的自己。……梅列日科夫斯基从来都不敢有所怀疑、生病,要让他忏悔就更别提了——他从来就不会原谅任何人的无论是疾病还是弱点。"① 但是,在《托尔斯泰与陀思妥耶夫斯基》第二卷中,他为了自己的新宗教思想,为了达到理性探索的终极目的,为了能够在这场战争中胜利,他不惜开始进行忏悔,舍斯托夫认为这是梅列日科夫斯基最大的损失。

舍斯托夫认为梅列日科夫斯基是一个思想绝对自由的人,他的思维和情绪不会受制于任何外部事件。梅列日科夫斯基创作的最大特点就是他思想的激进性,即他的情绪和信念往往都是自行产生的,不取决于他所论述的题目。"他身上特别可贵的一点是他的情绪往往自行产生,它们完全不取决于他所议论的题目……他的信念也同样如此,不属于一旦出口便永远也无法反悔的那种。"② 梅列日科夫斯基对于各种思想的都非常痴迷和狂热,尤其对那些极端、激进的思想,因而他的文字中也常常出现强烈而尖锐的词汇。他可以今天慷慨激昂地宣传某一种思想,并让听众觉得那就是永恒,但他明天或后天可能就将其舍弃。他相信某种信念和真理只是因为此时此刻这种信念比较吸引他,比较合乎他的口味。

舍斯托夫还认为梅列日科夫斯基诗歌和散文作品充满了激情、诗意盎然,并认为这种抒情性特点是梅列日科夫斯基最大的特点,他的文学才华全部都显现于此,但是梅列日科夫斯基非要去演绎戏剧性,得到的结果只能是哗众取宠。因而当舍斯托夫在《托尔斯泰与陀思妥耶夫斯基》第二卷里看见一个完全把自己嵌在"框子里"的梅列日科夫斯基时是愤怒的,于是他开始为梅列日科夫斯基辩护,认为"一个如此崇尚自由的人"是无论如何也不应该被理性主义的"公式"所限制的。"我们看到一个如此自由的人却把自己强制关进普通公式的框子里去,几乎著作的每一页中放弃其最深刻的本质,只是偶尔才有一点质疑和询问的目光……"③ 梅列日科夫斯基已经完全被"新宗教思想"所控制。舍斯托夫认为在言辞中无限

---

① [俄] 列夫·舍斯托夫:《钥匙的统治》,张冰译,上海人民出版社 2004 年版,第 266 页。
② 同上书,第 267 页。
③ 同上书,第 268 页。

重复以加强印象的做法并不适合于梅列日科夫斯基，反而使著作中反映出来的思想极其单调乏味，更能够引起人们对该思想的反感。

二　对尼采道德说教的"超越"

舍斯托夫认为，在《托尔斯泰与陀思妥耶夫斯基》中梅列日科夫斯基不断诠释他的"新宗教思想"，想要创造出一种新的宗教。但是，舍斯托夫并不认可这种观点，他对梅列日科夫斯基的这种"信念"持怀疑态度，认为梅列日科夫斯基不但没有创立宗教，而是脱离了宗教，进入了道德领域，他相信"对自己的无限爱具有拯救性"，舍斯托夫认为这种激进的教条思想来源于尼采，但又有所区别。舍斯托夫认为梅列日科夫斯基的道德说教归根结底不过是宣扬"与公众有益的"理念，但是他的表演太过真诚，以至于他成了自己思想的唯一门徒。

舍斯托夫对梅列日科夫斯基想要"创立宗教"的思想给予了否定。首先，从行文的矛盾性着手。尽管梅列日科夫斯基的论述中看似对拿破仑敬重有加，尊崇他"创立宗教"的思想，但是在行文中也同样对这种思想给予了否定，"拿破仑并未创立任何宗教，即便他创立了，也没创立成，同时也不可能创立成。"[①] 说明梅列日科夫斯基的"中心论点"是经不起推敲的，这种想法没有依据，也不可能成立。其次，从拿破仑的"信念"着手。拿破仑相信他的权力尽管是凭借自己力量取得的，但同时也是上帝赋予他的："王位是上帝给我的，谁要动它，谁就会遭殃。"舍斯托夫认为，正是这句话表明了对宗教的漠视："因为如果人在尘世的权力是靠自己的力量取得的，不是生来就有的，那么在上帝面前人依然有这种权力，而这种观点就违背了福音书中关于'此世最优秀的乃是彼世最末等的'的教诲。"[②]

舍斯托夫认为梅列日科夫斯基是以宗教为借口，进入了道德说教领域，其核心就是"相信对自己的无限爱具有拯救性"。舍斯托夫注

---

①　[俄] 列夫·舍斯托夫：《钥匙的统治》，张冰译，上海人民出版社 2004 年版，第 271 页。
②　Лев Шестов, Власть идей (Д. Мережковский. Л. Толстой и Достоевский. Т Ⅱ) \ Д. С. Мережковский: Pro et contra. Личность и творчество Дмитрия Мережковского в оценке современников. СПГ: Изд. РХГИ, 2001, p. 119.

意到梅列日科夫斯基总是强调这一激进思想，如在说到拿破仑时，梅列日科夫斯基写道："拿破仑如果死了，那也不是因为他太爱自己，而是因为他毕竟还不够太爱自己，爱自己爱得不彻底，没爱到爱上帝的地步……"① 在分析陀思妥耶夫斯基的《罪与罚》时也如此说："拉斯科尔尼科夫所以违反了基督的训诫，在于他爱自己甚于爱他人，索尼娅在于爱他人甚于爱自己，须知基督的训诫是爱他人不多不少犹如爱自己，此二者同样'该受到诅咒'，该一块儿死去，因为他们不善于把爱自己和爱上帝统一起来。"② 舍斯托夫认为这种激进的思想来自尼采，但是并不是对尼采思想的全盘接受，而是片面地仅仅吸收了尼采晚期思想中的"教条主义"。

　　整个19—20世纪之交的俄罗斯文学界，似乎对尼采思想空前地热衷。"尼采的学说成了解放个性的重要手段，它帮助人们重新认识自我、解决'我是谁'和'我在世界中所处的地位'等问题。俄罗斯哲学家（新唯心主义者）把尼采的学说看成是新世界观，试图在此基础上建立精神价值观和为其奋斗的信念。"③ 舍斯托夫将尼采的创作分成了三个时期：形而上学思想的第一阶段；相信道德和善能够拯救一切的第二阶段；道德批判的第三阶段。④ 尼采早期的思想擅于把个人的真实体验与他所臆造的思想分隔开来，在他的著作中是找不到道德说教的。但是，勃兰兑斯把尼采引入欧洲以后，尼采开始不再只为自己思考，也开始教导起他人来。

　　梅列日科夫斯基对尼采尤为青睐：M. 科列瓦加的说法，"尼采哲学的信徒梅列日科夫斯基"几乎成了一个固定短语，经常出现在研究梅列日科夫斯基作品的著作中。甚至有的学者说"尼采是《托尔斯泰与陀思妥耶夫斯基》中的第三个主人公。"⑤ 尼采晚期的著作《敌基督》和《偶

---

① ［俄］列夫·舍斯托夫：《钥匙的统治》，张冰译，上海人民出版社2004年版，第272页。
② 同上书，第273页。
③ 珊妮娅：《尼采与19—20世纪之交的俄罗斯文学》，吉林大学，博士学位论文，2013年，第51页。
④ 徐凤林：《善的哲学与善的布道——舍斯托夫论尼采道德学说》，《浙江学刊》2010年第5期。
⑤ Бонецкая Н. К., Русский Ницше, Вопросы Философии, 2016（6）.

像的黄昏》成为梅列日科夫斯基思想的源泉。但是梅列日科夫斯基只看到了尼采最后著作中的"说教"思想,他宣称"人们可以有牢固的信念,地球有三根支柱,每个人只要他愿意就能亲眼看见这三根支柱。"①

作为一名道德论者,梅列日科夫斯基总是在不断复述自己的思想,为了在说服别人时能够显得自然和坚定,他首先说服了自己,使自己成为其思想的门徒,他几乎忘记了自己只是在宣扬"与公众有益的"理念。梅列日科夫斯基对"新宗教思想"的狂热似乎让他看起来更像是说谎的骗子。他想让人相信"一头栽下去,——翅膀就会生出来!"但是他的道德说教却很难被拿来讨论和验证,无论如何,尼采还能够建议人们去尝试、去实践,但是,梅列日科夫斯基呢?梅列日科夫斯基并不是一个好的布道者,他对道德说教坚持得过于彻底,而他这样做的结果却是更加难以取得人们的信任。

三 对康德唯心主义的"重弹"

舍斯托夫认为梅列日科夫斯基的"综合"思想并非独创,是用道德说教的方法"重弹"了康德的唯心主义哲学。唯心主义哲学力争"普遍必然判断",在梅列日科夫斯基那里,"普遍必然判断"就是"全世界统一的"理论。为了论证这一理论的正确性,梅列日科夫斯基驳斥托尔斯泰和尼采,甚至也贬损陀思妥耶夫斯基,他所有的目的只有一个,即证明自己的"综合"理论;为此梅列日科夫斯基选择与康德的唯心主义结盟,认同康德的理性哲学,但是舍斯托夫认为恰恰是对康德的接受才让"创新宗教"不成立,因为康德认为"上帝只能信仰",上帝不在理性和经验的研究范围之内。

舍斯托夫认为梅列日科夫斯基的"综合"思想就是一种唯心主义的"普遍必然判断",他为了这个中心命题,忽视了世界上的一切,他独断、专制,不考虑其论述事物的本质和内涵,而是像一个道德论者一样公然进行抨击和贬损,只是为了证明自己的"综合"思想:"为了进

---

① Лев Шестов, Власть идей (Д. Мережковский. Л. Толстой и Достоевский. Т Ⅱ) Д. С. Мережковский: Pro et contra. Личность и творчество Дмитрия Мережковского в оценке современников. СПГ: Изд. РХГИ, 2001, p. 122.

行综合，他把所分析的作家或是抻长或是缩短。"① 舍斯托夫列举了很多例子来证明梅列日科夫斯基在《托尔斯泰和陀思妥耶夫斯基》中对托尔斯泰、尼采，甚至陀思妥耶夫斯基的指责，如将斯麦尔佳科夫、拉夫鲁什卡等称为"没有热气没有灵魂的小猪们"，并将他们等同于托尔斯泰和尼采的鄙俗行为，有时就连陀思妥耶夫斯基也被称之为下流坯。梅列日科夫斯基的思想主张是世界统一论，他以道德说教为手段，用专制的"唯心主义"取代了上帝。舍斯托夫认为梅列日科夫斯基为了自己心中的伟大理念，歪曲了对托尔斯泰的理解、抨击其作品中的理性主义，甚至对陀思妥耶夫斯基进行侮辱和贬低，这显然已经走向了"唯心主义"。

为了驳斥尼采，梅列日科夫斯基选择站在康德一边。他认同康德的理性哲学——上帝存在还是不存在的问题处于理性所能研究的领域之外，因而得出"上帝是必要的"。这是一个神秘主义的前提，是理性无法推断也无法证实的："理性的研究对象只有现象界和在时空中进行的感性经验领域，上帝在现象之外，也在时间和空间之外。因此有关上帝存在还是不存在的问题，处于理性所能研究的领域之外。"② 有关上帝的问题处于理性所能研究的领域之外，因而，梅列日科夫斯基站到了康德一边。梅列日科夫斯基以为自己是为"创立宗教"找到了依据，但是舍斯托夫却认为，恰恰是因为对康德思想的接受，才让这一命题成为不可能。康德是唯心主义的奠基人，康德哲学认为理性既不肯定也不否定上帝的存在，对上帝只能信仰，不要怀疑："上帝的存在，信仰的意义根本就不可能被证明，而且也不需要证明，对上帝的存在所做的本体论证明不过是准备让耶路撒冷到雅典理性法庭去受审。在舍斯托夫看来，对上帝的信仰只能是基于宗教体验，并不是基于诸如由托马斯·阿奎那所提供的那样的证明。"③

但是，梅列日科夫斯基忽略了一点，康德的信仰是与上帝无关的，

---

① ［俄］列夫·舍斯托夫：《钥匙的统治》，张冰译，上海人民出版社2004年版，第278页。
② 同上书，第280页。
③ 杨振宇：《悲剧与拯救——舍斯托夫哲学研究》，黑龙江大学，博士论文，2012年，第306页。

康德不会支持寻找上帝的人存在,也会把寻找上帝的希望给扼杀在萌芽状态。"上帝作为唯一的崇高价值,超越一切人类的道德和逻辑准则,寻求这一非理性、非道德的上帝即为唯一值得去做的事情。"[1] 舍斯托夫认为康德的信仰和宗教丝毫没有共同之处,他还举例说密尔的实证主义都不会拒绝信仰上帝,"对上帝只能信仰,上帝真的存在还是不存在,并不那么重要,重要的是,不要对他提出质疑。"[2] 既然上帝是只能信仰,那么理性就不能肯定也不能否定上帝的存在,——这就意味着我们和上帝没有也不可能有任何关系,那么梅列日科夫斯基的"神秘主义的"的"综合"也就不可能实现了。

结　语

舍斯托夫对梅列日科夫斯基在《托尔斯泰与陀思妥耶夫斯基》中所表现出来的"新宗教思想"给予全面否定的态度,认为其对唯心主义理念的追求过于形式化,其教条思想较之尼采更甚;理念对他思想的统治使他丧失了自由,失去了最重要的创作风格——对激进思想的追求——而流于一般公式化的表达;这种高频率重复的说教最后也只能证明是一种信仰,因为上帝不容置疑,不容理性思考。梅列日科夫斯基的"新宗教思想"归根结底不过是一种对信仰和理念的执着追求。在舍斯托夫看来,这种"新宗教思想"不能说是一种宗教的创立,但却可以说是一种具有使命感和末世论情绪的"先进"思想;可以是一种尼采式的说教理念;也可以是一种对信仰上帝的执着追求。

---

[1] [俄] 米尔斯基:《俄国文学史》(下),刘文飞译,人民出版社 2013 年版,第 176 页。
[2] [俄] 列夫·舍斯托夫:《钥匙的统治》,张冰译,上海人民出版社 2004 年版,第 281 页。

科学诗学建构中的审美遮蔽
——巴赫金对早期俄国形式主义的批判*

杨向荣

（浙江传媒学院文学院）

D. W. 佛克马和 E. 贡内—易布思曾提到俄国形式主义对欧洲 20 世纪各种新出现的文学思潮的影响，认为"几乎每一流派都从这一'形式主义'传统中得到启示，都在强调俄国形式主义传统中的不同趋向，并竭力把自己对它的解释，说成是唯一正确的看法。"① 从莫斯科到布拉格再到巴黎，或者说从俄国形式主义到捷克结构主义再到法国结构主义，这也构成了西方现代语言形式论诗学发展的三个重要阶段。俄国形式主义的最终目的是要建立一种科学的、独立自主的诗学理论，但正是由于早期形式主义者对文本形式关注得过多，引起了学界的广泛关注与讨论，其间也受到其他学者的批判。正如塔迪埃所言，当雅各布森提出文学性是文学研究中唯一的、真正的对象以及什克洛夫斯基专心于陌生化的诗学实践时，人们似乎找到了批评形式主义的充分理由：俄国形式主义只关注文本的外在形式技巧，而悬置了文本的意识形态内容。② 这里笔者拟循着巴赫金的思考路径对俄国形式主义的科学诗学建构展开批

---

* 本文系国家哲学社会科学基金项目"图文关系及其张力的学理研究"（16FZW053）阶段性成果。

① ［美］D. W. 佛克马、E. 贡内—易布思：《二十世纪文学理论》，林书武等译，生活·读书·新知三联书店 1988 年版，第 13—14 页。

② 参见［法］让—伊夫·塔迪埃《20 世纪的文学批评》，史忠义译，百花文艺出版社 1998 年版。

判性的讨论。①

一 文本的能指前置批判

在俄国形式主义之前,俄国文坛被称为继普希金"黄金时代"之后的"白银时代",实证主义、心理主义、历史主义和象征主义等诗学流派在俄国文坛上异常活跃。而俄国形式主义则是俄国现代主义文学理论发展中的一个合理产儿,曾独辟蹊径地开创了一条不同于传统文论的诗学思想之路。这一派的学者反对实证主义的反映论文艺观,认为一切文学形式都是现实的符号中介,而不是现实的反映;同时他们也反对象征主义从主观命意去解释文学的做法,② 借由批判希望重新规划诗学研究的方法,希望"使诗学摆脱他们的美学和哲学主观主义理论,使诗学重新回到科学地研究事实的道路上来"。③ 在与象征主义的不断交锋中,俄国形式主义形成了一套颇具特色的、标志性的研究方法,即不承认哲学的前提、历史学的阐释和心理学的解释等,而是要展开立足于文本语言等形式要素的研究。除了对俄国文坛传统诗学研究的反叛,19 世纪末 20 世纪初西方思想史上的语言学转向也是影响俄国形式主义发展的一大要素,这一转向也是讨论俄国形式主义诗学时绕不开的话题。这一时期语言学的研究重心及关注对象从言语转向语言,随即当时的其他人文学科也都呈现出内转趋势,俄国形式主义者正是在这一转向思潮的影响下,将语言视为文学研究的出发点,认为文学不仅像语言一样自成系统和结构,而且本身就是一种词句或语言的艺术,这一语言观也使得俄国形式主义

---

① 需要指出的是,1982 年,什克洛夫斯基撰写了与早期同名的《散文理论》,并对自己早期思想中的纯形式主义观展开了反思。学界最早接受俄国形式主义思想主要源于三个文本:厄利奇的《俄国形式主义:历史与学说》(1955)、雷斯编的《俄国形式主义批评:四篇论文》(1965)和麦卡杰与波英斯卡编的《俄国诗学文选》(1971)。在中国,什克洛夫斯基 1982 年撰写的《散文理论》于 1997 年才由百花洲文艺出版社出版。事实上,俄国形式主义前期和后期的诗学主张有着很大的不同,但由于种种原因,俄国形式主义后期的诗学主张往往被学者们所忽略。由于巴赫金对俄国形式主义的批判主要是针对其早期的诗学观,故本文对俄国形式主义诗学观的相关分析也主要以前期思想为主。

② 象征主义批评理论强调"艺术即形象思维",把创造形象视为艺术活动的根本任务。

③ [法]茨维坦·托多洛夫:《俄苏形式主义文论选》,蔡鸿滨译,中国社会科学出版社 1989 年版,第 23 页。

者在文学研究中开始借鉴许多语言学的分析方法。可以说,俄国形式主义是在对传统文学观的反叛中以及语言学转向思潮的影响下成长起来的,迪尼亚诺夫和雅各布森曾经高呼:"必须与学院式的折中主义、故弄玄虚的'形式主义'决裂……把作为系统的科学的文学和语言学科学变成插曲轶事类别的做法一定要停止。"①

俄国形式主义者关注文学自身的语言与结构问题,视纯粹性为诗学理论最终诉求的目标。如雅各布森曾说道:"文学科学的对象不是文学,而是'文学性',也就是说使一部作品成为文学作品的东西。"② 雅各布森认为文学研究的对象是"文学性",它与其他非文学科学的研究对象是不同的,即文学所具有的自我差异性。对"文学性"内涵的理解,可以从什克洛夫斯基的形象性比喻中窥见其潜隐之义。"如以工厂生产类比的话,则我关心的不是世界棉布市场的形势,不是各托拉斯的政策,而是棉纱的标号及其纺织方法。"③ 可以看到,与传统诗学关注文学反映现实、表现作者情思不同,俄国形式主义将文本的形式与结构等能指因素从文学研究中抽离并前置,力图建构一套科学化的审美研究范式,如霍克斯所述,形式主义者认为艺术是"一项永恒的、自我决定的、持续不断的人类活动,它确保的只是在自身范围内、根据自身标准检验自身。"④

为了强化文本文学性的建构,什克洛夫斯基提出了"陌生化"的概念。"艺术的手法是将事物'陌生化'的手法,是把形式艰深化,从而增加感受的难度和时间的手法……艺术是对事物的制作进行体验的一种方式,而已制成之物在艺术之中并不重要。"⑤ 笔者以为,就什克洛夫斯基的理论立场来看,陌生化立足于外在形式结构的翻新与出奇层面,取消了文本符号经验的前在性,如本尼特指出的那样,俄国形式主义认为文

---

① [法]茨维坦·托多洛夫:《俄苏形式主义文论选》,蔡鸿滨译,中国社会科学出版社1989年版,第116页。

② 同上书,第24页。

③ [俄]维克多·什克洛夫斯基:《散文理论》,刘宗次译,百花洲文艺出版社1994年版,第3页。

④ [英]特伦斯·霍克斯:《结构主义和符号学》,瞿铁鹏译,上海译文出版社1987年版,第60页。

⑤ [俄]维克多·什克洛夫斯基:《散文理论》,刘宗次译,百花洲文艺出版社1994年版,第10页。

学与现实无关,"而是倾向于'把现实变得陌生',打破我们感知现实世界的习惯,以便使现实世界成为我们重新关注的对象。"① 因此,陌生化的要义就是解构文本能指与所指之间习惯性的意指关系,摆脱习以为常的知觉经验,打破及毁坏一切固有的接受模式,将文本重新置于"能指化"的背景中,以此重构它的感性内涵,形成新的意指链。

对于俄国形式主义来说,构成审美张力的是文本的当下性和对前在性的取消,或者说是对一种科学诗学范式的建构,如什克洛夫斯所言:"艺术感觉是我们在其中感觉到形式(可能不仅是形式,但至少是形式)的一种感觉。"② 对俄国形式主义的这一理论主张,巴赫金展开了批判性评述。巴赫金认为,俄国形式主义将艺术作品视为自我封闭的整体,文本的各要素在这一自足、封闭的结构中获得意义,这就意味着"艺术作品乃是自我封闭的整体,它的每一个成分都不是在同任何作品以外存在的东西(同自然界现实、思想)的相互关系中,而只是在整体本身的自身具有意义的结构中获得自己的意义。"③ 俄国形式主义将"视象"形式作为接受主体所感知的能指存在。笔者以为,"视象"更多是以陌生化感受为目的的特殊形式,而"视象"所承载的内容遭到忽视或放逐。而巴赫金认为,对"视象"形式的关注使文本成为单纯的形式层面的技艺工作,这显然有些绝对化。

伊格尔顿评论认为,俄国形式主义者强调实践的科学的精神,他们将注意力转移到文学作品本身的实在形式上,在这些学者眼中,"文学不是传达观念的媒介,不是社会现实的反映,也不是某种超越性真理的体现;它是一种物质事实,我们可以像检查一部机器一样分析它的活动。"④ 与此类似,巴赫金指出,形式主义者"把区分特点设想为对某一意识形态领域的隔离,与意识形态和社会生活的一切别的力量和能量的隔绝"。

---

① [英]本尼特:《形式主义与马克思主义批评》,张来民译,《黄淮学刊》1992年第2期。
② [法]茨维坦·托多洛夫:《俄苏形式主义文论选》,蔡鸿滨译,中国社会科学出版社1989年版,第29页。
③ [苏]巴赫金:《文艺学中的形式主义方法》,李辉凡、张捷译,漓江出版社1989年版,第58页。
④ [英]特雷·伊格尔顿:《二十世纪西方文学理论》,伍晓明译,北京大学出版社2007年版,第3页。

他认为文学不可能脱离社会生活，俄国形式主义的核心概念和命题"只涉及外部的重新排列和一定范围内的移动……形式主义思维由于具有这一基本特点，很不符合历史主义精神"。① 在巴赫金看来，俄国形式主义没有把事物的独特性与具体社会历史生活的生动性的相互影响结合起来，因而也无法理解存在和意识形态领域内的历史化进程。

就巴赫金的批判立场而言，俄国形式主义坚持文学的自主性，强调对文本的形式特征进行独立分析，认为这种审美效果源于文本的形式实践中，这实际上是淡化了文学的审美性。在巴赫金看来，研究者并不能完全依赖语言学的方法来研究文学问题，俄国形式主义正是由于过于依赖语言学的分析路径，从而导致文学研究的审美性缺失。

二　语言的诗学功能批判

在将文本能指前置的过程中，俄国形式主义区分了日常语言与诗歌语言，强化了语言的诗学功能。这种诗学功能体现在俄国形式主义的理论实践中，就是强调诗歌语言以其自身形式与结构的审美张力建构为目的。俄国形式主义者提出文学性和陌生化的概念，强调对诗语进行变形和扭曲，目的就是要最大限度地突出文学语言的诗学功能，让接受者尽可能感受到诗语能指的无穷魅力。对于俄国形式主义来说，文学性和陌生化都是话语之间差异性功能的体现，它们并不是语言的永恒意义，而是指语言的某些特殊用法。

伊格尔顿写道："文学语言的特殊之处，即其有别于其他话语之处，是它以各种方法使普通语言'变形'……在日常语言的俗套中，我们对现实的感受和反应变得陈腐了、滞钝了，或者——如形式主义者所说——被'自动化'了。文学则通过迫使我们更鲜明地意识到语言而更新这些习惯性的反应，并使对象更加'可感'。"② 伊格尔顿的分析精辟地道出了俄国形式主义的诗学价值建构：诗歌语言不是传达客观事物，而是通过运用

---

① [苏] 巴赫金：《文艺学中的形式主义方法》，李辉凡、张捷译，漓江出版社1989年版，第48、131页。
② [英] 特雷·伊格尔顿：《二十世纪西方文学理论》，伍晓明译，北京大学出版社2007年版，第4页。

变形、扭曲等手法，改变语言的日常用法，进而促使对世界产生一种新的经验。学者们通过疏离语言的常规用法和对日常语言进行偏离与变形处理，尝试摆脱语言的自动化模式，旨在建构起强调陌生化能指体验的语言诗学功能。

俄国形式主义者对语言诗学功能的建构缘于他们与当时的学院派代表人物波捷勃尼亚语言观的矛盾。波捷勃尼亚在德国语言学家洪堡的影响下提出了词的"内部形式"理论，认为艺术是一种形象思维，因此诗歌应当像散文一样，强调"省力"原则。什克洛夫斯基对此并不认同，在他看来，波捷勃尼亚的"省力"原则只适用于实用语言系统，而不能应用于诗歌语言系统。"省力"原则就"日常"语言而言是正确的，"但由于不了解日常语言规律与诗歌语言规律的区别，这一思想也被推而广之于后者"。他认为诗歌语言不是为了通过已知来认识未知，而是为了将已知未知化，来强化接受者对诗歌语言的感受力。诗歌语言应当从新的角度和方式来表现对象，使熟悉的事物在新的语境中显得"陌生"。对什克洛夫斯基来说，事物存在有两种情况：一种是感受为诗的一般事物，另一种是感受为一般事物的诗。基于这种认识，什克洛夫斯基认为一部作品被认定为诗是缘于个体感受的方式不同。"我们（在狭义上）称为艺术性的事物则是用特殊的手法制作，制作的目的也在于力求使之一定被感受为艺术性的事物。"①

笔者以为，俄国形式主义对诗歌语言的描述，实际上强调的是文学语言的诗学建构功能。或者可以说，诗歌语言强调语言的诗学和美学功能，遮蔽了语言的交际和达意功能。在俄国形式主义者那里，语言更多的是强调音与形以及语言要素的排列组合，而其中所代表的意义则不被重视。对他们而言，诗歌的特点就在于语言的自主性，而不是语言的所指物或者所涉及的感情。笔者以为，俄国形式主义凸显能指的实质是遮蔽其所指，或者说是用能指取代了所指成为新的"所指"。

针对俄国形式主义者对语言诗学功能的建构，巴赫金认为，"诗歌语

---

① ［俄］维克多·什克洛夫斯基：《散文理论》，刘宗次译，百花洲文艺出版社1994年版，第8—9、6页。

言实际上只能把语言的其他体系已经创造出来的东西'奇特化',使之摆脱自动化。它本身并不创造新的结构。它只是使人们感觉到已创造的、但未被感觉到的和接受时处于自动化状态的结构。"① 因此并不存在严格意义上的日常语言与诗歌语言的区分,也不存在二者的对立,建立在这种二元对立基础上的诗语理论也并不科学,巴赫金进而强调,正是这种不科学的诗语理论构成了俄国形式主义的基石和核心。在巴赫金看来,日常语言与诗歌语言是同一种语言的语境化体现,不同的语境决定了一种语言不同的功能建构。

顺着巴赫金的分析,我们不难发现,语言的功能建构缘于其所处的语境。在巴赫金的视域里,语言是集多种功能于一体的一个整体,同一种语言在不同的语境中会凸显出交际、艺术、解释和表意等不同的功能。当某一方面的功能被凸显时,其他功能就会居于潜隐的状态。基于这个视角再来看诗歌语言与日常语言,会发现它们其实是同一种语言在不同语境中的呈现:语言在文学或艺术语境中会凸显其诗学功能;在日常语境中会凸显其交流功能。布洛克曼认为,在俄国形式主义者那里,"诗的形象似乎不过是诗人所支配的一种程序,而且意义不能归因于形象本身。阐明意义的是形象的功能(即其结构关联)。这就导致语义学重点的转变,敞开了通向一个包罗广泛的异化结构理论之路。"② 从这个意义上来说,日常语言与诗歌语言并无差别,有的只是语言不同的语境化体现。巴赫金认为,俄国形式主义者将诗歌语言与日常语言严格区分开来,过分强调和凸显了语言的诗学功能建构,这使得他们的诗学理论走入了一个极端。

俄国形式主义者对语言诗学功能的建构还可以从布拉格学派理论家穆卡洛夫斯基的理论中获取一些佐证。受俄国形式主义影响,穆卡洛夫斯基将语言区分为标准语言和诗的语言,认为诗歌语言的特征就是尽可能地凸显言辞,标准语言则是强调言辞交际的自动化,尽可能地将接受者的注意力吸引到言辞所反映的内容上去。他说:"在诗的语言中,突出

---

① [苏] 巴赫金:《文艺学中的形式主义方法》,李辉凡、张捷译,漓江出版社1989年版,第121页。
② [比] J. M. 布洛克曼:《结构主义:莫斯科—布拉格—巴黎》,李幼蒸译,中国人民大学出版社2003年版,第38页。

达到了极限强度：它的使用本身就是目的，而把本来是文字表达的目标的交流挤到了背景上去。"因此，"和标准语言相比，诗的语言是一种不同的语言形式……对标准语的规范的歪曲正是诗的灵魂。"① 这里"对标准语的规范的歪曲"即什克洛夫斯基诗学观念中的"陌生化"，也就是强调诗语的自足性和强调文本的能指凸显。

三　科学诗学建构的批判

受语言学转向的影响，俄国形式主义强调文学的自我指涉性，认为文学的本质在于文学性，在于陌生化所营造出的独特文本经验，在于文本语言诗学功能的建构。

什克洛夫斯基曾提出材料和程序这对概念，其中材料主要包括两方面的内容：思想材料和语言材料。在他看来，材料本身并没有独特意义，只是原始的素材，通过对这些材料的加工处理而构成了文学作品。"文学作品是纯形式，它不是物，不是材料，而是材料的对比关系。"② 在什克洛夫斯基看来，材料必须经过特定的程序才能进入文学作品中去，这里的程序（又译为手法）是指作品的艺术安排和构成方式，是对材料的设计、加工与处理，凡是使材料变形为艺术品的一切处理方式都可称之为程序，而"这些程序的目的就是要使作品尽可能被感受为艺术作品"。③ 就这样，通过一种科学诗学的建构，传统文学作品内容与形式的统一被置换成程序与材料的统一。

杰弗森与罗比曾说："人们纷纷试图在一个独立的根基之上系统地进行文学研究，使之成为一门特殊的学科。俄国形式主义就是这种企图的最早的一种表现。"④ 笔者以为，俄国形式主义强调文本的自我结构意义，试图建构严整的、自我封闭的独立文本体系，挖掘文学研究中文本形式

---

① 伍蠡甫、胡经之：《西方文艺理论名著选编》（下），北京大学出版社1987年版，第417、424页。
② ［俄］维克多·什克洛夫斯基：《俄国形式主义文论选》，方珊等译，生活·读书·新知三联书店1989年版，第369页。
③ 同上书，第2—3页。
④ ［英］安纳·杰弗森、戴维·罗比：《西方现代文学理论概述与比较》，陈昭全等译，湖南文艺出版社1986年版，第3页。

和结构上的审美张力,这实际上也是形式主义者建构科学诗学的一种尝试。对此,不少形式主义者均有过类似表述,如艾亨鲍姆曾写道:"所谓'形式方法',并不是形成某种特殊'方法论的'系统的结果,而是为建立独立和具体的科学而努力的结果。"他进而提到俄国形式主义者并不强调对文本审美意义的挖掘,"而是希望根据文学材料的内在性质建立一种独立的文学科学。"[①] 笔者以为,俄国形式主义者致力于对文学展开科学的分析,他们把文学研究与语言学转向联系起来,在某种意义上这是一种对科学诗学范式的建构,而巴赫金也正是基于此对俄国形式主义展开了批判。在巴赫金看来,这种科学诗学建构在很多时候局限于对文本形式的静止分析,从而导致其审美性遭到遮蔽与放逐,甚至游离于文本之外。

霍克斯说:"形式主义学派感到他们最关心的是文学的结构……而不是关注作品的'语音'内容、作品的'信息'、'来源'、'历史',或者作品的社会学、传记学、心理学的方面。"[②] 对此,本尼特认为,在俄国形式主义者那里,文学提供了认识现实的一个全新视角,他们将文学视为真空之物,将文学性概念视为纯形式,视为文学的内在属性。[③] "尽管形式派所提出的研究模式仍然是一种美学模式——'文学'本身的理论——但从本质上说,它是一种科学美学。"[④] 可以说,俄国形式主义者认为文本诸要素的合理性并不是从与文本之外的存在关系中获得的,而是从具有意义的自足性结构中获得的。

巴赫金认为,俄国形式主义的科学诗学建构事实上并未触及现实的实践与文化层面。他指出,俄国形式主义者坚持文本形式和结构本身的非社会性,"他们建立的诗学是作为一种彻底的非社会学的诗学……轻视并否定其社会本性的形式主义方法首先是与文学本身不相符的,它恰恰

---

① [法]茨维坦·托多洛夫:《俄苏形式主义文论选》,蔡鸿滨译,中国社会科学出版社1989年版,第19、21页。
② [英]特伦斯·霍克斯:《结构主义和符号学》,瞿铁鹏译,上海译文出版社1987年版,第60页。
③ T. Bennett, *Formalism and Marxism*, London and New York: Routledge, 1979, p.54.
④ [英]本尼特:《俄国形式主义与巴赫金的历史诗学》,张来民译,《黄淮学刊》1991年第2期。

是给文学的独特性和特点提供错误的解释和定义。"① 在巴赫金看来,俄国形式主义的理论之所以受到其他流派的批判,乃是由于它过于强调文本的科学性,"承认只有科学的思维才是可取的……即以科学性为时髦,表面上追求貌似的科学,在真正的科学尚未诞生时草率而自负地标榜科学性。"② 俄国形式主义者强调从语言形式层面对文学展开纯科学化研究,文本之外的社会历史等因素都被遮蔽和忽略。这种科学化的操作无疑使得拥有丰富内涵的文学研究变得过于简单和纯技术化,也使得文学原有的审美性一再被弱化、被遮蔽。

巴赫金一贯坚持文艺社会学的文学研究范式,并试图以此来批驳俄国形式主义者所强调的内在规则体系与外在文化语境的二元对立关系。他认为俄国形式主义的理论囿于对语言技术形式的关注,而忽略了现实语言的社会和文化层面。巴赫金虽然不同意简单地将审美等同于内容,但也不同意俄国形式主义者将审美完全受缚于形式,在他看来,对文本的审美阐释不仅应当立足于语言形式层面,也应当看到内容层面,而俄国形式主义者的最大失误在于将审美化约为纯技术性和科学化的阐释,因而导致在对文本进行纯技术性的科学分析中的审美缺失。

在巴赫金的思考中,俄国形式主义的诗学诉求将文本的形式因素前置,强调文本的合法性只能依据自身的内在标准来说明,这样一种科学诗学的审美建构无疑遮蔽了它真正的审美性。巴赫金认为,不能将文本的形式诉求与审美意识形态诉求简单地对立起来。俄国形式主义者力图建构一种科学诗学,将文学艺术从其所处的社会语言文化语境中分离出来,这样做的结果便是文本审美性的真正缺失。但是需要注意的是,巴赫金对俄国形式主义的批判以及对文学审美性的强调,这并非是排斥文学话语和文学文本。在巴赫金对俄国形式主义的批判中,很明显有着马克思主义美学和文艺社会学研究思路的痕迹,而这种痕迹从更广泛的意义上来说,是一种强调文学艺术意识形态化的研究路径或理论模式。

---

① [苏]巴赫金:《文艺学中的形式主义方法》,李辉凡、张捷译,漓江出版社1989年版,第49页。
② [苏]巴赫金:《巴赫金全集》第一卷,晓河等译,河北教育出版社1998年版,第306页。

四 结语

由于早期俄国形式主义过于强调研究方法的科学性,加上与当时占主流地位的马克思主义文学批评理论的对立与冲突,使得这一流派在20世纪20年代受到了严厉的冲击。1930年什克洛夫斯基发表《学术错误志》宣告:"对我来说,形式主义是一条已经走过的老路。"[1] 这标志着俄国形式主义作为一个独立流派活动的结束。直到20世纪60年代,这一文学流派才重新被人们所忆起。[2] 从莫斯科到布拉格再到巴黎,俄国形式主义、新批评和结构主义强调从文本的形式结构因素展开文学研究,从而建构了一条诉求文本自足性的研究体系。

俄国形式主义关注文本形式和接受主体的感受性,这无疑为当时的文学或诗学研究提供了一种新的思路,如威廉斯所言,俄国形式主义拒绝了资产阶级社会秩序对艺术的简化,"形式主义最大的收获是在特性方面:在它对艺术作品实际上是如何形成的以及如何达到其效果的详细分析和展示方面。"[3] 但需要指出的是,俄国形式主义者强调文学性和陌生化,对形式本身过于关注,因此也造成了文本的阻拒性和接受困难。其实,后期的俄国形式主义者也意识到了这一局限性,并对早期的理论进行了反思与修正。后期该流派的学者逐渐认识到文学艺术并非唯形式的纯艺术,而必须向其中注入意义。毕竟,如果仅去关注文本的纯形式本身,势必会造成艺术本体之外的审美空间在艺术中的缺席,这也正是后期俄国形式主义者的自我反思以及巴赫金和其他学者的批判的指向所在。

巴赫金对俄国形式主义的批判与反思对中国当代文论的重新审视与建构具有一定的启发和借鉴意义。在当下,许多文学创作或创作者过于

---

[1] [俄]维克多·什克洛夫斯基:《学术错误志》,载《世界艺术与美学》第七辑,文化艺术出版社1986年版,第25页。

[2] 俄国形式主义虽然在20世纪30年代淡出了人们的理论视野,然而这一流派的影响却一直在延续。从莫斯科到布拉格再到巴黎,或者说从俄国形式主义到捷克结构主义再到法国结构主义,这是西方现代本体论诗学发展的三个阶段。20世纪60年代,俄国形式主义在苏联被人们重新忆起,得到苏联理论界的重新评价,而什克洛夫斯基、艾亨鲍姆、普洛普等人在20世纪20年代写成的著作,获得了重新刊印的机会。

[3] [英]雷蒙德·威廉斯:《现代主义的政治——反对新国教派》,阎嘉译,商务印书馆2002年版,第236页。

注重文本的形式表现,认为语言和结构越华美、越炫丽,作品的艺术性就越高。但需要指出的是,对形式可感性的追求固然重要,但形式陌生化的最终目的还是使接受者更好地对作品内容进行全面深刻的认识。而且,文学并非绝对纯粹性的自我体系,而是一种特殊的社会意识形态的表征体系。一方面它可以因自身的独特形式而引发关注,另一方面它也表征着特定的社会现实、社会实践和社会文化的意识形态。文学是由世界、文本、作者、读者和媒介所构成的完整体系,因此对文本阐释也应当与一定的社会和文化语境相结合。

列宁的语言是怎样形成的：俄罗斯形式论学派论历史材料与意识形态手法

[俄罗斯]伊利亚·加里宁（Калинин Илья）著　陈欢译
（圣彼得堡大学　广东外语外贸大学西方语言文化学院）

艾亨鲍姆说："革命生活与普通生活之间的主要区别在于，在革命生活中，对事物的感知被唤醒了，生活变成了艺术"。

——维克多·什克洛夫斯基[①]

什克洛夫斯基提出的革命性理论远远超出了对语言与艺术本身的更新范畴，其理论展现了一种历史先锋的主题基调。什克洛夫斯基在面对普通的物质世界时，始终追求着"对日常生活的总体审美"或"将日常事物从习惯性语境中抽离"。他在其纲领性宣言《词语的复活》（1914）一文中对其所处时代的日常语境做了如下界定："现在，旧的艺术已经死亡……事物也死亡了，我们失去了对世界的感知，就如同一个已不再触摸琴弓和琴弦的小提琴手，我们在日常生活中也不再是艺术家了，我们不再热爱自己的家，不再喜爱自己的裙子，并且轻易地同我们已无法感知的生活告别。"为了恢复对世界物质层面的感知，什克洛夫斯基认为"只有创造新的艺术形式才能使人们重新感受世界，才能复活事物，才能战胜悲观主义"。因此，语言复活是事物复活的前提。

在提出将"陌生化"手法作为调节艺术同生活关系的主要原则之同

---

① 什克洛夫斯基：《感伤的旅行》，1923年。

时，什克洛夫斯基对实证美学中占主导地位的节省创造力规律持排斥态度。在否定节省创造力规律普遍性的基础上，什克洛夫斯基对"陌生化"概念不断进行完善：通过使用"陌生化"手法来异化力求简约的日常语言以及对物质世界的日常认知（识别）；突出以耗费原则为基础的诗歌语言以及被更新的感知（视觉）。语言异化的一般逻辑正是如此。一些习惯性的行为——从细微的运动到平淡的日常言语，都因其重复性而进入到一种无意识的自动化领域。这种自动化在人对语言以及事物的认知过程中并不触及语言的外壳和事物的物质基础，从而最大限度地节省了创造力。因此，什克洛夫斯基认为日常生活以及日常言语都与一种无意识的自动化领域相关，这种自动化通过最快的途径把思想引向想要达到的概念，并节省力量的耗费。但在这一点上省力原则也会受到一定的限制和阻碍，而且还是在其自身范围内。当陷入一种完全自动化的状态时，日常生活不仅会变得无法解释，还会变得无法感知，成为一种无意识的领域。"生活就是这样化为乌有，自动化吞没事物、衣服、家具、妻子和对战争的恐惧"（《作为手法的艺术》）。自动化不仅会吞没事物，还会吞没人与人之间的关系和人内心存在的感情冲动。在简化对物质世界事物的处理过程中，自动化剥夺了事物的客观性，加速了社会交际的速度，剥夺了人的群体归属感。自动化使事物非客观化，并使人物质化。自动化（包括感知和行为）会产生一种抽象形式的独特介质，导致无意识的习惯性运动和重复性行为，这些都会剥夺一个人对这个世界最直接、感性、源自内心深处的感知。

　　在什克洛夫斯基看来，艺术的意义在于补偿人们对生活体验的缺失，这种缺失是由工具化的认知所造成的。艺术不仅弥补了这一缺失，还能制造丰富的情感和意义，这一点与省力原则无关，相反，必须耗费额外的力量来克服"艰深化的形式，增加的感知难度以及延长的感知过程"（《作为手法的艺术》）。艺术恢复了人对生活的感知，延长了感知的时间，并重点强调增加感知过程的强度，而非其工具性功能。如果说自动化只是节省了力量，却没有制造出能量的话，那么相反，艺术虽需要耗费额外力量来感知复杂的形式，却释放出足够的能量，使惯性认知从无意识领域中摆脱出来。

艺术的解自动化功能赋予其自身一种革命潜力：先锋艺术不但否定艺术传统，还否定传统本身——自动化的惯性。自动化以重复性为基础，没有为人对事物（无论是日常事物还是艺术作品）的感知增添任何的新鲜感，甚至还使其原始存在的意义从其结构内部消失（"事物摆在我们面前，我们知道它，但对它视而不见。因此，关于它我们说不出什么来"——什克洛夫斯基《作为手法的艺术》）。艺术则对这种自动化的惯性进行革新，对重复性进行破坏，提出一种不按常规发展的重复理念，即每一次重复都带来不同的体验，使原来司空见惯的东西焕然一新，变得异乎寻常。艺术——是一场人类面貌的革命，它在和平时期不断进行革新，在革命时期则对分散琐碎的日常内容进行逐字逐句的结合。

艺术对社会物质现实的革命性影响在于对日常事物的文本化。艺术把日常事物展现为一种可观可见之物，使其从重复性以及丧失语义的语境中摆脱出来。什克洛夫斯基身上有一个自相矛盾的现象：他尝试着在新描写语言的创造者（称其语言拥有的革命潜力不逊色于旧形式的诗歌语言）同该语言的代表人物——这两种地位之间保持平衡。他在对革命体验进行描写的同时，又参与到这场体验当中成为其一部分，并且最主要的是，他尝试用新的元语言来进一步革新革命体验（"革命是无法评判的，我们要推动革命向前跃进，以此增加革命的分量，加快其发展速度"——《第三国际纪念碑》，1921）。什克洛夫斯基不仅对已有的革命体验进行阐述，还对其进行预测。他经历的革命体验是一场力量的碰撞，这股力量促使其率先提出了对惯性语境进行陌生化处理的理论。如果说在文学领域，陌生化表现为对丧失特性的惯性手法进行揭示并革新，那么，在历史领域，陌生化则表现为某种存在的动荡，某种切断了日常模式的激烈冲突，是一种解自动化的"破坏行为"，是对感知和思维习惯的彻底革新。

形式论学派的理论同历史之间存在着关联，该学派的学者们在其学术或文学文本中对历史进行了大量的深究、展示与反思。这一关联使得对理论的例证说明不局限于使用历史、传记或文学材料。该关联还具有可互换性，具体表现为文本与语境、手法与材料之间时常互换位置。形式主义者把文学描述为一种对日常感知习惯的破坏。从这个意义上来说，文学机制与历史机制是同构的。什克洛夫斯基提出的陌生化原则不仅成为艺术的普遍机制，而且还成为历史的内在规律。如果说形式主义者揭示了文学的"文学性"手法，那么，革命则被他们看作对历史本身的历史手法的"曝光"。

在什克洛夫斯基看来，如果说诗歌语言与日常语言的不同之处在于其能够不断更新人对世界的感知，并且推动文学的进化发展机制，那么，革命领袖的语言则被赋予了革新社会现实的使命，在必要时革命领袖的语言不但应具备说服力，还应具有诗歌语言的陌生化效应。

形式论学派首先把诗歌语言与日常语言对立起来，并把历史进程概念化为陌生化机制的运作。因此，诗歌语言成为历史进程的载体，它或是对"日常语言（例如，革命领袖的政治语言）属于自动化行为范畴"这一亘古不变的论点提出质疑，或是要求把陌生化和解自动化机制广泛运用于日常语言，诗歌语言显然不能用"习惯性""常规""拥护旧传统""省力"等定义来阐释。在这种将陌生化手法应用于日常语言的例子当中，最典型的当属列宁的语言。

1924年《列夫》杂志发行了列宁语言研究特刊，该期特刊的文章作者包括"奥波亚兹"的代表人物（形式论学派）以及莫斯科语言学小组的学者：什克洛夫斯基、艾亨鲍姆、托马舍夫斯基、蒂尼亚诺夫、卡赞斯基、雅库宾斯基等。当时，这本集刊被评价为是为政治利益服务的。这使得形式论学派理论（苏联人文社会科学形成的早期阶段）及其精神抱负并未得到真正的理解。事实上，形式论学派的精神内涵早已远远超出了语言范围。

形式论学派从发掘诗歌语言规律的角度来描写列宁语言——这为"奥波亚兹"成员将其文学进化理论向整个社会历史领域推广提供了可能性。"手法"这一概念揭示了文学作品的"创造性"，并运用于对意识形态（资产阶级意识形态）的批评分析，形式论学派的学者们纷纷追随列宁的步伐开始进入这一领域。因此，意识形态（虚假意识）是与革命历史相对抗的，正如自动化的日常语言与诗歌语言相对立一样。列宁的语言通过使用诗歌语言陌生化的手法来否认资产阶级意识形态，这一意识形态依赖于自动化及日常感知的惯性而稳定存在（顺便说一说，格奥尔格·卢卡奇曾在其对资产阶级意识及资本主义物化的批判中，同形式主义学者们一样，提到了自动化概念，他认为这种自动化的资产阶级意识会使人丧失个性）。为了发掘列宁语言中所使用的陌生化手法，必须对其语言进行形式论诗学分析，这种分析法多运用于形式论学派的学者对文学作品的研究。例如，艾亨鲍姆在其经典文章《果戈理的"外套"是怎样制成的？》中揭示了果戈理语言的民间故事性，展示了《外套》这篇短篇小说的美学效果既不在于其魔幻部分，也不在于其对"小人物"所主张的人文思想，而在于诗歌语言自身的表现手法。同样，形式论学派在对列宁语言进行集体分析研究的过程中，是在其语言所使用的形式论手法而非内容论据中去发掘列宁语言的革命潜力。

该期特刊的文章分析指出，列宁否定和批判对手的主要工具是揭示隐藏在意识形态对手语言背后的修辞结构（正如什克洛夫斯基所言："列宁同其对手之间的争论，无论是与其敌人还是同党同志，一般都是从'词'的争论开始：证实词语发生了改变"）。因此，对"复活词语"表现力的设定与对意识形态效果的设定是一致的。对诗歌语言的形式要求是为了实现其美学功能，对政治语言的要求同样如此。通过形式论手法，则可以在政治争论以及政治宣传语言中找到符合自身对艺术语言规律认知的材料。

有别于一般机械化的、高雅的演说言辞，列宁的语言属于"活生生"的诗歌语言，给人以新的感知，令人出乎意料，言语中甚至带有日常生活中的俚俗语。什克洛夫斯基和艾亨鲍姆认为，列宁的政治语言与列夫·托尔斯泰的语言风格最为接近。托尔斯泰语言的革新之处在于其用陌生化的手法打破了占主导地位的文学成规，并揭露了程式化的社会关系（什克洛夫斯基：《作为手法的艺术》，1917；艾亨鲍姆：《青年托尔斯泰》，1921）。这期《列夫》杂志上的文章还指出，列宁为夺取领导群众意识的权力而与其政治反对者进行斗争时，所采用的正是形式分析法，列宁揭露了敌对方言语的机械重复性，并指出其言语是通过赤裸裸的意识形态空谈来偷换历史材料（艾亨鲍姆："列宁将其批判集中于对方所有惯性的词语使用上，这种自动化惯性往往消除了词语的实际意义"）。这种自动化的政治语言不但没有改变自身材料——创造历史，还浮于毫无对抗力的抽象的意识形态表面,并使用言语冗余来弥补自身的无创造性（列宁：《论革命空谈》）。列宁从形式论层面揭示了这样一种革命（或反革命）的意识形态手法,他作为一个形式论者,把文学机制同历史机制视为同一（卡赞斯基："列宁的讲话、文章、论著都是'艺术',这种'艺术'在马克思看来应该是一种反抗的形式"）。

什克洛夫斯基在其文章《反规范者列宁》中把列宁的语言视为一种诗歌语言,这种语言给人以新的感知,打破了语境中的惯性联系,例如词与意义之间的自动化联系。什克洛夫斯基将列宁称为"破坏者",列宁确实乐于"分裂、破坏"事物现象,使其凸显而出。对事物进行分离式的重新命名就是切断词与意义自动化联系的方式之一。这种新命名在语境中适应得越快,它存在的意义也就越小。当称名与其所指事物紧密联系在一起时,这个词就开始变得无法被感知并且失去了情感。与直接使用现成的概念不同,列宁——在什克洛夫斯基看来,一次又一次地着力于展示语言符号与意义之间、词与所指概念之间活生生的联系："列宁的每一次讲话、每一篇文章都好像是重新开始,没有一个术语,他所使用的语言表达手段作为分离式处理的具体结果,已经处于所指称事物的中心。"

蒂尼亚诺夫在其《雄辩家列宁的词汇》一文中使用了其一贯拿手的词汇修辞分析法,这一分析法是他在《诗歌语言问题》一书中提出来的。蒂尼亚诺夫通过展开丰富的语义及修辞（甚至语音）分析,就"剥夺剥夺者"这一口号新旧两种表达方式进行对比,指出了列宁对这一口号的表达方式"грабь награбленное!"更具有号召性（艺术性）。蒂尼亚诺夫认为,列宁的表达方式赋予了该口号强烈的命令色彩,这些都基于他自身丰富的词汇量以及对相应语境下修辞手法的正确运用。列宁语言具有丰富的文学性（例如我们从语音层面去分析口号"грабь награбленное!"：此处出现了"гр"的同音重复,这就加强了艺术语言的音的表现力）,这种语言的文学性正是实现其政治效果的因素之一。因此,对语言表现力的设定与对政治效果、历史影响的设定是一致的。

列宁对其反对者使用的是论战性言语,对群众使用的则是劝说性言语,他在这两种言语当中对历史传统的修辞手法进行了讽刺性模拟,揭示了在这种自动化、稳定的词汇结构中人们已经看不到的词与所指事物之间的内在联系，或者词与词之间的关系。换句话说，列宁认为传统的政治语言已与现实脱离了联系，从而也就失去了改变现实的能力（此处列宁对诗歌语言的理解源自马克思《关于费尔巴哈的提纲》第十一条）。对于形式论诗学及其诠释手法而言形成了一个特有的循环结构：从革命斗争中产生的列宁语言自身又变成了"演说及报刊语体领域"的一场革命。也正因为如此，列宁语言从某种意义上来说加速了革命斗争的进程，甚至可以说是推动了历史的进程。列宁语言不仅是革命斗争的武器，更是革命的主体。

当这些可以改变世界的"活生生的语言"被机械的语言所替代时，意识形态则成为一种消除语言与现实之间联系的手法，一种自动化言语，一种"革命空话"。此时，手法不再改变材料，语言不再作用于现实，历史进程也停滞在意识结构里。蒂尼亚诺夫曾这样描述历史进程与其语言表征之间的关系："每个词都起着加固社会进程的作用，它要么跑在前面，预示着整个进程发展；要么落在后面，附着于某一个历史阶段。为了使社会发展进程不停滞于思想意识，为了不让社会现实止步于由某一单一的语言手段去表示，我们必须对词语的使用进行查验，揭示其自身同所指事物之间的联系。"这一历史工作同时与形式论文学批评及意识形态批评相关联，并且在列宁的语言中得以实现。形式论学派的学者们对列宁语言的研究工作，揭示了其特有的手法，传递了其自身的政治信息，也证明了其描写语言具有推动历史进程的力量。

形式主义文学理论与索绪尔语言学的联系

张 弛 方丽平

（广东外语外贸大学西方语言文化学院）

一 引言

在19世纪上半叶，文学研究成为大学里的专门学科。但是，受到实证主义哲学的影响，文学研究常常成为对历史材料的搜集和梳理，文学作品本身却遭到了研究者的忽视。此外，对作品的评论常常表达的是研究者的主观感受或阅读印象。

19世纪的科学发展及其所取得的巨大成就，使得科学精神变成了许多西方学者的自觉意识与学术追求。弗洛伊德出版了对梦进行科学分析的《蒙的解析》（1900），胡塞尔出版了《哲学作为严格的科学》（1911），索绪尔的学生们为他整理出版了《普通语言学教程》（1916）。受到这种倾向的感染，第一次世界大战之中和之后，俄国的青年文学学者们分别在彼得堡和莫斯科组成了志在推动文学研究科学化的小团体。他们在索绪尔那里找到了孜孜以求的科学基础，发表了大量论文著作，对20世纪的西方文学理论产生了深远的影响。在本文中，我们试图梳理俄国形式主义与索绪尔语言学的关系，以便对二者做进一步的反思。

二 对文学研究之科学性的诉求

当整个欧洲陷入第一次世界大战之时，一批俄国文学青年却仿佛是局外人一般，热情地讨论着文学研究的对象和方法。这些年轻气盛的形式主义者们普遍不满意当时俄国的文学研究现状。在《诗学·语言学·社会学》一文中，G. O. 维诺库尔指出："任何一门科学具有其特定的对象。而我们的文学史家却漫不经心地将这个公理置诸脑后。他们把自己的学科变成了各种'文化史'、'心理学'、'传记'、'社会学'和某类学科堆积废料的垃圾场。"[①] 面对这一现状，他认为"诗学，文学史亦复如此，当前正全力以赴地寻找自己失去的对象。"[②] 在《文学的科学方法和任务》一文中，A. A. 斯米尔诺夫也表达了对于当时文学研究现状的不满。他说："文学研究作为一门独立的学科，在我们没有了解要确定其科学对象的任务时，并未摆脱其紊乱不清和徒劳无益的状态。"[③]

直到1921年，在《论艺术的现实主义》一文开头，罗曼·雅各布森在说明写作缘起的同时，还严厉地指责了文学研究中的非科学现象：

> 就在不久之前，艺术史尤其是文学史还不是一门科学，而是一种 causerie（漫谈）[④]。这种文学史遵循"漫谈"的各种规律，它轻松地从一个主题跳到另一个主题；关于形式优雅的大量热情言词，变成取材于艺术家生活中的故事；许多心理学上显而易见的道理、作品的哲学内容问题和所涉及的社会背景问题相互交叠。比起根据文学作品来谈论生活和时代，这样的工作要更为容易，而且有利可图！复制一座石膏像比画一幅人体素描更容易而且有利可图。"漫谈"没有什么确切的术语。相反，词语千变万化，字句模棱两可，正可以做文字游戏，这正是使谈话娓娓动听的便利条件。因此，过去艺术史没有科学的术语，它使用日常语言的词汇，而不经过批评的筛选，不加明确的限制，也不考虑一词多义的问题。[⑤]

---

① [爱沙尼亚] 扎娜·明茨、伊·切尔诺夫：《俄国形式主义文论选》，王薇生编译，郑州大学出版社2005年版，第60页。
② 同上。
③ 同上书，第130页。
④ 原稿中为法文。——法文版编者注
⑤ [法] 茨维坦·托多罗夫：《俄苏形式主义文论选》，蔡鸿滨译，中国社会科学出版社1989年版，第79页。

雅各布森直言不讳地批评当时的文学研究现状：

> 直到现在我们还是可以把文学史家比作一名警察，当他下令拘捕某人时，就要把罪犯屋里和街上偶然遇到的每一个人，连同行人一起抓来拷问。文学史家就是这样无所不用，诸如个人生活、心理学、政治、哲学，无一例外。这样便凑成一堆雕虫小技，而不是文学科学，仿佛他们已经忘记，每一种对象都分别属于一门科学，如哲学史、文化史、心理学等等，而这些科学自然也可以使用文学现象作为不完善的二流材料。①

在同年出版于布拉格，仅有68页的小册子《现代俄国诗歌》中，雅各布森首次提出了"文学性"的概念。他通过类比推理的方法，以诗歌作为文学的代表形式，对其原材料做了厘清："如果那些造型艺术是对具有自主价值的可视材料的赋形，如果音乐是对具有自主价值的可听材料的赋形，且舞蹈是对具有自主价值的招式材料的赋形，那么，诗歌就是对具有自主价值的词语的赋形，即赫列布尼科夫所谓的'自主的'词语。"② 他立刻得出这样的结论："文学科学的对象不是文学，而是'文学性'，也就是使一部作品成为文学作品的东西。"③ 所以，文学性才应该是文学科学研究的真正对象。

他断言说："如果文学研究要成为科学，就必须承认'手法'是其唯一的'对象'。接着，根本的问题就是对手法的运用和证明。"④ 他如此解释诗歌对"手法"的运用："情感的世界，灵魂的种种不安，形成了一种运用，更准确地说，即对诗性语言最惯常的运用之一。这是个大口袋，

---

① ［法］茨维坦·托多罗夫:《俄苏形式主义文论选》，蔡鸿滨译，中国社会科学出版社1989年版，第24页。
② Roman Jakobson, *Huit questions de poétique*, Paris: Seuil, coll. Points, 1977, p. 16. 按：这段话极为重要，是雅各布森提出"诗"的定义和"文学性"概念的前提。然而，《俄国形式主义文论选》（扎娜·明茨、伊·切尔诺夫编选，王薇生译，郑州大学出版社2005年版，第321页）相应的译文令人不知所云！
③ Roman Jakobson, *Huit questions de poétique*, Paris: Seuil, coll. Points, 1977, p. 16.
④ Ibid., p. 17.

人们在其中堆砌着不能被证实并实际运用的,也不能被理性化的东西。"[1] 所以,研究文学应该关注的是作品本身,研究作品的技巧、程式、形式、词汇、布局、情节、变形等,通过对构成作品的要素与方式的分析,以揭示文学的奥秘。

三　对索绪尔语言学的发现与应用

"学界如今视《普通语言学教程》为现代语言学的奠基石,奉索绪尔为结构主义语言学派的开创者,已是无可争议的定评。"[2] 索绪尔并不是区分语言的演化与状态的第一人,也不是共时语言学的创立者。"索绪尔的功绩,在于一反近代纯以历史为轴线的信条,提出共时至上的原则。(……)他是带着'新的精神和新的方法',带着一个世纪以来历史语言学所提供的全新认知和知识来重振共时语言学。"[3] 他认为语言是"一个纯粹的价值系统,除它的各项要素的暂时状态以外并不决定于任何东西"[4]。语言虽然随着时间在发生着或巨大或细微的变化,但在一定时期内,其系统在整体上却是稳定的。索绪尔认为这个稳定的系统,才是语言学研究的真正对象,"它的任何成分都可以而且应该从它们共时的连带关系方面加以考虑"[5]。

索绪尔将"言语活动"(langage)区分为"语言"(langue)和"言语"(parole)。"言语"有两个意思:一是指话语片段,即每一说话行为的结果;二是指全部话语,即所有人的话语之总和。"按照前一理解,言语可以极小,小到独词句,如'好!';根据后一理解,言语可以数量无限,差异无穷。"[6] 通过对个别人的言语的研究,无法把握语言的本质特征;研究所有人的言语,却是根本无法实现的目标。而且,言语是"个人的、具体的、异质的、主动的、变化的、临时的、历时的"[7],难以从

---

[1] Roman Jakobson, *Huit questions de poétique*, Paris: Seuil, coll. Points, 1977, p.17.
[2] 姚小平:《西方语言学史》,外语教学与研究出版社2011年版,第295页。
[3] 同上书,第300页。
[4] [瑞士]索绪尔:《普通语言学教程》,高明凯译,商务印书馆1980年版,第118页。
[5] 姚小平:《西方语言学史》,外语教学与研究出版社2011年版,第117页。
[6] 同上书,第314页。
[7] 同上书,第315页。

中归纳出贯通一致的特征。

"语言"也有多种意思①。在索绪尔的学术思想中,语言是"一种社会制度",是"一种表达观念的符号系统"②。索绪尔认为:"语言和言语是互相依存的;语言既是言语的工具,又是言语的产物。但是这一切并不妨碍它们是两种绝对不同的东西。"③

"语言"有如下特征:

> 它是集体的属物、社会的产品,不依赖于任一个人;是一种抽象的、理想化的存在,但又具有心理的现实性,并且有生理机制的支持;是一种工具,为言语能力的实际施行所必需;为个人被动地获得,也即只能后天习得,而且需要长期的学习期;具有均质性,潜存于同时代所有个人的大脑,体现为某种逻辑—心理关系或集体意识,凡个人意识均为其映像;是一种由分节音构成的符号系统,基于听觉形象与概念的结合,呈现为相对稳定的静止态;是 langage(言语活动)的本质部分,具有共时性。④

索绪尔以这样的数学公式来表示语言:"1 + 1 + 1 + 1…… = 1(集体模型)"⑤。索绪尔不反对某种"言语的语言学"研究,但他明确宣布:"固有意义的语言学"是"以语言为唯一对象的"⑥。

《普通语言学》一出版,就引起了俄国形式主义者们的注意。索绪尔的语言观在俄国形式主义者们那里得到了强烈的共鸣。他们共同以索绪尔的语言理论作为文学科学的基础。兹以维诺库尔的论文为例来说明这一点。文学是语言的艺术品,其材料是语言。但"语言"有多种含义。维诺库尔举例说:我们可以说"19世纪的俄语",也可以说"普希金的

---

① 姚小平:《西方语言学史》,外语教学与研究出版社2011年版,第315页。
② [瑞士]索绪尔:《普通语言学教程》,高明凯译,商务印书馆1980年版,第37页。
③ 同上书,第41页。
④ 姚小平:《西方语言学史》,外语教学与研究出版社2011年版,第315页。参见索绪尔《普通语言学教程》,高明凯译,商务印书馆1980年版,第41—42页。
⑤ [瑞士]索绪尔:《普通语言学教程》,高明凯译,商务印书馆1980年版,第41页。
⑥ 同上书,第42页。

语言",但是不言而喻的是,"'语言'概念是一个社会概念",因为"语言不但要求说话的主体运用它,而同时要求听话人理解它"。他推论说:"语言是某一种体系,这个体系以及它的个别成分都具有社会意义,因而将该体系视为某种人人都要遵守的规范而某些人群不能排除的体系,否则这是不可思议的事。"① 然而,在日常经验中,人们似乎难以注意到这种抽象存在的体系,而只感受到具体的语言事实。就连语言学家们也难免"要和落入其考察范围的个别说话者的个别言语打交道,便不由自主地变成了谬见的牺牲者,并且开始断言:除了个人的言语,任何真正的语言均不存在"。维诺库尔批评说"这只是忽视正确意义的逻辑和现实的笨拙的经验主义"②。

他认为:"这个看来棘手的问题,在科学上不但获得了满意的解决,而且极其富有成效。"③ 他指的是"法国杰出的语言学家"索绪尔的语言学理论。他介绍了索绪尔对"言语"和"语言"的区分,以自己的理解来阐释索绪尔的理论:"语言本身即作为社会现象的语言,至于谈话或话语,则是属于个人方面的现象,应当将语言本身了解为'所以其他言语表现所从属的规范'。"④ 索绪尔说:"在说话中,我们不但应该区别与之同时发生的说话因素(亦即经验上发音的细微差别),而且还要区别说话者借以运用语言规范旨在表达其个人思想的组合因素。"⑤ 维诺库尔认为:把这个原理稍加阐释,就可以把语言本身和说话之间的差别转化成一般语言和风格之间的差别。他视其为形式主义者"阐述诗歌语言性质的立足点"⑥。

四 文学作为一个语言系统与结构

1927年,艾亨鲍姆指出:"所谓'形式方法',并不是形成某种特殊

---

① [爱沙尼亚]扎娜·明茨、伊·切尔诺夫:《俄国形式主义文论选》,王薇生编译,郑州大学出版社2005年版,第61页。
② 同上。
③ 同上书,第62页。
④ 同上。
⑤ 同上书,第63页。原作者引语。
⑥ 同上。

'方法论的'系统的结果，而是为建立独立和具体的文学科学而努力的结果。一般说来，'方法'概念的范围相当广，因此，它的意思也太多。对于'形式主义者'来说，主要不是文学研究的方法问题，而是文学研究的对象问题。"① 所以，他们诉求的并不是美学理论上的形式主义，也不是确立一种研究方法，"而是希望根据文学材料的内在性质建立一种独立的文学科学。我们唯一的目标就是从理论和历史上认识属于文学艺术本身的各种现象。"②

次年，在雅各布森与尤里·蒂尼亚诺夫合写的论文《文学和语言学的研究问题》中，他们开宗明义地提出自己的观点："在俄国，文学和语言学的迫切问题要求在稳定的理论基础上提出。"③ 他们"要求彻底抛弃越来越频繁出现的机械安装式的做法"，因为"按照这种方法，新方法论的各种方法和贫乏的古老方法被归到一起，在新的术语掩盖下塞进幼稚的心理主义和其他的陈腐观点"④。在形式主义已经得到了较大发展，并且进入了学院话语的情况下，他们看到的不是所期待的真正"科学研究"，而是"学院式的折中主义、故弄玄虚的'形式主义'"，即"用堆砌术语代替分析"，仅仅满足于"罗列一大堆现象"，把新方法作为一种点缀，以造成新学术的假象⑤。所以，他们强烈要求说："把作为系统的科学的文学和语言学科学变成插曲轶事类别的做法一定要停止。"⑥

研究文学的人，会不可避免地去关注文学史，甚至以文学史专门研究对象。蒂尼亚诺夫与雅各布森认为："历史系列中的每一种系列都包括一堆特有的复杂结构规律。如果预先没有研究过这些规律，就不可能确

---

① ［俄］艾亨鲍姆：《"形式方法"的理论》，转引自方珊《形式主义文论》，山东教育出版社1994年版，第103页。
② 同上书，第104页。
③ ［法］茨维坦·托多罗夫：《俄苏形式主义文论选》，蔡鸿滨译，中国社会科学出版社1989年版，第116页。
④ 同上。
⑤ 雅各布森参加的布拉格语言学小组在其章程中规定："凡从事与小组所奉宗旨不符的活动，将被剥夺成员资格。"也确实有学者因其研究方法不采用形式分析法或结构—功能分析法，而遭到开除。见姚小平《西方语言学史》，外语教学与研究出版社2011年版，第321页。
⑥ ［法］茨维坦·托多罗夫：《俄苏形式主义文论选》，蔡鸿滨译，中国社会科学出版社1989年版，第116页。

立文学史和其他系列之间严格的类比。"① 也就是说，如果没有研究过文学特有的复杂结构规律，文学史很可能就混同于其他历史，如政治史、社会史、文化史、风俗史等。

人们常常简便地使用政治、经济、军事、文化等大事件作为区分历史阶段的标志，也常常用这些事件来划分文学史中的发展阶段。蒂尼亚诺夫与雅各布森提醒说："由于演变的问题被一些偶尔出现并和这一体系无关的问题所掩盖，而这些问题又都属于文学的起源（文学的'影响'）和文学之外的起源问题，因此我们就不可能理解文学的演变。"他们认为"只有从功能的角度来考虑文学中所利用的材料，不论是文学的材料或是文学之外的材料，才能把这些材料引进科学研究的领域。"②

蒂尼亚诺夫与雅各布森说："共时方面（稳定的）和历时方面的明显对比，无论对于语言学或是文学史来说，都是丰富的工作假设，因为这种假设表明生活的每一特定时期的语言（或文学）的系统性。"在接受了共时性的概念以后，"这就迫使我们要重新研究历时性的原则"，以"共时性科学用体系、结构的概念"取代历时性科学"机械地堆积现象的概念"。他们并不要求纯粹的共时性，"因为每个共时性体系都包括它的过去和未来，这两者是体系中不可分离的结构因素"。共时性着眼于系统，历时性着眼在演变。但是，二者并非截然对立，原因在于"每一种体系都必定表现为一种演变，另一方面，演变又不可避免地具有系统性"。③

蒂尼亚诺夫与雅各布森指出：共时性并不等于同时性。他们说："共时的文学体系概念与朴素的时代概念并不是吻合的"，因为"这个体系不仅包括在时间上接近的艺术作品，而且也包括被吸收到这一体系中的作品和来自外国的或以前时代的作品"。也就是说，在他们心目中的文学共时系统是相对开放的，既包括来自外国的作品，也包括来自过去的作品。他们不是仅仅罗列一些文学现象，而是要探究"它们对于某一特定时期

---

① [法] 茨维坦·托多罗夫：《俄苏形式主义文论选》，蔡鸿滨译，中国社会科学出版社 1989 年版，第 116 页。
② 同上。
③ [瑞士] 索绪尔：《普通语言学教程》，高明凯译，商务印书馆 1980 年版，第 117 页。

的不同等次的意义"。①

在蒂尼亚诺夫与雅各布森看来，索绪尔区分"言语"和"语言"并研究二者关系的做法，以及在语言学领域取得了丰富的成果。而将这种研究方法应用到文学研究中，则是"需要深入探讨的问题"。鉴于当时的学者们仍然多是以个别的文学作品为研究对象，蒂尼亚诺夫与雅各布森断言道："如果不把个别的表述和现有的标准整体联系起来，就不可能考虑个别的表述"，因为"研究者如果把这两种概念孤立开来，必然会歪曲审美的价值体系，并且也不可能建立起内在的规律"。② 不言而喻，他们以千差万别的具体"作品"作为"言语"在文学研究中的对应物，而以恒定的"文学"为"语言"的对应物。于是，他们很自然地得出这样的结论："分析语言和文学的结构规律，必然使我们确定真正形成的、数量有限的结构类型（或者在历时性方面确定结构的演变的类型）。"③

G.O. 维诺库尔认为文学研究应该缩小范围。他指出："文学科学乃研究文学本身，而不是某种别的东西；文学作品研究者以作品的结构为对象，而不是以创造该结构在时间或心理学方面同时产生的因素作为自己的对象。"④ 在阐述其风格学观念时，维诺库尔说："我所理解的风格学的言谈纯粹是结构性的：该言谈的结构本身，以其部分的相互关系、对比和结构，揭示决定整个言谈的风格学的任务。"⑤ 他认为只需要"解释的方法，也就是说，运用结构批评的方法，采用对文本的语文学批评加附录的方法"⑥，即可完成上述任务。

那么什么是文学的"结构"呢？早在 1925 年，鲍里斯·托马舍夫斯基就在其长篇论文《主题》里，尝试对其予以界定。他说："在艺术过程中，各个单独的语句根据各自的意义彼此组合起来，形成一定的结构，

---

① ［瑞士］索绪尔：《普通语言学教程》，高明凯译，商务印书馆 1980 年版，第 117 页。
② ［法］茨维坦·托多罗夫：《俄苏形式主义文论选》，蔡鸿滨译，中国社会科学出版社 1989 年版，第 117 页。
③ 同上书，第 118 页。
④ ［爱沙尼亚］扎娜·明茨、伊·切尔诺夫：《俄国形式主义文论选》，王薇生编译，郑州大学出版社 2005 年版，第 60 页。
⑤ 同上书，第 64 页。
⑥ 同上。

在这样的结构里由一种思想或共同主题把语句联系在一起。"① 也就是说，结构是一种语句的组合关系或者组合规律，就像语法是言语的构造规律那样。文学作为一个结构系统，"一部作品中各个具体要素的含义构成一个统一体，这便是主题（就是所说的内容）"。文学结构系统的构成要素的多样化组合关系造成了主题的差异，也造成了文学作品的丰富多彩。"可以说整个作品有一个主题，也可以说作品的每一部分各有一个主题。每一部用有意义的语言写成的作品都有一个主题。只有无意义的作品没有主题，因此它只是一种实验，是某些诗歌流派在实验室里作的练习。"②这反过来使人认识到研究文学结构的重要性。

五　文学作为特殊功能的语言

"结构"的概念必然带出"功能"的概念。因此，形式主义者在探究文学结构的同时，自然地会从语言功能的角度来界定文学语言。

在发表于1921年的《诗学的任务》一文中，B. M. 日尔蒙斯基指出："语言事实的分类应作为诗学系统结构的基础，而语言学便能使我们进行这种分类。"③ 正是从语言学的角度，雅各布森提出了自己的"诗"定义："诗就是定位于审美功能的语言。"④ 他提请人们注意这一点："在文学作品中，我们操纵的根本不是思想，而是语言事实。"他认为这一点尚未得到普遍的认同："人们专注于这个艰巨问题的时机尚未来到。"⑤

雅各布森强调了诗性语言不同于日常实用语言："诗歌无非是目的在于表达的言谈……诗歌对言谈的对象是漠不关心的。"⑥ 在《何为诗》一文中，他对此作了发挥："诗歌性表现在哪里呢？表现在词使人感觉到是词，而不只是所指之对象的表示者或者情绪的发作。表现在词、词序、

---

① [法] 茨维坦·托多罗夫：《俄苏形式主义文论选》，蔡鸿滨译，中国社会科学出版社1989年版，第234页。
② 同上。
③ [爱沙尼亚] 扎娜·明茨、伊·切尔诺夫：《俄国形式主义文论选》，王薇生编译，郑州大学出版社2005年版，第76页。
④ Roman Jakobson, *Huit questions de poétique*, Paris: Seuil, coll. Points, 1977, p. 16.
⑤ Ibid., p. 18.
⑥ [美] 雅各布森：《现代俄国诗歌》，转引自方珊《形式主义文论》，山东教育出版社1994年版，第106页。

词义及其外部和内部形式不只是无区别的现实引据，而都获得了自身的分量和意义。"①

维诺库尔认为："功能特征也应当有助于我们把风格学范围里的诗学现象这一方面区别开来，获得物的含义的词语执行功能。"② 他建议使用"诗学功能"而不是"美学功能"这个说法，原因在于"词语可能是富于诗意的，同时却唤不起任何情感，包括审美情感"③。与诗学功能相对而言的是交际功能，二者的区别在于："如果交际功能通过词语使社会交际成为可能，那么诗学功能可使领会者熟悉词语的结构本身，使他明白该结构之构成的成分，用新的对象即词语的知识来丰富他的意识。"④ 诗学功能的特点是"通过词语向我们讲述这种词语本身"⑤。维诺库尔发现：在诗歌中，亦即在文学创作中，"并非所有的现象总是富于诗意的"。因此，"唯有严格、明确的分析才能指明何处用语富于诗意，何处用语的出现并非以诗的任务作为其先决条件的"。这样的分析就使得诗学具有了"作为一般语言科学的语言学的真实基础"。他得出了这样的结论："诗学唯有通过语言学才能建立，因为语言学向诗学指出语言本身何处终止而说话何处开始。"⑥ 与索绪尔注重"语言"，轻视"言语"的立场不同，维诺库尔认为"诗学的任务还在于仔细研究个人的说话，如何变成揭示一般语言规范体系的'合乎规范'的新体系的成分"⑦。

六 结语

出于对文学研究的科学性的追求，年轻的俄国形式主义者们在索绪尔的语言学理论中找到了自己的学理基础。他们以"文学性"作为文学研究的对象，冲击了各种外部研究方法，扭转了忽视文学作品本身特性

---

① [美] 雅各布森：《何谓诗》，载《马克思主义文艺理论研究》编辑部编选《美学文艺学方法论》（下册），文化艺术出版社 1985 年版，第 530—531 页。
② [爱沙尼亚] 扎娜·明茨、伊·切尔诺夫：《俄国形式主义文论选》，王薇生编译，郑州大学出版社 2005 年版，第 65 页。
③ 同上。
④ 同上书，第 66 页。
⑤ 同上。
⑥ 同上。
⑦ 同上书，第 67 页。

的研究风气。他们将"语言"和"言语"的区分应用到文学研究之中，促使人们关注作为一个语言系统的文学之结构，而不是去阐释作品的思想内容。由于他们的努力，注重作品本身的研究成为20世纪以来文学研究的基本立场。尽管形式主义者们对索绪尔语言理论的借鉴过于简单直接，但他们仍然取得了很多具有原创性和启发性的研究成果，值得我们学习和进一步思考。

理论"他化"与雅各布森诗学的范式意义[*]

张 进

(广东外语外贸大学外国文学文化研究中心)

  罗曼·雅各布森的诗学理论作为"理论旅行"的标本和文论"他化"的范例,已然成为 20 世纪世界诗学的精神遗产和纪念碑。其"文学性"概念、隐喻和转喻两极的理论以及"六要素"的诗性功能学说都因其作为"理论模型"的范式论意义而载入史册,其影响遍及人文社会学科的各个领域和世界文化的诸多分支。在雅各布森诞辰 120 周年和"诗语研究会"成立一百年之际,我们的最好的纪念方式之一,就是寻绎雅各布森诗学范式得以成就的条件和语境,揭示其诗学"他化"和"理论旅行"的机制和原理,进而为擘画新世纪诗学的图景做出切实努力。

  雅各布森诗学集中体现了文论"自化""化他"和"他化"以及"域化""解域"和"化域"的"三元辩证法"。他首创的"文学性"概念,原初是为了强调文学作品的独立性和自足性,试图为文学学科"封疆建域"("自化""域化"),也实质性地开启了 20 世纪诗学"范式转换"的历史帷幕;然而,"文学性"概念却伴随"语言论转向"而渗透、蔓延、播撒到所有人文社科领域,从而使其实现了对几乎所有学科的"殖民",并破除了那些学科所自诩的"客观性"和边界线,这既是一种

---

 [*] 本文为广东外语外贸大学外国文学文化研究中心 2015 年度创新研究项目"百年翻译文论重要问题会通研究"(15BZCG01)阶段性成果。

"化他",也是对文学学科界限的"解疆去域"("解域"),当然同时也是一种"再域化",因为,它最终将所有学科都置于文学性、文本主义和"大理论"("TOE",Text of Everything)的笼罩之下;在最近的四分之一世纪,针对"TOE"的"再解域"运动汇聚为"后理论"的潮流,呼唤那些被"大理论"所排斥出去的"他者"的"批判性回归",要求"文学性"走出"文本""语言"和"特定学科"的阈限而对更为物质化的生活世界和更为历史化的现实实践的丰富内容做出说明,这是"文学性"的一次彻底"他化"(即化入生活世界和生存方式),也是它的"绝对解辖域化"(absolute deterritorialisation,即"化域")。"他化"和"化域"是始终内在于理论的"自化"和"化他""域化"和"解域"之中的根本矢量。雅各布森有关隐喻和转喻两极的理论以及"六要素"的诗性功能学说,也都与如上"自化""化他"和"他化"以及"域化""解域"和"化域"的三元辩证运动相关联,其中存在着诗学"他化"和"化域"的模型和范式。

一个世纪以来,文学研究的对象经历了从作品到文本和从文本到"事件"的"转场",文学研究的重心经历了从作品本体到文本间性和从文本间性到"事物间性"的转移,相关的理论学说也经历了从"文学理论"到"大理论"和从"大理论"到"后理论"的转换,但"文学性"概念却似乎总能"唯变所适",在历次理论变革中焕发活力并别开生面,即便在"后理论"时代,卡勒等理论家不仅呼唤理论研究"回归文学本身",也在呼吁回归诗学的基础理论,特别是俄苏形式主义和雅各布森诗学。不过他并不把文学与理论看成对立的。他认为在理论中就有文学的写作,而且"理论话语产生之处,都提醒我们关注对所有话语都起作用的各种文学版本,也就是重申文学的核心地位"。[1] 那么,"文学性"概念缘何而能如此呢?

一

如果说哲学家的使命是"创造概念"(德勒兹语),那么雅各布森所

---

[1] Jonathan Culler, *The Literary in Theory*, Stanford University Press, 2007, p. 5.

创造的"文学性"概念本身又有什么特出之处呢？严格说来，雅各布森对这个概念的界定，即"文学性是使文学成为文学的那种属性"，是同语重复，某种意义上甚至违反了一些逻辑常规。然而，正是这个将其触角伸向"非逻辑之域"的特殊概念，却能长盛不衰历久弥新，其深层原因，恐怕与"文学性"概念的"他化"不无关系。

第一，雅各布森的"文学性"概念具有范式论意义，而其隐喻和转喻的两极等值论和"六要素"的诗性功能学说，则是关于"文学性"的方法论意义上的"模型"。"范式"是指特定的科学共同体从事某一类科学活动所必须遵循的公认的"模式"，它包括共有的世界观、基本理论、范例、方法、手段、标准等与科学研究有关的所有东西。"一方面，它代表着一个特定共同体的成员所共有的信念、价值、技术等等构成的整体。另一方面，它指谓着那个整体的一种元素，即具体的谜题解答。"①"文学性"正是这种范式论意义上的概念，它拥有了作为一种"诗学"的第一种"他化"形式，即"文学性"概念可以超出一般文学理论术语的阈限而"他化"为"世界观、基本理论、范例、方法、手段、标准等等与科学研究有关的所有东西。"它可以是世界观和方法论，可以是"整体"和"元素"，还可以是手段和技巧，而所有这些"他化"形式，即使在今天，也许还未被学术研究所穷尽。因为，"文学性"术语所开创的，是一个巨大的弹性空间，它的触角不仅伸向了"诗学非诗学"的广阔领域，而且伸到了非逻辑的隐秘区间。这种"他化"形式，本文姑且谓之"他域化"。

第二，雅各布森的"文学性"概念是一个开创、凝聚和超越特定"理论学派和学术圈子"（Theoretical School and Circle）的概念。这里蕴藏着雅各布森诗学"他化"的另一种重要形式，即开创理论学派和学术圈子、切实地凝聚理论学派和圈子、不断地突破特定学派和圈子的潜能。在此过程中，雅各布森的诗学先是"他化"为特定学派圈子（俄苏形式主义）的诗学观念、再度"他化"为受其影响的学派圈子（布拉格

---

① ［美］库恩：《科学革命的结构》，金吾伦、胡新和译，北京大学出版社2003年版，第175页。

结构主义等）的诗学观念，三度"他化"为超出特定学派甚至任何学派的诗学观念。在研究者所归纳的 20 世纪人文学科十多个学派和圈子中，雅各布森的影响几乎无所不在无远弗届，而在俄苏形式主义、布拉格结构主义、波兰结构主义、法国结构主义、格雷马斯学派、特拉维夫学派等重要的理论圈子中，"文学性"观念的影响几乎是决定性的。[1] 雅各布森个人的诗学观念的递进式"他化"，使其中所蕴藏的理论价值和多维空间不断地被激活并开拓出来，不断地丰富和延伸，从而成了个人观点与集群观念之间"理论旅行"的范例。这种"他化"，姑且谓之"他人化"。

第三，雅各布森的"文学性"概念是诗学理论在"语际"之间不断"他化"的典型，可谓之"语际他化"或"他语化"。他一生用俄文、英文、捷克文、波兰文、法文、德文等多种语言著书立说，其《雅各布森选集》已被译成 24 种文字。这种"他语化"，是"理论旅行"的基本形式，但雅各布森及其文学性概念，却在这一方面几乎达到了一个可以谓之"绝无仅有"的历史高度。

第四，雅各布森的"文学性"概念是诗学理论在"国际"之间不断"他化"的标本，此可谓之"他国化"。[2] 雅各布森 1896 年出生于莫斯科，1982 年逝世于波士顿，其学术探索经历俄罗斯、捷克斯洛伐克、丹麦、挪威、瑞典、美国等 6 个国家。"文学性"概念跟随着雅氏的足迹而播撒到世界各地。这种"他化"形式，尽管是理论旅行的常规形态，但它在雅氏那里，几乎无人能及。

第五，雅各布森的"文学性"概念是诗学理论在"科际"之间不断"他化"的突出代表，可谓之"他科化"。雅各布森被公认为 20 世纪杰出的语言学家，现代斯拉夫文论的代表性人物，俄罗斯语文学的象征；结构主义语言学、符号学、诗学、人类学的领航员；20 世纪人文社科领域跨学科实践的开拓者。特从其诗学理论的角度，人们不难发现，"文学

---

[1] Marina Grishakova, Silvi Salupere, *Theoretical School and Circles in the Twentieth-Century Humanities: Literary Theory, History, Philosophy*, Routledge, 2015, p.19.
[2] 曹顺庆：《文学理论的"他国化"与西方文论的"中国化"》，《湘潭大学学报》2005 年第 5 期。

性"概念从文学学科不断向其他学科领域播撒的"他科化"过程，以及缘此而赋予这个概念的勃勃生机。

总之，雅各布森及其"文学性"概念，几乎穷尽了理论"他化"的各种形态："他域化""他人化""他国化""他语化"和"他科化"；而且，几乎在每一种"他化"形式上，雅各布森及其"文学性"概念都达到了历史上从未有过的高度。赛义德在阐发"理论旅行"的内涵时指出，"相似的人和批评流派、观念和理论从这个人向那个人、从一种情境向另一情境、从此时向彼时旅行。文化和智识生活经常从这种观念流通中得到养分，而且因此得以维系。无论观念和理论的这种由此及彼的运动采取的形式是意识到的影响还是无意识的影响，创造性的借鉴还是全盘照搬，它都既是一种生活事实，也是促成智性活动的一种很有用的条件。"[①]那么，诗学理论"他化"的机制究竟如何呢？

二

"文学性"作为"理论"概念当然是一个与"实践"相对的术语，在这个意义上，"实践"即是其"他者"（other）。因此，人们总是在"理论/实践"的二项对立中讨论理论问题。然而，从特定视角看，理论本身也是一种实践，是一种特殊的实践形式，也是马克思所说的人类"掌握世界"的四种方式之一；[②]在这个意义上，实践中的理论的"他者"，即是"在场/不在场"意义上理论自身与其他理论的关联性。也就是说，当人们使用"理论"这一术语时，也同时还在"或隐或显地与其他概念范畴相对比"，[③]如"反理论"（anti-theory, against theory）、"元理论"（metatheory）、"软理论"（soft theory）、"后理论"（post-theory, after theory）、"亚理论"（subtheory, paratheory）、"复数小写理论"（theories）、"批判理论"（critical theory）、"理论化"（theoricizing），等等。这种现象，是理论"他化"而派生出来的诸种理论/"非"理论的重要形

[①] ［美］赛义德：《赛义德自选集》，谢少波译，中国社会科学出版社1999年版，第138页。
[②] 《马克思恩格斯选集》第二卷，人民出版社1972年版，第104页。
[③] John Storey, *Cultural Theory and Popular Culture: An Introduction*, Pearson Longman Ltd, 2001, p. 19.

式；如何处理理论与"非"（在场）理论之间的关系，就成为理论研究的重要内容和理论反思的重要课题。

当今时代，世界范围内的文学及其相关理论出现了迅速裂变与深层"他化"现象，① 以"理论"本身为词根派生出诸多新的理论话语。这些理论话语形成了一系列聚拢与分蘖并进的"理论话语丛"。它们都从特定维度对"理论"的合法性和存在依据提出了反思批判，在客观上与"理论"共同构成了理解当代理论的"问题域"和"他者参照"，呼唤理论研究对其做出辨析甄别和会通阐释。依据"在场/非在场"的逻辑，"理论"作为话语的每一次出场，都与如上非在场的"理论他者"形成了"构成性"关联，② 而后者又深刻地参与到"理论"的具体内涵的确立过程之中。因此，确定"理论"是在与何种"他者"相互参照的框架中言说，就成为准确把握理论的内涵和意义的重要环节。形形色色的"理论他者"，都是围绕理论"他化"而产生的现象，因而是"圆照"意义上的理论研究必须纳入视野的内容。理论的"他化"主要包括三种形式，它们与"理论"自身共同构成了一种四元辩证逻辑，理论与这些他化形式之间或对立或矛盾或蕴含，共同构成了格雷马斯学派的"矩阵"关联模式。③

"文学性理论"他化的第一种形式即"文学性反文学性"，缘之而构成"反文学性"话语丛，与文学性构成"反义关系"；第二种形式即"文学性非反文学性"，缘之而构成"元文学性"话语丛，与文学性构成"蕴含"关系；第三种形式即"文学性非文学性"，缘之而构成"后文学性"，与文学性构成"矛盾"关系。这三种话语丛与理论之间形成一种"四方游戏"，"其中的每一方都映照着其他三方。"④ 而当人们提起"文学性"之时，也是潜在地与"反文学性""非反文学性"或"非文学性"相对照而确定理论的意义。按照格雷马斯"符号矩阵"的观点，包括

---

① 栾栋：《文学他化说》，《文学评论》2009 年第 4 期。
② [美]格里芬主编：《后现代精神》，王成兵译，中央编译出版社 1998 年版，第 21—22 页。
③ Marina Grishakava, Silvi Salupere, *Theoretical Schools and Criticals in the Twentieth-Century Humanities*, Routledge, 2015, p. 84.
④ Graham Harman, *Heidegger Explained*：*From Phenomenon to Thing*, Carus Publishing Company, 2007, p. 131.

"文学性"在内的"以上四项的任意一项,我们都可以通过取其反义和取其矛盾项而获得其他三项。它们的定义是纯形式的,先于意义的,即尚未承载任何实际的内容"。反义关系和矛盾关系"应该被看作是一个关联体,相关联的两项互为前提。"① 反义性(Contrary)、矛盾性(Contradiction)和蕴含性(Complementarity)的各个维度所构成的符号矩阵,具有普遍性,几乎可以穷尽无论是单个的还是集体的符号的基本维度,也是分析语义世界的出发点。②

从符号矩阵看,"文学性"这一术语包含着复杂的语义关联域,它"形式地"关联着"反文学性""元文学性"和"后文学性";而在实践层面上,"文学性"的意义正是这些语义项之间"振摆"的结果。③ 也就是说,在不同的语境中,"文学性"这一术语具有"多价性",因而是"家族相似的",理论学科具有"综合性"。④ 正因为如此,有关文学性的理论研究就要将理论及其"他化"所形成的意涵加以"交汇—关联"而不是"区分—划界"。⑤

总之,"文学性"是文学自身的强势"秀出",而反文学性、元文学性和后文学性作为其"他化"形态则是"秀出"本身的"阴影",是"文学性"所遮蔽着的自身的"背面",是文学性的"不在场"形式,与"文学性"之间构成了繁复的构成性关系,是文学性本身的一币两面,也是文学性话语的他者参照;是对文学性话语多维度、多侧面和多层次属性的阐发引申,也是对文学性自身的"盲区"的集中彰显,因而最终是文学性理论创化更新的场合。四者共同开拓出"文学性理论"的全部维度、广度和深度,是理论"圆照"的重要组成部分。

在雅氏"文学性"理论的"他化"过程中,"他域化""他人化"

---

① [法] 格雷马斯:《论意义——符号学论文集》(上册),吴泓渺、冯学俊译,百花文艺出版社2005年版,第143页。
② Michael Ryan (General Editor), *The Encyclopedia of Literary and Cultural Theory*, Blackwell Publishing Ltd, 2011, p. 229.
③ Peter Hitchcock, *Oscillate Wildly: Space, Body, and Spirit of Millennial Materialism*, University of Minnesota Press, 1999, p. 1.
④ [德] 韦尔施:《重构美学》,陆扬译,上海译文出版社2002年版,第103—138页。
⑤ 张法:《新世纪西方美学新潮对西方美学冲击和对中国美学的影响》,《文艺争鸣》2013年第3期。

"他国化""他语化"和"他科化"共同运作,蕴含了文学性与反文学性、元文学性和后文学性之间的辩证法。

三

"文学性理论"的"自化""化他"与"他化"之间的关系,可结合"域化""解域"与"化域"之间的三元辩证法来阐述。"域化"(territorialization)、"解域"(deterritorializatation)和"再域化"(reterritorialization)是德勒兹和瓜塔利用来说明一切存在物的生存和演化过程的特定概念。这组概念在德勒兹和瓜塔利的学说中具有存在论意义。依其观点,一切存在物都有某种内在力量,此即"欲望生产"(desiring production)。这种欲望生产能够产生并扩展连接(connection),借此而形成的具有显著特征的总体就是域化。[①] 比如,人的嘴巴可以吃饭,于是就把饭和人的有机体联系起来;同样,人的嘴巴也可以喝奶,于是嘴巴就和母亲的乳房联系起来。人通过吃饭喝奶形成了人的有机体,这就是作为有机体的人的"域化"。同时,这种连接也可能拆解这个具有显著特征的总体,比如,人吃饭喝奶过多可能造成消化不良甚至人的死亡,这种连接就导致了人的有机体的"解域"。德勒兹研究专家科尔布鲁克引申阐释这一组概念,她指出:正是这种连接力量使任何形式的生命获得其存在形式(域化),同样,也是这种连接使它失去了其存在的形式(解域)。任何一种存在形式之中都有域化和解域的力量存在着。比如,植物吸收阳光从而保持自身存在,但阳光过多也可能导致它的死亡,或使之转变为另一种存在物。同样,许多人的机体集合起来从而形成一个部落或者集体(域化),但是,这种集合起来形成集体的权力也可能导致集体权力的丧失。比如,这个集体被某个部落首领或者暴君所控制(解域)。这个集体当然也可能进行"再域化",比如,他们可以推翻统治者,把领导权重新交给集体中的每个人。比如,当代社会中的个人主义就是"再域化"。"域化"可以发生在生命的所有层面,比如,基因可以连接起来

---

① Gilles Deleuze, Felix Guattar, *Anti-oedipus*, *Capitalism and Schizophrenia*, Continuum, 1984, p. 242.

（域化）而形成一个物种，但这些同样的连接也可能会造成基因突变（解域）。人也可以找到基因突变的原因，并通过基因技术来阻止这种突变，或者利用这种基因突变来使之产生人类所期待的新的种（再域化）。[①] 从一般意义上说，"域化"就是要控制欲望生产之流，"解域"就是要释放欲望生产之流。

德勒兹和瓜塔利在广阔的领域内使用"域化"和"解域"概念。那么，解域进程如何运作？二者之间的关系又是怎样的呢？或许，"解域"最好被理解为产生变化的运动，它标示着集合的创造潜力。因此，"解域"就是将容纳机体的固定关系开放，使机体始终暴露于新的组织活动之前。重要的是，德勒兹和瓜塔利旨在克服支撑着西方哲学的二元论框架（在/非在、原创/复制，等等）。在这方面，解域与再域化的关系就不能从相互否定的方面解释，其间不是两极对立的。事实上，从其描述和使用"解域"概念的方式看，解域作为辖域的革新性矢量存在于辖域之内，它与变化可能性结合在一起，内在于特定辖域。[②] 这一过程，就像植物吸收阳光而保持自身的存在，但阳光也可能导致它的死亡，或使之转变成为另一种存在物的过程一样。

德勒兹和瓜塔利也使用了"绝对解域"（absolute deterritorialisation）概念，按照科尔布鲁克的解释，它是指"从所有的连接和组织中解放出来，这个进程与其说可以获致，毋宁说仅能意会或想象，因为任何对生命的感知，都已经是一种排序和域化；我们可以将之设想为最大程度的可能性"。[③]《德勒兹词典》的编纂者认为："从质上说，有两种不同的解域运动：绝对的和相对的。哲学是绝对解域的例子，资本是相对解域的例子。绝对解域是一种运动方式，其本身无关乎解域运动的快与慢；这种运动是内在的、差异化的，而且在本体论上先于相对解域运动。相对解域是朝向固定性的运动。简言之，绝对解域是虚拟的（virtual），穿行于真实的相对解域运动中。"[④] 综合来看，"绝对解域"是一种虚拟意义上

[①] Claire Colebrook, *Understanding Deleuze*, Allen & Unwin, 2002, p. xxiii.
[②] Adrian Parr, *The Deleuze Dictionary*, Edinburgh University Press, 2010, p. 69.
[③] Claire Colebrook, *Understanding Deleuze*, Allen & Unwin, 2002, p. xxiii.
[④] Adrian Parr, *The Deleuze Dictionary*, Edinburgh University Press, 2010, pp. 69 – 70.

的最大可能性，事实上很难达到；虽不能至，却也是一种终极的可能性。译之为"化域"，强调其在观念上从所有已然存在的"辖域"解放出来的趋势和"最大程度的可能性"。

"域化""解域"和"化域"这组概念，对于理解和解释文学性"理论"的运动过程具有重要的启发意义。20世纪上半叶，有关文学的理论学说通过将理论与文学作品"连接"而得以"域化"，从而使"文学理论"成为一门独立学科，而这门学科又与人性和价值的普遍性、审美和艺术的超然价值以及文学理论批评者客观公正的探究"连接"在一起。因此，"文学理论"（以韦勒克《文学理论》为代表）成为有关文学的理论"域化"的典型学说。从20世纪60年代末期开始，针对这一"文学理论"的"解域"运动聚合为一种新风潮，"文学理论"有关"作品"的独立性和自足性、审美和艺术的超然价值以及理论批评的客观立场的设定，都受到了质疑和挑战，"大理论"（Theory）对"文学理论"发动了全面的"解域"运动，以"文本"代替"作品"并强调了前者的开放性和生产性，将人性和价值的普遍性、艺术和审美的超然价值以及理论批评的客观立场，一概视为社会语境、意识形态以及政治立场的"建构"，从而实现了对"文学理论"的解域。在此过程中，"大理论"通过将自身与一切文本及其开放性、社会建构、意识形态和政治立场的连接而使自身"再域化"为"TOE"（Theory of Everything），即"理论巨无霸"。[1] 这一过程也使"文学性"从"文学作品"的狭小圈子"脱域"而出，蔓延到所有的非文学文本领域，从而使一切文本都带上了所谓的"文学性"。然而，尽管"文本"的边界无远弗届，但它终究与真实的历史过程之间存在隔膜；尽管"大理论"强烈的政治意识形态视角充满洞见，但当它凝固僵化为某种教条的时候，它就走到了解体的边缘。进入20世纪90年代以来，针对"大理论"的再次"解域"运动又聚合为"后理论"的潮流，"理论之后"的呼声此起彼伏，逐渐汇聚为一种"化域"运动。在此过程中，文本主义的观念以及一切皆由社会环境、意识

---

[1] Slavoj Zizek, *The Fright of Real Tears: Krzysztof Kieslowski between Theory and Post-Theory*, British Film Institute, 2001, p. 14.

形态以及政治立场"建构"的设定,都受到质疑和批判。尽管说"后理论"目前还只是一种观念上的虚拟,还不是严格意义上的事实,但它已经开始了对于"绝对解域"状态的想象性勾勒,以前被"文学理论"构想为"作品"和被"大理论"构想为"文本"的东西,在"后理论"那里则倾向于构想为"事件"(event)。"事件"将"文本主义"的"文本"加以解域,使之与"历史"相互联通并成为历史事实的组成部分,使"文本事件"自身成为历史本身的实质性成分。这样,"理论之后"就将文学理论研究的对象重新放置到绝对解域运动的历史必然趋势之中了。

"文学性理论"的"他化",体现了域化、解域与化域之间复杂的"三元辩证法"。它"不再固守于历史性及历史时间,不再固守于时间性结构如'正题—反题—合题'或'肯定—否定—否定之否定'等……这是一种新的、悖论性的辩证法,它不再依附于时间性。"[①] 这种辩证法,抛开了时间性上的"先"与"后",而不断地"越界、到外边、超过"。尽管"文学性"理论有其历时演替的过程性,但这个过程并不只是从"域化"(肯定)、"解域"(否定)到"化域"(否定之否定)的二元辩证运动,而毋宁是"三元辩证",在文学性理论中,"域化""解域"和"化域""自化""化他"和"他化"是三元并存的,而"他化"和"化域"是其中的根本矢量。

说到底,理论的"他化"和"化域",是对"他者"的开放和包容,也是对自我固化的界限的不断克服。"文学性理论"发展到今天,呼唤的是"他者的批判性回归"。[②] "文学性理论"的"他者"包含着广阔的内容,至少有如下三个方面:首先,在理论与实践的在场/不在场的一般性关联语境中,"理论的他者"即是"实践",是活生生的生活世界,尤其是那些长期以来不被"文学性理论"所重视的日常生活世界。其次,在理论与其他理论的在场/不在场共时性关联语境中,"理论的他者"即指

---

① [美]索亚:《第三空间——去往洛杉矶和其他真实和想象的旅程》,陆扬译,上海教育出版社 2005 年版,第 65 页。

② Ivan Callus, Stefan Herbrechter, *Post Theory*, *Culture*, *Critism*, Amsterdam: Rodop, 2004, p. 8.

那些与理论构成反义关系、矛盾关系和蕴含关系的所有"非"文学性理论的"和合"。最后，在理论与其他理论的在场/不在场历时性关联语境中，"理论的他者"即指"文学理论"与"大理论"的会通融合。这种对于"他者"的开放包容，既是文学性理论"化域"的必然趋势，也是文学性理论"他化"的重心所在，更是文学性理论别开生面的契机和枢纽所在。

《搜神记》志怪故事中的叙事模型及主体间的对话关系

张 璐

(广东外语外贸大学西方语言文化学院)

语义学家、符号学家格雷马斯在借鉴了普洛普、苏里奥以及布雷蒙的叙事模型的基础之上，建立了著名的典型叙事模型和行动元模型。格氏的这两个模型与普洛普《民间故事形态学》中的叙事理论有着非常紧密的联系，但两者提出的叙事逻辑在根本上都建立在主体与客体的二分基础之上，强调主体对客体的占有。普洛普和格雷马斯的叙事模型曾被广泛用于文本叙事分析，但当我们将其运用到中国古代文本的分析中时却发现一系列不适应之处。受"天人合一""物我合一"等思想的影响，中国人对主—客这一对立不甚敏感，而倾向于将一切与己相对的人或物都看成是与自己同样的主体，相比起主体对客体的占有或征服，我们在中国古代文本中更多地看到的是多个主体之间通过交流或对话而形成的关系网。对某一理论的学习与使用最忌照搬套用，应该尽量让理论适用文本而非让文本适用理论。本文力图在对中国古代志怪小说代表作《搜神记》中选取的几篇小故事的分析过程中，在普洛普和格雷马斯叙事理论背景之下，尝试建立起一个新的适应于《搜神记》中志怪故事的叙事模型，该模型以两主体之间的关系为基础，而不再着重描绘主客二者的关系。另一方面，在建模与文本分析的过程中，我们亦可发现早在4世纪的中国志怪故事中，已然存在一种巴赫金式的主体间的对话关系：这种"对话"的和谐，并不是绝对的同一，亦不意味着完全没有多样性与冲突，而是一种"和而不同"，是一种"关系"的潜移默化的演变，一种不断摸索探寻的互动与交流模式，一种"各自独立的意识与声音的多样共存"。

一　从普洛普到格雷马斯

在理清普洛普的叙事理论与格雷马斯叙事模型的紧密联系之前，我们先来对格雷马斯建立的两个模型做一个简要的介绍。典型叙事模型（schéma narrative canonique）和行动元模型（modèle actantiel）是格雷马斯表层叙事语法[①]中两个最重要的叙事模型，处于离具体文本最近的层面，因此被广泛运用于对叙事文本的分析，用来描写其中的人物、行动及二者间的关系。这两个模型的侧重点有所不同：典型叙事模型重点描绘的是某一行动的线性发展及发展过程中的内在逻辑，而行动元模型则更多地描写影响这一行动的多个动元（actant）之间的关系与相互作用。先来看典型叙事模型，这是一个分为四个叙事板块的模型：

Manipulation（生欲）– compétence（养成）– performance（实施）– sanction（奖惩）

如前所述，这是一个从头至尾建立在主客对立以及主体占有客体基础之上的模型。在最初的"生欲"阶段，有一个发信者（destinateur），或者可以从广义上理解成授意者、命令者、劝说者等，他会向主体灌输一个想法或者观念，激起主体的某个欲望，让他必须或者主观上渴望去获得某样东西，从字面上看，这当然可以理解成一种操纵。在"养成"阶段，主体为了获得客体，必须先具备获得客体的一系列可能性，或者获得某些让他得以成功获取客体的条件，如他必须要具有占有客体的欲

[①] 格雷马斯的叙事理论也是建立在其结构语义学理论的框架基础之上，分为深层语法和表层语法两个层级。其中深层语法又分为深层词法和深层句法两部分，这两部分与其结构语义学（意义的基本结构，即符号学矩阵）是一脉相承的。表层语法以陈述行为（énoncé narratif）为基本单位，是在符号或文本的层面模拟叙事过程。值得注意的是，"陈述行为"这个概念是格雷马斯提出来以替代普洛普的"功能"概念的，因为在格雷马斯看来，"功能"学说有一个最大的缺点，那就是普洛普在罗列31个人物功能之前并未对"功能"概念做出一个准确的定义，而只是在罗列过程中给出了一系列描述性总结性的解释。因而从理论建构的层面来说，"功能"这个概念是不清楚的。相反，格雷马斯在构建表层语法时对"陈述行为"这一概念则给出了较为精确的定义。

望与动力，或者他具备获取客体所需要的各种能力，等等。在"实施"阶段，主体真正实施行动，完成发信者交给的任务，顺利获得客体。而在最后的"奖惩"阶段，最初发出命令的发信者要对主体的行动结果做出一个判断，而后决定奖惩。我们不难看出格雷马斯的这个叙事模型与普洛普在其叙事理论中提出的对于主人公（Héros）的三次考验之间的继承与对应关系：赋值考验（épreuve qualifiante）对应着格雷马斯的"养成"的叙事板块，决定性考验（épreuve décisive），对应着"实施"的叙事板块，而荣耀考验（épreuve glorifiante）则对应着"奖惩"的叙事板块。然而，对于格雷马斯来讲，他所建立的这个模型从某种角度超越了普洛普，因为他的叙事模型因其内在的严密逻辑性，赋予了模型一种"可逆的连续性"，也就是说该模型中的每一个叙事板块都必须以前一个叙事板块为前提，如"奖惩"的阶段必须以"行动实施"为前提，而行动的实施又必须以能力的养成为前提。而普洛普的"三考验"却非如此："普洛普的三种考验在时间线上确实是前后接续的，但从逻辑上并非要求在'赋值考验'之后一定要跟着一个'决定性考验'，或者'决定性考验'最后必须被'评断'而获得荣耀：我们会看到在许多情况中具备能力的主人公从未付诸行动，而许多已然实施的值得称道的行动也未曾被奖励。"①

正是因为每一个叙事板块都是后一个的前提，那么所有遵照此叙事模型发展的行为都是可预计的，所以格雷马斯的这个模型也被称为"典型的叙事算法"。

再来看格雷马斯的行动元模式。"动元"这个概念是从语言学中借用过来的。在叙事理论的话语背景下，具体而言，"动元"即指所有参与并影响叙事过程的"行动者"，可以是具体的某些人物角色，也可以是抽象的力量或关系。很显然，"动元"的概念在普洛普那里早有体现，正如格雷马斯指出的那样，普洛普对"动元"的理解是"功能性"的："对于普洛普来讲，故事中的人物是通过他们所参涉的行动域（sphères d'action）而被

---

① Joseph Courtés, *Introduction à la sémiotique narrative et discursive*, Paris: Hachette, 1976, p. 6.

定义的。而这些行动域是由分配给他们的一组一组的人物功能组成。在不同的具体的故事中,人物角色在变,但角色所归属的行动域却是固定不变的"[1]。

普洛普对"动元"的理解自始至终都围绕人物功能这个核心概念和下面这个核心问题:31个功能在故事人物之间到底如何分配?他就此写道:"我们可以看到为数众多的人物功能可以根据某些行动域来进行具有逻辑性的分组。而这些行动域又与完成这些功能的故事人物所对应。"[2]

于是普洛普在俄国民间故事中找到了7个行动域:侵略者 AGRESSEUR、赠者 DONATEUR（pourvoyeur）、助者 AUXILIAIRE、公主（或所寻之人）及其父亲 PRINCESSE（le personnage recherché）et de son père、委托人 MANDATEUR、英雄（主人公）HEROS、假英雄 FAUX HEROS[3]。我们不难看出,普洛普的7个人物对应的7个行动域其实就是俄国民间故事中的行动元,即影响故事发展的主要行动力量。在格雷马斯的行动元模式中,普洛普的7个行动域变成了六个行动元:主体（sujet）、客体（objet）、发信者（destinateur）、收信者（destinataire）、助者（adjuvant）、破坏者（opposant）。普洛普的7个行动域与格雷马斯的六个行动元之间的对应关系也是显而易见的。如果说普洛普的"行动域"概念目的在于将31个功能派分到各故事人物身上,那么格雷马斯通过引入三条轴线,又在行动元模型中赋予了模型内部各行动元之间的一种互相作用:在主体和客体之间有一条欲望的轴线（axe de désir）,主体因欲望而直接作用于客体;在发信者和收信者之间有一条交流的轴线（axe de communication）,发信者以客体为媒介作用于收信者;在助者与破坏者之间有一条力量的轴线（axe de pouvoir）,助者与破坏者以主体为媒介而互相作用。这三条轴线与各行动元之间的相互作用如图1所示。

---

[1] A. J. Greimas, *Sémantique structurale: recherche de méthode*, Paris: Presses Universitaires de France, 1986, p. 174.
[2] Vladimir Propp, *Morphologie du conte*, Paris: Seuil, coll. Points/Essai, 1970, p. 96.
[3] Ibid., pp. 96–97.

```
发信者 ——→ 客体 ——→ 收信者
              ↑
助者  ——→ 主体 ←—— 破坏者
```

图 1　轴线与行动元关系图

有了三条轴线的连接和三对行动元之间的互相作用，格雷马斯的六个行动元真正组成了一个具有内在逻辑的理论模型。

以普洛普 7 个行动域或者格雷马斯的行动元模型为观照，我们讲故事大概会遵循这样一种线索：主人公（英雄，主体）在某种力量（发信者，国王）的驱使之下，产生了获得某物或某人（公主，客体）的欲望而踏上征程寻觅之，途遇襄助（助者、赠者、资助者）与阻挠（侵略者、破坏者），但最终得偿所愿获得所欲之物。很明显，这样的叙事线索和模型的一个重要前提即是主体与客体的对立，以及主体想要占有客体的欲望。但并不是所有叙事文本都遵循这样的叙事线索。下面我们来看《搜神记》中志怪故事的叙事逻辑。

二　《搜神记》中的叙事模型

篇幅有限，我们在此只选取两个最具有代表性的小故事来进行分析。《搜神记》中存在着四大类超自然力量：神、仙、鬼、妖怪。我们选取的这两个小故事发生在人与神之间：

> 宫亭湖孤石庙，尝有估客下都，经其庙下，见二女子，云："可为买两量丝履，自相厚报。"估客至都，市好丝履，并箱盛之，自市书刀，亦内箱中。既还，以箱及香置庙中而去，忘取书刀。至河中流，忽有鲤鱼跳入船内，破鱼腹，得书刀焉。[①]

> 吴县张成，夜起，忽见一妇人立于宅南角，举手招成曰："此是

[①]　干宝：《搜神记》，汪绍楹注校，中华书局 1979 年版，第 50 页。

君家之蚕室。我即此地之神。明年正月十五，宜作白粥，泛膏于上。"以后年年大得蚕。今之作膏糜像此。①

在这两个小故事里我们并未见人物之间占有与被占有的关系，因为"主体寻找并占有客体"这一线索不再是推动故事发展的原动力。两个故事结局（我们暂且将它等同于普洛普的荣耀考验或者格雷马斯的"奖惩"板块）时，虽然两个主人公都得到了巨大的奖赏，但他们受赏的原因与方式与普洛普和格雷马斯模型中的人物角色大相径庭：既非进行斗争的结果，也非经受考验的补偿。更重要的是，此番奖赏并不在主体的预计之中：旅人在帮助宫亭湖神买鞋之前并未想到自己会以何种方式被补偿，而张成在施粥给蚕神之前也并未预期之后年年蚕的产量大增。他们在行动之前并未有一个预先的"意向性"，从这个角度，我们似乎可以说，这两个故事中的人物实施某种行动并不是像普洛普所分析的俄国民间故事中的英雄一样，因为"缺失"某物（钱、未婚妻、有魔力之物，等等），也不是像格雷马斯模型中描写的那样因为一个"发信者"灌输在头脑中的欲望、要求、挑衅、威胁等。他们的行动似乎遵循的是另一种叙事逻辑：无须有欲，无须强求，存好心，做好事，遂他人之愿，而处处必得厚报。

另一方面，这两个小故事中的两方角色（宫亭湖神与过客商人，蚕神与张成）之间，既不是主体与客体的关系（一方占有一方），也不是主体与反主体的关系（两方同时争夺一个客体），他们是平等的且直接相互作用的两个主体。他们互动的过程似乎大致可以分成三步：1）一方主体（神）向另一方主体（人）发出某个不为后者所预料的请求或要求。2）主人公满足了神的要求。3）主人公得到神的奖赏，但受赏的内容与方式皆在意料之外。至此，我们至少可以先总结出两点这两个小志怪故事中的人物关系与普洛普俄国民间故事与格雷马斯叙事模型中的不同：1）两个人物之间不存在主体和客体之间占有与被占有的关系，也不存在发信者与主体之间操纵与被操纵的关系，更不存在互相竞争以争夺某个所欲客体的敌对关系，总之，两个人物之间的关系不再以第三方客体

---

① 干宝：《搜神记》，汪绍楹注校，中华书局1979年版，第55页。

（或曰所欲之物）为媒介和中心，而是一种直接平等的互动。2）主人公对于要实施的行动，要完成的任务，乃至最后可能会受到的奖赏都没有一个预先的欲望或动机，代入到格雷马斯叙事模型的话语背景下，就是说主体在实施某个行动之前并没有明确的目的性，格雷马斯模型中的主体与客体之间的那根欲望之轴，在我们的志怪故事中仿佛不起作用了。来看另外一个例子：

> 汉宣帝时，南阳阴子方者，性至孝。积恩，好施。喜祀灶。腊日，晨炊，而灶神形见。子方再拜受庆，家有黄羊，因以祀之。自是以后，暴至巨富。田七百余顷，舆马仆隶，比于邦君。子方尝言：我子孙必将强大，至识三世，而遂繁昌。家凡四侯，牧守数十。故后子孙尝以腊日祀灶，而荐黄羊焉。①

此文描写的主人公是一个"性至孝"，品性佳（积恩，好施）且虔诚敬神之人。很显然，主人公尽孝，积恩，好施，敬神，种种行为，最开始都不是怀着某种功利目的（至少在文中叙述交代中没有展现这一点），而是出于某种内在的修养或道德认知。尽管主人公一开始并未希求"暴至巨富"，但似乎在与神的互动之后（神形见，子方再拜受庆，以黄羊祀之），他得到的奖赏远远超出想象。若将此故事中的主人公与普洛普与格雷马斯模型中的主人公相比，我们似乎可以抽取出一组对立，即内化的道德与外在的操纵：在普洛普的民间故事中，因为某种缺失，主人公踏上通往外面世界的征程寻找所欲之物，历经艰险战斗，格雷马斯模型中的主体最初是因为受到发信者的要求或命令而产生某种欲望而后实施某项行动。而在这则小故事中，主人公行事依据的是某种已然内化的道德准则，或原始风俗，要完成某个行动，仿佛也无须过关斩将，备受考验，对于这几则小故事中的主人公们来讲，"是否能做"仿佛从来不是问题，关键在于"是否应做"或者"是否想做"，一旦他们决定去做，那么满足神的要求其实毫不困难，得到奖赏也是不费吹灰之力。故事的逻辑仿佛

---

① 干宝：《搜神记》，汪绍楹注校，中华书局 1979 年版，第 54 页。

是：凡心存善念，修养德行，并努力助人，必有回报。

根据故事发展的大致线索，我们试着总结出《搜神记》中人与神互动的一个模式，该模式大致分为四步：

请求—决定—满足—奖赏

我们再来分析两个关于人类和精怪之间的小故事：

> 吴孙皓世，淮南内史朱诞，字永长，为建安太守。诞给使妻有鬼病，其夫疑之为奸；后出行，密穿壁隙窥之，正见妻在机中织，遥瞻桑树上，向之言笑。给使仰视树上，有一年少人，可十四五，衣青衿袖，青幓头。给使以为信人也，张弩射之，化为鸣蝉，其大如箕，翔然飞去。妻亦应声惊曰："噫！人射汝。"给使怪其故。后久时，给使见二小儿在陌上共语曰："何以不复见汝？"其一，即树上小儿也。答曰："前不幸为人所射，病疮积时。"彼儿曰："今何如？"曰："赖朱府君梁上膏以傅之，得愈。"给使白诞曰："人盗君膏药，颇知之否？"诞曰："吾膏久致梁上，人安得盗之？"给使曰："不然。府君视之。"诞殊不信，试为视之，封题如故。诞曰："小人故妄言，膏自如故。"给使曰："试开之。"则膏去半。为掊刮，见有趾迹。诞因大惊。乃详问之。具道本末。[①]

这个小故事里有四个主要人物：朱诞，朱诞的使从，使从之妻，青衣少年（蝉精）。故事的开头，使从怀疑妻子红杏出墙，这个"疑"的行为，立即将妻子置于"客体"的地位，她成了怀疑的目标，被监控和保护的对象。当与妻调笑的青衣少年上场，我们似乎看到了普洛普民间故事中的"假英雄"，或者格雷马斯动元模型中的"反主体"，即要和主人公争夺客体的另一个动元。而当使从开弓射箭意图消灭青衣少年，读者自然会预期故事接下去会有一场两个主体之间的恶斗。而本故事的特殊之处在于，故事并未朝此方向发展，当青衣少年化身为蝉之时，整个故事的主线转而围绕揭晓青衣少年的身份之谜展开。而青衣少

[①] 干宝：《搜神记》，汪绍楹注校，中华书局1979年版，第209页。

年的真实面貌被揭穿的方式也颇为值得我们注意：使从在途中偶遇两个小男孩，通过他们的对话知晓了青衣少年的真实身份和另一个信息，即青衣少年偷了太守朱诞家的药膏来治愈箭伤。在故事结尾蝉精身份谜底揭晓我们才明白，这个故事的核心并不在于两个主体争夺一个所欲的客体而展开斗争，而是一个主体试图更好地认知和揭晓另一主体的身份。所谓"知己知彼，方能百战百胜"，这仿佛更符合中国文化中两个主体之间的关系特质。

我们在此也可先总结出《搜神记》中人与精怪互动的一个模式，也分为四步：

介入—知悉—揭晓—对峙

值得注意的是，在普洛普的 31 个人物功能中也有"知悉"（information）一项。我们通过下面一则小故事来看在《搜神记》志怪故事中"知悉"这一叙事板块的特征：

> 安阳城南有一亭，夜不可宿；宿，辄杀人。书生明术数，乃过宿之，亭民曰："此不可宿。前后宿此，未有活者。"书生曰："无苦也。吾自能谐。"遂住廨舍。乃端坐，诵书。良久乃休。夜半后，有一人，着单衣，来，往户外，呼亭主。亭主应诺。"见亭中有人耶？"答曰："向者有一书生在此读书。适休，似未寝。"乃喑嗟而去，须臾，复有一人，冠赤帻者，呼亭主。问答如前。复喑嗟而去。既去，寂然。书生知无来者，即起，诣向者呼处，效呼亭主。亭主亦应诺。复云："亭中有人耶？"亭主答如前。乃问曰："向黑衣来者谁？"曰："北舍母猪也。"又曰："冠赤帻来者谁？"曰："西舍老雄鸡父也。"曰："汝复谁耶？"曰："我是老蝎也。"于是书生密便诵书。至明不敢寐。天明，亭民来视，惊曰："君何得独活？"书生曰："促索剑来，吾与卿取魅。"乃握剑至昨夜应处，果得老蝎，大如琵琶，毒长数尺。西舍，得老雄鸡父；北舍，得老母猪。凡杀三物，亭毒遂静，永无灾横。①

---

① 干宝：《搜神记》，汪绍楹注校，中华书局1979年版，第229页。

与普洛普所分析的民间故事一样,这则志怪故事中"知悉"这一个阶段也是通过人物之间的对话来实现的。如果说普洛普的民间故事中通过"对话"使得一方不慎透露秘密而另一方(入侵者)得到了关于所欲之物的关键信息,那么在这则故事中主人公与房中精怪的对话则是有意为之。这个"有意"体现在两处:首先主人公要隐匿自己缄声不语偷听精怪之间的谈话,伺机而动;其后他要模仿或曰装作是精怪的同类与它们进行谈话来获取信息。这当中似乎已经关涉到对话交谈的某些策略技巧了。要战胜这些精怪,最关键的一步就是揭穿它们的真面目并打回原形,而"揭穿"的方式似乎也很简单,只要伪装成同类并提出问题让它们"自报家门"即可。主人公无须经历多么惨烈的斗争,得以克敌制胜的法宝仅仅是专属于人类的语言能力,我们也许可以说,向精怪提问,与它们对话,激活它们的语言模式,是征服并战胜它们的第一步,因为"对话"这一举动具有极强的象征意味,意味着将精怪们(物性的、自然的)纳入了人类(人性的、文化的)的世界,这是驯化并征服它们的第一步。

　　另一方面,从故事中行动元的关系来看,"对话"这一形式也是至关重要,正因为"对话"形式的出现,让主人公与精怪们处于两个平等主体的行动位上。必须要强调的是。这里的"平等",并非指力量相当或者无冲突无暗斗,而是指两方主体各自都拥有直接与对方进行互动交流的可能性。我们看到,此类故事中两方主体斗智斗勇的交流互动几乎都在对话中、在交替的问答中、在"你—我"这一对互为依存,互相承认的关系中得以实现。语言学家们已然指出"问—答"这一语言形式对于对话双方主体的重大意义:"问句是人类通过话语与对话者交谈并对其施展影响的最基本的形式"[1],"当我们收到对方的回答之时,我们作为主体的身份才最终得以确立"[2]。克洛德·高概也就此写道:"我们在话语中的介入,并不仅仅是为了同意或反对他人的话语,也是为了承认或废除他作为主体的身份。"[3] 另一个有趣的小细节,是此类故事中人与精怪之间的

---

[1] Jean-Claude Coquet, *Le discours et son sujet I*: *Essai de grammaire modale*, Paris: Klincksieck, 1984, p. 19.
[2] Ibid., p. 20.
[3] Ibid..

问答通常是会有三个来回。普洛普曾经也分析过俄国民间故事中"三"这个数字的重要性,表示的其实是"许多次",或"无数次"。

篇幅原因,在此暂不继续分析《搜神记》中人类与鬼之间以及人类与仙之间的故事特征。我们直接给出这两类故事的叙事模型:

人与鬼之间的互动模式又分为两个小类别:

——在"求助"类故事中的人鬼互动模式:

现身—请求—核实—遂愿

——在"婚配"类故事中的人鬼互动模式:

相遇—成婚—分离—重识—辨真—受封

人与仙之间的互动模式:

相遇—怀疑(挑战)—佐证(考验)—奖惩

虽然四大类故事具体的情节与发展线索都不一样,但我们仍然可以抽象出一个综合的人类与所有超自然力量的互动的模型来概括《搜神记》中志怪故事的大致叙事脉络:

相遇—交往—定性—奖惩

如前所述,这个叙事模型在根本上有别于普洛普和格雷马斯强调主客对立的叙事模型的,所以我们必须指出该模型的某些特征:

首先,这个模型不但是体现故事发展的叙事模型,也是体现两个主体交流互动的关系模型,描写的不再是主体与客体之间,而是两个主体之间的关系。格雷马斯的模型运作有赖于一条较为简化且机械的原则,即该模型中规定:"两个主体之间从不直接互相作用(无论是对立或是合作),而是以客体为媒介来形成各种主体间的关系模式。"[①] 主体的状态与主体之间的关系只能通过客体在不同主体之间的交通流转才能体现出来。而在我们的新模型中,两方主体直接进行交流互动而不再通过客体为媒介。我们甚至可以说,"客体"在《搜神记》志怪故事中已经不再是影响和参与行动过程的一个有效的动元了。

其次,在普洛普或格雷马斯的叙事模型里,发信者处在一个至关重要的位置,是他将主体引上追寻客体之路,也是他将在最后的"奖惩"

[①] Eric Landowski, *Passions sans nom*, Paris: Presses Universitaires de France, 2004, p. 58.

阶段来评判主体是否顺利完成任务，是否可以获得奖励或受到惩罚。格雷马斯的典型叙事模型之所以也被称作"算法"，就是因为从根本上讲整个叙事过程是可预期可计算的，而对于故事中的主人公（主体）来讲，他的整个行动自始至终都受发信者的监控。从这个角度讲，格雷马斯的行动元模型呈现的其实是一种自上而下的垂直结构，发信者处在最顶端，主体在其命令之下夺取处于最低端的客体，即欲望的对象。而在我们的新模型中，这个高高在上的发信者似乎许多时候和主体本身合二为一了，换言之，主体行动之时遵循的是某种已然内化的道德标准和价值取向，或者是自身的某种意志或愿望，而非来自外力的操纵。而更重要的是，我们看到两个主体之间的交流互动也不再是为争夺某个客体。在"相遇—交往—定性—奖惩"这一互动模式中，我们依稀可见任意两个主体之间交流都必须沿循的一条轨迹：最初的接触相识；逐渐地进行各种形式的交往（言语的、行为的、善意的帮助或激烈的冲突，等等）；在经过一系列交流互动之后，双方会对对方以及他们之间的关系做一个定性，是有益还是有害的，是积极还是消极的，是善还是恶的，是应该帮助还是应该斗争的，等等；在定性之后随即便会出现应有的决定或者行动。我们看到这个互动模式中体现的更多是两个平等对话的主体不断交流试探逐渐演变的一种关系，虽然在《搜神记》志怪故事中，对话的双方，一方是人类，另一方是超自然的神仙鬼怪等，但其中确实存在"独立的意识和声音的多样共存"，没有哪一方把另一方当成是必须彻底征服占有的无意识的客体，这与巴赫金的广义上的对话精神是不谋而合的。

　　当然，我们目前所总结的这些叙事模型尚还是很简浅的状态，显然有很多不足。例如，关于四大类志怪故事的叙事模型，以及最后的综合模型，都沿袭了普洛普的"人物功能"的路子，虽然我们经过分析找出了一系列与其叙事逻辑不同之处，但并未完全摆脱格雷马斯行动元模型中动元结构的制约，在分析人物时也很容易与原有的动元对号入座。因此未能建立起完全与《搜神记》中叙事结构相对应的新的行动元结构。这些都是在以后的研究中必须要解决的问题。

文化互动中文本的对话机制

——洛特曼文化符号学视角观察

郑文东

（武汉大学外国语言文学学院）

引 言

联合国教科文组织在 2000 年完成的《世界文化报告》中指出："文化再也不是以前人们所认为的是个静止不变的、封闭的、固定的集装箱。文化实际上变成了通过媒体和国际因特网在全球进行交流的跨越分界的创造。我们现在必须把文化看作一个过程，而不是一个已经完成的产品。"文化互动实际存在着，我们时刻能够感受到，整个世界变成了一个地球村。而文化互动的实现，依靠的是各个民族文化符号域中文化文本的传递。

"符号域"这一独创性的范畴是洛特曼文化符号学的核心概念和理论基础，由于在方法论上的突破，符号域理论描绘出一个在动态变化中的文化体系。本文拟从洛特曼文化符号学的视角出发，考察文化文本的对话机制，因此"对话"这一概念是广义的，它体现在符号域各个层面上，无处不在，体现在文化文本的整个传递过程中。

一 文化符号学中的几个概念的简介

首先我们对符号域概念的来源和实质做一简单交代和说明。"符号域"（семиосфера）一词是洛特曼于 1984 年在《符号域》一文中首次提出的。简言之，符号域就是符号存在和运作的空间。同一民族的各种文化符号和文化文本存在和活动的空间，构成一个民族文化的符号域，因此符号域被认为是一个民族文化的载体。

第二模式化系统也是洛特曼文化符号学理论的核心概念。自然语（这是第一模式化系统，因为它把世界首次模式化，从而勾勒出世界语言图景，使人类借此认知世界，它是将世界模式化的基本手段）和第二模式化系统的区分，是洛特曼文化符号学的根本出发点，它们处于符号域内部的不同层级上。第二模式化系统指的是各类文化语言，是这样一些符号系统，在它们的帮助下建立了世界的模式或其片断。这些系统之所以成为第二模式化系统，是针对第一模式化系统——自然语的，它们在自然语的基础之上建立，直接建立（文学语言）或作为自然语的平行形式（音乐或绘画）①。

建立在第二模式化系统即各种文化语言基础上的文化成果，被尤里·洛特曼称为文化文本。他不仅仅研究文化语言，符号域的实体——文化文本更是他关注的焦点。他的儿子米哈伊尔·洛特曼认为："塔尔图结构主义符号学派的特点是它所表露出的文本中心主义：不是语言、不是符号、不是结构、不是二元对立、不是语法规则，而是文本成为其概念系统的中心。"② 因为离开了文本背后蕴含的信息，符号域只是一个空空的外壳，不成其为民族文化的载体。

文本是符号和信息两方面的统一体。"文本和符号。文本是整体的符号，文本是符的连续统。后一种情形，从语言学对文本的分析看来，是唯一可能的。然而在文化的一般模式中存在另一种形式的文本，其中文本的概念不属第二种，即由符号链派生的，而是属于第一种概念。这种文本不是离散型的，不能分解为一个个符号。它是浑成的整体，不能分解成单独的符号，而是具有区分性特征。如大众媒体的现代声像系统——电影、电视。"③ 这就是说，文本可以分为离散型文本和浑成型文本，如传统意

---

① 参见 Лотман Ю. М.，*Семиосфера*，Санкт-Петербург：Искусство-СПБ，2000，с. 520。
② Лотман Ю. М.，*История и типология русской культуры*，Санкт-Петербург：Искусство-СПБ，2002，с. 14.
③ Лотман Ю. М.，*Семиосфера*，Санкт-Петербург：Искусство-СПБ，2000，с. 508.

义上的文学文本，就是由一个个字词线性排列组合而成的，是离散型文本；而电影、电视所播放的节目则一般为浑成型文本。

至于文本的另一方面——信息，文化文本所传递的信息包括普通语言信息和文化附加信息。一般而言，普通语言信息是文化文本的第一性意义，是掌握该自然语的集体所共识的，而我们在研究文化文本时，更看重的是其文化附加信息——第二性意义的价值。甚至有的文化文本，它的普通语言信息是零，比如跳大神时念叨的咒语，是没有普通的语言信息的，但在敬畏神灵的百姓眼中，这一行为文本具有高度的神圣性，此时文本的语言意义退居第二位，被第二性的意义所掩盖。这种类型的文本，通常不要求人们去理解。正是零位的普通语言信息，表示出文本的高度的符号性。

从信息的方面来说，文本是完整意义和整体功能的载体（如果区分文化观察者和其代表者的立场的话，那从前者的立场而言，文本是完整功能的载体，而从后者的角度说，文本是完整意义的载体）。在该意义上，文本可被视为文化的第一要素（基本单位）。文本有头有尾，有自己的边界，文本的边界正是其具有完整意义的体现。

在文化符号学的视野观照下，"文本"的概念不仅仅指用自然语所表达的信息，还指任何承载完整意义的表达——如礼仪、造型艺术作品或乐曲。因此，一切文化符号的载体被洛特曼通称为文化文本，只要它承载了信息，成为完整意义和整体功能的载体。甚至个人也被他视为文本："从结构而言，文本和个人符号特性是平行的，这样，我们可以把任何层面的文本视为符号个性，而位于任何社会文化层面的个人，又可视为文本。"[①] 另一方面，从文化的角度来衡量，又不是任何用自然语表达的信息都是文本。

作为文化基本成素的文本，是在符号域内部按照一定生成规则形成的，一旦脱离了它赖以生存的文化环境，同样的信息就不成其为文化文本了。文化文本意义的获得源于和符号域的互动和对话，源于和其他文化文本的互动和对话。

---

① Лотман Ю. М., *Семиосфера*, Санкт-Петербург: Искусство-СПБ, 2000, с. 610.

二 对话机制的缘起

符号域对文化文本意义之所以会起到决定性作用,源于符号内部符号思维的机制——传递、创新和对话机制。对话机制的基础是传递或称翻译机制。因为翻译是意识的基本机制,"翻译最基本的机制就是对话。对话意味着不对称,不对称首先是指对话参与者符号结构(语言)的不同,第二是指信息流转的方向性。"[①] 因此在观察文化史的时候,在每一个历史时间的断面上,我们都可以看出对话的存在。在每一个文化文本中,即在每一个文化事实中,都可以观察到接受他者文化的痕迹,可以分析出和其他文本的对话过程。洛特曼把通常认为的所谓"文化的衰退期"看作对话中的停顿时间。

洛特曼的"对话机制"之说,缘起巴赫金。巴赫金区分了两种思维:独白思维和对话思维,并通过比较着重阐发了对话思维的问题。巴赫金强调,虽然个人的思维表现为独白和对话这两种状态,体现着两种世界感受,但本质上是对话性而不是独白性的。对话思维是直接体现思维规律的模式,独白思维则是一种假定性的变体。

在对文本意义研究的过程中,巴赫金认为,我们对某个文本的理解是建立在与其他文本的相互比照的基础上的,理解的这种动态的对话运动分为几个阶段,其出发点是该文本,向后运动是过去的语境,向前运动是对未来语境的预感:"文本的每一个词语(每一个符号)都引导人走出文本的范围。任何的理解都要把该文本与其他文本联系起来。"[②] "文本只是在与其他文本(语境)的相互关联中才有生命。只有在诸文本间的这一接触点上,才能迸发出火花,它会烛照过去和未来,使该文本进入对话之中。"[③] 因此,在一种文化的符号域内,不同的文本互为语境,形成对话关系。这种对话的背后,实际上是人与人的接触。同时,这种对话的语境一直绵延到无限的过去和无限的未来:"即使是过去的含义,即

---

① Лотман Ю. М., *Внутри мыслящих миров*, М.:Яз. рус. культуры, 1999, с. 193.
② [俄]巴赫金:《文本 对话与人文》,白春仁等译,河北教育出版社 1998 年版,第 379 页。
③ 同上书,第 380 页。

已往世纪的对话中所产生的含义,也从来不是固定的(一劳永逸完成了的、终结了的),它们总是在随着对话进一步发展的过程中不断变化着(得到更新)。在对话发展的任何时刻,都存在着无穷数量的被遗忘的含义,但在对话进一步发展的特定时刻里,它们随着对话的发展会重新被人忆起,并以更新了的面貌(在新语境中)获得新生。"①

洛特曼也认为:"意义形成不是在静止系统中进行的。为使这一行为成为可能,在交际系统 A_1、A_2 中应引入某种信息。同样,为使某种双结构的文本开始产生新的意义,它应被放入到交际环境中。在该环境里有可能出现文本亚结构间的内部翻译和符号交换过程。由此可得出,创造性意识的活动——往往是交际活动,也即信息交换活动……在完全孤立、结构单一(失去了内部交换的资源)和静止的系统中不可能有创造性意识。"② 只有通过对话,才能明确文化文本的意义。

对话意味着对自我理解和对他者的理解,只有在对话中各方的存在特性才能被揭示并处于开放态势之中。所以正如巴赫金所说,对话在人类生活中无处不在。文化文本要实现自身传递和创新信息的功能,只能是通过对话。文化文本在符号域中要形成一个完整的整体,也是依靠对话互动来完成。有学者认为:"文学文本具有类似对话的思辨结构,它召唤着读者与之对话,它自身也是作者与文本对话的产物。从实践上说,作者、文本和读者共处于一个理解和交往的共同体中,具有对话的普遍需要,文学的意义于是在对话中不断地生成。"③ 文化的内在发展需要不断进行内部对话,还要与外部进来的文本对话。对于个人来说,他者文本对于"自己"的创作发展是必需的,和别人接触对"我"而言,是"我"的意识创造性发展的必要条件。

三 对话机制的特点

对话机制的特点主要有:不对称性、离散性、未完成性、多相性。

---

① [俄]巴赫金:《文本 对话与人文》,白春仁等译,河北教育出版社1998年版,第391—392页。
② Лотман Ю. М., *Семиосфера*, Санкт-Петербург: Искусство-СПБ, 2000, с. 610.
③ 汪正龙:《文学意义研究》,南京大学出版社2002年版,第27页。

不对称性和离散性是紧密相连的。

洛特曼发展了巴赫金的对话思想,认为任何思维的机制都不是单语的,这样在一个符号个体身上同样体现着对话精神的精髓:"没有一种'单语机制'可以产生新信息(新思想),即它是不能思考的。思维机制应当最少是双语结构(对话的结构)。这一结论给巴赫金关于对话文本的结构的思想赋予了新的含义。"① 也就是说,在一个个体的人身上,同样存在两种语言的转换机制,这两种语言不同,两相接触就得通过翻译,于是便可能在对话中形成新的信息。

洛特曼认为:"对话意味着不对称,不对称首先是指对话参与者符号结构(语言)的不同,第二是指信息轮流的方向性。从后一点推断出,对话参与者轮流从'发出信息'位置转入'接受'位置,因而,发出信息是线性的、离散的,其中有停顿。"②

不对称性体现在各个层面。比如文本的创建者和听众这两个主体之间,参与交流的双方具有不同的经历、不同的知识和文化背景,每一方都试图影响另一方。他们之间的对话也是不对称的。文本的创建者和听众之间先于这种信息传递所存在的认知结构,是符号域对其影响的结果。其次,根据不同的交际功能细分,文本创建者经历着三种状态:创作前作者(文本问世前存在的所有符号主体对作者施加的影响)、创作中作者(文本创作中作者对前人思想的选择和加工)和创作后作者(创作后的作者获得新的认知手段,又可与其创作前背景展开新一轮对话)。三种状态,本质上都是处于不对称的对话过程中。

"离散性——以一个个小份额的方式提供信息的能力——是所有对话系统的规律。"③ 因为对话不是一直发出信息,而是传递信息后,出现停顿,然后再次发出信息。离散性真实地呈现出了具体对话一来一往的结构模式。这一特点同样体现在文化文本的对话交往中。

文化文本的对话具有未完成性的特点。文化文本的对话有着两方面的过程:一方面,文化总是需要伙伴的,文化不断地用自己的努力来建

---

① Лотман Ю. М., *Семиосфера*, Санкт-Петербург: Искусство-СПБ, 2000, с. 566.
② Лотман Ю. М., *Внутри мыслящих миров*, М.: Яз. рус. культуры, 1999, с. 193.
③ Ibid., с. 194.

立这个"他者"。这个他人,用另一种方式编码文本和描写世界。这个在文化内部建立起的形象,基本是按照该文化自身占优势的代码完成的,而后投影在外部的文化世界。典型的例子是欧洲人把其他民族的文化文本解读为"异国风情"(其中包括某些时期对俄罗斯文化的解读),或视为一种世外桃源和"理想国",或妖魔化。另一方面,是把外部他人文化引入自己的内部世界,这意味着和它构建一种共同的语言,为此首先要求把他人文化实行内化。"当欧洲的某些传教士以耶释儒,终于使基督教和儒学有可能哪怕是部分地相互接受时,传教士们和经过偏见式的'误读'一起带回欧洲的部分中国思想,再经过改造却成就了一种儒学'神话'。有趣的是,欧洲的不少启蒙思想家,如莱布尼茨、沃尔夫、伏尔泰等等,都不同程度地从这个儒学'神话'里'误读'到令他们兴奋的新思想,或从其中找到了与他们思想的契合点。"[1] 这种儒学"神话"已经是内化的文化文本,和初始信息相比,意义上发生了很大改变。

"他者"的存在是认清自我的镜子:"中国在很长的时间里,由于缺乏一个作为对等的'他者'(the other),仿佛缺少一面镜子,无法真正认清自身,在十九世纪,中国是在确立了'世界'与'亚洲'等'他者'的时候,才真正认清了自己。"[2] 这种他者的理解不仅是可能的,而且在本质上与自我理解是相一致的,是对自我理解的积极补充。

寻找自我和他者的对话会一直延续下去,直到整个世界变为沉寂,但这是不可能发生的,因为符号域是一个动态变化的空间,生生不息。不同文化文本的交流会作为刺激因素促进新信息的产生,并且会引发新一轮交流和互动。

对话机制还表现出多相性的特点。这体现在,文化互动过程中,在同一个时间点上的对话往往是双向或多向的,即接受者在接受某些文化现象的同时,又作为传达者向一个或多个他人传播其自身的文化。多相性还表现在作为一个整体的民族文化由具有不同发展速度的各类文化文本构成,其任何一个共时段都表现出各类文化文本各种发展阶段同时存

---

[1] 乐黛云、勒·比雄主编:《独角兽与龙——在寻找中西文化普遍性中的误读》,北京大学出版社1995年版,第115—116页。
[2] 葛兆光:《中国思想史》第二卷,复旦大学出版社2000年版,第588页。

在的情形。多相性还体现:"从对话之间的关系来看,对话表现为不同的形式:同意或反对、肯定或补充、问与答等;对话涵盖了不同范围、不同层次的作用方式:从交际主体来讲:人与人、群体与群体、国家与国家、民族与民族;从交际形式(渠道)来讲:直接言语交流、书籍、报刊、报告;从交际内容来讲:政治的、经济的、生活、艺术的、文学。"①

四 外来文化文本的接受模式——文化文本和符号域的对话

洛特曼还从接受方的视角出发,仔细地分析了外来文本是如何侵入到文化的中心结构、逐渐融合、成为中心文本的整个接受模式。② 这种接受模式实质上是文化文本和符号域对话之后的结果。

1. 在侵入的最初阶段,外来文本依然保留着原有的符号形式即"他者"的面貌。在接受方文化中,外来文本占据价值等级最高的位置:它们被认为是真理,是美好的,是神圣的起源。"他者"的语言是属于社会精英的,如过去俄罗斯贵族以讲法语为荣。而接受外来文化之前以本民族语言写成的文本则被认为是谬误,是粗野的,是不文明的。

2. 引入的文本和接受方的文化文本相互改变。一方面,大量翻译、改编和改写外来文本;另一方面,外来文本及其代码进入到民族文化的基本领域中。

3. 如果在第一阶段,努力摆脱传统、美化外来文本的倾向占主导地位的话,而在第二阶段占上风的是重建被切断的传统、寻根,"新的"被理解为从"老的"衍化,有机发展的思想占上风。

4. 把引入的世界观和其先前所在的他者民族文化符号域区分开来。把对现实世界某种最高的认知和那个具体的民族文化区分开,形成这样一种认知:输入方符号域中,这些思想是谬误的、不真实的、扭曲的;而在接受它们的文化符号域中,它们处于"真实、自然的"形态下。在传播这些文本时,对输入方文化有着不友好的态度,强调被引入的文本在这里具有真正的民族属性。

---

① 陈戈:《不同民族文化互动理论的研究——立足于洛特曼文化符号学视角的分析》,外语教学与研究出版社 2009 年版,第 114 页。
② Лотман Ю. М., *Внутри мыслящих миров*, М.: Яз. рус. культуры, 1999, с. 198 – 200.

5. 外来文本完全融入接收它们的文化符号域中，而该文化本身处于激荡之中，开始激烈地生成新的文本，它们是用在遥远的过去，在外来侵入刺激下产生的文化编码写就的，但这些编码用一系列不对称的转换方式已经变成新的、独一无二的结构模式。

6. 在接受的文化空间中，形成符号域的共同中心，然后它成为文化的传播者，本身成为朝向符号域外围域（就它而言的外围）的文本流源泉。

洛特曼提出的是外来文本如何侵入文化中心的整个接受模式，但在具体的文化环境中，这些环节有着不同的变化，可能不会环环皆到，而从俄罗斯的文化接受外来文本的影响中，可以看到这些环节均有体现。

五　结语

符号域是一种描述文化的工具语言。而一切文化符号的载体都被洛特曼通称为文化文本，只要它承载了信息，成为完整意义和整体功能的载体。符号域对文化文本的意义起到决定性作用，这源于符号域内符号思维的机制——传译、创新和对话机制。对话机制的基础同样是传递或称翻译机制。翻译最基本的机制就是对话。对话意味着不对称，不对称首先是指对话参与者符号结构（语言）的不同，其次是指信息流转的方向性。因此在观察文化史的时候，在每一个历史时间的断面上，我们都可以看出对话的存在。在每一个文化文本中，即在每一个文化事实中，都可以观察到接受他者文化的痕迹，可以分析出和其他文本的对话过程。

在跨学科中发育在跨文化中旅行的现代斯拉夫文论[*]

周启超

(广东外语外贸大学外国文学文化研究中心)

　　现代斯拉夫文论思想的原创性、学说的丰富性、理论的辐射力并不逊色于现代英美文论与现代欧陆文论。现代斯拉夫文论是在跨学科的语境中发育起来的,是在跨文化的语境中展开其"理论旅行"的,从20世纪文论思想史上重大思潮、流脉、学派的发育谱系来看,现代斯拉夫文论产生了广泛影响而颇具辐射力,是文学理论跨学科跨文化的一个生动案例;从现代文论的变革动力、发展取向、基本范式的生成路径来看,现代斯拉夫文论也是文学理论在跨学科中发育在跨文化中旅行的一个典型标本,是现代文论在跨学科跨文化的征程中生成生存这一具有普遍性的命运境遇的一个精彩缩影。

　　雅各布森的文论探索与"陌生化"学说的理论之旅,十分生动展示了文学理论如何在跨学科中发育,如何在跨文化中旅行,是令人驻足的两个个案,十分精彩的两个典型。

一

　　罗曼·雅各布森(1896—1982)先后生活于俄罗斯、捷克斯洛伐克、丹麦、挪威、瑞典、美国这6国,一生用俄文、英文、捷克文、波兰文、

---

[*] 本文是作者在第2届现代斯拉夫文论与比较诗学国际研讨会上的主旨报告。

法文、德文 6 种文字著述；1971 年，雅各布森的著作书目统计已达 828 种，被译为 24 种文字；生前，雅各布森多卷本选集已出版 5 卷。1962—1988 年，美国学者完成《雅各布森选集》8 卷本编选；雅各布森著作法译本自 1963 年至少有 6 种；其俄译本自 1985 年至少也有 6 种；德国出版《雅各布森诗学文选》(1979)、《雅各布森符号学文选》(1984)；瑞士学者考察雅各布森的现象学结构主义（1975）；瑞典学者编辑雅各布森自传（1997）；1984 年，"在 1890 一代人语境中来考察雅各布森的生平与学术成就"学术研讨会，在美国麻省理工学院举行；1985 年，以雅各布森对语言学的贡献为主题的学术研讨会，在纽约大学举行。1996 年，捷克、斯洛伐克、丹麦、瑞典以刊物专刊来纪念雅各布森诞辰一百年；1996 年 12 月 18—23 日，"纪念雅各布森百年诞辰国际学术研讨会"，在俄罗斯国立人文大学举行。

近年，处于理论反思之中的国际学界，对现代斯拉夫文论的历史建树与世界影响的梳理表现出空前的兴趣，对雅各布森学术遗产的整理研究也出现新的亮点：2011 年，捷克学者托马斯·格兰茨整理、翻译的《雅各布森论形式论学派与当代俄罗斯文学学讲稿》在莫斯科问世；在"纪念俄罗斯形式论学派一百年"国际研讨会（俄罗斯国立人文大学，2013 年 8 月）上，"俄罗斯形式主义与中东欧文学理论：百年回顾"国际学术研讨会（英国谢菲尔德大学，2015 年 5 月）上，雅各布森的诗学思想成为会议重要议题之一；2015 年 11 月，"雅各布森的语言学与诗学"国际学术研讨会在米兰大学与东皮尔蒙大学举行，意大利著名学者埃科来会上作了学术报告。

雅各布森的名字同 20 世纪语言学、符号学、文艺学、翻译学中许多重要概念连在一起：音位、诗功能、符号、对等、形式主义、结构主义。1983 年，伊格尔顿认为："在形式主义、捷克结构主义和现代语言学领域，到处都可以发现雅各布森的影响。"同年，洛特曼指出，雅各布森的每一篇文章、每一个学术报告、每一次访谈，均是一次学术事件，轰动一时的事件，它们颠覆了已然形成的学术观念，开辟出崭新的完全出乎意料的学术前景。在 1977 年，埃科就曾强调，雅各布森对当代符号学的发育产生了"催化性"影响。1996 年，俄罗斯科学院院士 B. 托波罗夫指出：在雅各布森各种各样的才能中有两点特别突出：开路者的才能与接合者的才能。现如今我们能谈论雅各布森与音位学、雅各布森与诗学、雅各布森与生物学中的语言学模型等——这正是基于雅各布森本人曾经就是一个"接合者"，一个已被人格化的与创造性的"与"；雅各布森成功地将人文系列的不同学科接合为一个总的人文科学，他人难以企及，雅各布森促使人文科学与自然科学有机且富有成效地接近，而比别人有更多的建树。有学者甚至认为，雅各布森之于20世纪人文科学，堪比爱因斯坦之于20世纪自然科学。雅各布森留下了巨大的学术遗产——精彩的思想，深刻的发现，令人惊讶的细致而深邃的具有洞察力的分析。这笔遗产已经被或正在被人文科学的许多系列所掌握。在人才辈出的20世纪人文科学界，雅各布森的名字是最为响亮者之一，雅各布森的大名被提及的频率之高这一事实本身就可说明许多问题。

雅各布森以其对"声音与意义"之关联之"接合"的开创性研究，以其在语言学与诗学领域的开拓性建树，以其"音位理论""六功能说""对等原则""隐喻与换喻理论"等具有模型意义、范式意义的思想学说，对文学学、艺术学、符号学、翻译学、人类学、精神分析学的多方位辐射，而成为"跨学科研究"的一个生动典型。雅各布森是"俄苏形式论学派"基地之一——"莫斯科语言学小组"创建者之一。1919年，他率先提出"文学性"命题；雅各布森是结构主义的摇篮——"布拉格语言学小组"主将之一。1929年，他明确提出"结构主义"概念；1938年，雅各布森创立"音位理论"，奠定现代音位学基础；后来他又是"哥本哈根语言学小组""纽约语言学小组"的组建者之一，被誉为"结构主义领航员"。"雅各布森与索绪尔""雅各布森与胡塞尔"，或者，"列维-斯特劳斯与雅各布森""拉康与雅各布森""埃科与雅各布森""洛特曼与雅各布森"，已成为20世纪人文科学学术史与思想史上的轴心论题。

自20世纪50年代起，雅各布森积极推动东德、波兰、苏联、法国、意大利、以色列的"符号学"建设，堪称理论"跨文化旅行"的一个杰出标本。当代中国学界对雅各布森的思想学说早有关注，并一直有研究。

在当代中国语言学界，著名学者王力、岑麒祥、伍铁平、胡壮麟在20世纪80年代初就对雅各布森语言学理论有过评介与翻译；2001年，译自英文的《雅各布森文集》面世（钱军编辑，钱军、王力译注）；2012年，《罗曼·雅各布森文集》得以再版。钱军所著《结构功能语言学——布拉格学派》（1998）对雅各布森语言学理论有系统阐述。

在当代中国文论界，著名学者伍蠡甫、胡经之在20世纪80年代主编的《西方文艺理论名著选编》《二十世纪西方文论选》《西方文艺理论名著教程》、20世纪90年代朱立元主编的《当代西方文艺理论》、2005年刘象愚主编的《外国文论简史》均有对雅各布森诗学理论的评介。方珊所著《形式主义文论》、黄玫所著《韵律与意义——20世纪俄罗斯诗学理论研究》、周启超所著《现代斯拉夫文论引论》等专著均有对雅各布森诗学理论的专章阐述。当代中国学者自法文、英文、俄文翻译的《俄苏形式主义文论》《俄国现实主义文论选》《结构符号学文艺学》《符号学文学论文集》已收入雅各布森多种名篇的汉译。

这些年来，雅各布森的语言学理论、诗学理论、符号学理论甚至翻译理论、传播理论已得到当代中国学者广泛评介；1994年以来，雅各布森的诗学理论已成为北京外国语大学、北京师范大学、南京大学、南京师范大学、四川大学等高校外语系或中文系博士学位论文题目，以及复旦大学、山东大学、福建师范大学、江西师范大学等高校外语系或中文系硕士学位论文题目。2007年10月，"全国巴赫金研究会"在北京师范大学举办"跨文化视界中的巴赫金"国际学术研讨会，法国著名学者茨维坦·托多罗夫应邀作了题为"巴赫金与雅各布森"的学术报告；2012年5月，"全国外国文论与比较诗学研究会"在北京外国语大学举办"首届现代斯拉夫文论与比较诗学：新空间、新课题、新路径"国际研讨会，布拉格结构主义与雅各布森诗学理论成为会议重要议题之一。

应该看到，与英语、俄语、法语、德语学界对雅各布森著作的译介与研究相比，汉语学界对于雅各布森著作的翻译与研究还有很大空间。

因此，要多方位考察雅各布森穿越语言学、文艺学、符号学、翻译学之"跨学科"旅行的历程与穿越俄罗斯、捷克、北欧、美国、西欧、东欧的"跨文化"探索的建树。（譬如，雅各布森的语言学探索是如何超越索绪尔而强调"动态性的历时"？雅各布森的符号学探索是如何改造胡塞尔的现象学，雅各布森提出的"文学性"命题何以基于现象学的定位?)要有深度地建构雅各布森这位20世纪人文科学杰出的"开路者"与"接合者"形象。(譬如,雅各布森的结构主义思想与实践何以不曾是对辩证法的放弃,相反,却是历史辩证法可以运用的利器?)

要组织一个具有结构主义语言学、文艺学、符号学、翻译学理论准备,了解俄苏形式主义、捷克与法国结构主义语境、通晓英文、俄文、法文的学者团队,投入《罗曼·雅各布森选集》汉译与雅各布森语言学、文艺学、符号学、翻译学思想的专题研究。譬如,雅各布森论语言:音位理论·语法理论·失语症类型·论语言的辩证法、语言学思想史、语言的语音形式;譬如,雅各布森论文艺:文学性·结构论·诗功能·对等原则·隐喻与换喻、诗评·诗人论·诗学家点评;譬如,雅各布森论符号:六功能·零符号·视觉符号与听觉符号·论符号学的发展、声音与意义六讲·索绪尔理论回顾;譬如,雅各布森论雅各布森:"我最喜欢的题目"·对话·"我的未来主义岁月"。

既要研究"雅各布森与二十世纪语言学":梳理雅各布森语言学思想与博杜恩·德·库尔德内、索绪尔、胡塞尔、赵元任等著名学者理论学说的关联,阐释雅各布森独特的语言学建树;要研究"雅各布森与二十世纪文艺学",梳理雅各布森文艺学思想与鲍加兑廖夫、蒂尼亚诺夫、什克洛夫斯基、穆卡洛夫斯基等著名学者理论学说的关联,阐释雅各布森精彩的文艺学建树;也要研究"雅各布森与二十世纪符号学":梳理雅各布森符号学思想与皮尔斯、列维－斯特劳斯、拉康、洛特曼、埃科等著名学者理论学说的关联,阐释雅各布森之卓越的符号学建树。要在系统的翻译与专题性研究的基础上编写一部《罗曼·雅各布森读本》。

二

一百年前,1916年,维克多·什克洛夫斯基发表了一篇宣言般的论文《艺术即手法》。在这篇文章中,他自创了一个词语"остранение"。这个"остранение"作为俄罗斯形式论学派的一个核心术语,一个关键词,一个轴心理论,成为文学研究的一个重要话语。1982年,什克洛夫斯基回忆道:我创造了"остранение"这个术语,我现在已经可以承认这一点,我犯了语法错误,只写了一个"н",应该写为странный(奇怪的)。结果,这个只有一个"н"的词就传开了,就像一条被扯掉一只耳朵的小狗,满世界乱窜。①

"остранение"这个词,这个术语,这个概念,最早出现于俄罗斯形式论学派的重要基地——彼得格勒"诗语研究会"的宣言——什克洛夫斯基的文章"Искусство как приём":

〈…〉для того, чтобы вернуть ощущение жизни, почувствовать вещи, для того, чтобы делать камень каменным, существует то, что называется искусством. Целью искусства является дать ощущение вещи как видение, а не как узнавание; приемом искусства является прием "остранения" вещей и прием затрудненной формы, увеличивающий трудность и долготу восприятия, так как воспринимательный процесс в искусстве самоцелен и должен быть продлен; искусство есть способ пережить деланье вещи, а сделанное в искусстве неважно.

正是为了恢复对生活的体验,感觉到事物的存在,为了使石头更成其为石头,才存在所谓的艺术。艺术是为了将事物提供为一种视像——而不是可认可知之物。艺术的手法乃是将事物"陌生化"的手法,是将形式艰深化以增加感受的难度与感受的时长的手法,因为在艺术中感受过程本身就是目的,应该使之延长;艺术是对事物的制作进行体验的一种方式,而已制成之物在艺术中并不重要。

一百年来,"остранение"作为一个术语一个概念一种理论一种话语的这个词语,被译成多种外国文字,展开其穿越不同语言不同民族之疆界的跨文化之旅。"陌生化"这条被扯掉一只耳朵的俄罗斯小狗生命力极其旺盛,满世界逛游。在德语世界,O. 汉森-勒沃教授精心研究"остранение",

---

① [俄]维克多·什克洛夫斯基:《散文理论》,刘宗次译,百花洲文艺出版社1994年版,第73页。

写出了长达 700 多页的巨著《俄罗斯形式论学派：陌生化原理基础上的方法论建构》（维也纳，1978）；在法语世界，托多罗夫、热奈特、米歇尔·奥库蒂里耶、卡特琳娜·德普莱托等学者对"остранение"进行持续译介研究，1965—2015 年四十年间经久不衰，他们认为什克洛夫斯基的名字在法国首先就是与"остранение"联系在一起。"остранение"，作为俄罗斯形式论学派的一个核心术语，一个关键词，一个轴心范畴，在 20 世纪 80 年代初开始其在当代中国的理论旅行，已经被写入当代中国高校普遍使用的文学理论教科书[①]。《中国文学批评 99 个词》已经收入"陌生化"。当代中国作家与艺术家、批评家与理论家对"остранение"已不陌生，"陌生化"理论已融入当代中国文学、艺术、美学的话语实践。

有趣的是，"остранение"这个词语在被移译成外文时，有多种变异。譬如，"остранение"的英译至少有"陌生化"（defamiliarization）、"奇异化"（estrangement）、"使奇异"（enstrangement）、"使陌生"（making strange）与"前景化"（foregrounding）等；"остранение"法译至少有 4 种：其一，"成为新奇的东西"（singularisation）（托多罗夫：*Theorie de la literature*, *textes des formaliste russes*，1965）；其二，"representation insolite"（居伊·韦雷：*Sur la theorie de la prose*，1973）；其三，"etrangisation"（雷吉斯·盖罗：*L'art comme procede*，2008）；其四，"defamiliarisation"（米歇尔·奥库蒂里耶：*Le Formalisme russe*，*Que sais-je?*，1994）；"остранение"的汉译也有多种。"Искуство как приём"这篇文章汉译至少有 3 种版本[②]。在不同的译本里，"остранение"有不同的汉译。这一现象之所以发生，不仅是由于从事俄罗斯文论汉译的学者们对这个俄文词有各自不同的理解，更是由于当代中国文论界对俄罗斯形式主义的引介渠道是曲折而复杂的。"остранение"一开始是搭"结构主义文论"

[①] 譬如，胡经之等：《西方二十世纪文论史》，中国社会科学出版社 1988 年版；胡经之主编：《西方文艺理论名著教程》（下卷），北京大学出版社 1989 年版；刘象愚主编：《外国文论简史》，北京大学出版社 2005 年版。

[②] 李辉凡译本《艺术即手法》（《外国文学评论》1989 年第 1 期）；谢天振译本《作为艺术的手法》（《上海文论》1990 年第 5 期）；刘宗次译本《作为手法的艺术》（载《散文理论》，百花洲文艺出版社 1994 年版，第 4—23 页）。

之车，经由用法文、英文写成的 20 世纪西方文论著作①。尤其是经由多种以"结构主义"为主题的英文、法文著作的汉译②而在中国旅行的。当代中国一些学者不是直接面对俄文的"остранение"，而是经由英文"ostranenie"或法文"alienation"（异化）而接受什克洛夫斯基的"остранение"。"остранение"的汉译至少有 5 种：被译为"异化"（经由李幼蒸所译布洛克曼的著作《结构主义》，商务印书馆 1980 年版）；被译为"陌生化"（经由张隆溪的文章《俄国形式主义与结构主义》，《读书》，1983）；被译为"反常化"（经由方珊自俄文原著所译《作为手法的艺术》（见《俄国形式主义文论选》，生活·读书·新知三联书店 1989 年版）；被译为"奇特化"（经由蔡鸿滨自托多罗夫编选法文版所译《艺术作为手法》（见《俄苏形式主义文论选》，中国社会科学出版社 1989 年版）；被译为"奇异化"（经由刘宗次所译什克洛夫斯基的著作《散文理论》，1994）；在这几个版本中"陌生化"这一译法的流行度最高。

翻译上的不同版本恰恰可以佐证什克洛夫斯基所发现所驻足的这一现象的现实性、持久性与生命力。

"остранение"作为一种学说一种思想的生命力，体现在它成为当代中国文论界持续研究的主题：《关于"陌生化"理论》（杨岱勤，1988）、《"文学性"和"陌生化"——俄国形式主义早期的两大理论支柱》（钱佼汝，1989），《俄国形式主义的"陌生化"与艺术接受》（刘万勇，1999）、《陌生化，或者不是形式主义——从陌生化理论透视俄国形式主义》（杨帆，2003）、《陌生与熟悉——什可洛夫斯基与布莱希特"陌生化"对读》（杨向荣等，2003）；出现了以"陌生化理论"为主题的专著

---

① 譬如，1985 年有中译的《西方现代文学理论概述与比较》，英国学者安纳·杰弗森、戴维·罗比等人合著，陈昭全、樊锦鑫等译，湖南文艺出版社；1986 年有中译的《西方二十世纪文学理论》，英国学者特里·伊格尔顿著，伍晓明译，陕西师范大学出版社；1988 年有中译的《二十世纪文学理论》，荷兰学者佛克马、易布斯合著，林书武、陈圣生等译，生活·读书·新知三联书店。

② 譬如，1980 年有汉译的《结构主义》，比利时学者布洛克曼著，李幼蒸译，商务印书馆；1987 年有汉译的《结构主义与符号学》，英国学者特伦斯·霍克斯著，瞿铁鹏译，上海译文出版社；1988 年有汉译的《文学结构主义》，美国学者罗伯特·休斯著，刘豫译，生活·读书·新知三联书店；1991 年有汉译的《结构主义诗学》，美国学者乔纳森·卡勒著，盛宁译，中国社会科学出版社。

《陌生化诗学——俄国形式主义研究》（张冰，2000）、《诗学话语中的陌生化》（杨向荣，2009）。

当代中国学者已然认识到，什克洛夫斯基的"陌生化"有语言层次上的陌生化——"纵向选择"，通过词语的选择与替代，使语言变得陌生；也有结构层次上的陌生化——"横向联合"，通过排列顺序而使叙述顺序变得陌生，进而使得语言与结构变为审美对象。

当代中国学者已然观察到，戏剧理论家布莱希特的"间离理论"与电影理论大师爱森斯坦的理论思想，也是"陌生化"理论的变体。《世界文论》的"术语译释"中有德语文论专家张黎谈"陌生化效果"与俄语文论专家张捷谈"остранение"的译法。张黎指出，"陌生化"（Verfremdung）是布莱希特从他家乡的方言里借来的。"陌生化"的经典定义见于布莱希特1939年的一篇文章《论实验戏剧》："把一个事件或一个人物陌生化，其意思首先是去掉事件或人物不言而喻的、熟知的、显而易见的东西，并对它产生惊异和新奇……"[①]

当代中国学者充分肯定，"陌生化"是文艺发展的一个基本动力；"陌生化理论"包含巨大潜能，可以从诗歌扩展到小说、戏剧、电影。"陌生化"的提出，是一种新理念的建立。

当代中国学界也积极关注国外同行在"陌生化"理论研究上的最新成果。不久前，我们已经翻译了德国学者汉斯·君特论什克洛夫斯基的"陌生化"与布莱希特的"间离效应"的一篇论文[②]，以及法国学者卡特琳娜·德普莱托梳理什克洛夫斯基的"陌生化"思想在法国的翻译与接受的一篇文章[③]。

当代中国学者自觉运用"陌生化"理论解读中国文学文本或外国文学文本。有文章或从"陌生化"视角探讨美国诗人狄金森诗歌中的抽象意向或考察作为艺术手法的"陌生化"在美国小说家海明威的《老人与

[①] 《文艺学和新历史主义·世界文论》第1辑，社会科学文献出版社1993年版。
[②] ［德］汉斯·君特：《布莱希特与什克洛夫斯基的"陌生化"》，贺骥译，载周启超《外国文论与比较诗学》第2辑，知识产权出版社2015年版，第74页。
[③] ［法］卡特琳娜·德普莱托：《什克洛夫斯基思想在法国》，李冬梅译，载周启超《外国文论与比较诗学》第2辑，知识产权出版社2015年版，第95页。

海》中的运用，或探讨康拉德的力作《黑暗之心》的叙述者、叙述接受者和"陌生化"；也有文章分析中国古代文学经典作家杜甫的诗创作、李清照的词创作与"陌生化"相通之处；或以"陌生化"理论梳理古代中国文学批评理论；甚至有学者致力于建构中国的"陌生化理论"理论，检阅到当代中国著名学者钱锺书在20世纪40年代的《谈艺录》里，已经将什克洛夫斯基的"陌生化理论"与中国宋朝著名诗人与批评家梅尧臣在其诗话中提及的"以故为新、以俗为雅"的诗学主张相比较相会通。

"陌生化"作为艺术手法，其基本旨趣就在于使"寻常的"显得"不寻常"，进而激发读者召唤读者来多维度审视文本，多层面体认作品。

"остранение"学说作为一种理论，何以具有如此强大的生命力？

首先在于它直面诗歌、小说、戏剧文学创作的机制。这已为不少诗人作家所认可。

帕斯捷尔纳克、克洛德·西蒙、大江健三郎等大诗人与名作家对"остранение"均有首肯。

苏联名作家帕斯捷尔纳克在1929年8月20日致П.梅德维捷夫的信中，在《远射程的俄罗斯形式论概念》中突出的正是"陌生化"："陌生化、本事与情节的相互关系等，我始终觉得，这是理论性的，令人非常幸福的思想。我经常觉得很震惊，作者们是如何使得这些给人启发的、影响力很大的概念成之为概念的呢。倘使站在他们的位置，我可能会凭一时热情，从这些观察中形成一个美学体系。"①

法国名作家克洛德·西蒙1985年在斯德哥尔摩在其获诺奖的"答谢词"中曾特别征引《艺术即手法》。"按照什克洛夫斯基的观点，所谓文学实体就是'把习惯感知的事物转移到一种陌生的感知领域之中'。"②

当代中国著名小说家韩少功2012年在《再提陌生化》一文中写道：小说是一种发现。陌生化则是发现的效果呈现。客体陌生化是最容易想到和操作的一种。作家们不能用陈言扰民，总得说一点新鲜的人和事，

---

① 转引自［法］卡特琳娜·德普莱托《什克洛夫斯基思想在法国》，李冬梅译，载周启超《外国文论与比较诗学》第2辑，知识产权出版社2015年版，第99页。
② 《诺贝尔文学奖颁奖获奖演说全集》，建刚、宋喜、金一伟编译，中国广播电视出版社1993年版，第739页。这个译文可能是据英文的编译。

于是"传奇"和"志怪"便成为其基本职能,有独特经历及体验的作家最易获得成功。主体陌生化是另一种,相对难度要高一些,却是新闻业高度发达以后作家们更应重视的看家本领,体现于审美重点从"说什么"向"怎么说"的位移。一些看似平淡的凡人小事,在这种叙述主体的魔变处理下,变成惊天动地的痛感轰炸或喜感淹没,也就有了可能。从玻璃、墙壁、尘土、窗钩、虫眼等最为寻常无奇的对象中,发现自己的惊讶和美。这种发现,就是陌生化的同义语,需要一种变常为奇或说变废为宝的强大能力。这种能力首先是一种态度,即对人类认识成规和认识自满的挑战。在成熟的小说家眼里,这个世界永远充满陌生感。陌生化是对任何流行说法的不信任,来自揭秘者的勇敢和勤劳。[1]

"陌生化学说"作为一种创作理念,不仅仅在其跨文化之旅中得到不同国别的作家们的共通体认,而且也在其跨学科之旅中超越文学研究范畴,成为多种艺术创作的一个共通机制。

艺术批评家们普遍意识到:"остранение"其实也是电影艺术、电视艺术、卡通艺术、广告艺术等通用的手法;2010 年,阿姆斯特丹出版社推出《论"陌生化"与电影影像:历史、接受和一个概念的关联》。

"陌生化学说"甚至也由文学艺术研究领域的一个话语而"跨界"到历史研究领域。

意大利历史学家卡尔洛·金兹堡梳理"остранение"手法的史前史,发现"остранение"具有巨大认知潜能,它是在任何一种层面上——政治的、社会的、宗教的——都能去合法化去"想当然"的一种手段:"остранение"是一种有效抵抗风险——我们所有人都会遭遇的将现实当成是不证自明的那种风险——的手段。[2]

"остранение"还被用于精神分析领域。2008 年美国霍普金斯大学出版社推出道格拉斯·鲁滨孙的著作:《陌生化和文学身心学:托尔斯泰、什克洛夫斯基、布莱希特》。

在比较诗学层面上可以说,什克洛夫斯基的"остранение"、布莱希

---

[1] 韩少功:《再提陌生化》,《文艺报》2012 年 11 月 26 日。
[2] [意大利] 卡尔洛·金兹堡:《陌生化:一个文学手法的史前史》,《新文学评论》2006 年第 4 期。

特的"间离效应"、弗洛伊德的"惊悚"、梅尧臣的"已故为新""以俗为雅"均面对文学艺术创作的同一个机制。

德国有学者考察出布莱希特的"间离效应"(Verfremdung-Effekt)与什克洛夫斯基的"остранение"之间的关联,当年还是经由中国京剧艺术的中介而得以发生。1936年,布莱希特在莫斯科遇见中国京剧演员梅兰芳,而开始熟悉什克洛夫斯基的"остранение"思想。在《中国戏剧表演艺术中的间离效应》(该文英译《中国的第四堵墙》)这篇文章中,布莱希特首次使用"间离"这个概念。布莱希特提倡"间离"的本意在于针对"同情说",反对戏剧引起幻觉①。

将什克洛夫斯基的石头——"艺术可以使石头更成其为石头"与布莱希特的"手表"("当我们不只是出于确定时间的目的而看手表时,手表就在许多方面显现为'令人惊讶的机械装置'")加以比较,是耐人寻味的。前者的"陌生化"旨在恢复对事物的感觉,着力于审美体验;后者的"间离效应"则以对"令人惊讶的机械装置"的理解为旨归,着力于戏剧的现实介入功能。② 这两人的"陌生化理念"紧密相关,互证互补。

什克洛夫斯基的功绩在于,作为理论家,他详细分析了"陌生化"的基本机制,准确描述了词语层面和情节层面的精妙手法,在形式论学派的理论进路上迈出关键性的一步;布莱希特愿意接受俄罗斯形式论学派的启迪,接受"形式主义者"对"陌生化"机制审美功能的基本认识,但他重视"间离效应"所引起的转变。"间离"能把熟悉的、日常的、不言而喻的事物变成陌生的、特别的、引人注目的事物,并把这种转变当成传达他的分析、实现其意识形态和教育目标的一种工具。③

美国学者米·爱泼斯坦关注什克洛夫斯基的"остранение"与弗洛伊德1919年提出的"惊悚"(жуть)的关联。在《惊悚与陌生——论弗洛伊德与什克洛夫斯基的理论相会》④ 一文里,爱泼斯坦对"остранение"与

---

① [德]汉斯·君特:《布莱希特与什克洛夫斯基的"陌生化"》,贺骥译,载周启超《外国文论与比较诗学》第2辑,知识产权出版社2015年版,第75页。
② 同上书,第81页。
③ 同上书,第84页。
④ [美]米·爱泼斯坦:《惊悚与陌生——论弗洛伊德与什克洛夫斯基的理论相会》,张冰译,载周启超《外国文论与比较诗学》第4辑,知识产权出版社2016年版。

"ожутчение"进行比较。弗洛伊德从精神分析维度对艺术进行解码,什克洛夫斯基探讨艺术创作机制,两人均把延宕看成一般的艺术法则。本能地节制与延宕,而非尽快地释放欲望压力,构成艺术性的动力。这样的"陌生化"新说,从新的维度阐释艺术与审美的动力机制,探讨"自动化—解自动化",探讨文学内在动力学,堪称是对"остранение"的继承与发扬。[①]

如此看来,一百年前什克洛夫斯基在《艺术即手法》中提出的"остранение"学说,一百年来行进在跨文化跨学科征程之中的"остранение"学说,其旨趣就在于"解自动化",就在于对人们堕入惯性的接受状态加以"激活",就在于对艺术创作/艺术接受过程中审美主体艺术感悟的视界与艺术表现的潜能加以"激发",就在于促使审美主体的性灵心智对外部世界各种刺激的大开放大接纳。不谈谈"陌生化"这一机制,又如何领悟为艺之"道"呢?这或许就是今天我们在这里纪念"остранение"百年诞辰,梳理"остранение"百年之旅的一个理据,一个相当充足的理据。梳理"остранение"("陌生化")的百年史,不仅是对这个概念的百年沉思。追寻"остранение"("陌生化")理论旅行足迹,就是回溯现代文学理论历史本身。"陌生化"是"诗语研究会"的一个轴心话语。"诗语研究会"成员的著述影响到了结构主义,但如果只是局限于从俄罗斯形式主义到结构主义的单线回溯,则可能是一种简化。其实,读者反应批评与认知诗学也该多多归功于形式主义,一如结构主义。

如今,国际学界围绕"остранение"("陌生化")这个轴心话语,可以谈论的话题有:

"陌生化"术语的翻译,世界文学中的"陌生化","陌生化"的形式与功能;"陌生化"、认知与情感,"陌生化"、修辞与反讽,"陌生化"与解构;"陌生化"与浪漫主义,"陌生化"、消遣与娱乐,"陌生化"、战争与恐惧;什克洛夫斯基所讨论的"陌生化"的文学根源(譬如,斯特恩、列夫·托尔斯泰);"陌生化"的媒介(视觉艺术、电影、音乐以

[①] 张冰:《爱泼斯坦与俄国形式主义传统》,载夏忠宪《俄罗斯学》,广西师范大学出版社2014年版。

及一般媒介性）；等等。

"陌生化学说"的提出，堪称20世纪文学研究、艺术研究、美学研究理念上的一次革命；"陌生化理论"堪为文学理论尤其是现代斯拉夫文论话语之跨文化跨学科的旅行的一个生动典型，一个精彩标本。

俄罗斯形式论学派文论的中国之旅
——以"陌生化学说"为中心[*]

周启超

(广东外语外贸大学外国文学文化研究中心)

"俄罗斯形式主义"在 20 世纪 30 年代就登陆中国了。1936 年 11 月出版的《中苏文化》第 1 卷第 6 期,曾刊登过"苏联文艺上形式主义论战特辑",介绍过当时苏联国内批评形式主义的情况。[①] 后来,钱锺书先生在《谈艺录》(1946)里,多次提到俄国形式主义,并运用这一学派的理论对中西文学进行比较考察,阐释文艺理论中的一些基本问题,[②] 之后,自 20 世纪 40 年代末至 70 年代末的 30 年间,中国学界很少谈及俄罗斯形式主义。

20 世纪 70 年代末,当代中国进入改革开放的"新时期",俄罗斯形式论学派在当代中国的接受也进入一个"新时期"。这个新时期可分为三个阶段。

其一为 20 世纪 70 年代末至 80 年代末(1979—1989)。在向当代西方文学理论各种思潮流派的开放大潮之中,尤其是在对结构主义文论的开放背景之中,俄罗斯形式论学派得到初步"译述型"引介。"陌生化"理论,令当代中国的文学创作界与文学批评界大开眼界。

---

[*] 本文系国家社科基金重点项目"现代斯拉夫文论:轴心学说及其世界影响"(批准号13WW003)中期成果。

[①] 汪介之:《俄国形式主义在中国的接受》,《中国比较文学》2005 年第 3 期。
[②] 同上。

其二是20世纪80年代末至90年代末（1989—1999）。对俄罗斯形式论学派著作的翻译得以正面展开，有多种文选（《俄苏形式主义文论选》《俄国形式主义文论选》），也有专著（维克多·什克洛夫斯基的《散文理论》），更有名篇论文（如《艺术即手法》《词语的复活》《文学事实》），有的名篇还有多种译文（如《艺术即手法》）；一些名篇进入高校文科教材（《西方文艺理论名著教程》）；对俄罗斯形式论学派的研究全面展开。有专题研究，如对轴心概念"文学性""陌生化"的探讨，对"俄罗斯形式论学派的文学史观"与"文学观"的勘察。也有整体研究，如"形式研究法""形式主义问题""形式主义学派"等。出现了《形式主义文论》与《陌生化诗学——俄国形式主义研究》这样的专著。

其三为21世纪以来（2000—2012），对俄罗斯形式论学派著作的翻译继续得到拓展，塔尔图大学1976年编选的《俄罗斯形式论学派文选》也被翻译成中文；对俄罗斯形式论学派的研究得到深化：如俄罗斯形式论学派两大支脉（"诗语研究会"与"莫斯科语言学小组"）之学术追求上的分野，俄罗斯形式论学派与"国家艺术研究院"在诗学研究取向上的相通，20世纪20年代俄苏文论格局中的俄罗斯形式论学派，巴赫金与形式论学派，现代斯拉夫文论语境中的俄罗斯形式论学派。对艾亨鲍姆、雅各布森、什克洛夫斯基这些形式论学派大学者的个案研究，对俄罗斯形式论学派历史局限的考察，等等。据不完全统计，2000—2015年间，以俄罗斯形式论学派为专题的论文至少有300篇，著作至少有50部。硕士、博士学位论文达50部之多，每年至少都有1部博士学位论文以俄罗斯形式论学派为论题。

如今看来，俄罗斯形式论学派的一些核心学说与基本理念在当代中国已经得到相当广泛的接受，成为当代中国文学批评与文学研究的一种重要思想资源，被广泛运用于文学文本的解读与文学史的建构。这一学派的"文学观"与"文学史观"，这一学派推重文学形式、文学手法、文学本位的思想旨趣，积极参与了当代中国文学观念的变革与文学研究范式的更新与丰富，有效推动着文学研究思维空间的拓展。

一　新时期第一个十年

20世纪70年代末至80年代末。在向当代西方文学理论各种思潮流派的开放大潮之中，尤其是在对结构主义文论的开放背景之中，俄罗斯形式论学派得到初步"译述型"引介。"陌生化"理论，令当代中国的文学创作界与文学批评界大开眼界。

在改革开放的当代中国，对俄罗斯形式论学派的介绍最早出现于1979年。英美文论专家袁可嘉在这一年的《世界文学》第2期上发表了《结构主义文学理论》一文，提及作为结构主义先驱的"俄罗斯形式主义"。1980年，比利时学者J. M. 布洛克曼的《结构主义—莫斯科—布拉格—巴黎》（原著1971年德文版，1974年英文版）被译成中文，在第二章"莫斯科"里有专门一节介绍"俄罗斯形式主义"。1983年，俄苏文论专家李辉凡在《苏联文学》第2期上发表《早期苏联文艺界的形式主义理论》；也是在这一年，发行量很大的《读书》第8期刊登英美文论专家张隆溪的文章《艺术旗帜上的颜色——俄国形式主义与捷克结构主义》。1984年，面向文学创作与文学批评界的《作品与争鸣》（第3期）发表比较诗学专家陈圣生、林泰的《俄国形式主义》一文。俄罗斯形式学派文论就这样通过不同渠道的译述型引介，进入当代中国文学学界。

不同学术背景的学者对俄罗斯形式论学派持有不同的评介倾向。

李辉凡的文章《早期苏联文艺界的形式主义理论》，对俄苏形式主义的否定多于肯定，将其视为"形而上学和唯心主义"世界观的反映，甚至定性为"资产阶级的形式主义。文章介绍了"诗歌语言研究会"（ОПОЯЗ）代表人物的主要理论主张和影响。但是，对于什克洛夫斯基、日尔蒙斯基、艾亨鲍姆、托马舍夫斯基的理论学说，该文作者都以一种批判的方式将之呈现出来的。这种"形式主义"观，是此前长期以来中国俄苏文学界追随苏联官方文艺学而对"形式主义"之政治的、阶级的定性之延续。但这种意识状态式的否定式的评介在当代中国文学学界并没形成主流。

张隆溪的文章《艺术旗帜上的颜色——俄国形式主义与捷克结构主义》准确地捕捉到了该流派的核心概念：罗曼·雅各布森的"文学性"

和什克洛夫斯基的"陌生化",以"陌生化"为基础的文学史观,以及"本事"(фабула)和"情节"(сюжет)。作者指出,正是这些概念和"陌生化"理论的提出,为现代反传统艺术奠定了理论基础。文章指出,形式主义文论的意义在于它希望建立一种科学的文学研究,而不是哲学研究、文化研究、心理研究等。文章强调:"形式主义者实际上并不是那么'形式主义',即并非全然抱着超历史、超政治的态度。他们的'文学性'概念不过是强调,文学之为文学,不能简单归结为经济、社会或历史因素,而决定于作品本身的形式特征。他们认为,要理解文学,就必须以这些形式特征为研究目标,也正是在这个意义上,他们反对只考虑社会历史因素。"张隆溪的文章客观地解读了形式主义强调的"文学性"的内涵,辩证地评价了俄国形式主义的局限,作者提出,"把形式的陌生和困难看成审美标准,似乎越怪诞的作品越有价值,就有很大的片面性"了;把它们推到极限,也是不可取得的,俄罗斯形式论学派早期的失误正在于此。这篇文章对俄罗斯形式论学派的重要人物、概念、观点、意义和局限的准确把握和中肯评价,为当代中国学者后来的进一步研究奠定了良好的基础。

新时期第一个十年里,"俄罗斯形式论学派"主要是在中国学界对当代西方文论的引介大潮的席卷之中进入中国的。罗里·赖安与苏珊·范·齐尔合编的《当代西方文学理论导引》(1982,中译本,1986)、英国学者 A. 杰弗逊、D. 罗比等人合著的《现代西方文学理论概述与比较》(1982,中译本,1986),荷兰学者 D. 佛克马、E. 易布思合著的《二十世纪文学理论》(1977,中译本 1988),英国学者伊格尔顿的《文学理论:导引》(1983,中译本有多种,有的译本易名为《二十世纪西方文学理论》,中译本,1986),英国学者 T. 霍克斯的《结构主义和符号学》(1977,中译本,1987),美国学者罗伯特·休斯的《文学结构主义》(中译本,1988)、巴赫金的《文艺学中的形式主义方法》(李辉凡、张捷译,漓江出版社 1987 年版)——这些著作的中译本,将当代中国学者的目光引向"俄罗斯形式主义"。当代中国文学理论界是在纵览"西方文论思潮"、梳理西方文艺学方法论的语境之中而与俄罗斯形式论相遇的。那个年代的读者,主要是在辽宁大学中文系的《文艺研究的系统方法》文集,傅修延、夏汉宁的《文学批评方法论基础》，中国人民大学编写的《文艺学方法论讲演集》，文化部教育局编写的《西方现代哲学与文艺思潮》，班澜、王晓秦的《外国现代批评方法纵览》，马克思主义文艺理论研究编辑部选编的《美学文艺学方法论》（续集），张秉真、黄晋凯的《结构主义文学批评论》，伍蠡甫、胡经之主编的《西方文艺理论名著选编》，胡经之、张首映主编的《西方二十世纪文论选》之中接触到俄罗斯形式论学派的。

二　新时期第二个十年

1989年在俄罗斯形式论学派在当代中国的接受史上可是不平凡的一年。这一年，有关俄罗斯形式论学派的两部文选于这年3月同时面世：一部是《俄苏形式主义文论选》，由北京大学法文教授蔡鸿滨教授1987年完成翻译，据茨维坦·托多罗夫1964年编选的法译本译为中文。一部是《俄国形式主义文论选》，由北京师范大学学俄文出身的青年学者方珊1986年完成编选与翻译，主要选自《1917—1932苏联美学思想史略》（莫斯科，艺术出版社1980年版）、日尔蒙斯基的《文学理论·诗学 文体学》（列宁格勒，科学出版社1977年版），蒂尼亚诺夫的《诗语问题》（莫斯科，苏联作家出版社1965年版），托马舍夫斯基的《文学理论·诗学》（第4版，莫斯科—列宁格勒，国家出版社1928年版）什克洛夫斯基的《情节的展开》（彼得格勒，"ОПОЯЗ"，1921）等。第二个选本在1992年6月第2次印刷7000册。

1989年，《外国文学评论》（第1期）刊发了什克洛夫斯基著名论文的新译《艺术即手法》（资深俄罗斯文学专家李辉凡译）。之前，有青年学者方珊的译文（收入他编选的《俄国形式主义文论选》中）《作为手法的艺术》；之后，有谢天振的译文《作为艺术的手法》（《上海文论》1990年第5期）。

1989年，《外国文学评论》（第1期）刊发了周启超的文章《在结构—功能探索的航道上——俄国形式主义在当代苏联文艺理论界的渗透》。作者看到，自20世纪60年代以降，苏联国内对俄苏形式学派文论进行了重新评价。这一学派的理论思想又一次对苏联学术界乃至世界学术界产生影响。有一批学者开始努力透视形式论学派的思想精髓,竭力汲取其中方法论的精华。作者认为,俄苏形式论学派影响深远,它所焕发的生命力可从巴赫金、洛特曼、柯日诺夫这三位学者——"以思想十分活跃、构想相当丰硕、多有卓然见识而引人注目"的这三位学者的著述中显现出来。这篇文章,其实源于作者在1989年7月赴苏联科学院世界文学研究所留学之前完成的一项研究:"俄罗斯形式论学派在当代苏联的命运"。该文是长篇专论的一部分。另一部分后来就以《俄苏形式主义在当代苏联文艺学界的命运》为题,以乔雨这个笔名刊发在《外国文学评论》1991年第3期。

更为重要的还是正面研究。也是在1989年,《外国文学评论》第1期刊发了钱佼汝的文章《"文学性"和"陌生化"——俄国形式主义早期的两大理论支柱》。(下文再论)

1989年俄罗斯形式论学派学说进入中国高校课堂。这一年11月面世、被列入高等学校文科教材的《西方文艺理论名著教程》(下)在总共20章里给了俄罗斯形式论2章的篇幅:一章是"什克洛夫斯基及其《关于散文理论》",一章是"雅克布森的语言学诗学观"。

1989年,当代中国学界对俄罗斯形式论学派的译介与研究全方位展开。就当代中国学者对俄罗斯形式论学派的接受而言,这一年简直可以说是这一个十年的一个缩影。

可以说,在新时期的第二个十年里,中国学者不仅全面译介俄罗斯形式论学派的理论文本,而且还关注这一学派在当代文论界的命运。

随着时间的推移,中国学者对俄罗斯形式论学派的研究不断向纵深推进。1993年,《外国文学评论》(第2期)刊发了李辉凡翻译的什克洛夫斯基的另一名篇《词语的复活》,1994年,什克洛夫斯基的专著《散文理论》的中译本终于面世(由北京外国语大学俄语系资深教授刘宗次据苏联作家出版社1983年的版本翻译);1996年《国外文学》(第4期)发表北京大学俄文系青年学者张冰翻译的蒂尼亚诺夫的论文《文学事实》;1994年面世的《结构—符号学文艺学》(据 M. 波利亚科夫编选,莫斯科,进步出版社1975出版的《结构主义:"赞成"与"反对"》资深俄罗斯文论翻译家佟景韩完成了中译本)里收入雅各布森的《语言学与诗学》、雅各布森与列维-斯特劳斯合著的《评夏尔·波德莱尔的〈猫〉》、扬·穆卡洛夫斯基撰写的《什克洛夫斯基〈散文理论〉捷译本序》等重要文章。

巴赫金的《文艺学中的形式方法》的中译本（邓勇、陈松岩译，中国文联出版公司1992年版），美国学者乔纳森·卡勒的《结构主义诗学》的中译本（1992），法国学者让—伊夫·塔迪埃的《20世纪的文学批评》中译本（1992）的出版，无疑从不同角度推动了当代中国学者对俄罗斯形式论学派的研究。

这些文本的翻译，标志着我国形式主义文论的接受进入了一个新的阶段，它们为我国学者进一步研究打下了基础，并出现了各类研究成果。一类是以论文为主，进行专题研究；另一类是以著作为主，全面研究俄国形式主义。

（一）专题研究

这一时期，在一些重要期刊上，如《外国文学评论》《国外文学》《当代外国文学》《北京社会科学》《文艺理论与批评》等发表了对俄罗斯形式论学派专题展开研究的论文，其中一个最为重要的专题研究就是对两个核心概念"文学性"与"陌生化"的深入探讨。其中，最具代表性的是《外国文学评论》1989年第1期钱佼汝的文章《"文学性"和"陌生化"——俄国形式主义早期的两大理论支柱》。钱佼汝多年从事英美文论研究，时任南京大学外语学院院长。在关于"文学性"何以成为俄罗斯形式主义的核心价值的问题上，钱佼汝认为："俄罗斯形式主义的基本出发点是剔除传统文学研究中非科学的印象主义成分和伪科学的实证主义成分，使文学研究建立在真正'客观'的和'科学'的基础上。""他们指出文学研究不应该再依附于哲学和美学，而应该成为一门独立的、自成一体的科学；不应该再热衷于那些与文学关系不大的有关历史、社会、道德、哲学、心理学或作者生平等方面的讨论，而应该把研究的注意力集中到文学本体，即文学本身上面，着重探讨文学自身的特点和规律。"钱先生在其文章中十分准确地把握了俄国形式主义的"革命"性意义，他写道："俄国形式主义在本世纪初给西方传统的文学理论以一次革命性冲击，开创了现代批评的新时代，并留下了深远的影响。我们不能把俄国形式主义简单地看成是一种阅读文学作品和展开文学批评的新方法：它的最终目的是要建立一种'科学的'、享有独立地位的文学理论，从根本上改变文学批评的性质、任务、方法。"这一评述十分到位。钱佼汝对"陌生化"的探讨也比较深入。文章认为，"陌生化"概念不仅是语言层次上的，而且是结构层次上的。什克洛夫斯基的"故事"与"情节"的理论，托马舍夫斯基的著作《主题论》，都是形式主义在结构层次上的"陌生化"理论；语言层次上的"陌生化"是一种纵向选择，是语言的选择和替代问题，使语言变得陌生；结构层次上的"陌生化"是一种横向联合，是一个排列顺序问题，使顺序变得陌生。这两者都通过"陌生化"使语言与结构变为审美对象。

另一个专题研究是"文学史观"的研究。陶东风的文章《俄罗斯形式主义的文学史观》论述了其文学史的二元论模式——文学发展动力的自律性和他律性并存，以及多元论文学史观——在系统和功能视野中的文学发展史观。作者所说的形式主义的二元论文学史观，主要是指形式主义后期理论的发展，从日尔蒙斯基主张文学既是艺术事实也是道德事实、托马舍夫斯基认为文学既有不依赖于环境的固定性又有对环境的依赖性出发，文章认为他们的文学史观是二元论的：文学演变既是自我约定的（自律的）又是受外因影响的（他律的）；但他们并没有回答自律性和他律性两者之间是否可以沟通，如何沟通。蒂尼亚诺夫的以"系统"与"功能"两个概念为核心的文学史观则是一种多元论文学史观：蒂尼亚诺夫通过"体系"与"功能"建构起外部与内部各"要素"间的复杂关系，通过"言语定向"沟通了"自律性"与"他律性"。文学就是在"自律性"与"他律性"的多元"要素"的共同作用下得到演变与发展的。

（二）整体研究

在 20 世纪 80 年代末至 90 年代末这一个十年里，俄罗斯形式论学派得到了整体观照。譬如，《形式主义文论》（方珊著，山东教育出版社 1994 年版）一书将 20 世纪形式主义文论作为一个体系来考察。在考察英美新批评与法国结构主义之前，全书用四章的篇幅来梳理俄罗斯形式派（缘起、演变概况、基本特征）、什克洛夫斯基（艺术即程序、材料与程序、反常化与自动化、变形与差异）、形式派的中坚（诗性语与实用语、形式与内容、情节与情节分布）、雅克布森（文学性、文学和语言学，语言学与诗学、极性概念与对等概念）。

　　由于翻译与研究之全面推进，俄罗斯形式论学派的历史地位得到进一步确认：不仅仅在《苏联文艺学学派》（北京大学俄语系著名教授彭克巽主编，1999）里，形式主义学派终于被确定为苏联文艺学派的开端。在复旦大学中文系朱立元教授主编的高校教材《当代西方文艺理论》（1997）中，在南京大学中文系赵宪章教授主编的《西方形式美学研究》中，在苏州大学中文系朱东霖教授主编的以外国文论来解读中国文学文本的《文学新思维》（1997）中，在一些学者研究当代形态的文艺学、研究小说叙述学与文体学的著作里，俄罗斯形式论学派已经成为不可或缺的一个章节。

　　在这个十年里，译介的深化还体现在俄罗斯形式论学派的历史源头也得到深度开掘。在《俄国象征派的文学理论建树》（周启超著，1998）一书里，作者通过对安德列·别雷与瓦列里·勃留索夫的一些理论学说的梳理，阐述这两位象征派学者的理论建树还体现为他们是后来的形式论学派"复活词语"的先驱。

三　21世纪以降的新气象

　　进入21世纪以来（2000—2012），对俄罗斯形式论学派著作的翻译继续得到拓展。2005年，塔尔图大学两位学者早年编选的《俄罗斯形式论学派文选》（扎娜·明茨、伊·切尔诺夫编选，1976）也被翻译成中文；第三部《俄罗斯形式论学派文选》是对前两部文选的一个补充。这尤其体现在对雅各布森文本之中译本的充实上。2001年，《罗曼·雅各布森文集》中译本的问世（钱军编选，钱军、王力译注，译自英文）更是充实了雅各布森文本在当代中国的译介，尽管这个选本偏重雅各布森的语言学文章。（另外还有《索绪尔语言理论回顾》《语言的符号与系统——重评索绪尔理论》《音位与音位学》《音位概念》《零符号》等）。2004年《符号学文学论文集》（赵毅衡编选，这个译文集是20世纪八九十年代就完成的）中也收入雅各布森几篇文章的汉译，主要是布拉格学派期间雅各布森的几篇文章。

21世纪以降，中国学界对俄罗斯形式论学派的研究得到深化而呈现出新的气象。取得的进展有：俄罗斯形式论学派两大支脉（"诗语研究会"与"莫斯科语言学小组"）之学术追求上的分野，俄罗斯形式论学派与"国家艺术研究院"在诗学研究取向上的相通，20世纪20年代俄苏文论格局中的俄罗斯形式论学派，巴赫金与形式论学派，现代斯拉夫文论语境中的俄罗斯形式论学派等。譬如周启超的论文：《直面原生态 检视大流脉——二十年代俄罗斯文论格局刍议》（《文学评论》2001年第2期）。该文强调，所谓"形式主义方法"与"形式学派"并不是一回事。从"词语的复活"到"词语的内在形式"这种诗学思想的演进，乃是一个由诸多环节共同构建的"理论之链"，行进在"重语言艺术形态之解析"这一航道上的"形式研究"，乃是拥有诸多学派或集群的。有"诗语研究会ОПОЯЗ"，也有"国立艺术史研究院（РИИИ）的语言艺术学部"（В.日尔蒙斯基、В.维拉格拉多夫）；有莫斯科语言学小组МЛК，也有国立艺术科学院ГАХН语言艺术部（Г.什佩特、Б.亚尔霍）。他们以不同的视角切入文学形式，但几乎同时被语言学方法论所召唤，几乎同时被把文学定位为一种独特的语言艺术这一理念所陶醉，他们彼此呼应，共同致力于"语言艺术形态解析"而建设"科学化"的文论。正是由于他们的共同奋斗，俄罗斯文论在20世纪第一个25年终于完成了由传统形态现代范式的第一次大转型。

21世纪的新气象体现在当代中国学界开始深入到对艾亨鲍姆、雅各布森、什克洛夫斯基这些形式论学派大学者的个案研究，对俄罗斯形式论学派历史局限的考察，等等。据不完全统计，2000—2012年间，以俄罗斯形式论学派为专题的论文至少有300篇，著作至少有50部。硕士、博士学位论文达50部之多，每年至少都有1部博士学位论文以俄罗斯形式论学派为论题。

这集中体现在研究俄罗斯形式论学派的专著不断涌现。譬如，《陌生化诗学：俄罗斯形式主义研究》（张冰著，北京师范大学出版社2000年版）、《诗学话语中的陌生化》（杨向荣著，湘潭大学出版社2009年版）。张冰的专著《陌生化诗学：俄国形式主义研究》分为七个部分。第一部分对俄国形式主义形成的历史文化语境给予了探讨；第二部分对俄国形式主义产生和沿革的过程进行描述；第三部分对诗歌的"审美本质"加以探究；第四部分对奥波亚兹新的"审美批评"方式给予述评；第五部分对"陌生化"审美特征进行了系统论述；第六部分对"陌生化"与小说诗学建构的关联加以分析；第七部分对奥波亚兹文学史观进行了详尽的辨析。杨向荣的专著《诗学话语中的陌生化》则从美学、文学理论和文化社会学视角出发，在历时性和共时性两个层面对"陌生化"理论展开研究。该书分为六个部分，所涉及的论题有："陌生化诗学之滥觞"；"陌生化与俄国形式主义"；"陌生化与布莱希特"；"陌生化与批判理论"；"陌生化与中国古典诗学"；"陌生化与现代性"。这些论题对"陌生化"理论进行了全方位的探究和研讨，对它与现代戏剧、社会理论、中国诗学以及现代生活方式关联给予了深入的考察和评价。在"陌生化"理论受到深度开采同时，"文学性"命题也受到多方位多维度的清理。譬如，将雅各布森提出的"文学性"命题与穆卡洛夫斯基的结构主义与英加登的现象学文论加以比较。见周启超的论文《"形式化"·"语义化"·"意向化"——现代斯拉夫文论中"文学性"追问的不同路径之比较》（2006）。

  研究的深入还体现在对俄罗斯形式论学派的领袖人物或主要干将的理论建树的个案研究。这体现在好几篇博士学位论文上。譬如，2006年，中国社会科学院研究生院李冬梅的博士学位论文《20世纪俄罗斯文化语境中的艾亨鲍姆文艺思想研究》；2007年，南京师范大学田星的博士学位论文《罗曼·雅各布森诗性功能理论研究》；2011年，南京大学杨建国的博士学位论文《审美现代性视野中的雅各布森诗学》；2013年，北京师范大学江飞的博士学位论文《罗曼·雅各布森结构主义语言诗学研究——以"文学性"问题为中心》。

  21世纪以降，当代中国对俄罗斯形式论学派的接受之新气象，体现在不少学者开始以比较诗学的视野来考察俄罗斯形式论学派。譬如，周启超有文章探讨穆卡洛夫斯基对于什克洛夫斯基之《理念上的对接与视界的超越》（《外国文学评论》2005年第4期），朱涛在博士学位论文《扬·穆卡洛夫斯基的文学与美学理论研究》（中国社会科学院研究生院

2009年版）第7章专门探讨穆卡洛夫斯基与俄罗斯形式论学派的关系。这新气象还体现在当代中国学者积极运用俄罗斯形式论学派的理论解读文学现象、文学文本。譬如，用"陌生化"理论解读中国的唐诗宋词，解读鲁迅的小说，解读当代中国的新诗潮，解读美国诗人狄金森的诗，解读拉美魔幻现实主义小说，等等。进入21世纪，接受与研究呈现出一个突出特征，那就是俄罗斯形式论学派文论运用的领域不再局限在文学领域。俄罗斯形式论学派已经被当代中国学界（甚至民间）广泛接受，"陌生化"理论不再陌生。

当代中国对俄罗斯形式论学派的研究已经取得了一定的可以加以回顾加以反思的成就。2003年11月，中国社会科学院文学理论研究中心在北京师范大学外语学院举行了"纪念俄罗形式论学派诞生90周年学术研讨会"（《俄罗斯文艺》2004年第1期）。2011年5月，中国外国文论与比较诗学学会在北京外国语大学举办了首届"斯拉夫文论与比较诗学：新空间、新课题、新路径"国际学术研讨会。来自莫斯科大学、彼得堡师范大学、普希金之家、乌克兰顿涅茨克大学、爱沙尼亚塔林大学、波兰华沙大学、捷克查理大学的知名学者与60多位中国学者出席了这次盛会。俄罗斯形式论学派的理论学说成为这次国际学术对话与交流的重要议题："形式论学派与俄罗斯象征派的文学学探索"，"雅各布森1935年论形式论学派"，"什克洛夫斯基后期文艺思想探讨"，"艾亨鲍姆研究现状述评"，"蒂尼亚诺夫与刘勰的文学史观与批评史观"以及"陌生化理论的旅行与变异"这些学术报告，构成大会发言的第一个单元（《外国文学》2012年第4期）。如今看来，一个毋庸置疑的事实是：俄罗斯形式论学派的一些核心学说与基本理念（譬如"文学性""陌生化"）在当代中国已经得到相当广泛的接受，当代中国学者编写的被列为21世纪外国文学教材的《外国文论简史》（刘象愚主编），或被列为普通高等教育国家级规划教材的《20世纪西方文论》（朱刚编著，2006），或《西方文论史教程》（王一川主编，2009）都为俄罗斯形式论学派辟出专章）；俄罗斯形式论学派文论轴心学说思想已经成为当代中国文学批评与文学研究的一种重要思想资源，被广泛运用于文学文本的解读与文学史的建构。这一学派的"文学观"与"文学史观"，这一学派推重文学形式、文学手法、文学本位的思想旨趣，积极参与了当代中国文学观念的变革与文学研究范式的更新与丰富，有效推动着文学研究思维空间的拓展。

1916年维克多·什克洛夫斯基在《艺术即手法》一文中提出的"остранение"，作为俄罗斯形式论学派的轴心范畴之一，在20世纪80年代初开始其在当代中国的理论旅行，已被写入当代中国高校普遍使用的教材《西方二十世纪文论史》（胡经之等著，中国社会科学出版社1988年版）；《西方文艺理论名著教程》（下卷）（胡经之主编，北京大学出版社1989年版）；《外国文论简史》（刘象愚主编，北京大学出版社2005年版）。

《艺术即手法》至少有3种汉译版本：李辉凡的译本《艺术即手法》（《外国文学评论》1989年第1期）、谢天振的译本《作为艺术的手法》（《上海文论》1990年第5期）、刘宗次的译本《作为手法的艺术》（载《散文理论》，百花洲文艺出版社1994年版，第4—23页）。"остранение"也有不同汉译，这一现象之所以发生，不仅是由于从事俄罗斯文论汉译的学者对这个俄文词有各自不同的理解，更是由于当代中国文论界对俄罗斯形式主义的引介渠道是曲折而复杂的。"остранение"一开始是搭"结构主义文论"之车，经由用法文、英文写成的20世纪西方文论著作（1985年有中译的《西方现代文学理论概述与比较》，英国学者安纳·杰弗森、戴维·罗比等人合著，陈昭全、樊锦鑫等译，湖南文艺出版社；1986年有中译的《西方二十世纪文学理论》，英国学者特里·伊格尔顿著，伍晓明译，陕西师范大学出版社；1988年有中译的荷兰学者佛克马、易布斯合著的《二十世纪文学理论》，林书武、陈圣生等译，生活·读书·新知三联书店）。尤其是经由多种以"结构主义"为主题的英文、法文著作的汉译（1980年有汉译的比利时学者布洛克曼的《结构主义》，李幼蒸译，商务印书馆；1987年有汉译的英国学者特伦斯·霍克斯的《结构主义与符号学》，瞿铁鹏译，上海译文出版社；1988年有汉译的美国学者罗伯特·休斯的《文学结构主义》，刘豫译，生活·读书·新知三联书店；1991年有中译的美国学者乔纳森·卡勒的《结构主义诗学》，盛宁译，中国社会科学出版社）而在中国旅行的。简言之，当代中国一些学不是直接面对俄文的"остранение"，而是经由英文"ostranenie"或法

文 "alienation"（"异化"）而接受什克洛夫斯基的 "остранение" 这个概念的。"остранение" 的汉译至少有 5 种：被译为 "异化"（经由李幼蒸所译布洛克曼的著作《结构主义》，商务印书馆 1980 年版）；被译为 "陌生化"（经由张隆溪的文章《俄国形式主义与结构主义》，《读书》1983年）；被译为 "反常化"（经由方珊自俄文所译《作为手法的艺术》，载《俄国形式主义文论选》，生活·读书·新知三联书店 1989 年版，第 6 页）；被译为 "奇特化"（经由蔡鸿滨自托多罗夫编选法文版所译《艺术作为手法》，载《俄苏形式主义文论选》，中国社会科学出版社 1989 年版，第 65 页）；被译为 "奇异化"（经由刘宗次所译什克洛夫斯基的《散文理论》，1994）；在这几个版本中 "陌生化" 这一译法的流行度最高。

《文艺学和新历史主义·世界文论》第 1 辑（社会科学文献出版社 1993 年版）的 "术语译释" 中有张黎写的 "陌生化效果" 与张捷的谈 "остранение" 的译法。张黎指出，"陌生化" 是布莱希特从他家乡的方言里借来的。陌生化的经典定义见于布莱希特 1939 年的文章《论实验戏剧》："把一个事件或一个人物陌生化，其意思首先是去掉事件或人物不言而喻的、熟知的、显而易见的东西，并对它产生惊异和新奇……"

"陌生化" 成为当代中国文论界持续研究的主题：《关于"陌生化"理论》（杨岱勤，1988）、《"文学性"和"陌生化"——俄国形式主义早期的两大理论支柱》（钱佼汝，1989）、《俄国形式主义的"陌生化"与艺术接受》（刘万勇，1999）、《陌生化，或者不是形式主义——从陌生化理论透视俄国形式主义》（杨帆，2003）、《陌生与熟悉——什克洛夫斯基与布莱希特"陌生化"对读》（杨向荣等 2003）；出现了以"陌生化理论"为主题的专著《陌生化诗学——俄国形式主义研究》（张冰，2000）、《诗学话语中的陌生化》（杨向荣，2009）。

当代中国学者认识到，什克洛夫斯基的"陌生化"有语言层次上的陌生化——"纵向选择"，通过词语的选择与替代，使语言变得陌生；也有结构层次上的陌生化——"横向联合"，通过排列顺序而使叙述顺序变得陌生，进而使得语言与结构变为审美对象。

当代中国学者观察到，戏剧理论家布莱希特的"间离理论"与电影理论大师爱森斯坦的理论思想，也是"陌生化"理论的变体。当代中国学者肯定,"陌生化"是文艺发展的一个基本动力;"陌生化理论"包含巨大潜能,可从诗歌扩展到小说、戏剧、电影。"陌生化"的提出,是一种新理念的建立。

当代中国学界也积极关注国外同行在"陌生化"理论研究上的最新成果。不久前,我们已经翻译了德国学者汉斯·君特论什克洛夫斯基的"陌生化"与布莱希特的"间离效应"的一篇论文[①],以及法国学者卡特琳娜·德普莱托梳理什克洛夫斯基的"陌生化"这一学说在法国的翻译与接受的一篇文章[②]。

当代中国学者自觉运用"陌生化"理论解读中国文学文本或外国文学文本。有文章或从"陌生化"视角探讨美国诗人狄金森诗歌中的抽象意向或考察作为艺术手法的"陌生化"在美国小说家海明威的《老人与海》中的运用,或探讨康拉德的力作《黑暗之心》的叙述者、叙述接受者和"陌生化";也有文章分析中国古代文学经典作家杜甫的诗创作、李清照的词创作与"陌生化"相通之处;或以"陌生化"理论梳理古代中国文学批评理论(李刚:《诗歌语言的陌生化——宋诗话中的语言批评》,2002);甚至有学者致力于建构中国的"陌生化"理论,检阅到当代中国著名学者钱锺书在20世纪40年代的比较诗学论著《谈艺录》里,已经将什克洛夫斯基的"陌生化"理论与中国宋朝著名诗人与批评家梅尧臣在其诗话中提及的"以故为新、以俗为雅"的诗学主张相会通。

当代中国作家在创作中充分体认"陌生化",不断追求"陌生化"。著名小说家韩少功在《再提陌生化》一文(《文艺报》2012年11月26日)写道:

> 小说是一种发现。陌生化则是发现的效果呈现。客体陌生化是最容易想到和操作的一种。作家们不能用陈言扰民,总得说一点新鲜的人和事,于是"传奇"和"志怪"便成为其基本职能,有独特

[①] 周启超主编:《外国文论与比较诗学》第2辑,知识产权出版社2015年版,第74页。
[②] 同上书,第95页。

经历及体验的作家最易获得成功。战争（海明威）、监禁（索尔仁尼琴）、贫困（契诃夫）、救赎（托尔斯泰）、革命（雨果）、恋情（曹雪芹）等由此进入公共视野，总是搅得风生水起，让读者们惊讶不已又感天动地。主体陌生化是另一种，相对难度要高一些，却是新闻业高度发达以后作家们更应重视的看家本领，体现于审美重点从"说什么"向"怎么说"的位移。一些看似平淡的凡人小事，在这种叙述主体的魔变处理下，变成惊天动地的痛感轰炸或喜感淹没，也就有了可能。从玻璃、墙壁、尘土、窗钩、虫眼等最为寻常无奇的对象中，发现自己的惊讶和美。这种发现，就是陌生化的同义语，需要一种变常为奇或说变废为宝的强大能力。这种能力首先是一种态度，即对人类认识成规和认识自满的挑战。在成熟的小说家眼里，这个世界永远充满陌生感。陌生化是对任何流行说法的不信任，来自揭秘者的勇敢和勤劳。

当代中国文学批评家在文本解读中积极吸纳"陌生化"理论，积极运用"陌生化"学说。"陌生化"与"文学性""形式主义"一同进入《中国文学批评99个词》（浙江文艺出版社2003年版）。当代中国作家与艺术家、批评家与理论家对"陌生化学说"已不陌生。"陌生化理论"已然融入当代中国文学、艺术、美学的话语实践。

艺术的意向性与非意向性
——扬·穆卡洛夫斯基文艺符号学思想初探

朱 涛

(华南师范大学外国语言文化学院)

德国接受美学主将之一——沃尔夫冈·伊瑟尔的文本理论已广为人知，他的文本理论由于既坚持了文本结构之自足性，又坚持了文本结构之开放性，而成为时下比较中肯的一种文本理论。他的文本理论主要观点如下：

> 伊瑟尔的"文学作品"就是含有召唤结构的文学文本，而这个召唤结构之所以能保证读者的介入，依赖的就是它在文本中预设了"不定性"，让他的现象学文本充满各种"空白"，造成阅读活动受阻而变得不稳定，以此"召唤"读者介入。[①]

众所周知，伊瑟尔的文本理论提出于 20 世纪 70 年代，该理论的提出在当时是对之前一度流行的法国结构主义文本理论的一次重大突破。由于法国结构主义者对"主体移心"理念深信不疑，这使得他们视文本为一种自给自足的、封闭的语义结构，而忽视了对主体及其能动性的考虑。伊瑟尔则认为文本的结构虽具有自足性，但不是封闭的，而是可以向读者敞开，召唤读者来介入的。因此，较之法国结构主义者的文本理论，伊瑟尔的文本理论则更为辩证，对文本之认识也更为科学。

[①] 朱刚：《伊瑟尔的批评之路》，《当代外国文学》2009 年第 1 期。

然而，值得注意的是，伊瑟尔的这种文本观并不具有很高的原创性。追根溯源，对他的文本理论产生重大影响的理论家至少可以追溯到波兰现象学美学家罗曼·英加登以及捷克布拉格学派文艺理论家扬·穆卡洛夫斯基（Jan Mukarovsky）那里。前者对他的影响是毋庸置疑的，因伊瑟尔的理论又被称为一种阅读现象学理论。然而，后者对他的影响也是不容小觑的。事实上，穆氏早在20世纪40年代末就提出了类似于后来伊瑟尔的文本理论，只不过伊瑟尔由"召唤结构"与"隐含的读者"（implied reader）两个概念来构建起自己的文本理论的，而穆氏则是由"意向性"（intentionality, преднамеренное）与"非意向性"（unintentionality, непреднамеренное）这两个概念来对文本之结构进行考察的。与伊瑟尔的那对概念相比，穆氏的这对概念似乎更为晦涩。那么，意向性与非意向性这对概念在穆氏那里究竟具有怎样的内涵？由这对概念所构建的作品理论又具有怎样的价值与意义呢？本文拟就这些问题进行考察。

一

概而言之，穆氏的意向性是指艺术作品语义上的一种统一性。艺术作品这种语义上的统一性与它的符号属性密切相连。艺术的意向性正是它的符号属性所赋予的。穆氏很早就提出了自己的艺术符号学理论框架：早在1934年的《作为符号事实的艺术》一文（该文为他递交给同年在布拉格举办的第八届国际哲学大学的论文）中，穆氏就把艺术作品视为一种自足的审美符号。他的这种艺术符号学理论的提出是直接针对以往把艺术作品等同于其创作者之心理的心理学美学的。在该文中穆氏明确指出："一部艺术作品是不能像心理学美学理所当然地认为，等同于其创作者心理之状态或等同于它在接受者中所引起的任何可能的心理之状态。"①

在穆氏看来，艺术作品既不是其创作者心理之产物，也更不是反映

---

① Ян Мукаржовский, "Искусство как семиологический факт", Ю. М. Лотман, О. М. Малевич. *Ян Мукаржовский: Исследование по эстетике и теории искусства*, Москва: Искусство, 1994, С.191.

现实的一面镜子,以往的这些理论都是一种"艺术工具论",把艺术简化为一种外部的能指(艺术成品)。殊不知,艺术是一种存在于社会集体意识之中的事实(审美客体),它是一种沟通创作者与接受者主体的审美符号,其不仅具有自足功能,也具有交流功能。他的这种符号学思想在后来写于1943年的《艺术的意向性与非意向性》一文中得到了更充分的阐发。

穆氏认为艺术作品是一种符号,而且是一种自足的符号,其与现实没有直接的关系:

> 艺术作品不是以其各个部分同它通过题材所描绘(所传达)的现实构成一种必然关系,而只能作为整体在欣赏者[1]意识中引起他对作品的某一种体验或种种体现的关系(所以艺术作品也就"意味着"欣赏者的生活经验、欣赏者的内心世界)。[2]

而这与交流符号的意指方式有很大的差别:"在交流符号中,每一个部分、每一个最小的含义单位都可以被它所指示的现实事实所证实(例如科学论证)。"[3] 与通过其每个部分来意指现实的交流符号不同,艺术的意指对象具有不可验证性,它只能以其整体来意指一个社会现象的总体语境。因此,艺术作品的统一性问题就凸显了出来:"在艺术作品中,含义统一性极其重要,而意向性就是把各个部分联合为一体并赋予作品以含义的一种力量。"[4]

诚然,艺术的意向性是艺术作品的一种统一性,但它绝非一种简单

---

[1] 佟景韩先生在所译的《艺术的意向性和非意向性》一文中把俄文的"воспринимающий"(英文为perceiver)译为"欣赏者",而不是"接受者",笔者以为是十分妥帖的。因为,此处的欣赏者显然不同于具体的接受者这样一种具有身心实在性的主体,而是穆卡洛夫斯基按照现象学方式所建立的一种新的主体概念。穆氏本人在该文中也明确指出:"我们是用欣赏者一词来表示与作品的一种关系,来表示作者把自己的作品当作符号,亦即当作艺术作品来看待,而不只是把它当作一件制品看待的那种立场。"后面,我们还要继续对这一概念详加考察。

[2] 扬·穆卡洛夫斯基:《艺术的意向性与非意向性》,载[俄]波利亚科夫编《结构—符号学文艺学——方法论体系和论争》,佟景韩译,文化艺术出版社1994年版,第150页。

[3] 同上。

[4] 同上书,第150—151页。

的统一。众所周知，艺术作品的统一性并不是个新鲜的话题，以往文论家们曾从不同的角度来把握这种统一性。20世纪以前的文论家们主要把创作者的个性、心理等方面当作这种统一性的源头。而自俄罗斯形式论学派始，对艺术作品统一性的理解比过去有了长足的进步。他们开始聚焦于作品本身，认为艺术作品是一种"手法"的总和。然而，他们的不足也是明显的，他们把作品中的一切要素都理解为"形式"，因此他们所理解的艺术作品的统一性充其量只是"形式"上的一种统一。而艺术的意向性统一与对它传统的理解相比有着本质的区别。随着结构主义以及符号学理论的出现，传统对艺术的形式与内容之分最终失去了意义，艺术显然是作为一个整体来实现传达的。在穆氏看来，艺术作品的交流功能显然不只是由其内容、主题要素来承担的，它的形式方面也同样实现着一种传达：

> 事实上，所有要素无一例外都是意义的载体（正如我们从一开始就假设的篇章语义研究），并因此也是共同参与一部作品总体意义创建的要素。所有要素都参与那个被我们称为语义编织的过程。比如在诗歌中，单个的词汇、音响要素、语法形式、语义要素（句子结构）、成语以及主题要素在程度上是等同的。在绘画作品中，线条、色彩、轮廓、画面的构成以及题材对于语义编织的构成在程度上也是等同的。①

在穆氏看来，对艺术统一性问题的那些传统的理解都是一种静态的理解，而艺术意向性上的统一则是一种动态的统一。只有从意向性角度来把握艺术作品的统一性才是一种最为妥当的理解：

> 实际上，这种统一性只可能是意向性——它是在作品内部执行功能的力量，它力求克服作品各个部分和要素之间的矛盾和紧张关

---

① Ян Мукаржовский, "О структрализме", Ю. М. Лотман, О. М. Малевич. *Ян Мукаржовский：Исследование по эстетике и теории искусства*, Москва：Искусство，1994，С. 282.

系,并从而赋予作品各个部分和要素的复合以统一的含义,把每一个要素纳入与其他要素的一定关系。因此,在艺术中,意向性就是语义能力。①

在对艺术的意向性问题进行了初步分析之后,让我们再来关注非意向性的问题。如果说意向性指艺术作品语义上的一种统一性的话,那么非意向性则是对这种语义统一性的抵制和破坏。然而,艺术作品中究竟哪些要素可以被视为是非意向性的呢?穆氏认为,由于自身的动态性,意向性已经能够把作品中的一些要素独立转化到结构内部的统一性之中来,然而始终存在那些不能和作品中的任何其他要素相统一的要素。这类要素就是作品中的非意向性要素。

遗憾的是,艺术中的非意向性问题历来常常被忽视或未得到应有的重视。之所以出现这种状况,主要是因为它往往被视为一种消极的要素。一般说来,传统的美学观念倾向于认为作品语义上的统一性可以引起审美快感,而认为对语义统一性的破坏则会引起审美上的不快,自然地,非意向性就被视为对艺术作品美感的一种破坏因素。在传统的艺术理论中不乏那些试图用意向性来抵制非意向性,甚至把它完全排除在艺术之外的流派,这主要指那些强调欣赏者之角色的各个流派,当中也包括各种形式主义流派。形式主义艺术观念经过长期发展逐渐形成了两个把艺术作品归结为纯意向性的概念,即"风格化"和"变形":

> 前者产生于造型艺术领域,它试图把艺术解释为完全是用形式的统一性来克服、融解现实……另一个概念,——"变形"继"风格化"这一概念之后而成为占统治地位的概念,其原因也是由于这个时期的艺术本身的发展,人们为了强调形式而强行违反和打破形式构成规范,通过新旧形式构成方式的紧张对立来造成形式的动感。②

---

① 扬·穆卡洛夫斯基:《艺术的意向性与非意向性》,载[俄]波利亚科夫编《结构—符号学文艺学——方法论体系和论争》,佟景韩译,文化艺术出版社1994年版,第151页。
② 同上书,第154—155页。

穆氏认为这两个概念实际上都试图冲淡艺术作品借以影响我们的一种感染因素——非意向性的必然存在：

> "风格化"这个概念悄悄地、但也非常明显地把非意向性推出了艺术作品本身之外，把它推到了艺术作品的前项、即作品所描绘的现实对象或作品所使用的现实材料中去，这种"现实"在创作过程中被克服、被"融解"了；而"变形"这个概念则力求把非意向性归结为两种意向性——被克服的意向性与实现的意向性之间的较量。①

诚然，这两个概念的提出在当时是有很重要意义的，但它们最终都失败了：

> 因为意向性必然使欣赏者产生人造物的印象，亦即使欣赏者感到与"自然"现实本身直接对立，而一件作品如果是生动的、使欣赏者不能无动于衷的，则除了意向性的印象以外（更确切些说是与这种印象不可分割地和同时地），还会唤起现实的直接印象，或者更确切说是仿佛得自现实的印象。②

实际上，每次欣赏行为都包含两个方面，一方面，是着眼于作品中具有符号属性的东西；另一方面，就是把作品当作现实中的事实来直接体验。让我们以戏剧欣赏为例，人们在欣赏戏剧时，常常存在两种普遍心理：一类人沉醉于戏剧所提供的情节之中，忘记戏剧与真实生活之间的界限；另一类人则始终保持清醒，时刻意识到戏剧与生活之间的距离。前一类人侧重的是艺术作品的"物"的属性，后一类人侧重的是艺术作品的符号属性。然而，除了在极端的情形中，这两种属性在艺术中不是二者必居其一的，它们在更多的时候是共存的："艺术作品之引人注意，

---

① 扬·穆卡洛夫斯基：《艺术的意向性与非意向性》，载［俄］波利亚科夫编《结构—符号学文艺学——方法论体系和论争》，佟景韩译，文化艺术出版社 1994 年版，第 155 页。
② 同上。

正因为它既是物,又是符号。"① 值得注意的是,这里穆氏所说的艺术的"物"的属性不是指它的物质性、实在性,而是指:

> 在观赏者的心目中,由于作品中含有的一切非意向性的东西、一切没有含义统一关系的东西,作品与自然物相近似,也就是像自然物的构造那样,不回答"为什么"这个问题,而全凭人来解决它的功能利用问题。②

艺术的符号属性让我们与生活拉开一定的距离,更好地体验艺术符号形式自身提供给我们的美感;而艺术的"物"的属性则把我们拉入生活之中,引起我们对它的鲜活的体验和共鸣:

> 由意向性所规定的内在统一性使对象产生一定的关系,形成一个使各种联想和感情围绕它集结的牢固核心。但另一方面,作为没有含义目的性的物(艺术作品具有非意向性的一方面),艺术作品又能唤起可能与它本身含义内容毫无共同性的各种观念和感情;所以,艺术作品能够同任何一个欣赏者的纯个人体验、观念和感情发生直接联系,不仅影响他的自觉精神生活,而且启发支配其下意识的各种力量。③

因此,非意向性绝不是艺术可有可无的一种属性,而是本质属性之一。它也不是一种消极的属性,而是一种积极的属性。那么,既然与意向性一样,非意向性也是艺术的一种本质属性,那么我们应该如何看待这两者之间的关系呢?穆氏指出,如果我们认为艺术作品之所以历久弥新,并不断对欣赏者产生影响的原因正在于非意向性;如果我们认为在艺术中非意向性效果是比含义统一性效果更为重要,并进而得出在艺术中非意向性比意向性更为本质的结论的话,那么这种结论是错误的。之

---

① 扬·穆卡洛夫斯基:《艺术的意向性与非意向性》,载[俄]波利亚科夫编《结构—符号学文艺学——方法论体系和论争》,佟景韩译,文化艺术出版社1994年版,第156页。
② 同上书,第155—156页。
③ 同上书,第156页。

所以错误是因为：

> 艺术作品就其实质本身而言是符号，而且是独立的符号，因此人们的注意也集中在艺术作品的内在组织上。这种组织无论从作者的角度或欣赏者的角度来说当然都是意向性的，所以意向性也是艺术作品给人以印象的基本的、亦可谓不言自明的因素。[①]

因此，在艺术中意向性是比非意向性更为本质的一种属性，前者是后者产生的背景："只有以意向性为背景，才能够感觉到非意向性：只有当欣赏者追求艺术作品含义统一性的努力受到什么东西的阻碍时，欣赏者才会产生非意向感。"[②] 而非意向性也是随着时代的发展是可以不断向意向性转化的，因此"意向性与非意向性虽然经常处于辩证的紧张关系之中，本质上却是一回事。"[③]

二

综观穆氏对艺术的意向性与非意向性问题的论述，我们可以从中发现一个很重要的特色，即他把这对概念与欣赏者紧密结合在了一起。诚然，穆氏高度重视欣赏者在把握艺术的意向性与非意向性上的重要性。他曾明确指出："只有从欣赏者的立场出发，追求含义统一性的倾向才会不折不扣地、鲜明强烈地表现出来。"[④]

欣赏者与作品的关系并不是像传统理解所认为的那样是纯然消极的。诚然，在欣赏中产生的含义统一性，或多或少是由作品的内在组织所预先规定的，但不能把这种领会归结为仅仅是印象，它具有一种努力的性质，只有经过努力，人才能够看到所欣赏的作品的各个要素之间的关系。穆氏高度重视欣赏者对于艺术作品统一性的作用，他认为欣赏者的努力：

[①] 扬·穆卡洛夫斯基：《艺术的意向性与非意向性》，载［俄］波利亚科夫编《结构—符号学文艺学——方法论体系和论争》，佟景韩译，文化艺术出版社1994年版，第168页。
[②] 同上。
[③] 同上书，第169页。
[④] 同上书，第152页。

> 这甚至是一种创造性的努力，因为经过这种努力，不仅可以看出作为某种统一体的作品各个要素和部分之间的复杂关系，而且可以由此看出其中任何一个要素和部分都不可能单独含有乃至从它们的简单结合中所不可能得出的意义。①

即使，再退一步讲，这种统一性在一定程度上，甚至在很大程度上是由艺术作品的客观结构所决定的：

> 但它终归有一部分还要取决于欣赏者，要由欣赏者决定（不管是自觉地还是下意识地）把作品的什么要素当作含义统一性的基础，由欣赏者决定从什么角度去把握所有要素的相互关系。②

因此，艺术作品意向性上的统一与欣赏者是密切相关的，欣赏者积极参与意向性的形成，正是他赋予意向性以一种动态的品质。如果说意向性在一定程度上还是由艺术作品语义的客观结构所决定的话，那么非意向性则更多地取决于欣赏者。与意向性相比，非意向性对欣赏者主动和创造性的参与要求更高：

> 只有非意向性才能够使作品在欣赏者心目中成为耐人寻味的东西，就像一个他不了解有什么用处的物件那样耐人猜测；只有非意向性才能够以其对含义统一性的反作用唤起欣赏者的积极性；非意向性正是由于没有严格的目的性才能够为极其各不相同的联想开辟道路，只有它才能够在欣赏者接触作品时启动欣赏者的全部生活经验，启动其整个人的全部自觉倾向和下意识倾向。③

因此，欣赏者在审美欣赏中的地位绝不是被动的，他是积极参与艺术

---

① 扬·穆卡洛夫斯基：《艺术的意向性与非意向性》，载［俄］波利亚科夫编《结构—符号学文艺学——方法论体系和论争》，佟景韩译，文化艺术出版社1994年版，第152页。
② 同上书，第152—153页。
③ 同上书，第165页。

意向性与非意向性构成的。值得注意的是,穆氏所谓的欣赏者之概念是非常独特的,他既不是传统意义上的接受者,也不是传统意义上的创作者:

> "我"——在每种艺术和每部作品中以不同的方式显示自身的主体,不能等同于任何具体的心身的个人,甚至也不同等同于作者。它是作品的整个艺术结构相汇的点,并且作品根据它被组成。任何个性都能够被投射到它之中——无论是接受者(接受者的阅读"经历")的个性还是作者的个性。①

如果说传统意义上的主体是一种具有身心"实在性"的主体,那么穆氏的欣赏者主体则是一种抽象的"虚拟性"主体,更确切些说,它是传统意义上的"实在性"主体之能量在作品语义层面上的一种投射。这与伊瑟尔提出的"隐含的读者"概念颇为相似。此外,传统意义上的主体还是一种"外位于"艺术作品之结构以及审美交互行为的主体,而穆氏的"欣赏者"主体则是"内含于"艺术作品结构和审美交互行为之中的。可以说,他是一种名副其实的现象学式的主体。

穆氏对待欣赏者主体之态度很容易引起一种误解,即认为他是用接受者之权威来取代创作者之权威。事实上,穆氏对欣赏者问题的重视也是基于对创作者之权威进行激烈批判的基础上展开的。在这点上,他与后来法国结构主义文论家罗兰·巴特的策略颇为相似,只不过巴特比他旗帜更为鲜明地提出"作者之死"的口号。然而,他与巴特也有着本质的不同。巴特在解构创作主体权威的同时,在无形中也解构了文本的统一性,结果文本成了一种无主之物,读者可以对其进行任意解读。可以说在他那里作者与读者是势不两立的,读者的崛起必须以作者的死亡为代价。与巴特"大破大立"的极端方式相比,穆氏则显得相对保守。他显然不想建立读者之权威来取代创作者之权威,这在以下的观念中可以反映出来,比如,他强调读者对作品的"具体化"要以作品本身的客观

---

① Ян Мукаржовский, "Структрализм в эстетике и в науке о литературе", Ю. М. Лотман, О. М. Малевич. *Ян Мукаржовский: Исследование по эстетике и теории искусства*, Москва: Искусство, 1994, С. 261.

结构为依据；强调非意向性虽然也作为艺术的一种本质属性，但在艺术中，意向性才是更为基本的，非意向性的产生必须以意向性的背景为基础。因此，他一方面高度重视欣赏者的能动性，另一方面也指出这种能动性必须基于作品本身。

总之，穆氏是按照一种现象学的方式来思考欣赏者的，他借助欣赏者这样一种"姿态"来对艺术作品之结构进行反思，因此他的重心其实还是落在作为沟通创作者和欣赏者之中介的作品的结构上。他以艺术的意向性与非意向性结构来含纳传统意义上的创作者和接受者双方个性之投射。

三

总结一下穆氏的文本观，穆氏认为艺术乃是由意向性与非意向性两者所合成，前者由艺术作品的符号属性所赋予，后者由它的"物"的属性所决定。这两者在文本中既对立，又共存。他的这种作品理论是颇具特色的，它的提出在当时也是具有重大意义与价值的。

首先，它是一种基于结构—符号学理念发展起来的文本观。符号学方法的引入意义是重大的，它是对结构方法的重要补充：

> 只有艺术的符号特征被充分地阐明了，否则对它结构的研究仍将是不完整的。缺少了符号的定位，艺术理论家将总会倾向于把艺术作品视为纯形式的建构或把它视为它的创作者的心理或生理气质的一种直接反映或是由作品所表达的清楚的现实的直接反映或者正被讨论的周围环境的意识形态的、经济的、社会的或者文化状况的直接反映。[①]

穆氏基于符号学理念发展起来的文本观与以往的"工具论"文本观，以及俄罗斯形式论学派"作为手法的总和"的文本观有着本质的不同。

---

① Ян Мукаржовский, "Искусство как семиологический факт", Ю. М. Лотман, О. М. Малевич. Ян Мукаржовский: Исследование по эстетике и теории искусства, Москва: Искусство, 1994, C. 196.

传统的"工具论"文本观由于视艺术为一种工具，不是把艺术依附于它所描绘的现实，就是把它等同于创作者的心理，而看不到艺术自身的特点和价值。与"工具论"文本观相比，俄罗斯形式论学派的文本观已然有了很大的进步：他们提倡研究文学的"自律性"和"文学性"，使得文学研究科学化的进程得以开展。但由于偏重"形式"，他们那种"作为艺术手法总和"的文本观终究也是偏激的。而穆氏的文本观则是基于结构主义及符号学的理念发展起来的，他把艺术作品视为沟通创作者和接受者的一种具有自主功能的符号。与交流符号不同，这种审美符号是通过其整体来意指总体的社会现象。艺术所谓的意向性统一就是艺术作品符号、语义层面上的一种统一。

其次，穆氏文本理论的一大特色还在于把主体纳入结构之中。正是在这一点上，他避免了后来法国文学结构主义之缺陷，"主体移心"理念使法国结构主义者视文本为一种自给自足的、封闭的语义结构，而忽视了对主体能动性的考察。对主体问题之重视是布拉格学派文学结构主义理念区别于法国文学结构主义理念的一个重要方面。穆氏之所以对主体问题高度重视与他早期符号学理论上的不完善有关。穆氏虽然很早就提出了自己的符号学构想：他早在1934年的《作为符号事实的艺术》一文中就提出了审美符号的三层次说：（1）一个由艺术家创造的可感的能指。（2）一个寄居在集体意识之中的"意义"（审美客体）。（3）一种与被意指物的关系——意指社会现象的总体语境。[①] 但他早期的艺术符号学思想是不成熟的，尤其体现在对审美客体之界定上。穆氏的审美客体定义是颇受争议的，他把审美客体定义为："由物的作品在某个集体的成员中引起的意识的主观状态的共同物所组成。"[②] 勒内·韦勒克也对这种定义表示不满："不同精神状态的公分母必须一定要小，共同物的概念是贫瘠的和空洞的，艺术作品必须被简化为一套可探知的，无可争议

[①] Ян Мукаржовский，"Искусство как семиологический факт"，Ю. М. Лотман，О. М. Малевич. *Ян Мукаржовский*：*Исследование по эстетике и теории искусства*，Москва：Искусство，1994，C. 194.

[②] Peter Steiner，"The Conceptual Basis of Prague Structuralism"，Ladislav Matejka, eds. ，*Sound, Sign and Meaning*：*Quinquagenary of the Prague Linguistic Circle*，The University of Michigan，1978，p.370.

的事实。"① 这样一种对审美客体的社会本质的强调，必然导致在很大程度上对主体及其能动性的忽视。结构正在取代人，结构正在变成第一性的，主体相对于结构而言只处于一种从属和次要的地位。

事实上，穆氏在当时已经敏锐意识到结构主义"主体移心"的危机。因此，他在自己思想发展的后期有意识地调整自己的结构主义方法论，对主体之能动性，主体与结构之间的关系进行了更深层的思考。他认为仅从符号角度来理解艺术作品的结构是不全面的，应该把主体的维度也纳入进来：

> 我们如果认为艺术作品仅仅是符号，我们就会使艺术作品贫乏化，把它逐出现实的实际系列。艺术作品不仅仅是符号，它也是作用于人的精神生活，引起直接和自发的利害观念，对欣赏者的影响可以深入其人格深层的物。正是作为物，作品能够对人的人类共性发生作用，而从符号这个侧面来说，则作品归根到底总是诉诸人的受社会因素和时代制约的方面。②

正是把接受者之维度纳入文本结构之中，使得穆氏的文本不是一种封闭的文本，而是向主体开放的一种文本。也正是在这层意义上，他的文本观直接影响了后来德国的接受美学，尤其是伊瑟尔文本理论的发展。

---

① Peter Steiner, "The Conceptual Basis of Prague Structuralism", Ladislav Matejka, eds., *Sound, Sign and Meaning: Quinquagenary of the Prague Linguistic Circle*, The University of Michigan, 1978, p.370.
② 扬·穆卡洛夫斯基：《艺术的意向性与非意向性》，载［俄］波利亚科夫编《结构—符号学文艺学——方法论体系和论争》，佟景韩译，文化艺术出版社1994年版，第171页。